BASTEI
LÜBBE

# MOON

## James Herbert

Roman

Ins Deutsche übertragen
von Martin Eisele

BASTEI
LÜBBE

BASTEI-LÜBBE-TASCHENBUCH
Allgemeine Reihe
Band 13 249

Erste Taschenbuch-Auflage: Mai 1990
Zweite Auflage: Juni 1990
Dritte Auflage: Oktober 1990


Deutsche Lizenzausgabe 1990
Bastei-Verlag Gustav H. Lübbe GmbH & Co.,
Bergisch Gladbach
Originaltitel: Moon
Lektorat: Dr. Brunhilde Janßen
Titelillustration: Agentur Thomas Schlück
Umschlaggestaltung: Quadro Grafik, Bensberg
Satz: KCS GmbH, 2110 Buchholz/Hamburg
Druck und Verarbeitung:
Brodard & Taupin, La Flèche, Frankreich
Printed in France
ISBN 3-404-13249-1

# Vorher

DER JUNGE hatte aufgehört zu weinen.

Er lag in seinem schmalen Bett, die Augen geschlossen; sein Gesicht war eine Alabastermaske im Mondschein. Ab und zu durchlief ein Zittern seinen Körper.

Er umklammerte die Bettdecke und zerrte sie hoch, bis dicht unters Kinn. Eine schreckliche Schwere drückte seinen Körper nieder, ein Gefühl, das sein Blut in flüssiges Blei verwandelt hatte: es war die Bürde des Verlustes, und sie erschöpfte und schwächte ihn.

Der Junge hatte bereits eine lange Zeit so da gelegen — wie viele Stunden, wußte er nicht, denn die ganzen letzten drei Tage waren eine zeitlose Ewigkeit gewesen —, und sein Vater hatte ihm verboten, das Bett noch einmal zu verlassen. So lag er da und ertrug den Verlust und ängstigte sich vor der neuen Einsamkeit.

Bis ihn irgend etwas veranlaßte, die rotgeweinten Augen noch einmal zu öffnen.

Die Gestalt stand am Fußende des Bettes, und sie lächelte ihm zu. Er spürte ihre Wärme, spürte, wie sich das Gefühl der Einsamkeit augenblicklich auflöste. Aber das war unmöglich. Sein Vater hatte ihm gesagt, daß es unmöglich war.

»Du . . . kannst . . . es . . . nicht . . . sein«, hauchte er, und sein Stimmchen war ein zitterndes Eindringen in die Nacht. »Er . . . sagt . . . das gibt es . . . das gibt es nicht . . . du kannst . . . nicht sein . . .«

Das Gefühl des Verlustes war wieder da, denn jetzt war es auch in ihr.

Und dann blickte der erschreckte Junge irgendwo anders hin, tastete mit seinen Blicken im Raum umher, starrte nach oben, in eine entfernte Ecke, als bemerke er dort plötzlich eine weitere Erscheinung, jemand anderen, der ihn beobachtete, jemand, den er nicht sehen konnte. Der Augenblick verging; er hörte Schritte im Flur draußen, und er schaute weg, zum ersten Mal mit richtiger Angst in den Augen. Die Frau war verschwunden.

In der Türöffnung stand der schwankende Schatten eines Mannes.

Der Vater des Jungen stolperte auf das Bett zu. Die nur allzu vertraute Alkoholfahne war ebensosehr ein Teil von ihm wie das ständig verkniffene Gesicht.

»Ich hab's dir gesagt«, flüsterte der Mann, und in seiner Stimme schienen sich Zorn und Schuld zu mischen. »Nie mehr! Nie mehr . . .« Er kam näher, und seine Faust war erhoben, und der Junge duckte sich unter die Bettdecke.

Draußen stand der Vollmond hell und klar vor dem tiefen Schwarz der Nacht.

*Endlich war sie tot.*

*Wo Entsetzen gewesen war, gab es jetzt nur noch Leere.*

*Tote Augen. Die eines Fisches auf einer Eisscholle.*

*Ihr Körper lag still, das letzte Zucken war verklungen, das letzte Keuchen verstummt. Der letzte Ausdruck in ihrem Gesicht löste sich auf.*

*Zu Krallen gebogene Finger hielten den Schemen über ihr noch immer gepackt, ein Daumen war in seinen Mund gehakt, als hätte sie versucht, dessen Lächeln abzureißen.*

*Das Etwas löste den Griff um ihre Kehle und richtete sich auf; sein Atem verriet kaum Anstrengung, obgleich sich die Frau unter ihm lange gewehrt hatte.*

*Es zerrte den Daumen von den spöttischen Lippen, und die Hand der Leiche fiel hinab und klatschte auf das nackte Fleisch. Es hielt inne, betrachtete das Opfer eingehend. Und es lächelte die ganze Zeit.*

*Es griff nach den leblosen Händen, umfaßte die Handgelenke, hob sie an. Schob die brüchigen Nägel über das eigene Gesicht, zerrte die vom Schock starren Finger um die eigene Kehle: es verhöhnte sie; eine Art Rache. Ein dumpfes Glucksen verspottete ihre Untätigkeit.*

*Es zog die Hände über seinen rittlings auf der Leiche kauernden nackten Körper, bewegte sie abwärts; sie sollte es überall berühren, jeden Zoll streicheln. Und dieses tödliche, sanfte Streicheln rief neue Lüste hervor.*

*Auf dem langsam abkühlenden Leichnam der Frau war die Gestalt ganz mit sich selbst beschäftigt.*

*Nach einer Weile erhob das das Etwas von dem Bett; ein leichtes Schimmern von Schweiß bedeckte seine Haut. Es war noch nicht befriedigt.*

*Kalter Nieselregen wehte in plötzlichen Böen gegen das Fenster, als wolle er gegen die Grausamkeit hier drinnen protestieren. Ausgebleichte Vorhänge, eine Barriere gegen das Tageslicht, dämpften das Geräusch.*

*Eine Tasche in der Ecke des schäbigen Zimmers wurde aufgeklappt, ein schwarzes Päckchen hervorgeholt. Das Päckchen wurde auf dem Bett ausgerollt, dicht neben der Leiche, und metallische Instrumente glänzten schwach im Zwielicht. Ein jedes Teil wurde emporgehoben, dicht vor die Augen gehalten, eingehend betrachtet; der Glanz dieser Augen konnte nicht abgeschwächt werden. Das erste Teil wurde ausgewählt.*

*Der Körper war auf Raumtemperatur abgekühlt. Jetzt wurde er vom Brustbein bis zum Schambein aufgeschnitten, und dann von einer Hüfte zur anderen. Blut quoll rasch aus dem tiefen Kreuz hervor.*

*Das Fleisch wurde nach außen geschlagen, dann zurückgeklappt. Bereits karmesinrote Finger gruben sich hinein.*

*Das Etwas nahm die Organe heraus, wenn nötig, mit jähen Schnitten, und legte sie auf die Bettdecke, wo sie schillerten und dampften. Das Herz, ganz zuletzt gepackt und herausgerissen, wurde auf den Haufen geworfen, rutschte, fiel und schlug mit einem klatschenden Laut auf dem Boden auf. Ein ekelerregender Geruch erfüllte den Raum.*

*Ein Behältnis war geschaffen worden, und es war bald wieder gefüllt.*

*Die Gestalt durchsuchte den Raum nach kleinen Gegenständen — jedoch erst, nachdem die Gaben der toten Frau verwendet worden waren.*

*Als das Etwas endlich zufriedengestellt war, holte es Nadel und Faden aus der auf dem Bett liegenden Verpackung.*

*Es machte sich daran, die Klappen wieder zusammenzunähen, mit großen, groben Stichen, und es lächelte die ganze Zeit. Und dieses Lächeln verbreiterte sich zu einem Grinsen, als es an den letzten Gegenstand dachte, den es in den Leichnam gelegt hatte.*

Er glitt über die grüngefärbten Felsen hinweg, eine leichte Bewegung, entspannt, benutzte die Hände nur gelegentlich, um die Richtung zu ändern, wenn es galt, den Entenmuscheln auszuweichen, die tief in die vom Wasser aufgeweichte Haut schneiden konnten. Die Beine beugte er gemächlich, mit langen, anmutigen Stößen aus den Hüften heraus, so daß ihn die halbbeweglichen Schwimmflossen leicht durch die Strömung trieben.

Korallengewächse winkten ihm in gespenstischer Fröhlichkeit zu, und aufgeschreckte Fische wirbelten vor seinem verstohlenen Einbruch davon, Seeanemonen schienen ihm stumme Zeichen zu geben. Tageslicht drang von hoch oben herunter, und seine Strahlen zersetzten sich, die heilige Stätte des Meeresbodens war stumm und geheimnisvoll. Childes konnte nur die schweren, dumpfen Geräusche seiner eigenen Bewegungen hören.

Ein winziges Wellenkräuseln, ein Erschauern im Sand fiel ihm auf, und er näherte sich vorsichtig, legte eine Hand behutsam auf einen Felsvorsprung und hielt sich leicht schwankend daran fest.

Unter ihm hatte sich ein Seestern an eine Herzmuschel geklammert, preßte sie nieder und stemmte die beiden Schalenklappen mit seinen Saugfüßen auseinander. Der Seestern ging geduldig zu Werke, er benutzte abwechselnd seine fünf Arme, um die Beute zu ermüden, und er erweiterte den Spalt entschlossen und legte das Körpergewebe der Herzmuschel frei. Childes beobachtete fasziniert, wie der Jäger schließlich seinen Magen nach unten schob, in die Öffnung versenkte und die fleischige Substanz darin aufsaugte.

Eine feine Veränderung ganz in der Nähe — unter den Graten und Vertiefungen des mit Entenmuscheln bewachsenen Gesteins — lenkte die Aufmerksamkeit des Tauchers ab. Verwirrt betrachtete er das schroffe Relief ein paar Augenblicke lang — dann bemerkte er es wieder . . . eine jähe Bewegung. Eine stachelige Spinnenkrabbe huschte über den Fels, auf Schale und Zangen wuchsen grüne Algen, sowohl in den Untiefen wie auch in tieferem Wasser eine natürliche und wirksame Tarnung; verharrte sie still, war sie buchstäblich unsichtbar.

Childes ließ die Krabbe nicht aus den Augen, und er bewunderte ihre Behendigkeit und Schnelligkeit: das kleine, vielbeinige Geschöpf wurde durch die Verstärkung des Sichtglases seiner Tauchermaske und durch das Meerwasser selbst vergrößert und schien ihm jetzt recht nahe zu sein. Gleich darauf erstarrte sie plötzlich zur Reglosigkeit, als sei ihr schlagartig bewußt, daß sich irgend etwas an sie heranschlich. Er bewegte einen Finger, ganz leicht nur, ein Tasten, und stimulierte eine weitere Bewegung.

Das Lächeln des Tauchers über diese plötzliche panische Hast verzerrte sich durch den zwischen Zähne und Gaumen gekeilten Schnorchel, und ihm wurde plötzlich bewußt, daß in seinen Lungen fast keine Luft mehr war. Ohne Hast schickte er sich an, zur Oberfläche zurückzugleiten.

Die Vision kam ohne Vorwarnung. Genau wie die Visionen in der Vergangenheit.

Aber er wußte kaum, was er da sah, denn es war in seinem Geist, nicht vor seinen Augen; ein wirres Durcheinander von Farben und Gerüchen. Seine Hände zappelten im Wasser. Da war etwas Langes und Glänzendes, zusammengerollt, rot und schillernd vor Nässe. Jetzt Metall, scharfkantiger Stahl, darunter etwas breiig Weiches. Alles schwamm in Blut. *Er* schwamm in Blut. Übelkeit erfüllte ihn, und er schluckte Salzwasser.

Sein Körper bäumte sich schmerzhaft auf, dann sprudelte ein Gemisch aus Meerwasser und Galle aus seiner

Kehle und verstopfte das Schnorchelrohr. Das Mundstück platzte von seinen Lippen, und er schluckte noch mehr Wasser. Childes schrie auf, unbewußt, wie unter einem Zwang, und dieser Laut war nur ein gedämpftes, gurgelndes Krächzen, und er strampelte mit den Füßen, und Arme und Hände reckten sich der Oberfläche entgegen, und ringsum war ein wilder Strudel aus Luftblasen, und sie waren wie das wahnsinnige Chaos hinter seinen Augen. Die lichtüberzogene Höhe über ihm schien so weit entfernt zu sein.

Und eine zweite Vision brach in seinen Alptraum ein: Hände, grausam, stumpfe Finger, die sich in einem bizarren Rhythmus bewegten. Ein verrückter Gedanken-Blick. Sie nähten.

Childes' Körper krümmte sich erneut zusammen.

Instinktiv versuchte er, den Mund zu schließen, in seinem Kopf gab es keine klare Richtung mehr, und er schluckte noch mehr Salzwasser, große Schlucke, und es war, als hätte sich sein Mund zusammen mit dem Meer gegen ihn verschworen. Er verlor die Besinnung, er spürte es genau, seine Arme und Beine fühlten sich so schwach an. So schnell, dachte er. Immer wieder hatte er die Warnungen gehört: Man kann so schnell ertrinken . . . Aber dann bemerkte er lächerlicherweise den J-förmigen Schnorchel, der in das Halteband seiner Tauchermaske gesteckt war und jetzt lose an seiner Wange kratzte. Er riß sich zusammen, weil er fühlte, daß er abtrieb . . . und tiefer sank.

Ein schlanker Arm schob sich unter seine Achseln, Hände griffen energisch zu. Ein Körper war an seinem Rücken; ein Druck, wie bei einer Umarmung von hinten. Aufsteigen. Langsam, kontrolliert. Er versuchte, mitzuhelfen, aber da war ein undurchdringlicher Mantel, der sich auf ihn legte.

Als er wie aus einer schwarzen, würgenden Umklammerung fortkatapultiert durch die Oberfläche brach, war das Leben wieder da, nicht sanft und allmählich, sondern schmerzhaft — schmerzhaft stieß es in ihn hinein.

Bauch und Brustkorb hoben und senkten sich; er würgte Flüssigkeit heraus; er würgte, kotzte, und wenn es so weiterging, würde er sie beide wieder hinabziehen. Er hörte die besänftigende Stimme kaum, aber er versuchte dennoch, auf die Worte zu achten, er zwang sich, locker zu werden, befahl seinen Lungen, die Luft ganz behutsam aufzunehmen, Zug für Zug, während er das andere ausspie, die Gallenreste hinaushustete.

Sie schleppte ihn ans Ufer zurück, hielt seine Arme über den Ellenbogen fest, und sein Kopf war an einen ihrer Arme geschmiegt. Sie schwamm auf dem Rücken, neben ihm, und ihre Taucherflossen trieben sie mühelos durch die sanften Wellen voran. Sein Atem kam noch immer stoßweise, angestrengt, aber bald darauf konnte er sie unterstützen, konnte er die Beine bewegen, zeitgleich mit den ihren.

Sie kamen in seichteres Wasser, und das Mädchen bugsierte ihn herum, so daß er stehen konnte. Sie zog die Maske von seinem Gesicht und legte ihm einen Arm um die gebeugten Schultern, klopfte ihn auf den Rücken, als er noch mehr Wasser hinaushustete, bückte sich mit ihm, das junge Gesicht hart und kantig vor Sorge. Sie kniete sich hin, zerrte die Schwimmflossen von seinen Füßen und nahm dann die ihren ab.

Seine Schultern bebten — das Atmen war eine Anstrengung; halb zusammengekrümmt, die Hände auf die Knie gestützt, stand er da, und allmählich erholte er sich, und das Schaudern ging in ein Zittern über.

Das Mädchen wartete geduldig. Es hatte die eigene Tauchermaske weit über die Stirn zurückgestreift und die blonden Haare gelöst, so daß sie, vom Wasser dunkel, in triefenden Strähnen über ihre Schultern fielen. Sie sagte nichts, denn sie wußte, daß das im Moment noch sinnlos war.

Schließlich war es der Mann, der keuchte: »Amy . . .«

»Es ist okay, gehen wir an Land.«

Leicht schwankend verließen sie das Wasser; er spürte ihren stützenden Arm unterhalb seiner Schultern. Auf dem Kiesstrand sackte Childes zusammen. Er war erleichtert, schockiert, elend — all diese Empfindungen stürzten auf ihn ein. Sie setzte sich neben ihn, strich die Haare aus seinen Augen und massierte sanft seinen Rücken.

Sie waren allein in der kleinen, abgelegenen Bucht; der steile Abstieg durch die verwitterte Felsspalte hatte für viele etwas Beängstigendes, und andere ließen sich von der kühlen Südost-Brise abschrecken. Ein üppiges Gewirr aus Grün ergoß sich über die Klippen, floß über steile Hänge herab und wurde schließlich von einer kahlen Steilwand am Fuße des Abhangs gestoppt, die wie ein Granitsaum von tosenden Fluten umspielt wurde. Frühe Maiblumen sprenkelten das frische Grün mit Blau, Weiß und Gelb. Ein winziger Wasserfall schäumte in der Nähe, und die Strömung schlängelte sich durch Kies und an größeren Steinen vorbei und löste sich im Meer geräuschlos auf. Weiter draußen tänzelten kleine Fischerboote, vor allem Dingis, leicht auf dem schiefergrauen Meer; Halteleinen streckten sich wie graue Spinnenfäden zu einer Anlegestelle auf der anderen Seite des Meeresarms. Zu dieser Anlegestelle gelangte man über einen schmalen Pfad, der vom eigentlichen Strand durch eine wirre Anhäufung von Felsbrocken getrennt war. Das Mädchen bemerkte, daß ein oder zwei Gesichter in ihre Richtung gewandt waren; drüben, auf der Mauer am Kai, war man offensichtlich besorgt über den Vorfall. Sie gab ihnen Zeichen, daß alles in Ordnung war, und sie wandten sich ab.

Childes stemmte sich in eine sitzende Stellung hoch, legte die Handgelenke über die emporragenden Knie und neigte den Kopf nach vorn. Er zitterte noch immer.

»Du hast mir Angst eingejagt, Jon«, sagte das Mädchen und kniete sich vor ihn.

Er sah sie an, und sein Gesicht war bleich. Er wischte sich mit einer Hand über die Augen, als versuchte er, eine Erinnerung abzutun.

»Danke, daß du mich herausgezogen hast«, murmelte er schließlich.

Sie beugte sich vor und küßte seine Wange, dann seine Schulter. In ihren Augen standen die Fragen: »Was ist da draußen passiert?«

Er zuckte zusammen, und sie begriff, wie kalt ihm war. »Ich hole die Decke«, verkündete sie und stand bereits.

Sie schien die harten Kieselsteine unter ihren Fußsohlen gar nicht zu spüren, als sie zu dem Haufen aus Kleidern und Taschen hinübereilte, der auf einem kleinen Plateau weiter oben am Strand lag. Sie zerrte eine Decke aus einer Reisetasche, und Childes beobachtete ihre geschmeidige Gestalt und war dankbar für ihre Gegenwart — nicht nur, weil sie ihn aus dem Meer gefischt hatte, sondern weil sie bei ihm war. Er verlagerte seinen Blick und starrte wieder aufs Wasser hinaus; ein leises Plätschern war in seinen Ohren; dort, über dem Horizont, hing ein fahler Streifen, Bote des bevorstehenden Sturms.

Seine Lider schlossen sich, und er schmeckte das Salz in seiner Kehle. Er ließ den Kopf hängen und stöhnte stumm.

Warum jetzt, nach so langer Zeit?

Das Gewicht der Decke auf seinen Schultern holte ihn zurück.

»Trink«, forderte ihn Amy auf und hielt ihm eine flache, silberne Reiseflasche unter die Nase.

Der Brandy löste das Salz in seinem Innern auf, und er genoß die plötzliche Wärme in seinem Magen. Er hob einen Arm, und sie kam zu ihm unter die Decke.

»Bist du okay?« fragte sie und kuschelte sich an ihn.

Er nickte, aber das Zittern hatte noch immer nicht aufgehört.

»Ich habe dir deine Brille mitgebracht.«

Er nahm sie, setzte sie auf. Die scharfgestellte Welt hat nichts an Realität gewonnen.

Als er sprach, war seine Stimme brüchig.

»Es geht wieder los«, sagte er.

»MORGEN?« fragte er.

Amy schüttelte den Kopf. »Daddy hat Gäste — den ganzen Tag.« Sie rollte mit den Augen. »Ich habe Dienst.«

»Geschäfte?«

»Hm. Potentielle Investoren aus Lyon. Er hat sie übers Wochenende eingeladen, aber Gott sei Dank klappt es bei ihnen nur am Sonntag. Am Montag nachmittag fliegen sie wieder zurück, nachdem sie die Firma besichtigt haben. Er ist enttäuscht — er wollte die Insel auch noch vorzeigen.«

Paul Sebire, Amys Vater, war Direktor von Jacarte International, einer mächtigen Investment-Gesellschaft mit Sitz auf der vor der Küste gelegenen Insel . . . einem Steuerparadies sowohl für gewisse Herrschaften auf dem europäischen Kontinent als auch dem britischen Festland. Obwohl überwiegend britisch, lag die Insel geographisch doch näher bei Frankreich.

»Schade«, bedauerte Childes.

»Tut mir leid, Jon.« Sie beugte sich wieder in den Wagen hinein und küßte ihn, und ihre Haare (die jetzt zu einem Pferdeschwanz zusammengebunden waren) schlängelten sich um ihren Hals und streiften seine Brust.

Er erwiderte ihren Kuß, und er genoß den Geruch des Meeres an ihr, das Salz auf ihren Lippen.

»Spannt er eigentlich nie aus?« fragte er.

»Für ihn ist das Ausspannen. Ich hätte dafür gesorgt, daß du eine Einladung bekommst, aber ich glaube, du hättest dich nicht sonderlich gut amüsiert.«

»Du kennst mich ganz gut.« Er griff nach dem Zündschlüssel. »Grüß deinen Vater von mir.«

Sie blickte gespielt finster drein. »Ich bezweifle, daß er das erwidern wird. — Jon, wegen vorhin . . .«

»Nochmals danke, daß du mich herausgefischt hast.«

»Das habe ich nicht gemeint.«

»Was ich gesehen habe?«

Sie nickte. »Es ist so lange her.«

Er sah geradeaus, aber sein Blick ging nach innen. Nach einer Weile erwiderte er: »Ich habe nie wirklich daran geglaubt, daß es vorbei ist.«

»Aber fast zwei Jahre . . . Warum sollte es jetzt wieder anfangen?«

Childes zuckte mit den Schultern. »Vielleicht ist es eine Laune der Natur. Könnte sein, daß es jetzt nicht mehr passiert. Möglich, daß es auch nur Einbildung war . . . vielleicht hat mir die eigene Phantasie einen Streich gespielt.« Er schloß die Augen, weil er wußte, daß es nicht so war, aber er wollte nicht gerade jetzt darüber diskutieren. Er beugte sich über das Lenkrad zu ihr hinüber, berührte ihren Hals. »Hey, komm schon, hör auf, so sorgenvoll dreinzuschauen. Du läßt es dir morgen gutgehen, und am Montag sehen wir uns in der Schule. Dann reden wir weiter.«

Amy nahm ihre Badetasche vom Rücksitz, und Childes half ihr, sie hinauszuheben. »Rufst du mich heute abend an?«

»Ich dachte, du wolltest die Klassenarbeiten durchsehen?«

»Mir bleibt keine großartige Wahl, wenn am Sonntag dieser Rummel abgeht. Aber ich werde mir ein paar Minuten Pause gönnen.«

Er zwang sich zu einem unbekümmerten Tonfall. »Okay, Pauker. Sei nicht zu hart zu den Kids.«

»Kommt drauf an, was sie geschrieben haben. Ich bin mir noch nicht so recht im klaren darüber, was schwieriger ist: ihnen Französisch oder anständiges Englisch beizubringen. Deine Computer können ihre Fehler wenigstens selbst korrigieren.«

Er schmollte lächelnd. »Ich wünschte, es wäre so einfach.« Er küßte sie noch einmal auf die Wange, bevor sie sich aufrichtete. Die ersten Regentropfen tupften gegen die Windschutzscheibe.

»Sei vorsichtig, Jon«, bat sie ihn, und sie wollte noch mehr sagen, es war ein ganz starkes Bedürfnis — aber sie spürte seine Ablehnung. Childes kennenzulernen hatte lange, lange gedauert, und ihr war nur zu gut bewußt, daß es selbst heute noch Stellen — dunkle Stellen — in ihm gab, an die sie niemals vordringen würde. Sie fragte sich, ob es seine Ex-Frau je versucht hatte.

Amy sah dem kleinen, schwarzen Mini nach und runzelte die Stirn; sie winkte nur ein einziges Mal, dann drehte sie sich um und eilte durch die offenstehenden Eisentore und die Auffahrt entlang zum Haus, um dem stark einsetzenden Regen zu entgehen.

Schon nach kurzer Zeit bog Childes von der Hauptstraße ab und in einen jener schmalen Feldwege ein, die sich wie von Hauptarterien ausgehende Adern über die ganze Insel ausbreiteten. Er fuhr jetzt langsamer, dicht am Straßenrand und den Hecken entlang, so daß entgegenkommende Fahrzeuge (deren Fahrer dieselbe Taktik anwendeten) mühelos vorbeikamen. Er umklammerte das Lenkrad zu fest, seine Knöchel waren bleiche Erhebungen; er fuhr, ohne auch nur einen Gedanken an das Fahren zu verschwenden — er vertraute auf seine Reflexe. Jetzt, da er allein war, war sein Geist mit anderen Dingen beschäftigt. Als er das freistehende Reihenhaus erreichte, zitterte er wieder, und auch der bittere Geschmack von Galle war wieder in seinem Hals.

Er kurvte in die enge Parkbucht vor dem alten, steinernen Bau (einen Fleck, den er bei seiner Ankunft damals von Unkraut und Brombeergestrüpp befreit hatte) und schaltete den Motor ab. Er ließ die Tasche mit seiner Taucherausrüstung im Wagen, stieg aus und kramte den

Hausschlüssel aus seiner Hosentasche hervor. Erst beim dritten Versuch bekam er ihn ins Schloß, dann stieß er die Tür auf und stürmte den kurzen Flur entlang und ins Bad. Er kam gerade noch rechtzeitig, denn jetzt stülpte sich sein Magen um, und alles kam hoch, wie in einem Expreß-Aufzug. Er würgte über der Toilettenschüssel und brachte doch nur einen kleinen Teil der Substanz heraus, die sein Inneres verklumpte. Er putzte sich mit Zellstoff die Nase, spülte alles hinab und sah zu, wie das weiche Papier herumwirbelte, bis es endlich verschluckt wurde. Dann nahm er seine Brille ab, wusch sich das Gesicht mit kaltem Wasser und drückte die Handflächen mehrere Sekunden lang auf die Augen, um sie abzukühlen.

Während sich Childes abtrocknete, betrachtete er sich im Schrankspiegel. Sein Spiegelbild war blaß; er war sich nicht ganz sicher, ob die Schatten unter seinen Augen nur seiner Einbildung entsprangen. Er streckte die Finger aus, versuchte, sie ganz ruhig zu halten; es gelang ihm nicht.

Childes setzte seine Brille wieder auf und ging ins Wohnzimmer hinüber; auf der Türschwelle zog er den Kopf leicht ein: er war nicht besonders groß, aber das Gebäude war alt, die Decke niedrig, und die Türrahmen noch niedriger. Das Zimmer war nicht allzu groß, aber Childes hatte auch nicht allzuviel hineingepackt: ein verschlissenes und plumpes Sofa, einen tragbaren Fernseher, einen rechteckigen Kaffeetisch; niedrige Bücherschränke flankierten zu beiden Seiten den aus Ziegelsteinen gemauerten Kamin; die Regalbretter waren vollgestopft. Auf einem dieser Regalbretter, oben, neben einer Lampe, stand eine kleine Ansammlung von Flaschen und Gläsern. Er ging hin und schenkte sich einen Scotch ein; einen sehr großen Scotch.

Draußen war der Regen zu einem gleichmäßigen Strömen geworden, und er stand am Fenster, mit Blick auf den winzigen, nach hinten hinausgehenden Garten und beobachtete grübelnd die herabfallenden Tropfen. Wie bei den benachbarten anderen Häusern grenzte der Garten an weite Felder. Früher einmal waren diese Häuser ausnahmslos zweckgebundene Unterkünfte für Feldarbeiter gewesen — aber der Grundbesitz war schon lange aufgeteilt, Land und Besitzrechte waren verkauft. Childes hatte das Glück gehabt, eines dieser Häuser mieten zu können, als er vor zwei, beinahe drei Jahren hierher gekommen war . . . hierher, auf die Insel; Glück deshalb, weil hier freier Grundbesitz selten war und weil die Schulleiterin Estelle Piprelly so versessen gewesen war auf sein Computerwissen. Ihr beträchtlicher Einfluß hatte nachgeholfen, und so war er hierher und an seinen Mietvertrag gekommen.

Weit in der Ferne, auf der Halbinsel, konnte er das College gerade noch erkennen, eine eigenartige Anordnung von Gebäuden, die sich im Lauf der Zeit in verschiedenen unausgegorenen Stilrichtungen ausgebreitet hatten. Das alles beherrschende Gebäude mit seinem Turm war weiß. Aus dieser Distanz war es kaum mehr als ein vom Regen verschleiertes graues Trugbild; der Himmel dahinter verfinsterte sich mit wogenden Wolken.

Damals, als Childes vom Festland geflohen war vor dieser schädlichen Publicity und vor den neugierigen Blicken seiner Freunde und Kollegen, und, mehr noch, auch ihm völlig fremder Menschen, die sein Gesicht im Fernsehen oder in den Zeitungen gesehen hatten, war diese Insel eine friedliche Zuflucht für ihn gewesen. Hier gab es eine festgefügte Gemeinschaft, die in sich selbst ruhte, und das Festland und seine Komplexitäten waren auf Abstand gehalten. Aber so engmaschig diese Gemeinschaft auch war, für ihn hatte es sich als relativ leicht erwiesen, Zugang zu finden, und heute war er in die Fünfzigtausend-Seelen-Bevölkerung integriert. Er hatte dieses krankhafte Interesse und — er umfaßte das Glas sehr fest — diese *Anschuldigungen* hinter sich gelassen. Er wollte, daß es so blieb.

Childes trank das Glas leer und goß es noch einmal voll; der Scotch half, den schlechten Geschmack hinabzuspülen, der noch immer in seinem Mund klebte. Er kehrte ans Fenster zurück, und dieses Mal sah er nur mehr den Schemen seines eigenen Spiegelbildes. Draußen war es beträchtlich dunkler geworden.

War es dasselbe? Hatten die Gedankenbilder, die er im Meer gesehen hatte, etwas mit jenen schrecklichen, alptraumhaften Visionen zu tun, von denen er vor so langer Zeit heimgesucht worden war? Er konnte es nicht sagen: Beinahe wäre er ertrunken, und das hatte sein Gefühl dafür verändert. Aber währenddessen und kurz danach, als er nach Atem ringend am Strand gelegen war, da war er davon überzeugt gewesen, da war er seiner Sache ganz sicher gewesen; die Visionen waren wieder da.

Angst breitete sich in ihm aus.

Ihm war kalt, aber seine Stirn war schweißnaß. Da war eine Vorahnung . . . sie packte ihn, und mit ihr kam noch mehr Angst.

Er ging in den Flur hinaus, nahm den Telefonhörer ab, wählte.

Sekunden vergingen, dann meldete sich eine atemlose Stimme.

»Fran?« sagte er, und sein Blick war auf die Wand gerichtet, aber er sah ihr Gesicht trotzdem.

»Wer sonst? Bist du's, Jon?«

»Ja.«

Eine lange Pause entstand, dann sagte seine Ex-Frau: »Du hast mich angerufen. Hast du mir was zu sagen?«

»Wo ist . . . eh . . . wie geht's Gabby?«

»Es geht ihr gut . . . sozusagen. Sie ist nebenan, bei Annabel, und spielt. Ich glaube, es geht darum, wer die größte Verwüstung hinkriegt. Melanie wollte sie den Nachmittag über in den Garten verbannen, aber das läßt das Wetter ja nicht zu . . . Wie ist es bei euch da drüben? — Hier schüttet es.«

»Ja, hier auch. Ich denke, es wird wohl Sturm geben . . .«

Wieder Stille.

»Hör mal, ich hab' sozusagen ziemlich viel zu tun, Jonathan. Bis um vier muß ich in der Stadt sein.«

»Du arbeitest samstags?«

»In gewisser Weise schon. Einer von unseren Autoren kommt heute in London an, und sein Verleger möchte, daß ich mich um ihn kümmere . . . Ein Vorgeschmack auf seine Signiertour nächste Woche.«

»Hätte sich nicht Ashby darum kümmern können?«

Ihre Stimme nahm einen scharfen Tonfall an. »Wir betreiben die Agentur auf Partnerschaftsbasis — ich trage meinen Teil. Überhaupt, was erwartest du von einer wiedergeborenen Karrierefrau?«

Die kaum verhüllte Anklage saß, und er fragte sich nicht zum ersten Mal, ob sie je damit fertig werden würde, daß er abgehauen war. *Abgehauen* war ihre Formulierung.

»Wer kümmert sich um Gabby?«

»Sie wird bei Melanie zu Mittag essen, und Janet holt sie dann später ab.« Janet war das junge Mädchen, das seine frühere Frau als Tages-Kindermädchen eingestellt hatte. »Sie wird bei Gabby bleiben, bis ich wieder nach Hause komme. Genügt dir das?«

»Fran, ich wollte nicht . . .«

»Du hättest nicht fortgehen müssen, Jon. Niemand hat dich rausgeworfen.«

»Du hättest nicht dableiben müssen«, erwiderte er ruhig.

»Ich sollte eine ziemliche Menge einfach aufgeben.«

»Damals war die Agentur nur eine Halbtags-Sache.«

»Aber sie war mir *wichtig*. Und jetzt ist sie's um so mehr . . . sie muß es sein. Aber es gab noch andere Gründe. Unser Leben hier.«

»Es ist unerträglich geworden.«

»Und wessen Fehler war das?« Ihre Stimme wurde weich, als bedauere sie ihre Worte. »Schon gut, ich weiß . . . Die Dinge, die passiert sind . . . alles ist außer Kontrolle geraten. Ich hab' versucht, zu verstehen, damit fertig zu werden. Aber du warst derjenige, der weglaufen wollte.«

»Es ging um mehr, und das weißt du.«

»Ich weiß, ja, aber irgendwann hätte sich alles wieder gelegt . . . *Alles.*« Sie wußten beide, was sie damit meinte.

»Man kann nie sicher sein.«

»Hör mal, ich hab' jetzt keine Zeit dafür, ich muß mich beeilen. Ich gebe Gabby einen Kuß von dir, und vielleicht ruft sie dich morgen an.«

»Ich würde sie gern sehen . . . bald.«

»Ich . . . ich weiß nicht. Vielleicht nach dem Zwischenzeugnis. Wir werden sehen.«

»Tu mir einen Gefallen, Fran.«

Sie seufzte. Ihr Ärger war verflogen. »Laß hören.«

»Schau nach Gabby, bevor du weggehst. Schau nur kurz hinein, sag Hallo. Vergewissere dich, daß sie okay ist.«

»Was soll das, Jon? Das hätte ich sowieso getan, aber wie kommst *du* darauf?«

»Es ist nichts. Schätze, dieses leere Haus macht mich fertig. Man macht sich Sorgen, weißt du.«

»Du hörst dich . . . seltsam an. Bist du wirklich so erledigt?«

»Das geht vorbei. Tut mir leid, daß ich dich aufgehalten habe.«

»Ich werde schon hinkommen. Brauchst du irgendwas, Jon, kann ich dir was rüberschicken?«

*Gabby. Du kannst mir meine Tochter rüberschicken.* »Nein, ich brauche nichts. Alles in Ordnung. Trotzdem danke.«

»Okay. Muß jetzt los.«

»Viel Glück mit deinem Schreiberling.«

»So, wie das Geschäft geht, nehmen wir alles, was wir kriegen können. Und er wird eine gute Promotion kriegen. Bis bald.«

Die Verbindung war unterbrochen.

Childes kehrte ins Wohnzimmer zurück und ließ sich auf das Sofa fallen. Er beschloß, daß er keinen weiteren Drink wollte. Er nahm seine Brille ab und rieb sich mit steifgewordenen Fingern die Augen, und das Bild seiner Tochter verschwamm.

Gabrielle war vier Jahre alt gewesen, als er sie verlassen hatte. Er hoffte so sehr, daß sie ihn eines Tages verstehen würde.

Er saß lange da, den Kopf an die Sofalehne zurückgefallen, die Beine auf dem kleinen, gemusterten Teppich und dem sauberen Parkettboden ausgestreckt; die Brille in einer Hand, und diese Hand auf den Brustkorb gelegt. Er starrte zur Decke empor, und ab und zu schloß er die Augen und versuchte sich daran zu erinnern, was er gesehen hatte.

Aber aus einem unerfindlichen Grund war alles, was er noch zusammenbrachte — rot. Rote Farbe. Ein dickes, klebriges Rot. Und er glaubte, das Blut sogar riechen zu können.

DER ERSTE Alptraum kam in der folgenden Nacht.

Er wachte ängstlich und wie steifgefroren auf. Allein.

Der Schatten des Traums war noch in ihm, ausgebleichte Bilder, die sich nicht schärfer stellen ließen. Da war nur ein schimmerndes Etwas . . . ein höhnisches Gespenst; er spürte es mehr, als daß er es sah. Es verblaßte, allmählich überwältigt vom Mondlicht, das den Raum durchflutete.

Childes setzte sich im Bett aufrecht und lehnte den Rücken gegen die kühle Wand am Kopfende. Er war starr vor Angst, und diese Angst streichelte ihn mit frostigen Berührungen. Er wußte nicht, warum, konnte den Grund dafür nicht finden.

Draußen, in der finsteren Stille der Silbernacht, stieß eine einsame Möwe einen gequälten Schrei aus.

»NEIN, JEANETTE, du wirst alles noch einmal von Anfang an überprüfen müssen. Denk daran, der Computer hat keinen eigenen Verstand — er verläßt sich vollkommen auf deinen. Eine falsche Anweisung von dir, und er kommt nicht nur ins Schleudern — er schmollt. Wenn du dann etwas von ihm willst, bekommst du es nicht.«

Childes lächelte zu dem Mädchen hinab, ein wenig ihrer regelmäßigen grundlegenden Fehler überdrüssig, aber andererseits . . . Ihm war klar, daß die Köpfe der Kinder nicht ausnahmslos auf das rasch voranschreitende technologische Zeitalter eingestimmt waren — ganz gleich, was Zeitungen und Sonntags-Farbbeilagen auch verkündeten. Und . . . er war nicht mehr in der kommerziellen Computerwelt, er mußte sich an den langsameren Trott angleichen, sich den Kindern anpassen, die er unterrichtete. Manche hatten den Dreh heraus, manche nicht, und er mußte den Schwächeren in ihren Frustrationen helfen.

»Okay, also noch mal zurück auf RETURN. Und diesmal gehst du jede Stufe langsam durch, Schritt für Schritt. Wenn du vor jedem Schritt nachdenkst, kannst du gar nichts falsch machen.«

Ihr Stirnrunzeln verriet ihm, daß sie nicht überzeugt war. Er auch nicht.

Er marschierte weiter, und Jeanette blieb zurück und biß sich auf die Unterlippe und drückte jede Taste mit übertriebener Nachdenklichkeit — als wäre das Ganze eine Sache des Willens; ein Kampf Mädchen gegen Maschine.

»Hey, Kelly, das ist gut.«

Die Vierzehnjährige blickte ihn an und strahlte, und ihre Blicke tauchten ein wenig zu tief in die seinen. Er schaute beeindruckt auf den Bildschirm.

»Ist das dein Privatkonto?« wollte er wissen.

Sie nickte, den Blick jetzt wieder auf der Computer-Aufstellung.

»Sieht so aus, als würdest du mit diesen Ausgaben nicht über die Runden kommen.«

»Oh, das klappt schon, wenn ich den Ausdruck nach Hause schicke. Wenn Dad den Beleg sieht, wird er nachzahlen.«

Childes lachte: Kelly hatte die Möglichkeiten der Mikroelektronik sehr schnell erkannt. Es gab sieben solcher Geräte im Klassenzimmer (das seinerseits ein Anhängsel der naturwissenschaftlichen Abteilung war), und so, wie es aussah, waren alle einer ständigen Beanspruchung unterzogen, selbst wenn er nicht da war und die Aufsicht führte. Er hatte wirklich Glück gehabt, damals, als er hierher gekommen — *geflohen* — war, denn alle hier ansässigen Colleges (viele davon in privater Hand) brannten darauf, dem Computerzeitalter Tür und Tor zu öffnen — gewisse Herrschaften in den Gremien waren sich sehr wohl der Tatsache bewußt, daß schulgeldzahlende Eltern solches Wissen als einen wesentlichen Teil der Ausbildung ihrer Kinder betrachteten. Bis zu seiner Ankunft auf der Insel war Childes auf freiberuflicher Basis bei einer Firma beschäftigt gewesen, die sich darauf spezialisiert hatte, kommerziellen Unternehmen, großen wie kleinen, auf deren speziellen Bedürfnisse zugeschnittene Computersysteme aufzubauen, sie in Planung und Software zu beraten, passende Programme zu entwickeln, oftmals die Geräte selbst zu installieren und Intensivkurse über deren Funktionen abzuhalten. Zu seinen Aufgaben gehörte es üblicherweise, Unregelmäßigkeiten im System zu beheben, Probleme zu lösen, die sich bei einer anfänglichen Bedienung ständig ergaben, und sein Spürsinn — *Intuition* nannten es manche —, der vor keinem auch noch so komplizierten System kapitulierte, der jeden auch noch so speziellen Fehler fand, war geradezu unheimlich. Er hatte jede Menge Erfahrung, war hoch bezahlt und wurde von seinen Kollegen sehr respektiert; trotzdem war seine Kündigung für viele von ihnen eine Erleichterung gewesen.

Kelly lächelte ihn an.

»Ich brauche ein neues Programm . . . damit ich weitermachen kann«, sagte sie.

Childes sah auf seine Uhr. »Ein bißchen spät, jetzt noch damit anzufangen. Nächstes Mal gebe ich dir etwas Schwierigeres.«

»Ich könnte bleiben.«

Eines der anderen Mädchen kicherte, und Childes spürte, wie er ganz gegen seinen Willen lächerlich errötete. Vierzehn Jahre, um Gottes willen!

»Du vielleicht schon. Aber ich nicht. Räum einfach deinen Platz auf, bis es klingelt. Oder, noch besser: hilf Jeanette mit ihrem Programm . . . Sieht so aus, als hätte sie Schwierigkeiten.«

Ein leichter Ärger flackerte in ihren Augen, aber das Lächeln änderte sich nicht. »Okay, Sir.« Ein wenig zu flott.

Sie ging zu Jeanette hinüber, und dieses Gehen war ein *Tänzeln*, und insgeheim schüttelte er den Kopf über ihren Auftritt . . . So, wie sie sich bewegte . . . das war zu wissend für ihr Alter. Selbst ihr kurzgeschnittenes, sandfarbenes Haar und die kecke Nase brachten ihr wirkliches Alter nur wenig zur Geltung, und die eifrig knospenden Brüste machten ohnehin jedes kindliche Bild zunichte, das die Schuluniform aus blauem Rock, schlichter, weißer Bluse und gestreifter Krawatte abgeben sollte. Im Vergleich zu ihr schien Jeanette Zoll für Zoll das kleine Schulmädchen zu sein, bei dem die Fraulichkeit noch nicht einmal über den Horizont blinzelte. Sieht so aus, als ob Begabung nicht nur aufs Lernen beschränkt sei, dachte er.

Er schlenderte langsam an den Bänken entlang, beugte sich hier und da vor und gab den anderen Mädchen (manche saßen gemeinsam vor einem Gerät) Anweisungen, bald von ihrer Begeisterung angesteckt, und war ihnen behilflich, ihre eigenen Macken aufzuspüren; und er zeigte ihnen die korrekten Vorgehensweisen. Die Schulglocke überraschte ihn, obwohl er gewußt hatte, daß es gleich läuten mußte.

Er richtete sich auf und bemerkte, daß Kelly und Jeanette nicht gerade voneinander begeistert waren. »Okay, schaltet die Geräte aus«, sagte er, an die Klasse gewandt. »Mal sehen, wann habe ich euch wieder . . .?«

»Donnerstag«, antworteten sie im Chor.

»In Ordnung, schätze, am Donnerstag werden wir dann die verschiedenen Computertypen durchnehmen und zukünftige Entwicklungen. Ich hoffe, daß ihr dann ein paar gute Fragen an mich habt.«

Jemand stöhnte.

»Irgendein Problem?«

»Wann machen wir mit der Grafik weiter, Sir?« erkundigte sich das Mädchen. Sein rundliches, fast pausbäckiges Gesicht war vor Enttäuschung regelrecht geknittert.

»Sehr bald, Isobel. Wenn ihr soweit seid. Und jetzt ab mit euch, und laßt nichts zurück. Ich schließe ab, wenn ich gehe.«

Der allgemeine Aufbruch verlief nicht so ordentlich, wie es sich die Leiterin des La Roche Mädchen-College vielleicht gewünscht hätte, aber Childes sah sich weder als Lehrer noch als Zuchtmeister; er war nur der Computerberater dieser Schule — dieser und noch zweier anderer auf der Insel. Solange die Kids in der Spur blieben und das, was er ihnen beibrachte, einigermaßen aufnahmen, dachte er nicht daran, die lockere Atmosphäre im Klassenzimmer abzustellen. Er wollte nicht, daß sie sich an den Geräten zurückhielten, und in dieser Hinsicht war eine eher informelle Atmosphäre recht hilfreich. Im Grunde genommen hielt er die Kinder aller drei Schulen für bemerkenswert gut erzogen — sogar diejenigen am Jungen-College.

Seine Augen brannten, gereizt von den weichen Kontaktlinsen, die er trug. Er überlegte, ob er sie gegen seine Brille auswechseln sollte, die er (für Notfälle) ganz unten in seiner Aktentasche bei sich trug, entschied aber, daß das zuviel Mühe bereitete. Die Reizung würde nachlassen.

»Klopf, klopf!«

Er drehte sich um und sah Amy in der offenen Tür stehen.

»Kommt Sir zum Spielen raus?« fragte sie.

»Du bittest mich darum?«

»Wer bin ich, daß ich stolz sein könnte?« Amy schlenderte ins Klassenzimmer herein; sie hatte ihre Haare zu einem straffen Knoten zurückgebunden — ein Versuch, schulmeisterlich auszusehen. Für Childes betonte es ihre Sinnlichkeit, genau wie ihr hellgrünes, hochgeschlossenes Kleid, denn er wußte, was sich hinter dieser Verkleidung verbarg. »Deine Augen sehen wund aus«, bemerkte sie, spähte schnell zur offenen Tür zurück und küßte ihn dann, als sie sah, daß die Luft rein war, auf die Wange.

Er widerstand dem Impuls, sie an sich zu ziehen. »Wie war dein Tag?«

»Frag nicht. Ich hatte Drama.« Sie schüttelte sich. »Weißt du, was für ein Stück sie zum Semesterende aufführen wollen?«

Er verstaute seine Unterlagen in der Aktentasche und klappte sie zu. »Verrat's mir.«

»Dracula. Kannst du dir vorstellen, daß Miss Piprelly das gestattet? Ich hab' jetzt schon Angst, ihr den Vorschlag zu machen.«

Er kicherte. »Hört sich nach einer guten Idee an. Holt wieder so ziemlich das Letzte aus Nicholas Nickleby raus.«

»Fein, ich werde ihr mitteilen, daß Dracula deine Unterstützung hat.«

»Ich bin bloß ein Außenstehender, kein vollwertiges Kollegiumsmitglied. Meine Meinung zählt nicht.«

»Denkst du, meine etwa? Unsere Direktorin ist vielleicht nicht der Ayatollah persönlich, aber ich bin sicher, daß es da irgendwo gewisse Familienbande gibt.«

Er schüttelte lächelnd den Kopf. »So schlimm ist sie auch wieder nicht. Ein wenig zu besorgt vielleicht, was das Ansehen der Schule betrifft, okay, aber das ist verständlich. Für so eine kleine Insel gibt's hier ganz schön viele Privatschulen; ein ziemliches Überangebot.«

»Das kommt davon, daß wir eine Steueroase sind. Aber du hast recht: die Konkurrenz ist groß, und der Wettbewerb hart, und die Schulleitung sorgt dafür, daß wir das nie vergessen. Ich mag sie wirklich, auch wenn . . .«

Plötzlich bemerkten sie die Gestalt in der Türöffnung.

»Hast du was vergessen, Jeanette?« fragte Childes und hätte nur zu gern gewußt, wie lange sie schon dort gestanden war.

Das Mädchen sah ihn schüchtern an. »Tut mir leid, Sir. Ich hab' meinen Füller auf der Bank gelassen.«

»Schon gut, geh und hol ihn dir.«

Mit kurzen, schnellen Schritten, den Kopf gesenkt, kam Jeanette in den Raum. Ein blasses Mädchen mit dunklen Augen, das eines Tages vielleicht hübsch sein würde . . . Aber momentan war sie viel zu klein für ihr

Alter, und ihre Haare waren widerspenstig und lang und nicht einmal andeutungsweise zu einer modischen Frisur gekämmt. Ihre blaue Uniformjacke war eine Nummer zu groß, was den Körper darin noch mehr zusammenschrumpfen ließ, und es war eine Scheu an ihr, die Childes entwaffnend fand — und die ihn manchmal an den Rand der Verzweiflung brachte.

Sie suchte rings um den Computer herum, gegen den sie gekämpft hatte, und Amy beobachtete sie mit einem hauchzarten Lächeln. Childes war bereits damit beschäftigt, die Stecker zu ziehen und die Geräte vom Stromnetz abzukoppeln. Jeanette hatte offenbar kein Glück und starrte den Computer schließlich ziemlich verzweifelt an, als hätte er den vermißten Gegenstand auf geheimnisvolle Art und Weise verschluckt.

»Kein Glück gehabt?« erkundigte sich Childes, als er an ihrer Bank ankam und sich nach dem Stecker darunter bückte.

»Nein, Sir.«

»Ah, das wundert mich nicht. Er liegt auf dem Boden.« Noch immer auf den Knien, reichte er ihr den Füller.

Sehr ernst und seinen Blick meidend nahm ihn Jeanette aus seinen Fingern. »Danke«, hauchte sie, und Childes war überrascht, sie erröten zu sehen. Sie huschte aus dem Klassenzimmer.

Er zog den Stecker und richtete sich auf. »Worüber lächelst du?« fragte er Amy.

»Das arme Mädchen ist in dich verliebt.«

»Jeanette? Sie ist doch noch ein Kind.«

»In einer Nur-Mädchenschule mit ziemlich vielen Vollzeit-Internatsschülerinnen erntet jede halbwegs anständig aussehende männliche Person eine gewisse Aufmerksamkeit. Ist dir das nicht aufgefallen?«

Er zuckte mit den Schultern. »Möglich, daß mir zwei

oder drei schon mal ein paar komische Blicke zugeworfen haben, aber ich — he, was soll das heißen, *halbwegs* anständig aussehend?«

Lächelnd nahm ihn Amy beim Arm und zog ihn zur Tür. »Komm schon, die Schule ist aus, und ich könnte ein bißchen Entspannung vertragen. Eine kurze Fahrt und ein Longdrink — Gin und Tonic mit viel Eis —, das wäre genau das Richtige, bevor ich zum Essen nach Hause gehe.«

»Schon wieder Gäste?«

»Nein, nein, zur Abwechslung mal nur die Familie. Da fallt mir ein: Du bist zum Essen eingeladen, am Wochenende.«

Er zog die Augenbrauen hoch. »Der gute Daddy hatte eine Sinneswandlung?«

»Hm-hm. Er hält nach wie vor nicht sonderlich viel von dir. Nennen wir's mal Mutters Einfluß.«

»Das wärmt mein angeknackstes Herz.«

Sie blickte zu ihm hoch, schnitt eine Grimasse und drückte seinen Arm, bevor sie in den Flur hinaustraten und sie ihn loslassen mußte. Auf der Treppe ins Erdgeschoß hinab registrierte sie die verstohlenen Blicke sehr wohl; einige Schülerinnen taxierten sie, stießen sich bedeutungsvoll mit dem Ellbogen an. Sie und Jon benahmen sich in Gegenwart anderer auf dem Schulgelände ziemlich förmlich, aber ein gemeinsamer Wagen genügte schon, um ins Gerede zu kommen.

Sie erreichten die breiten gläsernen Flügeltüren des Gebäudes, ein vergleichsweise neuer Anbau, der die naturwissenschaftlichen Labors, die Musik- und Sprachräumlichkeiten beherbergte und vom eigentlichen College durch eine elegant geschwungene Auffahrt und eine weite, kreisförmig angelegte Rasenfläche abgetrennt war. Im Zentrum dieser Rasenfläche starrte die Statue von La

Roches Gründerin stoisch zum weißen Hauptgebäude hinüber, als würde sie zählen, wie viele Menschen durch jenes Portal eintraten. Mädchen eilten über die freie Fläche, entweder zum Parkplatz auf der Rückseite des College, wo die Eltern warteten, oder zu den Unterkünften und Pausenräumen im Südflügel, und ihr Schwatzen war weithin zu hören — nach dieser langen Zeit der Zurückhaltung war ihrer aller Mitteilungsbedürfnis buchstäblich entfesselt. Die Seeluft trug den Geruch von Salz über die Hügel heran und war eine willkommene Erlösung von der begrenzten Atemluft des Klassenzimmers. Childes atmete tief ein, als er und Amy die kurze Freitreppe aus Beton hinabstiegen.

»Mr. Childes! Könnten Sie wohl einen Moment erübrigen?«

Beide stöhnten sie innerlich auf, als sie die Direktorin auf der gegenüberliegenden Seite der Auffahrt winken sahen.

»Ich hol dich ein«, murmelte er Amy zu und quittierte Miss Piprellys Ruf mit einer kaum erhobenen Hand.

»Ich warte bei den Tennisplätzen. Vergiß nicht, du bist größer als sie.«

»Oh, wirklich? Wer sagt das?«

Sie trennten sich, und Childes marschierte auf direktem Weg quer über die Rasenfläche zu der wartenden Direktorin hinüber. Ihr Stirnrunzeln signalisierte, daß er wirklich außen herum hätte gehen können. Childes konnte Miss Piprelly nur als buchstäblich *aufrechte* Frau beschreiben: Sie hielt sich sehr gerade, kaum locker, und ihre Züge waren eigentümlich kantig, weiche Linien konnte man kaum bemerken. Sogar die kurzgeschnittenen, ergrauenden Haare trug sie streng nach hinten gekämmt, und ihre Lippen hatten etwas Dünnes an sich . . . es sah nicht gerade niederträchtig aus, eher so, als wäre jeder Humor schon vor langer Zeit aus ihnen herausgebügelt worden. Das rechteckige Brillengestell stand in konsequenter Harmonie zu ihrer körperlichen Gradlinigkeit. Selbst ihre Brüste weigerten sich, gegen diese allgemeine Grundtendenz zu verstoßen, und Childes hatte sich manchmal schon überlegt, ob sie wohl mit gewissen künstlichen Hilfsmitteln eingeschnürt waren. In finsteren Momenten war er sogar fest davon überzeugt, daß sie gar keine hatte.

Aber eigentlich hatte es nicht lange gedauert, herauszufinden, daß Estelle Piprelly, Magister der Universität Cambridge, Magister der Pädagogik und Diplom-Psychologin, überhaupt nicht so streng war, wie die Karikatur ihrer selbst vermuten ließ — obwohl sie natürlich gewisse Momente mit gewissen Anwandlungen hatte.

»Was kann ich für Sie tun, Miss Piprelly?« fragte er, als er neben ihr auf der Eingangsstufe stand.

»Ich weiß, es mag Ihnen verfrüht erscheinen, Mr. Childes, aber ich versuche bereits, den Unterrichtsplan für das kommende Semester zu erstellen. Ich fürchte, dies ist für die Eltern zukünftiger Schülerinnen vonnöten, und unser Vorstand besteht darauf, daß er sehr lange vor der Sommerpause fertiggestellt ist. Ich hätte nun gern gewußt, ob Sie im Herbstsemester mehr von Ihrer Zeit für uns erübrigen könnten. Mir scheint, die Ausbildung am Computer ist heutzutage doch zu einer Art Priorität geworden — was nach meinem Dafürhalten ein Fehler ist.«

»Ich glaube, da gibt es Schwierigkeiten . . . Sie wissen, ich habe auch noch die anderen Colleges, Kingsley und de Montfort.«

»Ja, aber ich weiß auch, daß Sie in einem gewissen Umfang noch über freie Zeit verfügen. Gewiß können Sie doch einige zusätzliche Stunden pro Woche für uns einplanen, oder?«

Wie erklärte man jemanden wie Miss Piprelly, die ihren erwählten Beruf mit Leib und Seele lebte, daß man selbst die Arbeitsmoral nicht ganz so hoch droben auf die persönliche Prioritätenliste gesetzt hatte? Nicht mehr, jedenfalls. Eine ganze Menge war plötzlich anders geworden; er hatte sich verändert . . . und das Leben hatte sich verändert.

»Ein zusätzlicher Nachmittag, Mr. Childes. Könnten wir sagen, dienstags?« Ihr strenger Blick duldete keine Weigerung.

»Lassen Sie mich ein bißchen darüber nachdenken«, bremste er sanft und spürte ihren beginnenden Ärger.

»Nun gut, aber ich muß das erste Konzept des Stundenplanes wirklich bis zum Ende der Woche fertiggestellt haben.«

»Ich gebe Ihnen Bescheid.« Er versuchte ein Lächeln — und ärgerte sich über den entschuldigenden Tonfall in seiner Stimme.

Ihr knapper Seufzer drückte ihre Erbitterung aus und hörte sich sehr verstimmt an. »Also am Donnerstag.«

Er war entlassen. Kein weiteres Wort, kein »Guten Tag«. Er war einfach nicht mehr anwesend. Miss Piprelly rief zu einer Gruppe von Mädchen hinüber, die den Fehler begangen hatten, Childes' Weg über den geheiligten Rasen zu nehmen. Er wandte sich ab, und irgendwie hatte er das Gefühl, sich aus dem Staub zu machen. Er mußte sich Mühe geben, eine gewisse Forschheit in seine Schritte zu legen.

Nachdem Estelle Piprelly die (buchstäblich) vom rechten Weg abgekommenen Mädchen getadelt hatte — eine Aufgabe, für die sie nur sehr wenige Worte und eine kaum erhobene Stimme benötigte —, wandte sie ihre Aufmerksamkeit dem davongehenden Gastlehrer zu. Seine Schultern waren leicht nach vorn gebeugt, er schien den Boden vor sich zu betrachten, als plane er jeden einzelnen Schritt genau, ein recht junger Mann, der manchmal ungewöhnlich ermüdet zu sein schien. Nein, ermüdet war die falsche Bezeichnung. Es gab manchmal einen Schatten *hinter* seinen Augen, einen ruhelosen Schatten, den gelegentlichen Eindruck einer verborgenen Angst.

Ihre Braue furchte sich — weitere parallele Linien —, und ihre Finger zupften, ohne daß ihr dies bewußt geworden wäre, an einem losen Faden ihres Ärmels.

Childes beunruhigte sie, und sie vermochte nicht zu ergründen, weshalb. Seine Arbeit war ausgezeichnet, peinlich exakt, und sie hatte den Eindruck, daß er bei den Schülerinnen beliebt war, wenn nicht bei einigen gar eine Spur *zu* beliebt. Sein Spezialwissen bedeutete eine nützliche Ergänzung der angebotenen Fächer, und ganz ohne Zweifel war er für ihre überlasteten Lehrer der Naturwissenschaften eine beträchtliche Unterstützung. Und dennoch, obwohl sie zusätzliche Unterrichtsstunden von ihm gefordert hatte, bereitete ihr etwas in seiner Gegenwart Unbehagen.

Vor langer, *langer* Zeit, da sie selbst noch ein Kind gewesen war und die deutsche Wehrmacht diese Insel als Brückenkopf für ihren Angriff auf das britische Festland besetzt hatte, da war es deutlich zu spüren gewesen . . . diese durchdringende Aura der Vernichtung. Nicht ungewöhnlich für jene dramatischen Kriegszeiten, jedoch kam ihr Jahre später zu Bewußtsein, daß sie eine weit höhere Sensibilität besaß als die meisten anderen Menschen. Nichts Dramatisches, o nein — sie war weder Medium noch Hellseher —, nur ein scharfumrissenes Empfinden. Im Laufe der Zeit war es abgestumpft, begraben unter dem Pragmatismus der gewählten Laufbahn, und doch . . . es war niemals gänzlich verschwunden. Damals hatte sie den Tod in den Gesichtern der deutschen Soldaten gesehen — gespürt —, eine unnatürliche Vorankündigung in ihren Gesichtern, in ihrer Stimmung.

Auf eine verwirrende Art und Weise spürte sie bei Childes dasselbe. Obgleich er jetzt nicht mehr zu sehen war, fröstelte Miss Piprelly.

ER KAM mit den Getränken aus der Hotelbar zurück, schlängelte sich um die Gartentische und -stühle herum und sah gerade noch, wie Amy ihre strenge Lehrerinnen-Frisur geschickt verwandelte; sie löste die Spangen und faßte ihre Haare zu einem Pferdeschwanz zusammen, eine alte Mode, die aber durch sie Wiederauferstehung feierte . . . eine sehr zeitgemäße und schicke Auferstehung.

Amy besaß eine unterschwellige Eleganz, die angeboren und nicht anerzogen war, und Childes dachte nicht zum ersten Mal, daß sie ganz und gar nicht wie eine Lehrerin aussah — jedenfalls nicht wie eine von der Sorte, die ihn unterrichtet hatte.

Im Schatten des Sonnenschirms wirkte ihre Haut beinahe golden, und ihre blaßgrünen Augen und die helleren Haarsträhnen, die sich über ihren Ohren lockten, verstärkten diesen Effekt noch. Wie üblich trug sie ein Minimum an Make-up, ein Hang, der sie einigen der Mädchen ähnlich sehen ließ, die sie unterrichtete. Ihre kleinen Brüste, nur zarte Schwellungen, störten diese Illusion kaum. Doch mit ihren dreiundzwanzig Jahren — sie war elf Jahre jünger als er — besaß sie auch eine stille Reife, was ihn nur sehr wenig erstaunte; sie war nicht immer vorhanden, denn da gab es auch eine aufreizende Unschuld an ihr, die den Eindruck der Pubertät noch betonte. Diese Kombination war oft verwirrend, denn sie selbst war sich dieser Eigenschaften eindeutig nicht bewußt, und ihre Stimmungen konnten recht schnell wechseln.

Amy reckte ihre schlanken Finger in einer Geste der Verzweiflung dem Glas entgegen, sobald er nahe genug war, und frühabendliches Sonnenlicht traf ihre Hand und ließ sie in hellerem Gold aufleuchten.

»Wenn Miss Piprelly wüßte, daß sie eine Trinkerin in ihrem Kollegium hat«, stichelte er gutmütig und reichte ihr den Gin Tonic.

Sie ließ das Glas in ihren Händen zittern und brachte es an die Lippen. »Wenn Pip wüßte, daß ihr halbes Kollegium aus Alkoholikern besteht . . . Und daß sie der Grund ist!«

Childes setzte sich ihr gegenüber, so daß er sie zwar nicht berühren, aber ausgiebig betrachten konnte.

»Unsere verehrte Schulleiterin wünscht, daß ich der Schule mehr Zeit widme«, erklärte er im demonstrativ seriösen Tonfall eines Butlers, und Amys plötzliches Lächeln freute ihn.

»Jon, das wäre wunderbar.«

»Ich bin mir nicht so sicher. Ich meine, ja, großartig, wir könnten uns öfter sehen, aber als ich hierher gekommen bin, da wollte ich raus aus der Hetze, weißt du noch?«

»Das ist aber was anderes. Das hier ist eine ganz andere Kultur als die, die du gewöhnt warst.«

»Ja, ein anderer Planet. Aber ich habe mich an das gemächliche Tempo gewöhnt, an diese Nachmittage, an denen ich spazierengehen oder tauchen oder einfach am Strand dösen kann. Weißt du, ich habe endlich Zeit zum Nachdenken gefunden.«

»Manchmal denkst du zuviel nach.«

Und da war er auch schon: der Stimmungswandel.

Er wich ihrem Blick aus. »Ich habe versprochen, ihr Bescheid zu geben.«

Der Humor kehrte in Amys Stimme zurück.

»Feigling!«

Childes schüttelte den Kopf. »Sie sorgt dafür, daß ich mir wie ein Zehnjähriger vorkomme.«

»Ihr Bellen ist nicht so schlimm wie ihr Beißen. Ich würde tun, worum sie bittet.«

»Du bist wirklich eine Hilfe!«

Sie stellte ihr Glas auf den Tisch. »Ich hätte gern das

Gefühl, daß ich das wirklich bin. Ich weiß, du verbringst zuviel Zeit allein, und vielleicht ist eine stärkere Bindung an das College genau das, was du brauchst.«

»Du weißt, was ich von Bindungen halte.«

Sie wechselten einen Blick.

»Du hast eine — zu deiner Tochter.«

Er nippte an seinem Bier.

»Laß uns wieder fröhlicher sein«, bat er nach einer Weile.

»Es war ein langer Tag.«

Amy lächelte, aber in ihren Augen lag Beunruhigung. Sie griff nach seiner Hand, streichelte die Finger und überdeckte ernstere Gedanken mit ihrem heiteren Necken: »Ich glaube, unsere gute Pip würde es für einen gelungenen Coup halten, wenn sie dich ganztags ins Kollegium einspannen könnte . . .«

»Sie will mich nur für einen zusätzlichen Nachmittag.«

»Heute zweieinhalb Tage von deiner Zeit, morgen deine Seele.«

»Du sollst mich doch aufmuntern!«

In ihren Augen glitzerte der Schalk. »Ich wollte dir nur klarmachen, daß jeder Widerstand zwecklos ist. Das haben schon andere versucht«, setzte sie hinzu und ließ ihre Stimme unheilvoll tief und brummig klingen, was ihn zum Lächeln reizte.

»Eigenartig . . . sie hat mir in letzter Zeit immer wieder merkwürdige Blicke zugeworfen, irgendwie bedeutungsschwanger.«

»Das war die Vorbereitung: So wirkt ihr Voodoo besser.«

Er lehnte sich zurück. Leute schlenderten mit Gläsern in der Hand in den Biergarten des Hotels heraus. Sie alle nutzten die willkommene Abwechslung und die Sonne; der kalte Nieselregen der vergangenen Wochen war bereits vergessen. Eine riesengroße, pelzige Hummel schwebte ganz in der Nähe über den Azaleen, und ihr Brummen kündigte bereits die bevorstehenden wärmeren Monate an. Und er — er war erst vor kurzem so nahe daran gewesen, auf dieser Insel seinen Frieden zu finden. Die unbekümmerte Lebensart, das angenehme Wesen der Insel selbst, Amy — die schöne Amy —, seine eigene, selbst auferlegte gelegentliche Einsamkeit . . . das alles hatte ihn wieder ins Gleichgewicht gebracht, mit sich selbst, mit der Umwelt; eine vom rasenden Tempo der sich ständig verändernden Mikrochip-Welt weit entfernte Beständigkeit, und weit entfernt auch von einer Karriere in der vor Leben brodelnden Großstadt, weit entfernt von einer Ehefrau, die ihn einmal geliebt hatte, die aber später Angst gehabt hatte vor . . . vor was? Vor etwas, das sie beide nicht verstanden.

Psychische Energie. Ein bizarrer Fluch.

»Wer ist jetzt ernst?«

Er starrte Amy ausdruckslos an; mit ihrer Frage hatte sie seine Überlegungen unterbrochen.

»Du hast diesen abwesenden Blick gehabt . . . Okay, okay, ich hätte mich inzwischen allmählich daran gewöhnen können«, sagte sie. »Aber . . . Du hast nicht nur geträumt.«

»Nein. Ich habe an früher gedacht.«

»Das ist Vergangenheit, und das bleibt es am besten auch, Jon.«

Er nickte, weil er es sich nicht einmal selbst richtig erklären konnte. Es war . . . eine Unsicherheit, und sie kam von dem schleichenden Unbehagen, das er seit jenem Alptraum in sich spürte . . . damals, vor zwei Wochen . . .

Sie stützte die verschränkten Arme auf den Tisch. »He, du hast mir noch keine Antwort gegeben.« Sie bemerkte seine verwunderte Miene und runzelte die Stirn. »Meine Einladung zum Essen: Du hast mir noch nicht gesagt, ob du kommst.«

»Hab' ich denn eine Wahl?« Für den Augenblick waren die düsteren Gedanken gewichen — besiegt von Amys sündhaft unschuldigem Lächeln.

»Natürlich. Du kannst entweder annehmen oder abgeschoben werden. Daddy haßt schlechte Manieren.«

»Und wir alle kennen seinen Einfluß bei gewissen Angelegenheiten dieser wunderbaren Insel.«

»Genau.«

»Dann komme ich.«

»Sehr vernünftig.«

»Wieviel Überredungskunst hat deine Mutter gebraucht?«

»Nicht viel. Sie hat sich auf Drohungen verlegt.«

»Schwer, sich vorzustellen, daß dein Vater vor irgendwem Angst hat.«

»Du kennst Mutter nicht. Auf den ersten Blick scheint sie ganz aus Sanftmut und Unkompliziertheit zu bestehen, aber da gibt es eine verborgene Ader unter alldem . . . purer Stahl, und das macht sogar mir manchmal angst.«

»Ein Trost, zu wissen, daß wenigstens *sie* mich mag.«

»Oh, ich würde nicht so weit gehen. Sagen wir einfach, sie ist nicht vollkommen gegen ich.«

Er lachte leise. »Ich freue mich wirklich auf den Abend.«

»Weißt du, ich nehme an, sie ist ganz gefesselt von dir. Ein geheimnisvoller, attraktiver Mann mit zwielichtiger Vergangenheit und so.«

Einen Moment lang sah Childes in sein Bier hinab. »Sieht sie meine Vergangenheit so?« fragte er.

»Sie ist der Meinung, daß du rätselhaft bist, und das gefällt ihr.«

»Und der liebe Daddy?«

»Du bist nicht gut genug für seine Tochter, das ist alles.«

»Weißt du das genau?«

»Nein, aber es ist auch nicht wichtig. Er respektiert meine Gefühle, und ich habe aus meinem Herz keine Mördergrube gemacht — er weiß, was ich für dich empfinde. So eigensinnig er manchmal auch ist . . . er würde mir nie weh tun. Deshalb unternimmt er nichts gegen dich.«

Childes wünschte, er könnte dessen sicher sein. Bei den wenigen Gelegenheiten, bei denen sie sich begegnet waren, hatte der Finanzier aus seiner Feindseligkeit kaum ein Geheimnis gemacht. Vielleicht mochte er geschiedene Männer nicht; vielleicht mißtraute er ganz einfach jedem, der seinem Standard, seiner Vorstellung von ›Normalität‹ nicht entsprach.

Bevor er wieder zu ernst werden konnte, fragte er mit einem Grinsen: »Brauche ich einen Smoking?«

»Nun, er hat auch ein oder zwei Geschäftsfreunde eingeladen — und zufällig ist auch ein Vorstandsmitglied von La Roche und dessen Frau darunter . . . also nichts zu Zwangloses. Eine Krawatte wäre nett.«

»Und ich dachte schon, die *Soirée* sei nur zu meinem Besten.«

»Daß du da bist, ist zu *meinem* Besten.« Sie betrachtete ihn aufmerksam. »Vielleicht kommt es dir belanglos vor, aber es bedeutet mir viel, dich bei mir zu haben. Ich weiß auch nicht, weshalb es diesen Graben zwischen dir und meinem Vater gibt, Jon, aber er ist unnötig . . . er zerstört viel durch seine bloße Existenz.«

»Die Feindseligkeit geht nicht von mir aus, Amy.«

»Das weiß ich. Ich will nur, daß er uns bei einem ganz normalen Treffen zusammen sieht . . . ich will ihm zeigen, wie gut wir zusammenpassen.«

Er mußte unwillkürlich lachen, und sie warf ihm einen tadelnden Blick zu. »Ich weiß, was du jetzt denkst, aber das hab' ich nicht gemeint. Ich bin immer noch sein kleines Mädchen, denk daran.«

»Er wird wohl nie begreifen, wie sehr du eine Frau bist.«

»Das braucht er auch nicht. Andererseits glaube ich aber, daß er sich auch nicht allzusehr verrennt, etwa: meine Tochter ist so rein wie frischgefallener Schnee . . .«

»Da wäre ich nicht zu sicher. Solchen Dingen kann sich ein entsprechend kindischer Vater nur schwer stellen.« Die Vertraulichkeit ihrer Unterhaltung überwältigte ihn; da war so viel Freude, und er fühlte sich gut bei ihr, geborgen in ihrer Gegenwart. Und Amy empfand ebenso, denn ihr Lächeln war so anders, nicht geheimnisvoll, sondern wissend, und ihre blaßgrünen Augen hell und strahlend. Sie senkte den Blick und betrachtete die klar umrissenen, gerundeten Würfel, die sie leicht in ihrem Glas herumschwenkte, als enthielten sie eine wichtige Botschaft . . . etwas Bedeutungsvolles. Von den benachbarten Tischen wehten Bruchstücke von Unterhaltungen herüber und gelegentlich ein leises Lachen. Ein Flugzeug legte sich über der Westspitze der Insel in eine weite Kurve. Nur Sekunden nach dem Start von dem winzigen Flughafen war es bereits über dem Meer; die Sonne hatte sich rot verfärbt, und ihre Strahlen berührten die Tragflächen. Eine milde Abendbrise erfaßte eine Locke ganz dicht an Amys Wange.

»Eigentlich müßte ich jetzt gehen«, sagte sie nach einer Weile.

Aber sie waren sich beide klar darüber, was sie wirklich wollten.

Childes sagte: »Ich fahre dich nach La Roche zurück, zu deinem Wagen.«

Sie tranken aus und standen gleichzeitig auf. Als sie durch den Garten und auf das weiße Tor zugingen, hinter dem der Parkplatz lag, schob sie ihre Hand in die seine. Er drückte ihre Finger, und sie erwiderte den Druck.

Im Wagen beugte sich Amy zu ihm herüber und küßte ihn auf die Lippen, und da war eine unbeschreibliche Sehnsucht in ihm, die von ihrer Zärtlichkeit abgekühlt und zugleich erhitzt wurde. Dieses Gefühl war für beide so paradox wie der Kuß: er stärkte und schwächte zugleich. Als sie sich trennten, atemlos, mit dem Wunsch nach mehr, zogen seine Fingerspitzen eine sanfte Bahn über ihre Wange, streiften ihre Lippen und wurden feucht. Er wußte, daß ihre Beziehung gerade eben ganz unerwartet und verwirrend einen neuen Höhepunkt erreicht hatte. Sie hatte sich langsam entwickelt, ganz allmählich, weil jeder von ihnen vor dem anderen auf der Hut gewesen war; er hatte Angst davor gehabt, zuviel zu geben, und sie war ihm, dem Fremden gegenüber, vorsichtig gewesen . . . Er war anders als jeder andere Mann, den sie kannte. Und jetzt sah es so aus, als hätten sie gerade einen Punkt überschritten, an dem es nur eine nachhaltig schmerzhafte Umkehr geben konnte, und beide erkannten die unerbittliche und doch ganz sinnliche Wahrheit dessen.

Er wandte sich ab; er war nicht vorbereitet gewesen auf diese neue, sich überstürzende Veränderung der Gefühle, er verstand nicht, warum, *wie* es hatte so schnell geschehen können. Er drehte den Zündschlüssel, legte den ersten Gang ein und fuhr los; den schmalen Weg entlang, der von dem Hotel wegführte.

Childes stieß die Haustür auf und blieb für einen Moment in dem kleinen Flur stehen — er wollte seine

Gedanken sammeln, wollte zu Atem kommen. Er schloß die Tür hinter sich.

Amys Gegenwart war noch so stark, schwebte in der Luft, und er staunte wieder über das erschreckende Tempo, das ihre Gefühle füreinander an den Tag legten. Er hatte seine Gefühle so lange im Zaum gehalten, hatte ihre Gesellschaft genossen — all ihre Eigenschaften hatten ihm Vergnügungen bereitet, ihre Reife, ihre Unschuld, nicht zuletzt ihre körperliche Schönheit, und immer war er sich darüber im klaren gewesen, daß ihre Beziehung mehr war als nur Freundschaft, aber dieses Mehr war immer unter Kontrolle gewesen, festgehalten; er hatte sich nichts Tiefergehendem unterwerfen wollen. Die Wunden, die er aus seiner kaputtgegangenen Ehe davongetragen hatte, waren noch nicht völlig verheilt. Das Gefühl der Bitterkeit hatte sich gehalten.

Er konnte nicht anders, er mußte lächeln. Er fühlte sich, als wäre er von einer unsichtbaren Keule getroffen worden.

Das Klingeln des Telefons ließ ihn zusammenzucken. Childes entfernte sich von der Tür und nahm den Hörer ab.

»Jon?« Sie hörte sich atemlos an.

»Ja, Amy.«

»Was ist passiert?«

Er antwortete nicht gleich.

»Du auch?«

»Ich fühle mich wunderbar und schrecklich zugleich. Es ist wie ein . . . wie ein erregender Schmerz.«

Er lachte über diese Beschreibung, weil er merkte, wie treffend sie war. »Ich glaube, ich müßte jetzt sagen, das wird vergehen, aber das will ich nicht.«

»Es ist unheimlich. Und es gefällt mir.«

Er konnte ihre Unsicherheit spüren, und ihre Stimme

war gefaßt, als sie hinzufügte: »Ich will nicht verletzt werden.«

Er schloß die Augen und lehnte sich an die Wand zurück und kämpfte gegen die eigenen Gefühle. »Geben wir einander Zeit zum Nachdenken.«

»Ich will nicht.«

»Vielleicht ist es besser für uns beide.«

»Warum? Können wir noch mehr voneinander erfahren? Ich meine, etwas Wichtiges? Wir haben miteinander geredet, du hast mir von dir erzählt, von deiner Vergangenheit, wie du empfindest . . . Gibt es noch etwas, das ich wissen sollte?«

»Nein, keine düsteren Geheimnisse, Amy. Du weißt alles, was mit mir passiert ist. Mehr, viel mehr als sonst jemand.«

»Warum hast du dann Angst vor dem, was mit uns passiert?«

»Ich dachte, *du* hättest Angst . . .«

»Nicht so. Ich habe nur Angst davor, daß ich so verwundbar bin.«

»Das ist die Antwort, siehst du das nicht?«

»Du meinst, ich könnte *dir* weh tun?«

»Es können Dinge geschehen . . . Unberechenbare Dinge . . .«

»Ich dachte, die wären bereits geschehen.«

»Das habe ich nicht gemeint. Es gibt Vorfälle, Ereignisse, die sich zwischen zwei Menschen stellen, die Gefühle verändern. Das ist mir schon früher passiert.«

»Du hast mir erzählt, daß deine Ehe schon gewackelt hat, bevor diese furchtbaren Dinge passiert sind; daß *sie* nur die Kluft zwischen dir und deiner Frau vergrößert haben . . . Lauf nicht weg, Jon, nicht wie . . .«

Sie unterbrach sich, und Childes führte den Satz für sie zu Ende: »Nicht wie früher.«

»Es tut mir leid, ich hab's nicht so gemeint. Ich . . . ich weiß, daß die Umstände unerträglich geworden sind.« Amy seufzte erbärmlich. »Oh, Jon, warum muß diese Unterhaltung so ausgehen? Ich war so glücklich, ich mußte einfach mit dir reden. Ich habe dich *vermißt.*«

Seine Anspannung löste sich. Trotzdem blieb eine nagende, unbewußte Sorge zurück. Wie sollte er sich die eigene, versteckte Angst erklären? »Amy, mir tut's auch leid. Ich führe mich auf wie ein Dummkopf. Wahrscheinlich lecke ich immer noch an den alten Wunden herum . . . ziemlich masochistisch.«

»Manchmal können schlechte Erfahrungen, die man irgendwann mal gemacht hat, die neuen verzerren.«

»Ziemlich gründlich.«

Sie war erleichtert, daß der Humor wieder in seiner Stimme mitklang, und dennoch fühlte sie sich ein wenig leer. »Ich geb' mir Mühe, mich ein wenig fester in den Griff zu bekommen«, versprach sie.

»He, komm, komm. Mach dir nichts aus dem Selbstmitleid eines alten Mannes. Du hast mich also vermißt? Wir haben uns erst vor zehn Minuten getrennt.«

»Ich bin von der Schule nach Hause gekommen und habe mich so . . . so — ich weiß nicht — so aufgeregt gefühlt. Glücklich. Durcheinander. Elend. Ich wollte dich hier haben.«

»Hört sich nach einem ziemlich schlimmen Fall an.«

»Ist es auch. Gott steh mir bei.«

»Ich hab's auch.«

»Aber du . . .«

»Ich hab's dir schon mal gesagt: Achte nicht drauf. Manchmal werde ich ein bißchen trübsinnig.«

»Weiß ich doch. Kann ich dich morgen zum Mittagessen einladen?«

»Wenn du ganz lieb bitte-bitte sagst . . .«

»Macht mir nichts aus.« Die Wärme kehrte schnell zurück.

»Weißt du was?« rückte er mit seinem Gegenvorschlag heraus. »Wenn du genügend Mut hast, dann lade ich dich zum Essen ein. Hier. Ich werde kochen.«

»Wir haben nur eine Stunde Zeit.«

»Ich bereite es heute abend schon mal vor. Nichts Besonderes. Tiefgefrorenes Zeug.«

»Ich liebe tiefgefrorenes Zeug.«

»Ich liebe dich.« Endlich hatte er es ausgesprochen.

»Jon . . .«

»Ich seh' dich in der Schule, Amy.«

Ihre Stimme war leise: »Ja.«

Er verabschiedete sich und hörte kaum ihre Erwiderung. Die Leitung wurde unterbrochen. Childes hielt immer noch den Hörer in der Hand, ziemlich fest, dann legte er sehr behutsam auf und starrte nachdenklich die Wand an. Er hatte es nicht sagen wollen; die Worte waren einfach herausgerutscht. Er hatte diese letzte Barriere nicht einreißen wollen . . . nicht mit diesen Eingeständnis. Obwohl er wußte, daß sie beide so empfanden. Wenn es die Wahrheit war — was spielte es dann für eine Rolle? Wovor hatte er Angst? Andererseits, war die Frage wirklich so schwer zu beantworten?

Diese bizarre Vision, damals, vor zwei Wochen . . . dann der Alptraum — beides hatte in ihm eine entmutigende und nur zu gut bekannte Vorahnung zurückgelassen, ein schwarzes Feuer, das seine Angst von neuem entfacht hatte . . . diese Angst, die ihn vor Jahren fast zerbrochen hätte. Sie hatte sein Leben mit Fran und Gabby zerstört; er wollte nicht, daß sie Amy etwas zuleide tat. Er betete, daß er sich täuschte, daß es nicht wieder von vorn losging, daß das Ganze nur Einbildung war.

Childes rieb sich die Augen; sie waren wund geworden.

Er machte einen tiefen Atemzug und ließ dann die Luft aus sich herausströmen, als entledige er sich nagender Ahnungen. Daraufhin ging er in das winzige Bad im unteren Stockwerk und öffnete die Hausapotheke. Er nahm eine kleine Plastikflasche und den Behälter für seine Kontaktlinsen heraus, schloß die Tür des Schränkchens und sah sich seinem Spiegelbild gegenüber. Seine Augen waren blutunterlaufen, und er hatte den Eindruck, daß seine Haut eine unnatürliche Blässe angenommen habe. Wieder Einbildung, sagte er sich. Dummerweise hatte er sich diese krankhafte Innenschau gestattet, und, purer Wahnsinn, er hatte zugelassen, daß etwas ganz anderes daraus wurde. Ein Rückfall nämlich, eine verzögerte Reaktion auf etwas Vergangenes, und das war alles. Die Vision . . . er war wohl einfach zu lange unter Wasser geblieben; er hatte beinahe zu spät erkannt, daß er keine Luft mehr in den Lungen gehabt hatte. Möglich, daß der Sauerstoffmangel die Phantombilder hervorgerufen hatte. Der Alptraum hinterher war . . . war nur ein Alptraum gewesen, ohne besondere Bedeutung. Er maß einem unangenehmen, aber unwichtigen Erlebnis viel zuviel Bedeutung zu, und vielleicht war das sogar verständlich — die Erinnerung an damals leiteten seine Gedanken. Vergiß es! Die Dinge hatten sich geändert, sein Leben hatte sich geändert.

Er brachte sein Gesicht ganz nahe an den Spiegel heran, entfernte die Kontaktlinse ganz vorsichtig aus dem rechten Auge, reinigte sie in der Handfläche und ließ sie in ihren mit Flüssigkeit gefüllten Behälter fallen. Er wiederholte die Prozedur mit der linken Linse.

Draußen im Flur griff er in seine Aktentasche und holte die Brille heraus, und die Reizung in seinen Augen wich bereits dem Gefühl der Erleichterung. Er wollte gerade in die Küche gehen und nachsehen, mit welchem Mittagessen er morgen aufwarten konnte — da hörte er das leise Poltern. Es kam von oben. Er stoppte abrupt. Er hielt den Atem an und starrte die schmale Treppe hinauf, die er nur bis zur ersten Biegung einsehen konnte. Er wartete, durchlebte dieses Mitternachtsgefühl — er wollte dieses rätselhafte, lästige Geräusch nicht noch einmal hören, aber er wollte auch die Bestätigung dafür, etwas gehört zu haben. Das Geräusch wiederholte sich nicht.

Childes stieg die knarrenden Holzstufen hinauf; er war nervös. Er kam um die Treppenbiegung und sah, daß die Schlafzimmertür offenstand. Das war in Ordnung so. Er hatte sie heute morgen offenstehen lassen — das tat er immer. Er ging weiter, dann die paar Schritte auf dem Treppenabsatz entlang. Er stieß die Schlafzimmertür weit auf.

Das Zimmer war leer, und er ärgerte sich über sich selbst, weil er sich wie eine furchtsame alte Jungfer aufgeführt hatte. In dem Zimmer befanden sich zwei Fenster einander genau gegenüber, und an einem davon klebte außen etwas Kleines und Zartes. Er tappte hin und spürte, wie die hölzernen Dielen leicht unter seinem Gewicht nachgaben, und dann schnalzte er mit der Zunge, als er sah, daß das zitternde Etwas am Fenster nicht mehr war als eine am Glas haftende Feder — von einer Möwe oder Taube, nahm er an. Das war schon öfter passiert: die Vögel sahen durch die beiden Fenster nur Himmel und wollten hindurchfliegen und krachten gegen die Scheibe; dabei kassierten sie einen Schock und wahrscheinlich ziemlich heftige Kopfschmerzen — aber selten wurde mehr Schaden angerichtet. Manchmal blieben ein paar Federn an der Scheibe kleben. Er starrte noch immer darauf, als sie schließlich vom Wind davongeweht wurde.

Childes wollte sich gerade wieder abwenden, als ihm

die Schule in der Ferne auffiel. Sein Herzschlag setzte aus, und seine Hände packten das Fensterbrett — er sah einen feurigen Glanz. Und dann kam die Erleichterung, er wußte plötzlich wieder, daß das weiße Gebäude lediglich die alles rotfärbenden Strahlen der untergehenden Sonne reflektierte.

Aber das Trugbild ging ihm nicht mehr aus dem Sinn, und als er sich aufs Bett setzte, zitterten seine Hände.

*Es stand unter dem Baum und beobachtete, und der heitere Sonnentag strafte das auf dem Friedhof bezeugte Elend Lügen.*

*Die Trauernden waren um das offene Grab herum gruppiert; das Sonnenlicht machte ihre dunkle Kleidung grau. Fleckige weiße Kreuze, Grabplatten und lächelnde, von Wind und Wetter zerfressene Engel waren leidenschaftslose Beobachter auf diesem Knochenacker. Das milde Rauschen des Verkehrs war in der Ferne zu hören; irgendwo wurde ein Radio ausgeschaltet: Der Friedhofsarbeiter hatte gemerkt, daß eine Beerdigungszeremonie im Gange war. Die Stimme des Priesters war gedämpft und erdig und dort, wo die Gestalt im Schatten der Eibe kauerte, kaum mehr zu hören.*

*Als der winzige Sarg hinabgesenkt wurde, taumelte eine Frau nach vorn, als wolle sie diese letzte Störung ihres toten Kindes verbieten. Ein Mann an ihrer Seite hielt sie fest, stützte sie, als sie zusammensackte. Andere in der Gruppe der Anwesenden senkten den Kopf oder schauten weg, denn die Qual der Mutter war so unerträglich wie der vorzeitige Tod selbst. Hände wurden vors Gesicht gehoben, Taschentücher an Wangen getupft. Die Gesichtszüge der Menschen waren starr, wie bleiche Plastikformen.*

*Es sah aus seinem Versteck heraus zu und lächelte in sich hinein.*

*Der kleine Sarg war jetzt nicht mehr zu sehen, war vom naßkalten Erdboden verschluckt; dieses große Loch . . . dieser grüne Saum. Der Vater warf etwas auf den Sarg hinunter, einen grellbunten Gegenstand — ein Spielzeug, eine Puppe, irgend etwas, das dem Kind einmal viel bedeutet hatte. Dann wurde Erde in das Grab hinabgestreut.*

*Widerstrebend, jedoch insgeheim mit Erleichterung,*

*entfernte sich die Gruppe der Trauernden. Die Mutter mußte sanft geführt werden, zwischen zwei anderen gestützt, und sie sah immer wieder zurück, immer wieder, als werde sie von dem toten Kind gerufen, angefleht, es nicht zurückzulassen, einsam und kalt und faulend. Der Kummer überwältigte sie; man mußte sie zu den Wagen tragen.*

*Die Gestalt unter dem Baum blieb und sah zu, wie das Grab zugeschaufelt wurde.*

*Und wußte, daß sie in dieser Nacht zurückkehren würde.*

»DANKE, HELEN, ich glaube, Sie können jetzt abräumen.« Vivienne Sebire stellte mit offenkundiger Zufriedenheit fest, daß die Mahlzeit, die sie nachmittags so sorgfältig und liebevoll vorbereitet hatte, Lachs-Mousse, gefolgt von junger Ente mit Apfel und Kirsch, serviert mit *mange-touts* und Brokkoli, daß diese Mahlzeit mit Genuß und vielstimmigem Lob verzehrt worden war. Allerdings bemerkte sie auch, daß Jonathan Childes nicht so herzhaft zugegriffen hatte wie ihre anderen Gäste.

Grace Duxbury, die recht dicht beim Gastgeber, Paul Sebire, saß, der seinerseits das Kopfende der Tafel (seinen angestammten Platz) innehatte, trällerte: »Wunderbar, Vivienne. Aber bevor ich heute abend das Haus verlasse, muß ich das Geheimnis dieser Mousse kennen!«

»Ja«, pflichtete ihr Mann bei. »Ausgezeichneter erster Gang. Ach, übrigens, Grace — wie kommt es eigentlich, daß du dich so selten über Avocados mit Garnelen hinauswagst, außer, wenn wir gerade die Lieferanten dahaben?«

Wie ich Grace kenne, eine Bemerkung, die er später heimgezahlt bekommt, dachte Vivienne und lächelte sie beide an. »Ach, das Geheimnis liegt einfach darin, wieviel Anchovis-Sauce zugegeben wird. Ein wenig mehr als empfohlen, aber nicht zuviel.«

»Köstlich«, bekräftigte George Duxbury erneut.

Helen, eine kleine, leicht stämmige Frau mit einem fröhlichen Lächeln und Augenbrauen, die über ihrer Nasenwurzel zusammenzuwachsen drohten, war Haushälterin und Dienstmädchen der Sebires und sammelte jetzt die Teller ein, während ihre Herrin sich auf weiteres Lob einstellte.

Amy, die schräg gegenüber von Childes plaziert worden war, erhob sich von ihrem Platz. »Warte, ich helfe dir«, rief sie Helen zu, sah Childes dabei tief in die Augen und lächelte ihn an.

»Ich wüßte nur zu gern, Paul, wie es ein Taugenichts wie du fertiggebracht hat, eine so brillante Köchin zur Frau und ein so absolut reizendes Mädchen zur Tochter zu bekommen!« Der gutmütige Scherz wurde von Victor Platnauer gemacht, einem *Conseiller* der Insel, und Vorstandsmitglied des La Roche Mädchen-College. Seine Frau Tilly, die neben Childes saß, machte vorwurfsvoll »Pst!«, obwohl sie sich gestattete, am Gekicher der anderen Gäste teilzunehmen.

»Das ist ganz einfach zu beantworten, Victor«, erwiderte Sevire schlagfertig. »Es war das kulinarische Können meiner lieben Frau, das mich verführt hat, sie zu heiraten, und meine Gene waren es, die unsere schöne Aimée hervorbrachten.« Er bestand immer darauf, seine Tochter mit ihrem korrekten Namen anzureden.

»Nein, nein«, beharrte Platnauer. »Amy hat ihr Aussehen von ihrer Mutter geerbt, nicht vom Vater. Ist es nicht so, Mr. Childes — äh, Jonathan?«

»Sie hat die schöneren Eigenschaften beider Eltern«, erwiderte Childes diplomatisch und tupfte sich mit einer Serviette die Lippen.

Eins zu null, dachte Amy auf halbem Weg in die Küche; und da klatschte auch schon jemand und rief: »Bravo!« So weit, so gut. Ihr war sehr wohl aufgefallen, wie ihr Vater Jon die ganze Zeit über gemustert hatte, sie kannte diese berechnende Taxierung so gut — sie war normalerweise eventuellen Kunden, Kollegen oder Rivalen vorbehalten. Dennoch hatte er den perfekten Gastgeber gespielt; er war seinen Gästen gegenüber höflich und angemessen wißbegierig gewesen, und er hatte Jon genausoviel Aufmerksamkeit geschenkt wie allen anderen, einen Geschäftspartner aus Marseille eingeschlossen.

Allerdings vermutete Amy, daß Edouard Vigiers nicht nur deshalb eingeladen worden war, weil er sich diese Woche zufällig auf der Insel aufhielt, um gewisse finanzielle Arrangements zu erörtern, sondern weil er jung und erfolgreich und dennoch weiterhin ehrgeizig war — und weil er *sehr* akzeptabel aussah. In Paul Sebires Augen also ein idealer Schwiegersohn. Unwillkürlich fragte sie sich, ob ihr Vater Jon nicht nur aus dem einen Motiv heraus eingeladen hatte, daß sie, Amy, einen direkten Vergleich zwischen den beiden — zwischen Edouard und Jon — ziehen konnte. Der Kontrast war tatsächlich unbestreitbar.

Sie mußte zugeben, daß der Franzose sowohl attraktiv als auch klug und amüsant war, aber ihr Vater irrte sich, wie meist, wenn er nach so offensichtlichen und oberflächlichen Begriffen urteilte. Sie kannte Paul Sebire als freundlichen Menschen mit großzügigem Herzen, trotz seiner eisernen Rücksichtslosigkeit in Geschäftsangelegenheiten, und trotz seines stacheligen Wesens in ganz bestimmten Dingen — und sie liebte ihn, wie eine Tochter ihren Vater nur lieben konnte. Leider schrieb ihm sein ihm selbst verborgen gebliebener Besitzerstolz gewisse Regeln vor, unter anderem diese: wenn er seine Tochter schon an einen anderen Mann verlieren mußte, dann wenigstens an einen, der seiner Vorstellung entsprach, an jemanden seines Schlages — wenn nicht gar an eine jüngere Version seiner selbst. Es war eine offensichtliche ungeschickte Masche, obwohl ihr Vater sie wahrscheinlich für subtil hielt, da er andere wie üblich unterschätzte, besonders sein einziges Kind.

Amy dachte verträumt an ihr Mittagessen mit Jon zurück, vor ein paar Tagen, ihr erstes Beisammensein allein in seinem kleinen Haus, nachdem sie gemerkt hatten, wie tief ihre Beziehung geworden war, wie viel mehr jedem von ihnen am andern gelegen war — viel mehr, als sie bisher selbst begriffen hatten. An jenem Tag war wenig Zeit geblieben für Vertraulichkeiten, aber ihre Berührungen und ihr Streicheln waren von einer neuen Kraft, einer ganz neuen Zärtlichkeit bestimmt gewesen.

»Ich hätte die Teller gern hier bei mir, Miss Amy, wenn Sie dann damit fertig sind, an der Tür zu horchen.« Helens amüsierte Stimme unterbrach ihre Tagträumerei. Sie stand am Spülbecken, eine Hand zur Faust geballt und in die Hüfte gestemmt.

»Oh.« Amy lächelte und hatte das Gefühl, daß es ein ziemlich einfältiges Lächeln geworden war. Sie trug die Teller zur Spüle hinüber. »Ich hab' nicht gelauscht, Helen, nur vor mich hin geträumt. War nur ein bißchen abwesend.«

Draußen beugte sich derweil Victor Platnauer über den Tisch und blinzelte Childes zu. Mit Anfang Sechzig war Platnauer noch immer ein gut gebauter Bursche mit auffallend rotem Gesicht und großen Händen, was vielen einheimischen Inselbewohnern gemeinsam war. Es war ein eigenartiger Ton in seiner Stimme, etwas Gutmütig-Derbes; etwas, das ganz zu seiner Art paßte. Im Gegensatz zu ihm war seine Frau Tilly unscheinbar, leise, fast zurückhaltend und in Auftreten und Verhalten Vivienne Sebire ähnlich.

»Hat mich gefreut, daß Sie dem La Roche ein bißchen mehr von Ihrer Zeit opfern«, sagte Platnauer.

»Nur einen zusätzlichen Nachmittag«, stellte Childes klar. »Ich habe letzte Woche zugestimmt.«

»Klar, das hat mich Miss Piprelly wissen lassen. Nun, das ist eine gute Nachricht, und vielleicht können wir Sie ja rumkriegen, und Sie verbringen noch mehr Zeit am College. Weiß schon, daß Sie auch am Kingsley und de Montfort unterrichten, aber wir halten es für wichtig, daß wir diesen speziellen Bereich in unserem Lehrplan ausweiten. Das ist nicht nur eine Forderung der Eltern — nein, nein —, mir wurde zugetragen, daß auch die Schülerinnen einen ganz besonderen Eifer für Computerwissenschaft an den Tag gelegt haben.«

»Das trifft leider nicht auf sie alle zu«, schränkte Childes ein. »Die Kinder, meine ich. Ich glaube, wir halten uns selbst zum Narren, wenn wir uns einreden, daß jedes Kind eine natürliche Begabung für logisches Denken und die Arbeit am Computer hat.«

Tilly Platnauer schaute ihn überrascht an. »Und ich dachte, wir wären weit im Star-Wars-Zeitalter, wo jeder Junge und jedes Mädchen bereits ein Mikrochip-Genie ist — jedenfalls im Vergleich zu all denen, die älter sind.«

Childes lächelte. »Wir stehen erst ganz am Anfang. Und diese Computerspiele sind nicht ganz dasselbe wie das praktische Arbeiten mit dem Computer, obwohl ich gern zugebe, daß sie ein Anfang sind. Sie müssen wissen, jeder Computer-Vorgang ist absolut logisch — aber nicht jedes Kind kann absolut logisch denken.«

»Viele von uns Erwachsenen auch nicht!« kommentierte Victor Platnauer trocken.

»Auf gewisse Art und Weise ist es ein zweischneidiges Schwert«, fuhr Childes fort. »Die Freizeit-Industrie hat den Verbrauchern eingeredet, daß Computer Spaß machen, und das ist auch in Ordnung, es schafft Interesse; das große Abschalten kommt spätestens dann, wenn die Leute, in unserem Fall die Kinder, entdecken, daß erst einmal harte Arbeit erforderlich ist, bevor mit dem Begreifen auch das Vergnügen beginnt.«

»Also gibt es nur eine richtige Antwort darauf; man muß frühestmöglich mit dem Unterrichten unserer Kinder beginnen, damit der Computer für sie zu etwas Alltäglichem und Selbstverständlichem wird.« Edouard

Vigiers sprach mit einem leichten, durchaus angenehmen Akzent.

»Okay, Sie haben recht. Aber Sie sprechen von einer idealen Situation, in der der Computer ein ganz normaler Haushaltsgegenstand ist, ein normaler Einrichtungsgegenstand wie der Fernseher oder die Stereoanlage. Und von der Situation sind wir noch ziemlich weit entfernt.«

»Für Schulen um so mehr Grund, unsere Kinder in die Technologie einzuführen, solange ihr Verstand noch jung und formbar ist, meinen Sie nicht auch?« fragte Platnauer.

»Im Idealfall: ja«, stimmte Childes zu. »Aber verstehen Sie . . . es ist eine Wissenschaft, die nicht jeder verstehen *kann.* Die Kehrseite der Medaille ist, daß sich die ganze Mikrotechnik im Lauf der nächsten paar Jahrzehnte zu einer Lebensart entwickeln *wird* . . . und daß sich dann sehr viele Firmen und Menschen ziemlich zurückgesetzt vorkommen werden.«

»Also müssen wir dafür Sorge tragen, daß die Kinder dieser Insel nicht ins Abseits geraten«, stellte Paul Sebire unter Platnauers zustimmendem Nicken fest.

Childes verbarg seine Verärgerung darüber, daß das Wesentliche seines Arguments mißverstanden worden war oder doch zumindest nicht beachtet wurde: Man konnte den Kindern das entsprechende Know-how mit dem Löffel eingeben oder mit Gewalt eintrichtern, aber wenn die Begabung oder die entsprechende Neigung nicht da war, dann wurde es nicht verdaut.

Vigiers bugsierte die Unterhaltung in eine andere Richtung. »Unterrichten Sie am La Roche oder diesen anderen Schulen auch Naturwissenschaften, Jon?«

Sebire antwortete an seiner Stelle. »Keinesfalls. Mr. Childes ist Computerspezialist, Edouard, so etwas wie ein technischer Zauberkünstler, denke ich mir.«

Childes sah Sebire scharf an und fragte sich, wie dieser *Denkvorgang* wohl beschaffen gewesen war. Amy?

»Ah«, sagte Vigiers. »Dann würde es mich doch zu sehr interessieren, was Sie veranlaßt hat, sich der Unterrichtung von Kindern zuzuwenden. Ist das nicht . . . nun, äh . . . eine Art Rückschritt? Ist das richtig? Es tut mir leid, wenn diese Frage unhöflich erscheint, aber ein abrupter Wandel des Lebensstils — *un brusque changement de vie,* würden wir sagen — ist immer interessant, meinen Sie nicht auch?« Er lächelte charmant, und Childes war schlagartig auf der Hut.

»Manchmal erkennt man, daß das Laufen in einer ewigen Tretmühle nicht alles ist . . . jedenfalls nicht das, wozu es hochgejubelt wird«, erwiderte er.

Vivienne freute sich über diese Antwort und fügte hinzu: »Nun, und wer könnte der Friedlichkeit der Insel widerstehen, ganz gleich, wie sehr ihr Geldleute auch versucht, sie zu zerstören?« Sie blickte ihren Mann bedeutungsvoll an.

Die Tür, die in die Küche führte, wurde geöffnet, und Amy und Helen kamen zurück; auf Silbertabletts wurde das Dessert serviert.

»Noch mehr Köstlichkeiten!« begeisterte sich George Duxbury. »Womit führen Sie uns jetzt in Versuchung, Vivienne?«

»Sie haben die Wahl«, antwortete sie ihm, als die Süßspeisen in der Tischmitte abgestellt wurden. »Das Aprikosen-Schoko-Dessert ist mein Werk, und das Himbeersoufflé-Omelett eine von Amys Spezialitäten. Natürlich kann man sich auch für beides entscheiden — wenn genügend Platz vorhanden ist.«

»Oh, ich werde Platz machen!« versicherte Duxbury. »Meine Diätberaterin würde einen Anfall bekommen, könnte sie mich jetzt sehen!« Und zur Belustigung aller reckte seine Frau auch schon ihren Teller vor. »Aprikose und Schokolade, bitte, aber fragen Sie mich *nicht*, ob ich Sahne möchte.«

Helen servierte, und Amy setzte sich. Vigiers, der an ihrer Seite saß, beugte sich zu ihr herüber und sagte vertraulich: »Ich werde ganz gewiß das Soufflé kosten; es sieht köstlich aus.«

Sie lächelte in sich hinein. Der gute Edouard hätte mit seiner leisen Stimme im Fernsehen Likör anpreisen können. »Oh, meine Mutter ist der überlegenere Küchenchef. Ich stümpere nur herum, fürchte ich.«

»Ich bin sicher, daß alles, was Sie machen, gut ist. Ihr Vater hat mir erzählt, daß Sie auch am La Roche unterrichten.«

»Ja, Französisch und Englisch. In Rhetorik und Drama helfe ich dann und wann aus.«

»Dann sprechen Sie also meine Sprache fließend? Ihr Name läßt vermuten, daß Sie französischer Abstammung sind, ja? Und wenn ich dies sagen darf — Sie haben auch ein gewisses Flair, etwas, das eine Verwandtschaft mit den Frauen meines Landes erkennen läßt.«

»Ihr Victor Hugo hat einmal geschrieben, diese Inseln seien von England aufgesammelte Bruchstücke Frankreichs. Und da wir einmal Teil des Herzogtums Normandie waren, haben viele von uns französische Vorfahren. Das *Patois* wird noch immer von einigen unserer älteren Einwohner hier gesprochen, und ich bin sicher, daß Ihnen aufgefallen ist, wie viele alte Ortsnamen wir noch haben.«

Grace Duxbury hatte ihre Unterhaltung mitverfolgt. »Wir waren stets für mehr als nur eine Nation ein geschätzter Besitz, Monsieur Vigiers.«

»Ich hoffe, mein Land hat Ihnen niemals Leid zugefügt«, erwiderte er, und seine Augen lächelten.

»Leid?« platzte Paul Sebire mit einem Lachen heraus. »Die Franzosen haben mehr als einmal versucht, uns zu erobern, und die französischen Piraten haben uns bestimmt keine Ruhe gelassen. Später hat uns sogar Napoleon angegriffen, aber ich fürchte, er hat sich eine blutige Nase geholt.«

Vigiers nippte an seinem Wein, offensichtlich belustigt.

»Dennoch haben wir unseren französischen Ursprung immer hochgeschätzt«, fuhr Sebire fort, »und ich freue mich, sagen zu können, daß diese Verbundenheit niemals aufgegeben wurde.«

»Ich denke mir, daß Sie den Deutschen gegenüber nicht dieselben herzlichen Gefühle hegen.«

»Ah, eine völlig andere Sache!« äußerte Platnauer mürrisch.

»Die Besatzung im Krieg . . . das ist jüngste Geschichte, und durch die Geschützstände und diese verdammten Küstenfestungen schwer zu vergessen. Aber trotzdem gibt's heute keine richtige Animosität zwischen uns. Tatsächlich kreuzen sogar viele Veteranen von den damaligen Besatzungsstreitkräften in letzter Zeit hier auf — als Touristen.«

»Merkwürdig, wie attraktiv diese Insel seit Menschengedenken ist«, sinnierte Sebire halblaut und deutete mit einer knappen Geste an, daß auch er das Soufflé vorzog. »In neolithischen Zeiten kamen die Menschen hierher, um ihre Toten zu begraben und die Götter anzubeten. Die massiven Granitgräber gibt es heute noch, und das Land ist praktisch übersät mit Megalithen und Menhiren, jenen aufrecht stehenden Steinen, die sie verehrten. — Aimée, warum zeigst du Edouard morgen nicht ein wenig die Insel? Er kehrt am Montag bereits wieder nach Marseille zurück, und er hatte keine Gelegenheit, sich umzusehen. Was meinen Sie, Edouard?«

»Oh, das würde mir sehr gut gefallen«, antwortete der Franzose.

»Tut mir leid, aber Jon und ich haben morgen schon etwas vor.« Amy lächelte, aber in dem Blick, den sie ihrem Vater zuwarf, lag ein kühler Ausdruck.

»Unsinn!« beharrte Sebire — er war sich ihres Ärgers bewußt, blieb aber unbeeindruckt. »Ihr seht euch jeden Tag am College und fast jeden Abend, wie mir scheint. Ich bin sicher, daß es Jonathan nichts ausmacht, dir für ein paar Stunden freizugeben — wenn man bedenkt, wie wenig Zeit unser Gast nur noch hat.« Und damit blickte er liebenswürdig zu Childes hinüber, der sich mit Vivienne Sebire unterhalten hatte; jetzt, bei der Erwähnung seines Namens, war seine Aufmerksamkeit geweckt.

»Ich . . . nun, ich schätze, das liegt ganz bei Amy«, sagte er unsicher.

»Da hast du's!« räumte Sebire ein und schmunzelte seine Tochter an. »Kein Problem.«

Verlegen wandte Vigiers ein: »Es ist wirklich nicht wichtig. Wenn . . .«

»Es ist in Ordnung, Edouard«, unterbrach Sebire. »Aimée ist es gewohnt zu helfen . . . sich um meine Geschäftsfreunde zu kümmern. Ich wünsche mir oft, sie hätte meinen Beruf ergriffen, statt zu unterrichten; sie wäre ein ganz bemerkenswerter Aktivposten meiner Firma gewesen, dessen bin ich mir sicher.«

»Du weißt, daß mich dieses ganze Körperschafts-Finanzierungszeug nicht interessiert«, versetzte Amy und verbarg ihren Ärger darüber, daß ihr wohl keine andere Wahl blieb, als die ihr aufgezwungene Rolle als Touristenführerin zu akzeptieren. Jon, warum hast du mir nicht geholfen? signalisierte ihr Blick. »Kinder machen mir Freude . . . und es ist ein schönes Gefühl, etwas Nützliches zu tun. Ich will dich nicht kritisieren, Vater, aber deine Art, Geld zu machen, das . . . das wäre für mich nicht gerade die Erfüllung. Ich muß einen spürbaren Beweis für den Erfolg meiner Bemühungen sehen, nicht nur Zahlen auf Bilanzbögen.«

»Und diesen Beweis sehen Sie bei Ihren Schülern?« erkundigte sich Vigiers.

»Nun, ja, bei vielen.«

»Ich bin sicher, bei den meisten, mit dir als Tutor«, betonte Sebire.

»Daddy, du bist sehr gönnerhaft«, warnte sie drohend.

Die beiden Männer lachten, und Grace Duxbury sagte: »Beachten Sie sie ganz einfach nicht, meine liebe Amy. Sie gehören beide ganz offenbar zu jener fast ausgestorbenen Spezies, die noch immer daran glauben, daß die Männer die Welt regieren. Sagen Sie mir, Monsieur Vigiers, haben Sie während Ihres Aufenthalts hier auch einige unserer Restaurants kennengelernt? Wie fanden Sie sie im Vergleich zu den ausgezeichneten Cuisines Ihres Landes?«

Die Unterhaltung nahm ihren Lauf, und Amy blickte zu Childes hinüber. Sie versuchte ihm eine Art Entschuldigung für morgen zu übermitteln — nur mit den Augen, nur mit ihrem Gesichtsausdruck, und er verstand und schüttelte kaum merklich den Kopf. Er hob sein Weinglas und neigte es leicht in ihre Richtung, bevor er trank, und Amy erwiderte diesen stummen Toast mit ihrem Glas.

Helen war in die Küche zurückgekehrt und fütterte den Geschirrspüler bereits mit Tellern und Besteck aus dem Spülbecken. Sie freute sich für ihre Herrschaft, daß diese Dinnerparty so gut zu laufen schien. Miss Amy hatte das Glück, gleich zwei Männer im Gefolge zu haben, und Helen grübelte ernsthaft darüber nach, wie sie es nur fertigbrachte, diesem gewandten, kultivierten Franzosen zu widerstehen, ihm, mit seinen französischen Sitten und seinem französischen Aussehen und seiner französischen Stimme . . . unwiderstehlich!

Sie erschauderte wonnig und griff über die neben dem Spülbecken befindliche Arbeitsplatte hinweg, um das Fenster zu schließen. Die Nacht war kühl geworden. Und es war finster da draußen, der Mond nur eine dünne Sichel. Helen drückte das Fenster energisch zu.

Von der Speisetafel wehte Gelächter herüber: Duxbury, der Importeur war und die Menschen und Firmen der Insel mit Büromöbeln, ganzen Einrichtungen und im allgemeinen auch mit allem anderen versorgte, was sie nur brauchten — dieser Duxbury arrangierte für auswärtige Firmen auch Geschäftskonferenzen, und so war es nur eine Frage der Zeit, bis er die anderen Gäste mit einer seiner langen, umständlich erzählten, aber zumeist komischen Geschichten über irgendwelche Konferenzpannen erfreute.

Childes kostete das Soufflé und blinzelte Amy anerkennend zu. Sie bedankte sich mit einem verstohlenen Kuß. Zu Beginn dieser *Soiree* war er sehr nervös gewesen, verunsichert; besonders Paul Sebires wegen — er hatte gewußt, daß er von ihm einer Art Test unterzogen wurde, einer ziemlich gemeinen Art Test. Sein Charakter wurde beurteilt und taxiert, vielleicht auch sein Wert, jetzt, wo es offensichtlich wurde, daß sich Amy gefühlsmäßig band. Andererseits . . . der Finanzier war die ganze Zeit freundlich gewesen, keine Spur mehr von jener Schroffheit, die ihre früheren Begegnungen zu unerfreulichen Erinnerungen machte. Na, verschwunden war sie bestimmt nicht, aber im Zaum gehalten. Trotzdem hatte sich Childes noch immer nicht richtig entspannt, denn ihm wurde nach und nach klar, daß der jüngere Franzose keinesfalls nur ein weiterer Dinnergast, sondern von

Sebire als möglicher Rivale eingeführt worden war; der von Sebire angeregte Ausflug für Amy und Vigiers — morgen — hatte seine Vermutungen bestätigt. Es war offensichtlich und hinterhältig zugleich, aber Childes mußte eingestehen, daß er gegen Vigiers wirklich ein wenig schäbig aussah.

Andererseits war Vivienne Sebire freundlich und aufmerksam gewesen; sie hatte ihn ehrlich willkommen geheißen und als perfekte Gastgeberin dafür gesorgt, daß er sich wie ein geschätzter Gast fühlte. Sie war das ideale Gegenstück zur allgemeinen Schroffheit ihres Mannes.

Er stimmte in das Lachen ein, als Duxbury seine Geschichte mit einer gelungenen Pointe beendete — und ihnen allen kaum Zeit ließ, sich zu erholen; mit Feuereifer gab er bereits die nächste zum besten. Childes griff nach seinem Weinglas und hob es, und in diesem Augenblick glaubte er, ein Schimmern im Glas zu sehen. Er blinzelte, starrte in die helle Feuchtigkeit. Er hatte sich geirrt: es mußte eine Spiegelung gewesen sein. Childes nippte an seinem Wein und gerade, als er das Glas wieder abstellen wollte, schien sich darin etwas zu bewegen. Er starrte wieder hinein, eher verwirrt als besorgt.

Nein, nur Wein darin, nichts sonst, nichts, was vielleicht . . . Nichts, was . . .

Ein Bild. Aber nicht im Glas. In seinen Gedanken.

Ringsum unterdrücktes Kichern; Duxbury schmückte seine Geschichten aus.

Das Bild war unwirklich, unscharf, *wie der Alptraum,* etwas schimmernd Verschwommenes. Childes stellte das Weinglas ab; seine Hand zitterte. Da war ein eigenartiges Gefühl in seinem Nacken, wie von einer Hand — einer eiskalten Hand, die sich dort zusammenzog. Er starrte in den Wein.

Amy kicherte in übermütiger Vorfreude; natürlich

ahnte sie, daß sich Duxburys Geschichte zu einer etwas gewagten Pointe aufbaute.

Das Trugbild hatte sich in verschiedene Bilder aufgeteilt. Sie wirbelten empor, ihm entgegen, und sie wurden deutlicher . . . immer deutlicher. Plötzlich war es erstickend heiß im Raum. Childes' linke Hand fuhr instinktiv zum Hemdkragen, um ihn zu lockern.

Grace Duxbury hatte die Geschichte ihres Mannes bereits bei zahlreichen anderen Anlässen und in anderer Gesellschaft gehört; sie kannte die Pointe, und sie bebte bereits vor Verlegenheit.

Childes' Blick hatte sich nach innen verlagert; er starrte auf diese Szenerie in seinen Gedanken, auf dieses Ereignis, das alle Begrenzungen des Raumes überstieg und doch in ihm war. Er schien näher an das ätherische Tun heranzutreiben, schien integriert zu sein, *Teilnehmer* zu werden — und blieb dennoch nur Zuschauer. Lockeres Erdreich wurde aufgewühlt.

Victor Platnauers krächzendes Kichern wirkte anstekkend; und Vivienne Sebire ertappte sich dabei, daß sie lachte, noch bevor die Geschichte zu Ende war.

Stumpfe, stummelartige Finger, in feuchte Erde gegraben. Auf Holz kratzend. Die Anstrengung steigerte sich, wurde zu rasender Gier. Das Holz wurde vom Erdreich befreit; jetzt war die Form zu erkennen. Schmal. Rechteckig. Klein. Childes fror; er verschüttete Wein.

Vigiers hatte es bemerkt und starrte Childes über den Tisch hinweg an.

Der Sargdeckel wurde zerschmettert; unter den zornigen Axthieben wirbelten Holzsplitter beiseite. Bizarre Stücke wurden weggerissen, das Loch vergrößert. Der winzige Körper war zu sehen; die Gesichtszüge undeutlich in der Düsternis. Childes' Hand krampfte sich um das Glas. Der Raum bewegte sich, er bekam kaum Luft.

Der unsichtbare Druck auf seinem Genick nahm zu, ein Quetschen, wie von einem Schraubstock.

Für einen winzigen Sekundenbruchteil hielten die Hände, die für Childes fast wie die eigenen wirkten, inne; für einen winzigen Sekundenbruchteil war es, als hätte der Schänder etwas gespürt . . . gemerkt, daß er beobachtet wurde. Als hätte er ihn, Childes, bemerkt. Etwas tief in seinem Geist wurde kalt berührt. Der Augenblick verging.

Tilly Platnauer wußte sehr wohl, daß es sich nicht gehörte, sich an einer *derartigen* Geschichte zu erfreuen, aber andererseits — Duxburys derbe Wiedergabe war so unwiderstehlich. Ihre Schultern bebten vor Heiterkeit.

Der kleine Leichnam wurde aus dem mit Seide ausgeschlagenen kleinen Sarg herausgezerrt, und jetzt konnte Childes die winzigen offenen Augen sehen, Augen ohne jede Tiefe — ohne jede Lebenskraft. Der Junge wurde neben der Grube ins Gras gelegt, und der Nachtwind plusterte seine Haare auf und wehte einzelne Strähnen über das gleiche, glatte Gesicht . . . und erweckte die Illusion von Lebendigkeit. Die Kleider wurden losgeschnitten und zur Seite gezogen, so daß der Körper nackt war für die Nacht, weißer stiller Marmor.

Metall funkelte im schwachen Mondlicht. Senkte sich. Drang ein.

Schnitt.

Das Weinglas zersprang, und Blut und Wein spritzten über das Tischtuch, und Childes fuhr hoch, stieß seinen Stuhl um, überragte sie alle schwankend, und seine Augen verdrehten sich, starrten an die Decke, eine glitzernde Feuchtigkeit auf den Lippen, ein matter Schimmer auf der Haut, und —

Sein Körper erzitterte, verkrampfte sich, und plötzlich erschien selbst sein Haar spröde. Mit einem trostlosen Aufschrei fiel er nach vorn auf die Tafel.

*Hämisch biß es in das Herz des toten Kindes.*

AMY BALLTE die Fäuste, schloß die Augen und sperrte das Spiegelbild ihres Vaters aus.

Sie hatten sich in ihr Schlafzimmer zurückgezogen, sie mit tränenverschwollenen und roten Augen, elend an ihrem Schminktisch sitzend, und Paul Sebire erregt und ärgerlich; er ging ununterbrochen auf und ab; ununterbrochen. Sie konnte Jons Anblick nicht vergessen; wie er von Platnauer vom Haus weggeführt wurde . . . wie ihn der *Conseiller* in den eigenen Wagen bugsierte und sich weigerte, ihn allein nach Hause fahren zu lassen, sich immer wieder weigerte und Jons Protest einfach beiseite wischte . . . Jons Gesicht . . . so angespannt, so betroffen.

Einen Arzt hatte er abgelehnt; er hatte darauf bestanden, daß er okay war, daß er nur eine kurze Ohnmacht erlitten habe, daß ihn die Hitze im Speisezimmer erledigt habe. Und sie alle wußten, daß die Nacht kühl war, daß es im Haus nur warm gewesen war, nicht zu heiß; doch niemand hatte einen Einwand erhoben. Es würde ihm schon wieder gutgehen, sobald er sich hinlegen könne, hatte er sie beruhigt, und genauso entschieden hatte er Amys und Viviennes Angebot abgelehnt: nein, er wolle in dieser Nacht nicht hier schlafen, er müsse einfach eine Weile allein sein. Und sein abwesender Blick hatte ihr genauso viel Angst eingejagt wie sein aschgraues Gesicht, aber es war sinnlos, mit ihm zu streiten.

Sie hatte ihn zum Abschied umarmt, hatte sein inneres Zittern gespürt und sich gewünscht, sie könnte es beschwichtigen. Seine zerschnittene Hand war verarztet und verbunden worden, und Amy hatte sie an ihre Lippen geführt, hatte seine Fingerspitzen geküßt, ganz sanft und darauf bedacht, nicht zu stark festzuhalten; dann war er gegangen. Childes hatte ihr nicht erlaubt, mitzukommen.

Paul Sebire unterbrach seinen Gang. »Aimée«, sagte er und legte eine Hand auf ihre Schulter. »Ich will nicht, daß du dich ärgerst, ich will nur, daß du mir zuhörst und vernünftig bist . . .«

Er streichelte ihr übers Haar und ließ dann seine Hand wieder auf ihre Schulter gleiten. »Es wäre mir sehr lieb, wenn du diese Beziehung beenden würdest.« Er wartete auf ihren Protest — der gar nicht kam. Amy starrte nur kalt auf sein Abbild im Spiegel, und genaugenommen war das viel beunruhigender. Er sprach bedächtig weiter: »Ich glaube, der Mann ist labil. Zuerst habe ich das Ganze für einen epileptischen Anfall gehalten . . . Aber mir ist schnell klargeworden, daß es ganz andere Symptome waren . . . Amy, dieser Bursche treibt auf einen geistigen Zusammenbruch zu.«

»Er ist nicht labil«, widersprach Amy ganz ruhig. »Er ist nicht neurotisch, und er treibt auf keinen Zusammenbruch zu. Du kennst ihn nicht, Daddy, du hast keine Ahnung, was er durchgemacht hat.«

»O doch, Aimée. Mich würde nur interessieren, ob *du* alles über ihn weißt . . . alles.«

»Was willst du damit sagen?« Mit einem jähen Ruck wandte sich sich ihm zu, so daß seine Hand von ihrer Schulter glitt.

»Bei mir hat es schon vor langer Zeit geklingelt, schon, als du das erste Mal seinen Namen erwähnt hast. Ich wußte nicht, warum, obwohl ich ziemlich lange beunruhigt war. Dann habe ich gesehen, daß die Sache ernst wird, daß du dich mit ihm einläßt . . . Nun, ich . . . ich habe Nachforschungen angestellt.« Er hob abwehrend die Hand. »Schau mich nicht so an, Aimée. Du bist meine einzige Tochter, und du bedeutest mir mehr als alles andere auf der Welt — hast du wirklich gedacht, ich würde diese unangenehme Sache einfach auf sich beruhen lassen . . . diese unangenehme Sache, die dich *sehr* betrifft?«

»Hättest du mich nicht ganz einfach fragen können, was mit Jon los ist?«

»Dich fragen? Was denn? Ich hatte nur dieses Gefühl, das war alles; quälende Zweifel. Und ich konnte mir nicht sicher sein, wieviel du überhaupt über diesen Childes weißt.«

»Und was hast du herausgefunden?« fragte sie ätzend.

»Nun, ich wußte in etwa, wann er vom britischen Festland herübergekommen war, und daß er davor in der Computer-Branche tätig war . . . eine ziemliche Karriere. Ich habe Victor Platnauer in seiner Eigenschaft als Mitglied des Inselpolizei-Ausschusses angesprochen und ihn gebeten, diskrete Erkundigungen einzuholen — Childes' Vergangenheit, und ob er in dieser Vergangenheit irgend etwas mit der Polizei zu tun hatte, derlei Dinge. Und ich schwöre dir, Platnauer war diskret, er . . .«

»Glaubst du denn wirklich, er wäre auch nur von einem der Colleges eingestellt worden, wenn er ein Vorstrafenregister hätte?«

»Natürlich nicht. Ich habe nach etwas anderem gesucht . . . Wie gesagt, sein Name kam mir irgendwie vertraut vor, und ich hatte keine Ahnung, weshalb.«

»Du hast also herausgefunden, was ihn aus England vertrieben hat. Weshalb er seine Familie verlassen mußte.«

»Du hast nie ein Geheimnis daraus gemacht, daß er geschieden ist, das war also beileibe keine Überraschung. Die Tatsache, daß er unter Mordverdacht stand, schon eher.«

»Vater, wenn du ihn wirklich gründlich hast überprüfen lassen, dann müssen dir *alle* Tatsachen bekannt sein. Jon hat *geholfen*, diese Verbrechen aufzuklären. Und er mußte dafür bezahlen — falsche Anschuldigungen und eine endlose Jagd durch die Medien, selbst dann noch, als alles vorbei war.«

»Offiziell wurden die Morde nie aufgeklärt.«

Sie stöhnte laut vor Verzweiflung und Ärger.

Sebire konnte sie nicht erschrecken. »Es war eine Mordserie, drei Morde, und alles wies darauf hin, daß der Mörder jedesmal ein und dieselbe Person war. Alle Opfer waren Kinder.«

»Und Jon war in der Lage, der Polizei entscheidende Hinweise zu geben.«

»Er hat sie an die Stelle geführt, wo die beiden letzten verscharrt worden waren, das ist schon richtig. Aber was alle Leute viel mehr interessiert hat, war: *wieso* er das konnte! Das hat den Aufruhr verursacht, Aimée.«

»Er hat es ihnen gesagt. Er hat es erklärt.«

»Er hat gesagt, er sei Zeuge der Tötungen gewesen. Nicht physisch, er sei nicht wirklich dort gewesen, wo die Verbrechen begangen wurden, aber er habe alles *gesehen*. Kannst du da der Polizei, der Öffentlichkeit verübeln, daß sie sich *wundern*?«

»Er hat . . . hatte . . . hatte eine Art Zweites Gesicht. Das ist nicht ungewöhnlich, Daddy, das hatten auch schon andere Menschen. Wie oft hat die Polizei ein Medium eingesetzt, um gewisse Verbrechen aufklären zu können!«

»Sooft eine besonders grauenhafte Mordserie in den Schlagzeilen ist, melden sich Dutzende von Verrückten bei der Polizei und behaupten, die Geister hätten ihnen erzählt, wie der Mörder aussieht oder wo er als nächstes zuschlagen werde. Eine weit verbreitete und traurige

Unsitte, außerdem für die Polizei pure Zeitverschwendung.«

»Nicht immer, das ist es nicht immer. Solche Leute haben in der Vergangenheit schon oft Verbrechen aufgeklärt . . .«

»Und du willst mir weismachen, Childes sei einer von diesen begabten Leuten?« In dem Wort ›begabt‹ schwang Hohn mit. »Das haben die Zeitungen damals nämlich berichtet.«

»Genau das ist der springende Punkt: er ist es nicht. Er ist kein Hellseher, er ist nicht medial begabt . . . jedenfalls nicht im üblichen Sinn. Jon hatte nie zuvor Visionen, nicht auf diese Art und Weise. Er war genauso verwirrt und durcheinander wie alle anderen. Und . . . er hatte Angst.«

»Die Polizei hatte ihn unter Verdacht.«

»Sie waren erschüttert von dem, was er wußte. Natürlich haben sie ihn anfangs verdächtigt, aber er konnte ihnen zu viele Zeugen nennen . . . Zeugen, die bestätigten, daß er zur Tatzeit woanders war . . . ganz woanders.«

»Trotzdem; das Gefühl blieb, daß er doch auf die eine oder andere Art damit zu tun hatte. Seine Informationen waren zu exakt.«

»Sie haben den Mörder schließlich aufgespürt und bewiesen, daß Jon keinen Kontakt zu ihm hatte.«

»Tut mir leid, aber das stand nicht in den Akten. Die Morde wurden nie aufgeklärt.«

»Überprüf deine Quellen, Daddy, und du wirst herausfinden, daß sie aufgeklärt sind — inoffiziell. Der Irre hat sich selbst die Kehle durchgeschnitten. Man hat den Fall nie abgeschlossen, weil er kein Geständnis hinterlassen hat, nicht den kleinsten Hinweis darauf, daß er die Kinder getötet hat. Alles, was die Behörden hatten, waren

Indizien — nein, schlüssige Beweise gegen ihn. Das wurde damals angedeutet, und zwar von den Behörden und von den Zeitungen, aber die eigentliche Tatsache konnte offiziell niemand verkünden; das Gesetz selbst verhinderte das. Trotzdem . . . der Mörder hat sich umgebracht, weil er wußte, daß sie ihm ganz nahe waren . . . Jon hatte ihnen genügend Informationen geliefert; sie hätten den Mann festnageln können . . . Seine Neigung zu Kindern war bekannt, er hatte schon öfter Minderjährige belästigt und war deswegen sogar schon im Gefängnis gewesen. Als er tot war, war auch die Mordserie beendet.«

»Weshalb ist Childes dann weggelaufen?« Sebire marschierte wieder los, auf und ab, auf und ab; fest entschlossen, erst dann zu gehen, wenn er seine Tochter zur Einsicht gebracht hatte. »Er hat seine Frau und sein Kind verlassen und sich hierher abgesetzt. Was könnte ihn dazu veranlaßt haben?«

»Er hat sie nicht verlassen, nicht so, wie du das andeutest!« Amy hatte ihre Stimme leicht erhoben. »Jon hat seine Frau angebettelt, mit ihm zu kommen, aber sie hat sich geweigert. Der Druck war auch für sie zuviel. Sie hatte genug von diesen Sticheleien, von den anonymen Anrufern; sie wollte sich und ihre Tochter — Gabrielle — schützen . . . Es war die Hölle, Dad. Zuerst haben sie alle mit dem Finger auf Jon gezeigt, sie haben ihn verdächtigt, beiseite geschoben, ausgequetscht . . . und plötzlich wollten sie ihn zu einer Art Super-Freak aufbauen. Sie wußte, daß es für sie keinen Frieden geben würde . . .«

»Trotzdem, daß er sie verlassen hat . . .«

»In ihrer Ehe hat es auch vorher schon Probleme gegeben. Jons Frau war eine Karrierefrau; sie haben trotzdem geheiratet. Fran wurde schwanger, und als ihre Tochter zur Welt kam, mußte sie ihr endgültig ihre ganze Zeit widmen . . . Und sie hatte es satt, nur Hausfrau zu sein, immer in seinem Schatten zu leben. Sie wollte ihr eigenes Leben haben, und das lange vor diesen Vorfällen.«

»Und das Kind? Wie konnte . . .?«

Amys Stimme war jetzt fast ein Flüstern. »Er liebt Gabrielle. Es hat ihn fast zerbrochen, daß er weggegangen ist . . . aber er wußte, wenn er geblieben wäre, dann hätten die Spannungen sie alle zerstört. Und was hätte er allein seiner Tochter bieten können? In diesem Stadium hatte er keine Ahnung, wie er leben oder was er machen würde. Mein Gott, er hat eine glänzende Karriere weggeworfen, er hat seiner Frau alles gelassen, alles, was sie besaßen, und fast die ganzen Ersparnisse. Wie sollte er sich da um ein vierjähriges Kind kümmern?«

»Warum ist er ausgerechnet hierher gekommen? Warum auf diese Insel?« Sebire hatte seinen Marsch wieder unterbrochen und ragte jetzt über Amy auf; groß und zornig, und dieser Zorn steigerte sich noch.

»Weil sie in der Nähe seines alten Zuhause liegt, verstehst du das denn nicht? Sie ist weit genug weg, um hier als Fremder anzukommen, aber es wäre leicht gewesen, zurückzugehen . . . mit seiner Familie in Verbindung zu bleiben. Jon ist nicht davongelaufen, er hat ihnen nicht einfach den Rücken gekehrt. Er war am Boden zerstört, als er erfuhr, daß seine Frau die Scheidungsklage eingereicht hatte . . . Vielleicht hat er tatsächlich daran geglaubt, daß sie eines Tages um Gabrielles willen alles flicken würden, daß Fran zu ihm kommen würde, hierher, auf die Insel, daß sie bei ihm bleiben würde, ich weiß es nicht. Vielleicht hatte er sogar vor, irgendwann wieder nach England zurückzugehen, nach ein paar Jahren, wenn er in Vergessenheit geraten war. All das hat sich geändert, als er die Scheidungspapiere erhielt.«

»Okay, Aimée, wenn man das alles berücksichtigt und

wenn man akzeptiert, daß es bei diesen brutalen Morden keine Komplizenschaft seinerseits gab und daß er nicht allein für das Scheitern dieser Ehe verantwortlich zu machen ist . . .«

Amy öffnete den Mund, wollte ihn anbrüllen, und ihre hellen Augen glühten — aber Sebire wischte ihren Protest beiseite.

»Hör mich zu Ende an!« Seine Haltung signalisierte, daß er keinen Widerspruch duldete. »Die Tatsache, daß dieser Mann *nicht* normal ist, bleibt — so oder so. Oder wie erklärst du dir diese — ich weiß nicht, wie du sie nennst, ich kenne mich mit diesem übersinnlichen Hokuspokus nicht aus — diese *Eingebungen*? Warum in aller Welt hat ausgerechnet er sie?«

»Das weiß niemand, am allerwenigsten Jon selbst. Niemand kann es erklären. Warum wirfst du ihm das vor?«

»Ich werfe ihm gar nichts vor! Ich weise nur darauf hin, daß mit diesem Burschen etwas nicht stimmt. Oder kannst du mir vielleicht erklären, was heute abend hier mit ihm passiert ist — was seinen sogenannten Schwindelanfall verursacht hat? Ist so etwas schon einmal passiert? Großer Gott, Aimée, was, wenn es im Auto passiert wäre . . .? Was, wenn du bei ihm gewesen wärst?«

»Ich *weiß* nicht, was passiert ist, und er weiß es auch nicht. Aber es ist noch nie etwas Ähnliches passiert.«

»Trotzdem weigert er sich, einen Arzt auch nur zu konsultieren.«

»Es wird es tun. Ich sorge dafür.«

»Du wirst dich von ihm fernhalten!«

Amy lächelte ungläubig. »Glaubst du wirklich, daß ich noch ein Kind bin, dem man sagen muß, was es tun kann und was nicht? Glaubst du wirklich allen Ernstes, du kannst mir verbieten, ihn wiederzusehen?«

Sie lachte, aber es war ein sprödes Lachen, ohne jeden Humor. »Wach auf, Daddy, du bist im zwanzigsten Jahrhundert!«

»So, wie ich die ganze Sache sehe, dürfte Victor Platnauer wohl nicht allzu versessen darauf sein, einen Tutor an seiner Schule zu haben, der zu gewissen Ohnmachtsanfällen neigt . . .«

Das verschlug ihr den Atem. »Das meinst du ernst?«

»Absolut!«

Sie schüttelte den Kopf und starrte ihn mit siedendheißer Wut an. »Ihm war nicht gut; das hätte jedem passieren können.«

»Möglich. Und bei jedem anderen würde man es ziemlich schnell vergessen.«

»Aber du . . . du wirst es nicht vergessen?«

»Das steht wohl kaum zur Debatte.«

»Was denn? Sag es mir.«

»Er beunruhigt mich. Ich habe Angst um dich.«

»Er ist ein netter, sanftmütiger Mann.«

»Ich möchte trotzdem nicht, daß du etwas mit ihm zu tun hast.«

»Das habe ich schon. Sehr.«

Sebire zuckte sichtlich zusammen. Er stapfte zur Tür und blieb noch einmal stehen; er starrte sie an. Oh, und sie kannte ihren Vater so gut, kannte seine Rücksichtslosigkeit, wenn man sich ihm in den Weg stellte . . . Er sprach beherrscht, aber in seinen Augen loderte ein grelles Feuer.

»Ich denke, daß es an der Zeit ist, gewisse Leute auf Childes' zweifelhafte Vergangenheit aufmerksam zu machen«, flüsterte er und verließ ihr Zimmer. Er schloß die Tür sehr leise hinter sich.

ER SCHWITZTE; kleine Rinnsale überzogen sein Gesicht und verloren sich in den Laken. Er wälzte sich hin und her, und die feuchte Bettwäsche klebte an ihm. So viel Schweiß. Der eigene Geruch war ihm unangenehm.

Die Vision, dieses Gesicht . . . Beides hatte er noch so deutlich vor Augen; es war so real gewesen; das Grauen so durchdringend, so handgreiflich. Es füllte ihn aus. Stark. Nachdrücklich.

Er war auf diesem Friedhof gewesen, nicht richtig, nicht körperlich, sondern als eine Art . . . Präsenz, so nahe bei der kleinen Leiche, so nahe, daß er die kalte, klamme Berührung fast hatte *spüren* können. Für einige kurze Sekundenbruchteile hatte er *in* diesem anderen Wesen existiert, in diesem Ding, das das tote Kind geschändet hatte. Er hatte diesen perversen Stolz gespürt.

Aber sie waren nicht eins gewesen; er war Beobachter gewesen, nur Beobachter, ein Zuschauer ohne jeden Einfluß.

Trotzdem . . . die Gedanken blieben, und mit ihnen kam etwa anderes, schleichend, verstohlen, wie ein heimtückischer Spitzel . . . Angst; eine unaussprechliche Vorstellung. Er stöhnte laut auf. Der Gedanke war zu erschütternd; er konnte sich ihm nicht stellen. Und deshalb wurde er immer schlimmer. Der Gedanke ging ihm nicht mehr aus dem Sinn. Ganz gleich, wie tief sein bewußter Verstand ein *solches* Geheimnis verborgen hätte . . . irgendwie hätte er dennoch davon gewußt; es wäre ihm auf bizarre, schreckliche Art und Weise bewußt gewesen . . . oder? Aber war da nicht dieses Gefühl gewesen . . . als jene gräßlichen Hände den leblosen Körper aus dem Grab gezerrt hatten . . . das Gefühl, daß es seine Hände waren, daß diese Hände ihm gehörten?

War die Vision lediglich eine freigesetzte Erinnerung?

War er selbst der Grabschänder? Nein, nein, das konnte unmöglich sein, es konnte nicht sein!

Childes starrte auf das geschlossene Fenster und lauschte in die Nacht hinaus.

*Es kauerte in den Schatten und starrte durch das schmutzige Fensterglas auf jene helle Sichel — den Mond -, und es lächelte, denn in seiner Erinnerung verweilte es bei der Zeremonie, die es an diesem Abend auf dem Friedhof abgehalten hatte.*

*Es schwelgte in seinen Erinnerungen . . . blutroten Erinnerungen.*

*Eine Zunge glitt über geöffnete Lippen. Blutrote Erinnerungen an das Opfermahl. Alles war gut.*

*Und dann veränderte ein Stirnrunzeln sein Antlitz.*

*Da war diese Empfindung gewesen, auf dem Friedhof, für einen ganz kurzen Moment nur, als es das tote Kind aus dem Grab gezogen hatte, eine Empfindung, die ihm Einhalt geboten hatte, das Gefühl, beobachtet zu werden. Aber da war niemand auf dem Friedhof gewesen, das stand fest, niemand, nur Grabsteine und erstarrte Engel . . . ungefährliche Zuschauer.*

*Dennoch hatte es diesen . . . Kontakt gegeben . . . mit etwas — mit jemand. Eine Berührung zweier Seelen.*

*Wer?*

*Und wie konnte das möglich sein?*

*Eine Wolke verhüllte den Mond, und die Gestalt bewegte sich unbehaglich im Sessel hin und her, und ihr Atem war flach und rauh, bis das milde Licht zurückkehrte. Jemand war sich seiner Existenz bewußt; eine andere Erklärung gab es nicht. Und so reckte es seine geistigen Fühler aus und suchte und tastete nach dem Eindringling. Es fand ihn nicht. Noch nicht.*

*Aber bald. Bald.*

»SIE SEHEN ein wenig blaß aus«, bemerkte Estelle Piprelly, als Childes das Arbeitszimmer betrat und auf einem Stuhl ihr gegenüber auf der anderen Seite des breiten Schreibtisches Platz nahm.

»Es geht mir gut«, erwiderte er.

»Sie haben sich verletzt.«

Er hob die verbundene Hand; eine abweisende Geste. »Ich habe ein Glas zerbrochen. Nichts Ernstes, nur ein paar kleine Schnitte.«

Die Decke war hoch, die Wände bis in Kopfhöhe in heller Eiche getäfelt, die oberen Bereiche waren in einem beruhigenden Pastellgrün gestrichen — bis auf jene Wand, die vom Boden bis zur Decke mit schwer beladenen Bücherregalen verstellt war. Ein Portrait der La Roche-Gründerin beherrschte die Wand rechts von Childes. Es war zweifellos eine exakte Wiedergabe, gab jedoch wenig vom wahren Charakter des Modells preis, was für ziemlich viele viktorianische Studien typisch ist. Neben der Tür tickte eine alte Uhr laut die Sekunden herunter, als wäre jede einzelne eine Verkündigung in sich. Childes blickte an der La Roche-Schulleiterin vorbei, zu den riesengroßen Fenstern hinter ihr. Strahlender Sonnenschein flutete herein und verwandelte ihre grauen Haare in ein silbernes Flammen. Draußen waren die Schulgärten zu sehen, grüne Rasenflächen, von erwachenden Blumen und Büschen gesäumt; das schräge Dach eines hell verkleideten Sommerhauses reflektierte blendende Sonnenstrahlen. Dahinter lagen die Klippen, zerklüftet und morbide, langsam verwitternde Bastionen gegen die See. Das dunklere Blau des Horizonts zog eine klare Trennlinie zwischen Meer und Himmel. Obgleich das Zimmer selbst geräumig und die Farbtöne beruhigend waren, fühlte sich Childes unwillkürlich eingeengt, als hielten die Wände eine Energie zurück, die aus seinem

Innern entströmte, eine Kraft, die in den engen Grenzen seines physischen Körpers nicht enthalten sein konnte. Er wußte, diese Empfindung war nichts weiter als Klaustrophobie, kein Grund zur Beunruhigung; den Großteil davon verdankte er sowieso der bevorstehenden Aussprache mit der Direktorin.

»Ich erhielt heute morgen einen Anruf von Victor Platnauer«, begann Miss Piprelly — und bestätigte seine insgeheime Vermutung. »Ich glaube, Sie beide sind sich am vergangenen Samstagabend aus gesellschaftlichem Anlaß begegnet.«

Childes nickte.

»Er berichtete mir von Ihrem . . . äh . . . unglücklichen Unfall«, fuhr die Direktorin fort. »Er sagte, Sie wären beim Essen ohnmächtig geworden.«

»Nein, das Essen war so ziemlich beendet.«

Sie betrachtete ihn kühl. »Nun, er äußerte sich besorgt über Ihren Gesundheitszustand. Es liegt eine beträchtliche Verantwortung auf Ihren Schultern, denn Sie unterrichten Jugendliche, und solch ein Vorfall vor versammelter Klasse könnte bei den Mädchen einige Beunruhigung verursachen. In seiner Eigenschaft als eines unserer Vorstandsmitglieder bemühte sich *Conseiller* Platnauer um eine Zusicherung, daß Sie nicht regelmäßig zu derartigen Zusammenbrüchen neigen. Nun, ich glaube, dies leuchtet ein, nicht wahr?«

»Es ist das erste Mal, wirklich.«

»Haben Sie einen Verdacht, warum es passiert ist? Haben Sie bereits einen Arzt konsultiert?«

Er zögerte, bevor er antwortete: »Nein, ich habe keinen Verdacht, und nein, ich war noch nicht beim Arzt. Ich bin in Ordnung, ich brauche keinen Arzt.«

»Unsinn! Wenn Sie ohnmächtig geworden sind, dann muß es einen Grund dafür geben.«

»Möglich, daß ich am Samstag ein wenig angespannt war. Eine persönliche Sache.«

»Angespannt genug, um umzufallen?« spottete sie milde.

»Ich kann Ihnen nur sagen, daß mir das nicht regelmäßig passiert. Ich fühle mich gesund, heutzutage mehr denn je. Das Leben auf dieser Insel hat für mich eine große Veränderung mit sich gebracht, einen anderen Lebensstil, weit weg vom Druck meines letzten Jobs, raus aus einem Beruf voller Konkurrenzkampf. Und es macht mir nichts aus, zuzugeben, daß es auch in meiner Ehe mehrere Jahre lang eine deutliche Spannung gegeben hat. Seit ich hier lebe, haben sich die Dinge geändert: ich bin entspannter, ich würde sogar sagen, zufriedener.«

»Ja, das glaube ich Ihnen. Aber wie ich bereits sagte, als Sie hereinkamen: Sie sehen ein wenig kränklich aus.«

»Was passiert ist, hat mich genauso erschüttert wie die anderen Dinnergäste«, sagte er gereizt.

Er fühlte sich unbehaglich unter ihrem Blick und wischte an einem imaginären Staubfleck auf seiner Cordhose herum. Für einen Moment war es ihm so vorgekommen, als hätte sie bis auf den Grund seiner Seele geschaut.

»In Ordnung, Mr. Childes, ich beabsichtige nicht, dieser speziellen Sache weiter nachzugehen. Allerdings rege ich doch an, daß Sie bei der ersten Gelegenheit einen Arzt konsultieren; Ihr Ohnmachtsanfall mag durchaus Symptom einer bisher noch verborgenen Krankheit sein.«

Er war erleichtert, sagte jedoch nichts.

Miss Piprelly klopfte mit dem stumpfen Ende eines Füllhalters leicht auf die Schreibtischplatte, immer wieder, als wäre es ein Auktionshammer. »Victor Platnauer hat mich auf eine weitere Sache aufmerksam gemacht, etwas, das, wie ich fürchte, mit Ihrer Vergangenheit zu tun hat, Mr. Childes. Sie haben es unterlassen, mich davon in Kenntnis zu setzen.«

Er richtete sich auf, sehr gespannt, die Hände lagen schwer auf seinen Knien; er wußte, was jetzt kam.

»Natürlich beziehe ich mich auf den unglücklichen Umgang, den sie mit der Polizei hatten, ehe Sie auf diese Insel kamen.«

Er hätte es wissen müssen, er hätte wissen müssen, daß die Menschen nicht so einfach vergessen würden, daß England viel zu nahe und der Zugriff auf gewisse Nachrichten viel zu einfach war. Und natürlich gab es immer jemand, der sich an solche Dinge erinnerte. Hatte es Platnauer von Anfang an gewußt? Nein, dann wäre es bereits vor längerer Zeit zur Sprache gekommen. Also hatte es ihm jemand erzählt, erst vor kurzem, und Childes schmunzelte, denn es war offensichtlich: Paul Sebire hatte einen Blick in seine Vergangenheit geworfen — entweder das, oder Amy hatte es ihrem Vater erzählt und damit diese interessante Information unweigerlich auch an den Schulvorstand weitergegeben. Seltsamerweise war er froh, daß es jetzt heraus war, obwohl er nach wie vor der Meinung war, daß es niemanden etwas anging — nur ihn selbst. Aber: Verdrängung führt zu Depressionen, stimmt's? sagte er sich.

»Richtig«, antwortete er.

»Wie bitte?« Die Direktorin wirkte überrascht.

»Mein *Umgang mit der Polizei*, wie Sie es nennen . . . Ich war eine Art Informationsquelle, im wahrsten Sinne des Wortes. Ich war bei Nachforschungen behilflich.«

»Das habe ich verstanden. Obgleich Ihre . . . Methode recht eigenartig war, würden Sie dem nicht auch zustimmen?

»Ja, würde ich. Genaugenommen geht's mir wie den anderen: ich staune auch immer noch. Und was die Tatsache angeht, daß ich Sie nicht darüber informiert habe, damals, bei der Einstellung — ich hielt es einfach nicht für notwendig. Die Polizei war nicht hinter *mir* her — ich war kein Krimineller.«

»Ganz recht. Und ich will daraus jetzt auch keine Streitfrage machen.«

Und damit war Childes an der Reihe, überrascht zu sein: »Mein . . . äh . . . Hierbleiben ist auf keinerlei Weise davon berührt?«

Die tickende Uhr maß die Pause. Sechs Sekunden.

»Ich halte es nur für fair, daß ich Ihnen mitteile, unseren Polizeiposten gebeten zu haben, mir weitergehende Informationen über diese Angelegenheit zu beschaffen. Sie sollten die Gründe akzeptieren, die mich dazu bewogen haben.«

»Sie werfen mich nicht hinaus?«

Sie lächelte nicht, und sie sprach mit der gewohnten Forschheit, aber er betrachtete sie dennoch mit ganz neuem Interesse.

»Ich sehe keinen Grund dafür, jedenfalls nicht im momentanen Stadium. Es sei denn, Sie haben mir noch etwas zu sagen . . . etwas, das ich vermutlich ohnehin herausfinden werde?«

Er schüttelte den Kopf. »Ich habe nichts zu verbergen, Miss Piprelly, das verspreche ich Ihnen.«

»Sehr gut. Wir sind *sehr* an Ihren speziellen Fähigkeiten interessiert — nun, andernfalls hätte ich Sie wohl kaum gebeten, mehr Zeit für das La Roche-College zu erübrigen —, und das habe ich Victor Platnauer erklärt. Ich muß gestehen, anfangs zögerte er, meinen Standpunkt einzusehen, aber er ist ein fairer Mann. Dennoch . . . er wird Sie genau im Auge behalten, Mr. Childes, genau wie auch ich. Wir sind übereingekommen, die ganze Angelegenheit strikt für uns zu behalten. Dem La Roche würde eine wie auch immer geartete Publizität hinsichtlich Ihrer Person nur schaden. Wir haben einen seit langem bestehenden guten Ruf zu schützen.«

Estelle Piprelly lehnte sich zurück, und obgleich sie aussah, als hätte sie gerade einen Ladestock verschluckt, kam sie ihm beinahe entspannt vor. Sie betrachtete ihn noch immer mit diesem beunruhigenden, durchdringenden Blick, und der Füllhalter ragte steif zwischen ihren Fingern empor, das stumpfe Ende nach wie vor auf der Schreibtischplatte, ein winziger, unbeweglicher Pfosten. Er wunderte sich über sie, wunderte sich über ihr plötzliches Stirnrunzeln und grübelte darüber nach, was sie wohl in seinem Gesichtsausdruck las. War da nicht ein Hauch von Nervosität hinter ihren dicken Brillengläsern?

Sie hatte sich rasch wieder gefangen, was ihn noch mehr verunsicherte; gleich darauf zweifelte er schon daran, daß es diese Veränderung in ihrer Haltung überhaupt gegeben hatte.

»Ich will Sie nicht länger aufhalten«, sagte Miss Piprelly knapp. »Ich bin sicher, wir haben beide viel zu tun.«

Und sie dachte: Ich will ihn aus dem Zimmer haben, ich will ihn *so schnell wie möglich* los sein. Es war nicht seine Schuld, er konnte nichts für diesen unerhörten zusätzlichen Sinn, den er sein eigen nannte, er war nicht dafür verantwortlich zu machen . . . genausowenig, wie sie für ihre eigene mysteriöse Begabung verantwortlich zu machen war. Auf dieser Basis konnte sie sich des Mannes nicht entledigen, es wäre zu heuchlerisch gewesen, zu grausam. *Aber sie wollte von seiner Gegenwart befreit werden, jetzt, noch in diesem Augenblick!* Einen Moment lang war sie davon überzeugt, daß er ihre starre Maske durchschaut hatte, daß er die Begabung in ihr gespürt hatte, eine unwillkommene Begabung — denn für die Schule war eine nachteilige Publizität *keinesfalls* akzeptabel. Ihr Geheimnis, ihr *Leiden*, durfte niemand teilen, es war zu viele Jahre lang zu gut gehütet worden. Sie würde das Risiko eingehen und ihn im Kollegium behalten — soviel schuldete man ihm —, aber sie würde sich von ihm fernhalten, jeden unnötigen Kontakt vermeiden. Sie würde ihm keine Gelegenheit bieten, ihre Ähnlichkeiten erkennen zu können. Das wäre zu vermessen . . . etwas zu verraten, jetzt, nach so langer Zeit. Und für jemanden in ihrer Position könnte es sogar gefährlich werden.

»Es tut mir leid, Mr. Childes . . . wollten Sie noch etwas sagen?« Sie unterdrückte ihre Ungeduld, und eine in Jahren gestählte Selbstdisziplin kam ihr dabei zu Hilfe.

»Nur danke. Ich weiß Ihr Vertrauen zu würdigen.«

»Das hat überhaupt nichts damit zu tun. Wenn ich Sie für nicht vertrauenswürdig hielte, hätte ich Sie niemals eingestellt. Sagen wir einfach so, ich schätze Ihre Fachkenntnis.«

Er erhob sich, brachte ein Lächeln zustande. Estelle Piprelly war ihm ein Rätsel. Er wollte noch etwas sagen, überlegte es sich aber anders. Wortlos verließ er das Zimmer.

Die Direktorin schloß die Augen und ließ den Kopf gegen die hohe Stuhllehne zurücksinken. Das Sonnenlicht auf ihren Schultern war nicht imstande, die Kälte zu vertreiben.

Im Flur begann Childes zu zittern. Bisher hatte er sich eingeredet, daß er sich unter Kontrolle hatte, daß der Großteil seiner Angst bereits gestern aus ihm herausgespült worden war und seinen Kreislauf buchstäblich verlassen hatte; er war so erschöpft gewesen, er hatte gewußt, daß ihn der Schlaf überwältigen würde, sobald er nach Hause kam. Und so war es dann auch gekommen. Da waren keine Träume gewesen, kein ruheloses Herumwälzen im Bett, keine schweißgetränkten Laken;

nur mehrere Stunden lang Vergessen. Heute morgen war er aufgewacht und hatte sich erfrischt gefühlt, und die Bilder vom Samstagabend waren eine eingedämmte Erinnerung, nach wie vor beunruhigend, aber doch einigermaßen in einer Schublade seines Verstandes untergebracht. Unbewußter Reflex, Selbstschutz durch geistige Konditionierung; es mußte einen gültigen medizinischen Begriff dafür geben, eine Bezeichnung für diese Reaktion.

Dann hatte er die Morgenzeitung gelesen, und seine vorübergehende Entspannung war mit einem Schlag fort.

Trotzdem hatte er sich den Alltagspflichten gestellt, mutlos, aber entschlossen, den Tag über die Runden zu bringen. Auf halber Strecke kam dann die Aussprache mit Miss Piprelly. Jetzt zitterte er.

»Jon?«

Er drehte sich erschrocken um, und Amy sah seine Angst. Sie eilte auf ihn zu.

»Jon, was ist los? Du siehst furchtbar aus.«

Childes umarmte sie. »Gehen wir hinaus«, sagte er. »Hast du ein bißchen Zeit?«

»Es ist noch Mittagspause. Bis zum nächsten Unterricht bleiben mir noch mindestens dreißig Minuten.«

»Also eine kurze Fahrt, irgendwohin, wo es ruhig ist.«

Er gab sie frei, als Schritte im Gang hallten. Sie wandten sich der Treppe zu, die zum Hauptportal hinabführte, und schwiegen, bis sie draußen waren. Die Sonne wärmte sie; nach der Kühle im Schulinnern war es ein angenehmes Gefühl.

»Wo hast du gestern gesteckt?« fragte Amy. »Ich habe den ganzen Tag versucht, dich zu erreichen.«

»Ich dachte, du zeigst Edouard Vigiers die Insel?« Da war keine Kritik in seiner Stimme.

»Das hab' ich auch, ungefähr eine Stunde lang. Aber er hat verstanden, daß ich mir um dich Sorgen mache, und hat vorgeschlagen, daß wir abkürzen. Ich war keine sonderlich gute Gesellschafterin, fürchte ich.« Sie gingen zum Parkplatz. »Ich war bei dir draußen, aber das Haus war leer; keine Spur von dir. Ich war so beunruhigt.«

»Es tut mir leid, Amy, ich hätte daran denken sollen. Ich mußte einfach raus, ich konnte nicht in meinen vier Wänden bleiben.«

»Wegen dem, was beim Abendessen passiert ist?«

Er nickte. »Damit habe ich mir die große Liebe deines Vaters wohl endgültig verscherzt?«

»Es ist unwichtig. Ich will den Grund wissen, Jon.« Sie nahm seinen Arm.

»Alles fängt wieder von vorne an, Amy. Ich wußte es schon damals, am Strand . . . es war dasselbe Gefühl, als wäre ich irgendwo anders . . . ich konnte etwas passieren sehen, aber . . . ich hatte keinen Einfluß darauf.«

Sie waren bei seinem Wagen angekommen, und er holte die Wagenschlüssel heraus; Amy sah, wie sehr er zitterte. »Ich glaube, es ist besser, wenn ich fahre«, schlug sie vor.

Er schloß auf und warf ihr die Schlüssel zu. Sie ließen die Schule hinter sich und fuhren über einen kurvigen Feldweg zur Küste. Gelegentlich warf sie ihm einen raschen Seitenblick zu, und bald hatte sich seine Spannung auch auf sie übertragen; sie fuhr unkonzentriert. Dann hielten sie auf einer Lichtung mit Blick auf eine kleine Bucht, und das Meer tief unten war von einem funkelnden Blau, das stellenweise grün gefleckt war. Sie hatten die Wagenfenster heruntergekurbelt, und das leise Rauschen der Brandung auf dem Kiesstrand klang wie eine sanfte Melodie. Weit draußen zog eine Fähre durch die ruhigen Gewässer zum Haupthafen an der Ostseite der Insel.

Childes schien ihr gemächliches Vorwärtstuckern zu beobachten, aber sein Blick war ganz woanders. Unwillkürlich streckte Amy die Hand aus und drehte sein Gesicht zu sich her. »Wir sind hier, um miteinander zu reden, denk dran«, erinnerte sie ihn. »Erzähl mir, was am Samstag los war . . . bitte.«

»Ich kann's sogar ganz perfekt machen«, sagte er. »Ich kann es dir zeigen.« Er holte die Zeitung vom Rücksitz und faltete sie vor ihr auseinander. »Da. Lies das« murmelte er und zeigte auf die Schlagzeile.

»KINDERGRAB GESCHÄNDET«, sagte sie laut, doch den Rest las sie stumm, ungläubig. »O Jon, das ist ja entsetzlich. Wer könnte so etwas tun? Den Leichnam eines Kindes zerstückeln, zu . . .« Sie schüttelte sich und wandte das Gesicht von der aufgeschlagenen Zeitungsseite ab. »Es ist so scheußlich.«

»Es ist das, was ich gesehen habe, Amy.«

Sie starrte ihn fassungslos an. Ihre blonden Haare lockten sich sanft über ihrer linken Schulter.

»Ich war dabei, ich war da . . . am Grab, ganz nah. Ich hab' gesehen, wie der Körper aufgerissen worden ist. Ich . . . ich war irgendwie Teil davon.«

»Nein, du würdest niemals . . .«

Er packte ihren Arm. »Ich habe alles gesehen! Ich . . . ich habe den Verstand der Person berührt, die das getan hat.«

»Wie?« Die Frage zitterte in der Luft.

»Wie früher. Genau wie früher. Das Gefühl, in der Person zu sein, alles durch ihre Augen zu sehen . . . Aber ich habe nichts damit zu tun. Ich bin nicht beteiligt. Ich habe keinen Einfluß darauf. Ich kann nicht verhindern, was da geschieht!«

Sein abgrundtiefes Entsetzen erschreckte sie. Sie klammerte sich an ihn, redete besänftigend auf ihn ein. »Es ist okay, Jon, dir kann nichts passieren. Du bist *kein* Teil davon. Was geschehen ist, hat nichts mir dir zu tun!«

»Vorgestern hatte ich da so meine Zweifel«, stieß er sarkastisch heraus und machte sich frei. »Ich hab' mir überlegt, ob ich mich vielleicht nur an etwas erinnere, das ich selbst getan habe, an gewisse Handlungen, die mein Bewußtsein, mein Verstand hinterher ausgelöscht hat.« Er zeigte wieder auf die Zeitung. »Aber das hier ist auf dem Festland passiert, an dem Abend, als ich bei euch war. Das ist eine Tatsache. Also könnte ich aufatmen, was?« Noch klang Sarkasmus in seiner Stimme mit.

»Ich wünschte so, ich hätte gestern bei dir sein können — ich hätte dir diese dummen Gedanken schon aus dem Kopf geschlagen.«

»Nein, ich mußte allein sein. Reden hätte nicht geholfen.«

»Wir wären zusammen gewesen; geteiltes Leid ist halbes Leid. Das trifft auch auf Probleme zu. Das hätte geholfen.«

Er tippte sich gegen die Stirn. »Das Problem ist hier drin.«

»Du bist nicht verrückt.«

Er lächelte grimmig. »Das weiß ich. Aber was ich nicht weiß, ist, ob ich bei Verstand bleibe, wenn diese Irrsinnsbilder wieder kommen. Du hast keine Ahnung, wie das ist, Amy, du kannst es nicht verstehen . . . wie unheimlich das ist. Es macht mich fertig, es erledigt mich. Wenn es vorbei ist, fühle ich mich, als wäre ein Teil von meinem Gehirn weggefressen worden.«

»Hast du dich das letzte Mal auch so gefühlt? In England, meine ich?«

»Ja. Vielleicht war es damals noch schlimmer. Es war eine ganz neue Erfahrung für mich.«

»Als man diesen Mann gefunden hat, der für all die Morde verantwortlich war — was war da?«

»Erleichterung. Unglaubliche Erleichterung. Ich hatte

das Gefühl, als sei ein riesiges, schwarzes Bewußtsein weggerissen worden. Du mußt dir das vorstellen, als ob jemand, der wahnsinnig empfindliche Ohren hat, plötzlich feststellt, daß diese . . . diese Übersensibilität weg ist, alles okay. Aber merkwürdigerweise kam bei mir die Erleichterung, bevor sie diesen Kerl aufgespürt hatten. Weißt du, ich kannte den genauen Zeitpunkt, an dem er Selbstmord beging, irgendwie kannte ich ihn, weil das der Moment war, in dem mein Geist befreit wurde. Sein Tod war meine Erlösung.«

»Warum er, warum dieser spezielle Mörder, und warum nur er? Hast du dich das jemals gefragt?«

»Oft, und ich habe nie eine befriedigende Antwort gefunden. Dieses *Spüren* hatte ich schon früher, aber es war nichts Erschreckendes, nichts, was man heute Vorahnung oder außersinnliche Wahrnehmung nennen könnte. Es waren immer sehr weltliche Kleinigkeiten, Dinge, die wahrscheinlich den meisten Leuten passieren: Da klingelt das Telefon, und du errätst, wer da anruft, noch bevor du abgenommen hat. Oder du kennst dich in der und der Gegend überhaupt nicht aus und weißt trotzdem, wo du abbiegen mußt, damit du dorthin kommst, wo du hin willst. Einfache, alltägliche Dinge, nichts Dramatisches.« Er lehnte sich nach vorn, stützte sich auf das Armaturenbrett und beobachtete den Sturzflug einer Möwe. »Die Parapsychologen behaupten, unser Verstand sei eine Art Radioantenne, die sich ununterbrochen auf eine andere Wellenlänge einstellt und andere Frequenzen aufnimmt . . . Na ja, vielleicht hat dieser Kerl auf einer ganz speziellen Frequenz gesendet, die nur ich empfangen konnte . . . und diese Erregung, die er beim Töten empfand . . . das hat die Sendeleistung verstärkt, so unheimlich verstärkt, daß sie bis zu mir durchkam.« Die Möwe stieg wieder empor. Ihr Gefieder leuchtete in der Sonne.

Childes drehte sich zu Amy herum. »Es ist eine blöde Theorie, ich weiß, aber eine andere Erklärung fällt mir nicht ein«, sagte er.

»Sie ist überhaupt nicht blöd. Sie ist unheimlich ... und sie ergibt einen Sinn. Starke Emotionen, ein plötzlicher Schock, so etwas kann zwischen zwei bestimmten Personen eine starke telepathische Verbindung zustande bringen, das ist allgemein bekannt. Aber warum geschieht es jetzt wieder? Was hat diesmal diese psychischen Botschaften ausgelöst?«

Childes faltete die Zeitung zusammen und warf sie wieder auf den Rücksitz. »Dasselbe wie beim letzten Mal. Ich habe eine andere Frequenz aufgefangen.«

»Du mußt zur Polizei gehen.«

»Das soll wohl ein Witz sein! Diese Art von Publicity hat beim letzten Mal meine Ehe erledigt und mich in Deckung gehen lassen. Glaubst du wirklich, ich beschwöre das alles noch einmal herauf?«

»Es gibt keine Alternative.«

»O doch! Ich kann mich ganz, ganz still verhalten und beten, daß es wieder verschwindet.«

»Beim letzten Mal ist es nicht verschwunden.«

»Soviel ich weiß, ist dieses Mal noch niemand ermordet worden.«

»Soviel du weißt. Und was war das am Strand? Du hast etwas gesehen ... und das hat dich so mitgenommen, daß du fast ertrunken wärst.«

»Nur ein wirres Durcheinander, unmöglich, zu sagen, was da passiert ist.«

»Vielleicht ein Mord.«

»Ich denke nicht dran, den ganzen Spießrutenlauf noch mal zu machen. Die Behörden können mich mal. Ich lasse mir nicht noch einmal alles kaputtmachen ... Was meinst du wohl, was los wäre, wenn sich am La Roche oder in den anderen Schulen herumsprechen würde, daß auf der Insel eine Art psychische Mißgeburt Kinder unterrichtet . . .? Ich hätte keine Chance. Victor Platnauer schießt sich sowieso schon auf mich ein, und ich denke nicht daran, ihm weitere Munition in Geschenkpapier eingewickelt zu präsentieren.«

»Platnauer?«

Er faßte seine Aussprache mit Estelle Piprelly knapp zusammen.

»Ich glaube, daß da Daddy seine Hand im Spiel hat«, murmelte sie, als er schwieg.

»Und? Hast du deinem Vater von mir erzählt? — Tut mir leid, ich hab's nicht so grob gemeint. Du hast keinen Grund, vor deiner Familie Geheimnisse zu haben . . . Ich meine, ich würde dir keinen Vorwurf machen, wenn du . . .«

»Er hat jemand von der öffentlichen Polizeibehörde dazu veranlaßt, in deiner Vergangenheit herumzuschnüffeln. Ich habe nichts damit zu tun.«

Childes seufzte. »Ich hätte es wissen müssen. Irgendwas, mit dem er uns auseinanderbringen kann, stimmt's?«

»Nein, Jon, er macht sich nur Sorgen, er will Bescheid wissen, mit wem ich mich einlasse.« Das war ziemlich untertrieben; genaugenommen war es sogar geschwindelt.

»Kein Wunder, daß er sich aufregt. Ich kann ihn verstehen.«

»Hör mal, dieses Zurückstecken, das paßt überhaupt nicht zu dir!« Sie berührte seinen Jackenaufschlag, strich mit den Fingern an der Kante entlang. Ihr Gesicht war sehr ernst, beinahe hart. »Ich bin immer noch der Meinung, du solltest die Polizei informieren. Du hast letztes Mal bewiesen, daß du kein komischer Kauz bist.«

Er hielt ihre Finger fest. »Geben wir der Sache noch ein bißchen mehr Zeit, einverstanden? Diese . . . diese Visionen . . . vielleicht verlaufen sie ganz einfach im Sand. Verblassen. Hören einfach auf.«

Amy wandte sich ab und drehte den Zündschlüssel. »Wir müssen zurück« sagte sie. Dann: »Und wenn nicht? Ich meine, was passiert, wenn die Visionen schlimmer werden. Jon, was, wenn jemand umgebracht wird?«

Darauf gab er keine Antwort.

CHILDES improvisierte, als er Gabbys quietschiges »Hallo?« hörte.

»Mit wem spreche ich?« erkundigte er sich mit perfekt-steifer Beamtenstimme und schob für den Augenblick alle besorgten Gedanken beiseite.

»*Daddy!*« warnte sie leise, an das Spiel gewöhnt. »Rat mal, was heute in der Schule passiert ist, Daddy.«

»Mal sehen«, überlegte er halblaut. »Du hast deine Lehrerin im Klo eingesperrt?«

»Nein!«

»Die Lehrerin hat euch alle im Klo eingesperrt?«

»Sei doch mal *ernst*!«

Er lächelte über ihren Ärger und stellte sich vor, wie sie jetzt neben dem Telefon stand, den Hörer so fest ans Ohr gepreßt, als sei er angeklebt, und die Brille wie gewohnt bis auf die Nasenspitze vorgerutscht.

»Okay, sag's mir, Gernegroß.«

»Na, erst mal haben wir alle unsere Hausaufgaben mitgebracht, und dann hat Miss Hart meine vor der Klasse hochgehalten, und dann hat sie allen gesagt, daß sie ganz toll ist.«

»War das die über die Wildblumen?«

»Klar, ich hab's dir letzte Woche doch gesagt!« erwiderte sie ganz empört.

»O ja, hab' ich vergessen. He, das ist prima. Es hat ihr wirklich gefallen, eh?«

»Ja. Annabel war beinah' auch so gut, aber ich glaube, sie hat mich ein bißchen nachgemacht. Und ich hab' einen goldenen Stern gekriegt, und Annabel hat einen gelben gekriegt, und weißt du, das ist so was wie sehr gut.«

Er lachte leise. »Hört sich sogar ganz nach *wunderbar* an.«

»Dann hat uns Miss Hart gesagt, daß wir nächsten

Dienstag zum Friends Park fahren, mit einer Kutsche, wo sie Affen in Käfigen haben, und einen großen See mit Booten und Rutschbahnen und all so was.«

»Sie haben Affen auf einer Kutsche?«

»Nein, im Friends Park, du Dummkopf! Mummy hat gesagt, ich kriege Geld und einen Picknickkorb.«

»Das hört sich großartig an. Geht sie auch mit?«

»Nein, es ist eine Schulfahrt. Ich glaube, am Dienstag scheint die Sonne, meinst du nicht auch?«

»Ja, das glaube ich auch. Es ist jetzt ziemlich warm.«

»Hoffentlich. Annabel sagt das auch. Kommst du mich bald besuchen?«

Wie üblich warf sie diese Frage mit unschuldigem Eifer ein — sie wußte nichts von der kleinen Stichwunde, die sie ihm damit jedesmal versetzte.

»Ich versuche es, Schatz. Vielleicht in den Schulferien. Vielleicht läßt dich Mummy auch zu mir kommen; du könntest mir einen Besuch abstatten.«

»Mit einem Flugzeug? Ich mag das Schiff nicht, das dauert so lang. Da wird mir schlecht.«

»Ja, mit dem Flugzeug. Du könntest ein paar Tage bei mir bleiben, bis die Schule wieder anfängt.«

»Kann ich auch Miss Puddles mitbringen? Wenn ich nicht da bin, ist sie doch so allein.« Miss Puddles war Gabbys schwarze Katze. Sie hatte sie zu ihrem dritten Geburtstag bekommen. Das Tier hatte seine Tochter in seiner Entwicklung mit Leichtigkeit überholt, und das kätzchenhafte Verhalten war bereits lange, bevor Childes seine Familie verlassen hatte, einer gebieterischen Kühlheit gewichen.

»Nein, ich glaube, die Idee ist nicht so gut. Mummy braucht doch jemanden, der ihr Gesellschaft leistet, hab' ich recht?«

Er hatte seine Tochter seit fast sechs Monaten nicht

mehr gesehen, und er hätte zu gern gewußt, wie groß sie jetzt war. Gabby schien in plötzlichen Schüben zu wachsen; jedesmal, wenn er sie sah, war er überrascht.

»Ja, ich glaub' schon«, stimmte sie zu. »Willst du mit Mummy reden?«

»Ja, bitte.«

»Sie ist nicht da. Janet paßt auf mich auf.«

»Oh. Schon gut, dann gib mir Janet.«

»Ich geh' sie holen, O Daddy, ich hab' gestern Glitzerstaub auf Miss Puddles gestreut, damit sie funkelt.«

»Ich wette, das hat ihr gefallen«, sagte er kopfschüttelnd und lächelte.

»Hat es nicht. Sie hat richtig geschmollt. Mummy sagt, das kriegen wir nie wieder raus, und Miss Puddles niest jetzt auch immer.«

»Janet soll sich mal mit dem Zusatzgerät vom Staubsauger darum kümmern. Vielleicht kriegt ihr damit ein bißchen was raus . . . wenn ihr Miss Puddles lange genug stillhalten könnt.«

Gabby kicherte. »Sie wird böse werden. Ich sag' Janet, daß du mit ihr reden willst, okay?«

»Gutes Mädchen.«

»Hab' dich lieb, Daddy, 'tschüs.« So abrupt.

»Ich hab' dich auch lieb«, erwiderte er und hörte, wie der Telefonhörer aufschlug, bevor er den Satz beendet hatte. Eilige Schritte entfernten sich; Gabbys piepsige Stimme rief im Hintergrund.

Weitere Schritte im Flur, schwerer, dann wurde der Hörer wieder aufgenommen.

»Mr. Childes?«

»Wie geht's, Janet?«

»Ganz gut. Fran hat heute abend lange im Büro zu tun, deshalb bleibe ich, bis sie nach Hause kommt. Ich habe Gabby wie immer von der Schule abgeholt.«

»Schon Glück gehabt mit einem Job?«

»Noch nicht. Aber nächste Woche habe ich ein paar Vorstellungsgespräche, deshalb drücke ich schon mal sämtliche Daumen. Ist zwar alles nicht das, was ich wollte, aber besser als gar nichts.«

Er drückte ihr sein Mitgefühl aus. Janet war ein kluger Teenager, wenn auch momentan noch ohne großartige Qualifikationen: für die Jungen und Unerfahrenen war es so schwer, eine Ganztagsstelle zu finden; ihr stand noch ein harter Kampf bevor.

»Wollen Sie eine Nachricht hinterlassen, Mr. Childes?« fragte Janet.

»Nein, nein, ist schon gut. Ich rufe morgen noch einmal an. Ich wollte nur mit Gabby schwatzen.«

»Ich sage Fran, daß Sie angerufen haben.«

»Danke. Und viel Glück für nächste Woche.«

»Ich werd's brauchen. Wiedersehen, Mr. Childes.«

Die Verbindung wurde unterbrochen, und er war wieder allein in seinem Haus. In solchen Momenten hatte das Auflegen eines Hörers eine brutale Endgültigkeit. Seine verletzte Hand pochte dumpf, und ganz hinten in seinem Hals war eine ungewöhnliche Trockenheit. Er blieb noch ein paar Sekunden lang neben dem Telefon stehen, und seine Gedanken trieben langsam von seiner Tochter und hin zu jenem Polizeibeamten, der damals den Fall mit den Kindstötungen bearbeitet hatte . . . hin zu diesem Mann, dem er geholfen hatten, den wahnsinnigen Mörder aufzuspüren.

Seine Finger lagen auf dem noch warmen Hörer, aber er schaffte es nicht, abzunehmen und zu wählen. Amy hatte unrecht: es hatte keinen Sinn, zur Polizei zu gehen. Was sollte er ihnen erzählen? Er konnte die Person, die den toten Jungen ausgegraben hatte, nicht identifizieren, so konnte er ihnen keine Hinweise geben. Er wußte nicht, wo sich der Täter aufhielt. Bis er die Morgenzeitung aufgeschlagen hatte, hatte er nicht einmal eine Ahnung davon gehabt, daß die Tat in England stattgefunden hatte. Er war der Meinung gewesen — vorausgesetzt, daß die Vision echt und daß das Ganze nicht nur ein Hirngespinst war —, es sei auf der Insel passiert, irgendwo ganz in seiner Nähe . . . Nein, er hatte der Polizei nichts zu sagen, nichts. Er nahm die Hand vom Telefon.

Gabbys Geburt war schwierig gewesen, eine Steißlage.

Sie war mit den Beinen voran aus der Gebärmutter gekommen und so purpurrot verfärbt, daß er — er war die ganze Zeit an Frans Seite geblieben — vor Angst beinahe zusammengebrochen wäre. Da war dieses Gefühl gewesen: etwas, das so aussieht, so verschrumpelt und zerbrechlich, so dunkel angelaufen, kann unmöglich leben. Die Hebamme hatte das Baby schräg gehalten, hatte Schleim aus dem kleinen Mund gezogen, keine Zeit, die Eltern zu beruhigen, nur um das Leben des Kindes besorgt. Sie hatte diese Verstopfung ausgeräumt, hatte fest gegen die glitschige kleine Brust geschlagen, sie wollte, daß es atmete, atmete. Dann — der erste Schrei, kaum mehr als ein leises Wimmern und kaum zu hören, und damit die große Erleichterung für sie alle, Arzt, Krankenschwestern und Eltern gleichermaßen. Man hatte sie gewickelt und auf Frans Brust gelegt, die Nabelschnur war geschickt durchtrennt worden, und Childes, ebenso erschöpft wie Fran, hatte sie beide mit einem immer breiter werdenden Strahlen betrachtet, einem Lächeln, einem Lachen, das seine Erschöpfung in entspannte Müdigkeit verwandelte.

Fran, das Gesicht nach dieser Tortur erschöpft und gealtert; das Baby, noch naß und blutig, das Gesichtchen verzogen und faltig wie das eines alten Menschen; beide so friedlich in den Nachwirkungen des Kampfes. Er hatte sich über sie gebeugt, ganz behutsam, darauf bedacht, ihnen nicht weh zu tun. Er mußte ihnen so nahe wie möglich sein, und in diesem Augenblick, mit dem sterilen Krankenhausgeruch in der Nase, in den sich der Schweißgeruch des Kampfes mischte, war er davon überzeugt gewesen, daß nichts und niemand jemals ihr Einssein zerstören könnte; nichts konnte sie auseinanderbringen.

In den folgenden Wochen schien Gabby langsam aus einem tiefen und schrecklichen Trauma emporzutauchen, was auch wirklich der Fall war — der Übergang zwischen bloßem Existieren und dämmerndem Bewußtsein. Und er verstand ganz allmählich den Schock, den die Schöpfung mit sich brachte.

In den ersten Tagen ihres Lebens beanspruchte Schlaf den größten Teil ihrer Zeit, und wenn sie erwachte, dann waren das sanfte Episoden des Aufnehmens und des Lernens und des sich Behauptens; eine faszinierende Verwandlung. Ihr Wachsen war ihm ein Wunder, und er brachte Stunden damit zu, sie nur zu beobachten, mitanzusehen, wie sie sich entwickelte, ein kleines Mädchen wurde, das auf unsicheren Beinchen umhertappte und für den eigenen Daumen und ein Stückchen Stoff, das einmal zu einer Decke gehört hatte, größte Zuneigung entwickelte. Ihr erstes Wort hatte ihn so glücklich gemacht, obwohl es nicht ›Dadda‹ gewesen war, und ihr grenzenloses Vertrauen zu ihm und Fran, ihre ganze unkomplizierte Liebe — das alles hatte eine völlig neue Zärtlichkeit ihm ihm geweckt, die er auch in anderen Bereichen seines Lebens bisher kaum kennengelernt hatte. Gabby hatte ihn die Verwundbarkeit eines jeden Lebewesens — ganz gleich, ob Mensch oder Tier — begreifen lassen; ein Empfinden, das ein zeitraubender

Beruf, der nur aus Maschinen und Abstraktionen bestand, abgestumpft hatte.

Und dieses neuempfundene Mitgefühl hatte ihn beinahe umgebracht, als er geistiger Zeuge der perversen Tötung der Kinder geworden war.

Drei Jahre waren seither vergangen, und die Erinnerungen quälten ihn noch immer, gerade in den letzten Wochen stärker denn je.

Childes hatte sich an diesem Abend auf den Unterricht des nächsten Tages vorbereitet — jener Dienstagnachmittag, den er Miss Piprelly versprochen hatte und der bereits in die Tat umgesetzt worden war. Den Mädchen standen die Prüfungen bevor, und Computerlehre gehörte natürlich dazu. Er war gereizt, weil er schon den ganzen Abend nicht richtig bei der Sache war, weil er an Gabby gedacht hatte, an die glücklichen Jahre, in denen sie eine richtige Familie gewesen waren, obwohl Fran natürlich auch in jener Zeit nicht zur Ruhe gekommen war — der Schatten ihrer PR-Karriere war niemals verschwunden. So viel war in so kurzer Zeit geschehen, und jetzt war all das zerstört, und auch die dazwischenliegenden Jahre konnten den Schmerz darüber nicht vertreiben.

Er starrte auf die vor ihm ausgebreiteten Unterlagen, ohne sie wirklich wahrzunehmen; die abgeschirmte Schreibtischlampe vertrieb die tiefen Schatten ringsum nur sehr wenig. Ob Gabby wohl inzwischen eingeschlafen war? Er blickte auf seine Uhr: fast halb zehn. Höchste Zeit für kleine Kinder. Und Fran? Las sie ihr noch immer eine Gutenachtgeschichte vor, oder war sie dazu viel zu beschäftigt, viel zu müde, wenn sie nach Hause kam? Childes schob die Unterlagen zusammen und dachte an die Mädchen, die er heute mit Schnellfeuer-Fragen geprüft hatte — Simulation realer Prüfungsbedingungen. Ein paar kannten den Unterschied zwischen analogen und digitalen Computern noch immer nicht, oder daß man sie kombinieren konnte. Einfaches, grundlegendes Zeug, das eigentlich kein Problem hätte sein dürfen. Was die Examensergebnisse betraf, hatte er gemischte Gefühle; aber er hoffte, daß sich die Praxis als fruchtbarer erweisen würde als die graue Theorie.

Er strich mit einer Hand über seine müden Augen, und seine Kontaktlinsen fühlten sich auf den Pupillen wie weicher Sand an. Essen, dachte er. Sollte was essen, es heißt immer, das tut gut. Bin so müde. Vielleicht ein Sandwich, ein Glas Milch. Oder ein harter Drink? Wäre vielleicht sogar noch besser.

Er wollte gerade aufstehen, als etwas Kaltes, Betäubendes in seinen Geist rammte.

Childes legte beide Hände an die Schläfen; die unerwartete Empfindung verwirrte ihn mehr, als daß sie ihn ängstigte. Er blinzelte, versuchte die Kälte abzuschütteln. Sie blieb.

Draußen hörte er den Nachtwind in den Baumkronen rauschen. Irgendwo im Haus knackte eine Diele, Holz, das sich nach der Wärme des Tages setzte.

Die Taubheit verging, und er schüttelte wie benommen den Kopf. Zuviel Papierkram, dachte er, zuviel Konzentration bis tief in die Nacht. Die ganze Anstrengung. Dann die Gedanken an Gabby. Und tausend andere Dinge.

Also doch ein Drink. Vielleicht entspannte er sich dann. Mühsam erhob er sich, drückte beide Hände auf die Schreibtischplatte und stemmte sich hoch. Der Eiszapfen war wieder da und berührte bloßliegende Nerven. Er schwankte. Seine Hände tasteten herum, hielten sich am Schreibtisch fest; er brauchte einen Halt, einen Halt, sonst . . .

Seine Gedanken wirbelten durcheinander, stürzten ab,

und der Frost in seinem Kopf war jetzt wie etwas Tastendes, Finger, die sich durch diese Gedanken schoben, die sie aufnahmen und sich irgendwie . . . irgendwie davon nährten. Seine Schultern sackten nach vorn; sein Kopf war gesenkt. Die Lippen zurückgezogen, als habe er Schmerzen; aber da gab es keine Verletzung, nur diese neue Lähmung, diese Taubheit, die sich jetzt ausbreitete, und dieses geistige Chaos. Er stöhnte.

Und dann — ganz langsam — klärte sich sein Verstand wieder. Er blieb schwer atmend über den Schreibtisch gebeugt stehen, damit diese Empfindung verging. Es kam ihm wie eine Ewigkeit vor, aber Childes wußte, daß es nur Sekunden waren. Er wartete, bis sich seine vibrierenden Nerven beruhigt hatten, dann durchquerte er das Zimmer und schenkte sich einen Drink ein. Seltsamerweise war der Whisky fast geschmacklos.

Und plötzlich kam das Brennen mit voller Kraft, und er würgte und wischte sich die Lippen mit dem Arm ab. Was, zum Teufel, war mit ihm los? Er trank einen weiteren Schluck, diesmal vorsichtig. Viel zu warm.

Childes blickte sich unbehaglich im Zimmer um; er war sich nicht klar, wonach er suchte . . . aber da war etwas . . . jemand; er spürte es. Verrückt. Außer ihm war niemand hier. Außer ihm war das Zimmer leer. Niemand hatte sich hereingeschlichen, während er über seinem Papierkram gesessen hatte.

Er fröstelte, als er die Schatten im Zimmer wahrnahm, und ging zum Lichtschalter neben der Tür, um die Deckenlampe anzuschalten. Er streckte die bandagierte Hand aus — und starrte auf seine Finger; ein jähes Kribbeln wühlte darin, wie von einem leichten elektrischen Schlag. Er hatte den Lichtschalter nicht berührt. Er starrte nach unten; das unheimliche Kribbeln war jetzt auch in seiner anderen Hand, die das Whiskyglas hielt.

Das Glas selbst schien zu vibrieren. Die unsichtbaren, heimtückischen Finger tasteten wieder herum.

Er taumelte, sackte in sich zusammen und gelangte mit letzter Kraft bis zum Sofa; er spürte etwas Weiches unter sich, warf sich herum, als könne er so diesem drückenden Gewicht entkommen. Das Glas fiel zu Boden; der Teppich sog den verschütteten Inhalt auf. Childes' Augen schlossen sich, als das Gefühl des Eindringens übermächtig wurde. Bilder wirbelten in seinem Kopf herum, Computer-Matrizen, Gesichter, der Raum, in dem er sich jetzt befand, Zahlen, Symbole, die kamen und gingen, etwas Weißes, Schimmerndes, längst vergangene Ereignisse, sein eigenes Gesicht, sein eigenes Ich, seine Ängste, längst vergessene Träume — alles, alles wurde zurückgeholt und gierig untersucht.

Er stöhnte, er wehrte sich gegen diese grabenden Eis-Tentakel, versuchte Ruhe in seine Gedanken zu bringen, nur Ruhe, er wollte, daß dieses Chaos aufhörte.

Das kalte Sondieren verblaßte, und Childes' Muskeln entspannten sich ein wenig; er rang nach Atem, und sein Brustkorb hob und senkte sich in übertriebener Heftigkeit. Er starrte ausdruckslos auf die Schatten an der gegenüberliegenden Wand. Etwas versuchte ihn zu erreichen, etwas — *jemand* — versuchte, ihn durch und durch *kennenzulernen.*

Dieses Kribbeln kam zurück, und er bäumte sich auf. Sein Körper straffte sich, das Kribbeln drang in sein Bewußtsein vor, und — Nein! schrie sein Verstand. Und »*Nein!*« brüllte er laut. Aber es war da, in ihm, tief in ihm, und es suchte und saugte an seinen Gedanken. Er konnte seine Gegenwart fühlen, es wühlte in ihm wie eine Art psychischer Dieb. Es drang tiefer und tiefer und verweilte bei den Gedanken an die Insel, an die Schulen, an denen er unterrichtete, bei den Gedanken an Amy, an

Fran . . . an Gabby. An GABBY! Es schien zu verweilen.

Childes riß sich zusammen und zwang sich, aufzustehen, vom Sofa hochzukommen. Er kämpfte gegen das fremde Bewußtsein an, entfernte schmerzhaft jeden einzelnen dieser betäubenden Tentakel, als wären sie körperlich existent. Er spürte, daß sich der Griff lockerte. Die Anstrengung ließ ihn in die Knie gehen. Er zwang sich, nur noch an einen weißen Nebel zu denken, an nichts anderes, nichts, was ihn ablenken oder dem Eindringling Nahrung geben konnte, und gleich darauf wurde sein Kopf klar.

Aber bevor die Erleichterung die Oberhand gewann und ihn geduckt und zitternd am Boden kauernd zurückließ, hörte er ein so wirkliches Geräusch, daß er den Kopf herumriß und die finsteren Ecken des Zimmers absuchte.

Er war allein. Aber das leise Kichern schien ganz nahe zu sein.

JEANETTE war viel zu spät dran. Die anderen Mädchen aus ihrem Zimmer waren schon nach unten gegangen, und sie stand noch immer im Morgenmantel im Waschraum und putzte sich hastig die Zähne.

Ausgerechnet heute! Prüfung! Mathe! *Ächz, Mathe*! Manchmal fragte sich Jeanette ernsthaft, ob sie nicht ganz einfach ein Dummkopf war — jedenfalls, was Zahlen betraf.

Der morgendliche Sonnenschein durchflutete den Waschraum, spiegelte sich in der langen Reihe der Porzellanbecken und ließ sie glänzen; auf dem gefliesten Boden sammelte sich das Wasser in kleinen Pfützen. Sie waren flüssige Reste der Waschrituale der Mädchen. Sie war allein, und das war ihr auch lieber so: die anderen brachten sie oft in Verlegenheit, wenn sie Größe und Form ihrer Brüste miteinander verglichen; alle lagen sie in eifrigem Wettstreit miteinander — wer entwickelte sich besser, wer schneller, all dieses Zeug. Und was das betraf, lag Jeanette hinter den meisten anderen Dreizehn- und Vierzehnjährigen ihrer Klasse weit zurück. Und sie machte sich überhaupt nichts aus diesen Vergleichen! Sie hatte noch nicht einmal ihre Periode bekommen, was ihr Gefühl der Unzulänglichkeit noch verstärkte.

Jeanette spülte sich den Mund aus, spuckte das Wasser ins Becken, tupfte die Lippen mit einem Waschlappen ab und warf ihre Toilettensachen in den rosafarbenen Plastik-Waschbeutel. Sie tappte auf nackten Füßen zur Tür, rutschte auf den nassen Fliesen beinahe aus und eilte dann den dunklen Korridor entlang; feuchte Fußabdrücke blieben auf dem blitzblank gescheuerten Boden zurück. Es war verboten, im Schulgebäude barfuß zu gehen, aber sie hatte vorhin einfach keine Zeit mehr gehabt, unterm Bett nach ihren Hausschuhen zu suchen; sie war sowieso schon die Allerletzte. Die anderen waren jetzt bestimmt alle unten, einschließlich des Lehrer-Kollegiums, und verdrückten ihr Frühstück.

Es war kühl in dem Zimmer, das sie sich mit fünf anderen Mädchen teilte; kühl, obwohl draußen die Sonne schien. Jeanette breitete ihre Unterwäsche (einfaches, vorschriftsmäßiges marineblaues Höschen und weißes Hemd) mit schnellen Bewegungen auf der schmalen, zerwühlten Bettdecke aus. Sie schleuderte den gesteppten Morgenmantel in eine Ecke, zog sich das Pyjama-Oberteil über den Kopf, ohne vorher die Knöpfe aufzumachen, und warf es neben ihre Unterwäsche auf das Bett. Sie rieb verzweifelt an der plötzlichen Gänsehaut auf ihren Armen, als wollte sie sie wegschrubben, und griff schließlich nach dem Unterhemd. Doch bevor sie es anzog, hielt sie inne und betrachtete ihre Brüste; und seufzte über deren Selbstgefälligkeit. Die Brustwarzen waren länglich und jetzt wegen der Kälte steif aufgerichtet, aber die winzigen Hügel, aus denen sie emporragten, waren wie gewöhnlich die reine Enttäuschung. Sie streichelte ihre Brustwarzen, weil sie wußte, daß sie dann härter wurden, und sie zupfte an den weichen Wölbungen . . . vielleicht konnte sie damit ja das Wachstum ein bißchen anregen. Ein zartes Glücksgefühl wärmte sie, und plötzlich hatte sie das Gefühl, ihre Brüste wären ein klein wenig angeschwollen. Sie setzte sich aufs Bett, noch immer in der Pyjamahose, und bedeckte jede Brust mit einer Hand. Das war angenehm, und sie dachte daran, wie es wohl wäre, wenn . . . Nein, keine Zeit dafür — sie kam jetzt schon zu spät!

Entschlossen zog sie die Pyjamahose aus und Hemd, Höschen und weiße Strümpfe an, die sie aus der unteren Schublade ihres Nachtschränkchens holte. Da sich das Wetter gebessert hatte, waren den La-Roche-Mädchen ihre hellblauen, kurzärmeligen Sommerkleider erlaubt, und Jeanette schlüpfte hinein. Dann folgten die Schuhe (sie mußten dringend poliert werden). Das Bett machte sie in Rekordzeit, die Nachtwäsche wurde unter den Laken versteckt. Dann packte sie eine Bürste und nahm ihre langen, zerzausten Haare in Angriff; sie kämmte sie aus, obwohl das ganz schön zupfte und weh tat. Der kleine, blaugerahmte Spiegel mit dem erstarrten Porzellanschmetterling in einer Ecke gab die unerfreulichen Zwischenergebnisse wieder. Trotz ihrer Eile beugte sich Jeanette über den Spiegel auf dem Nachtschränkchen hinab und suchte ihr Gesicht nach den über Nacht aufgetauchten Schönheitsfehlern ab. Das Naschen von Schokolade hatte sie fast völlig aufgegeben, und sie überwand sich jeden Mittag und aß das ganze grüne Gemüse auf ihrem Teller auf — so ekelerregend das auch war. Dennoch tauchten die Flecken mit vorhersehbarer Regelmäßigkeit auf, und zwar immer zu besonderen Anlässen. Aber siehe da — heute war kein besonderer Anlaß, nur die verflixten Prüfungen, und ihre Haut war rein! Sie hätte darauf wetten können, daß sie bei ihrer Hochzeit mindestens fünf Pickel pro Quadratzentimeter im Gesicht hatte, o ja, sie würde während der ganzen Trauung einen Schleier tragen müssen, und sie würde eine Heidenangst haben, weil sie ihn schließlich würde heben müssen, bereit für den Kuß ihres Mannes, und dann würde sie aussehen wie eine Eiskrem, die man mit Himbeerkernen übergossen hätte.

Jeanette ging noch näher an den Spiegel heran, schaute sich tief in die dunklen Augen und fragte sich verträumt, ob sie darin wohl die Zukunft sehen konnte. Ihre Eltern und die Lehrer hatten sie gleichermaßen dafür gescholten, daß sie viel zuviel Zeit mit Tagträumen und zu wenig mit *Denken* verbrachte, und sie hatte wirklich versucht, sich auf die ernsthafteren Dinge des Lebens zu konzentrieren. Aber es war jedesmal dasselbe: schon nach ein paar Minuten trieben ihre Gedanken ab und nach innen und gingen in ihren Phantasien verloren. Sie versuchte es ja, sie versuchte es wirklich, aber manchmal kam es ihr so vor, als hätten ihre Gedanken eine eigenen Willen. Durch ein Fenster in den Himmel zu schauen, das hieß, sich selbst über Baumwipfel aufsteigen zu sehen, in Täler hinabzustoßen, über Meere mit weißen Schaumkronen zu gleiten, nicht als Vogel, sondern als ihr eigener freier Geist. Die Sonne, die ihr Gesicht erwärmte, beschwor immer glühendheiße Wüsten, goldene Strände und schwüle Tage herauf, die sie mit ihrem zukünftigen *Geliebten* — und dieses eine Wort brachte eine durchdringende Aufregung mit sich — verbrachte. Und wenn sie an Blumen schnupperte, dann rief das augenblicklich Gedanken über das Sein aller Dinge hervor, ganz gleich, ob groß oder klein, lebend oder tot, und über ihre Rolle in dieser Ordnung. Wenn sie den Mond betrachtete —

Ein Schatten huschte hinter ihr vorbei.

Sie drehte sich um, und da war niemand; abgesehen von ihr selbst war das Zimmer leer.

Poster und ausgeschnittene Bilder von Popstars, Filmstars, Tennisstars klebten an den Wänden, und natürlich Modebilder, Bilder von ganz *irren* Moden; alles sorgfältig gruppiert. Aus toten Augen heraus beobachteten sie ein paar zerlumpte Teddybären und Puppen, die heute eher als Maskottchen geschätzt wurden, denn als die anschmiegsamen und geliebten Gefährten, die sie einmal waren. Über den Betten bewegten sich bunte Mobiles, als hätte sie ein eisiger Lufthauch berührt.

Es war niemand da, und trotzdem hatte Jeanette das Gefühl, nicht mehr allein zu sein.

Die Gänsehaut war zurückgekehrt und kribbelte auf ihren bloßen Armen. Die Sonne kam ihr plötzlich nicht mehr so strahlend hell vor. Langsam wich sie von ihrem Nachtschränkchen zurück; wachsam trat sie in den Mittelgang zwischen den beiden völlig gleichen Bettreihen und spähte — bevor sie vorbeiging — unter jedes einzelne Bett und in die Schatten, die es dort gab . . . fast erwartete sie, daß eine Hand daraus hervorschoß und ihren Knöchel packte. Je näher sie der Tür kam, desto schneller ging sie.

Dann war sie draußen, schaute zurück und sah nur ein leeres Zimmer, hell und freundlich, mit vielen Postern an den Wänden und mit bewegungslosen Mobiles und bunten Bettdecken; ein Zimmer, in das die Sonne hereinstrahlte, ein behagliches Zimmer, in dem es keinen Platz gab für Schatten.

Außer ihr war niemand da. Trotzdem rannte sie davon.

SIE STAND über ihm und schüttelte heftig den Kopf, und aus ihren Haaren spritzte das Meerwasser. Er öffnete demonstrativ ein Auge und schirmte es vor den Sonnenstrahlen ab, die noch immer heiß vom Himmel brannten, obwohl bereits später Nachmittag war; die kühlen Tröpfchen auf seiner Brust waren angenehm.

»Wie ist es?« fragte Childes.

»Kalt!« gab Amy zurück, fiel neben ihm auf die Knie und rubbelte ihre Haare mit einem flauschigen Handtuch trocken. »Aber herrlich. Warum probierst du's nicht selbst?«

Er schloß die Augen wieder und antwortete träge: »Zuviel der Mühsal. Ich müßte meine Kontaktlinsen rausnehmen.« Natürlich erwähnte er den wirklichen Grund nicht; daß er seit jenem unheimlichen Erlebnis vor beinahe einem Monat nicht mehr hinausgeschwommen war; damals, beim Tauchen . . . die Tatsache, daß er fast ertrunken war, hatte sehr nachhaltig dafür gesorgt, daß er sich in tiefem Wasser ein bißchen zu verwundbar fühlte.

»Ah, komm schon, du wirst dich wie neugeboren fühlen.«

Sie legte eine flache, feuchtkalte Hand auf seinen Bauch und kicherte, als sich die Muskeln schnell zusammenzogen.

Er zog sie zu sich herunter, und er genoß ihre Nässe und den salzigen Meergeruch an ihr. »Ich brauche viel Ruhe«, erklärte er völlig ernsthaft. »Keine Anstrengungen.«

»Ruhe? Die ganze Woche Prüfungen — du hast es so leicht wie nie zuvor.«

»Stimmt, und wenn's nach mir geht, dann bleibt das so lange wie möglich so.«

Amy legte sich das Handtuch über Kopf und Schultern, und spendete ihnen damit etwas Schatten. Sie kreuzte die Hände auf seiner Brust, stützte sich ab und hauchte ihm einen Kuß auf den Mund.

»Hübscher Geschmack« kommentierte Childes. »Als würde man eine Auster küssen.«

»Ich bin mir gar nicht so sicher, ob das jetzt ein Kompliment ist oder nicht . . . aber in Ordnung, ich lasse es durchgehen.« Ihre feuchten, wirren Haare strichen über seine Wange, und er hob den Kopf und leckte ein paar Wassertropfen von ihrem Kinn.

Um diese Tageszeit waren nur wenige Leute am Strand. Die Touristen vom Festland und vom Kontinent waren noch nicht über die Insel ausgeschwärmt, und der Großteil der arbeitenden Bevölkerung hatte sich noch bis zum Feierabend zu gedulden.

Es war eine kleine Bucht, aber der Strand war herrlich breit und sandig. Ein Ende wurde von einem dreigeschossigen deutschen Bunker bewacht, einem riesigen Granit-Monolith mit Blick aufs Meer, der böse Erinnerungen an die jüngste Geschichte wachrief. Zerklüftete Felsen, die gerade von den Klippen herabgestürzt zu sein schienen, verbarrikadierten das andere Ende.

»Hast du dich mit Daddy schon wieder versöhnt?« erkundigte sich Childes.

Amy wußte, daß er das *Daddy* nur ein ganz klein bißchen spöttisch meinte, ein kleiner Scherz, ein gutmütiges Sticheln, weil sie für ihren Vater immer noch das kleine Mädchen war und ihn auch immer noch so nannte . . . Sie hatte es längst aufgegeben, deshalb beleidigt zu sein. »Oh, er ist noch immer böse auf mich, und ich bin noch immer böse auf ihn, aber ich denke, er wird es schließlich lernen und die ganze Situation einfach akzeptieren.«

»Und ich kann das nicht ganz glauben.«

»Er ist kein Unmensch, Jon, er wünscht dir bestimmt nicht den Teufel an den Hals.«

»Den Teufel nicht, aber Victor Platnauer. Er hat ihn gebeten, sich bei Miss Piprelly über mich zu beschweren.«

»Die Pip ist keine Handlangerin, die bildet sich über alles ihre eigene Meinung. Aber um Daddy Gerechtigkeit widerfahren zu lassen — ich entschuldige deshalb trotzdem keine Sekunde lang, was er getan hat —, deine Vergangenheit ist schon ein ganz klein bißchen beunruhigend.«

Er konnte nicht anders, er mußte lächeln und wickelte ihre miteinander verklebten Haarsträhnen um seinen Finger. »Beunruhigt sie dich immer noch?«

»Warum nicht, Jon? Nach alledem, was in letzter Zeit passiert ist? Du weißt, wieviel du mir bedeutest . . . Erwartest du wirklich, daß ich all das einfach beiseite schiebe?«

»Nichts ist in letzter Zeit passiert, Amy; seit der Dinnerparty nicht mehr. Ich fühle mich nicht mehr so unwohl, und ich erschrecke nicht mehr vor meinem eigenen Schatten. Ich kann es nicht erklären, aber es kommt mir vor, als sei ein riesiger Druck von mir genommen. Wenigstens im Moment.« Von jener Nacht, damals in seinem Haus, hatte er ihr nichts erzählt; kein Wort von der unheimlichen Anspannung in seinem Geist, von dem Suchen, das ihn in die Knie gezwungen hatte. In den darauffolgenden Tagen hatte sich das Gefühl der Vorahnung zögernd aufgelöst, als befreie ihn eine äußere Kraft davor, als werde ein schwächender Bann aufgehoben. Mittlerweile war er beinahe davon überzeugt, daß diesmal die Bedrohung auf wunderbare Weise an ihm vorbeigeschliddert war. Und doch hallte dieses boshafte Kichern noch immer in seinem Kopf wider.

»Das hoffe ich, Jon«, bekräftigte Amy, und ihre sanfte Stimme wies die letzten Überreste des Zweifels ihn die Schranken. »Ich mag dein altes Ich, das ich zuerst kennengelernt habe, lieber. Ein ruhiger, unbekümmerter Jon, manchmal amüsant . . .« Er zupfte an ihren Haaren ». . . manchmal sexy . . .«

Er zog sie an den Haaren zu sich herunter, und ihre Lippen schmiegten sich auf die seinen. Ihr sanfter Kuß wurde drängender, atemlos, und ihre Zungen kosteten die warme Feuchtigkeit des anderen. Sie war ganz nahe bei ihm; ein schlankes Bein schob sich zwischen seine Knie.

»He, he, ruhig Blut«, ächzte er atemlos. »Ich hab' nur die Badehose an, vergiß das nicht, und das hier ist ein öffentlicher Strand.«

»Niemand schaut zu.« Sie liebkoste seinen Hals, und ihr Oberschenkel drückte jetzt sehr nachdrücklich gegen den seinen.

»Das ist kein Benehmen für eine Lehrerin!«

»Schule ist aus.«

»Und ich halt das nicht aus, wenn du so weitermachst.«

»Oh, guckt er schon oben raus?«

»Amy«, warnte er.

Sie kicherte und rückte ein bißchen von ihm ab. »Was für ein prüder Kerl«, neckte sie ihn, setzte sich auf und trocknete wieder ihre Haare.

Er richtete sich ebenfalls auf, zog die Beine an und legte um der Keuschheit willen seine Arme über die Knie.

»Ein Jammer«, spottete sie.

»Ich habe eine Idee«, sagte er fröhlich.

»Oh, wirklich?« erwiderte sie noch immer spöttisch. Nur ihre Stimme hatte sich verändert, als wäre sie plötzlich heiser geworden.

»Warum trocknest du dich nicht bei mir zu Hause richtig ab? Ich meine, wenn du nicht aus irgendeinem Grund nach Hause mußt?«

»Eigentlich habe ich mich heute abend vom Essen abgemeldet.«

»Sieh an. Du hattest Pläne, eh?«

»Nein, aber ich dachte, du vielleicht.«

»Mir fällt bestimmt was ein . . .«

Sie fuhren zurück, ohne sich die Mühe zu machen, zuvor ihre Sachen anzuziehen. Bei schönem Wetter war es auf der Insel ein durchaus normaler Anblick, daß halbnackte Leute in ihren Autos durch die Gegend fuhren. Sie erreichten das kleine, graue Steinhaus in Rekordzeit.

Amy fröstelte, als Childes die Haustür schloß. »Es ist kühl hier drin«, sagte sie.

»Ich hole dir meinen Morgenmantel und mache dir einen Drink.«

»Ich würde gerne das Salz abduschen.«

»Ich hole dir meinen Morgenmantel, mache dir einen Drink und lasse Badewasser einlaufen.«

Sie legte ihm die Arme um den Hals und küßte ihn auf die Nasenspitze. »Du machst nur die Drinks.«

Er umarmte sie in Hüfthöhe; er zog sie ganz nahe an sich heran. Seine Lippen suchten die ihren.

Amy erwiderte seinen Kuß mit derselben Leidenschaft, und sie spürte ihn hart an ihrem Bauch, und dann gerieten die Dinge irgendwie außer Kontrolle, und sie machte sich los. »Ich will mich erst saubermachen«, sagte sie, leicht außer Atem.

»Du bist gerade aus dem Meer gestiegen, du bist sauber genug.«

Sie stieß ihn kichernd zurück. »Mach die Drinks und lies deine Post. Ich brauche nicht lange.« Sie verschwand im Bad, bevor er weiter protestieren konnte, und so holte er die Briefe, die auf der Türmatte lagen. Das rosa

Kuvert, das in einer Ecke mit einem Snoopy verziert war, fiel ihm sofort auf, und er lächelte, als er das kindliche Gekritzel erkannte. Nachdem er sich ein Hemd übergezogen hatte, das mit seinen anderen Kleidern über das Treppengeländer geworfen worden war, schlenderte er ins Wohnzimmer, wo er die beiden anderen Kuverts — Rechnungen, natürlich! — auf den Schreibtisch warf. Gabby schrieb ihm mindestens einmal pro Woche, manchmal lange und informative Briefe, dann wieder, wie heute, nur ein paar krakelige Zeilen — ihrer Art, die Verbindung trotz der großen Entfernung zwischen ihnen aufrechtzuerhalten. Miss Puddles hatte noch immer glitzernde Stellen im Fell, Annabel hatte WINT POKKEN, und Mummy hatte versprochen, ihr am nächsten Wochenende zu zeigen, wie man Plätzchen macht. Childes berührte die Reihe der XXXXXXX mit den Lippen — es war sein und Gabbys gemeinsames Geheimnis, daß alle geschriebenen Küsse mit einem richtigen Kuß versiegelt wurden.

Im Bad rauschte Wasser in die Wanne, und er steckte den Brief in den Umschlag zurück und legte ihn beiseite. Er schenkte sich einen Scotch und Amy einen trockenen Martini ein und ging in die Küche, um Eis zu holen. Das Wasser lief noch, und Amy stieg gerade in die Wanne, als er ihren Martini brachte. Er sah ihr von der Tür her zu, bewunderte ihre sanft gebräunte Haut, ihre schlanken Beine, ihre ganze schlanke Gestalt und die langen, feingliedrigen Finger, die jetzt den Wannenrand umfaßten. Ihre Haare, noch dunkel und feucht vom Meerwasser, hingen in zerzausten Strähnen um ihr Gesicht und über ihre Schultern. Sie ließ sich tiefer ins Wasser gleiten, schloß die blaßgrünen Augen und seufzte, ein leises wonniges Aufstöhnen, als die Wärme sie durchflutete. Ihre kleinen Brustwarzen richteten sich auf.

Childes drehte das Wasser ab und reichte ihr das Glas. Sie öffnete die Augen und schenkte ihm einen zärtlichen, sehr langen Blick, als sie ihren Drink in Empfang nahm. Sie stießen an und nippten an den Gläsern, und Childes ließ eine Hand ins Wasser hängen, streifte über ihre glatte Haut, schob die Finger tiefer nach unten. Er streichelte die seidenweichen Haare zwischen ihren Beinen.

Amy atmete heftig ein, als fürchte sie, keine Luft mehr zu bekommen, wenn sie noch länger wartete, und ihre Zähne gruben sich leicht in ihre Unterlippe. »Fühlt sich gut an«, murmelte sie, als seine Hand verharrte. Er beugte sich zu ihr hinab und küßte eine aufgerichtete Brustwarze, und Amy streichelte seine Haare, ganz leicht, ihre Finger glitten durch seine dunkle Mähne und in den Nacken, und ihre Hand wanderte weiter, über sein Rückgrat und tiefer. Sie hielt ihn fest, streichelte, massierte, besänftigte, ohne Eile, und jetzt war er an der Reihe, vor Vergnügen zu stöhnen. Seine Lippen erreichten ihre Schulter, und er biß sie, flüchtig und sanft, gerade so, daß er ihr nicht weh tun konnte, und dann fand er ihren Hals, die weiche Haut dort, und er küßte sie wieder und genußvoller, und entzückte legte sie den Kopf zur Seite.

Er hörte auf, wollte es nicht auf die Spitze treiben, noch nicht, und nicht hier. Sie blickte ihn an, und da war ein Schimmern in ihren Augen. »Ich liebe dich«, sagte sie schlicht.

Er küßte sie noch einmal, ganz sanft, und strich glatte Haarsträhnen von ihrer Wange. »Oben wartet ein gemütliches Bett«, flüsterte er lockend.

Amy senkte den Blick, als überkäme sie plötzlich Schüchternheit. »Und ich bin gern mit dir zusammen.« Sie schlürfte ihren Martini und gab sich der beruhigenden Wärme hin. Er war ihr beim Haarewaschen behilflich, massierte ihr das Shampoo ins Haar, spülte es schließlich mit Wasser aus seinem leeren Whiskyglas aus und rubbelte sie trocken, langsam, träge, ohne jede Kraftanstrengung — und ohne Hektik. Schließlich hob er sie aus dem Wasser, und sie stand vor ihm, ihre goldene, geschmeidige Gestalt, so sinnlich unschuldig in ihrer Nacktheit, so wissend in ihrem Lächeln. Childes trocknete sie ab, mit verhaltenen, tupfenden Bewegungen, als könne ihre Haut reißen, wenn man sie zu fest berührte. Er erreichte ihre Beine, und sie teilten sich ein wenig, als er sie dort abtupfte, und er legte eine Pause ein, küßte ihren flachen Bauch, ihre Hüften und Oberschenkel — ganz weit oben. Sie war sehr feucht, und das war nicht nur Wasser.

»Jon«, sagte sie, und da war ein leises Drängen in ihrer Stimme. »Könnten wir jetzt nach oben gehen?«

Er richtete sich auf, legte den dunkelblauen Bademantel, der immer hinter der Tür hing, um ihre Schultern und knotete den Gürtel vorne zusammen — ihre Arme waren darunter gefangen.

»Du gehst vor, und ich schenke uns noch einen Drink ein.«

Er ging ins Wohnzimmer und hörte oben ihre nackten Schritte, dann, als sie sich aufs Bett legte, ein leises Knarren. Rasch füllte er die Gläser und stieg die kurze Treppe hinauf. Das Eis vergaß er. Amy hatte den Bademantel nicht ausgezogen. Sie hatte sich ins Bett gekuschelt und wartete auf ihn. Ein Bein war herausfordernd bis zum Oberschenkel entblößt, und um ihren Hals herum war der Bademantel locker genug, um tiefe Einsichten zu gestatten. Childes sah die zarten Wölbungen ihrer Brüste.

Er nahm den Anblick in sich auf, noch bevor er das Zimmer betrat. Dann stellte er die Gläser auf das Nachtschränkchen und setzte sich neben Amy aufs Bett. Keiner von ihnen sagte etwas, es war nicht nötig. Sie sahen sich an, und sie genossen das Warten. Und dann zog ihn Amy zu sich herab und streifte das Hemd von den Schultern, und seine Hände waren unter ihrem Bademantel, spürten ihren straffen Körper, umarmten ihn, zogen ihn ganz nahe heran. Sie küßten sich wieder, und dieses Mal gab es keine Kontrolle mehr, ihr Mund öffnete sich, nahm ihn auf, ihre Lippen waren drängend, und er erwiderte ihre Heftigkeit, liebkoste und küßte sie, empfing ihr Streicheln und ihr Liebkosen, spürte ihre forschenden Hände auf seiner Haut, an seinem Rücken, seine Hüften, spürte, daß sie ihn drückte, kratzte, reizte. Ihre Brüste waren weich und geschmeidig, die Höfe hart, fast so hart wie die Brustwarzen, die sich ihm entgegenreckten und die er reizte und küßte und mit den Handflächen streichelte.

Ihre Lippen huschten über seine Brust, elektrisierten ihn, und ihre Zunge verstärkte dieses Gefühl.

Seine Hand glitt zu ihrem Oberschenkel hinab, tauchte unter den groben Stoff des Bademantels, erforschte die Rundung ihre Pos, kreiste, tastete weiter, zu ihrem Rückgrat. Amy stöhnte laut und krümmte sich auf dem Rücken zusammen, ein Bein über das seine erhoben, und seine suchende Hand kehrte zurück, spürte ihre warme Feuchtigkeit, und ein kleiner Schrei ermunterte ihn. Er berührte sie, blieb und drang spielerisch ein, denn ihre angehobenen Hüften drängten ihn dazu. Sie öffnete sich ihm, und seine Finger tauchten tiefer, und sein Daumen streichelte und rieb, eine zärtliche, immer wiederkehrende Reizung, die sie immer hastiger atmen ließ. Jetzt umklammerte sie ihn ganz fest, umfaßte seinen Körper mit Armen und Beinen.

Amys Atem kam schnell, flach, dann ein enttäuschtes Knurren, als er sie plötzlich verließ; sie wollte mehr, mehr — er sollte sie berühren, sie fühlen lassen, aber er sehnte sich so nach ihr, wollte von ihr ganz umschlossen sein, und sie wußte, was er vorhatte, und half ihm, die

Badehose abzustreifen, und sie berührte ihn, zuerst zaghaft, dann fordernder. Sie führte ihn zärtlich, und er drang in sie ein, und es gab kein Hindernis, nur flüssige Wärme, und die gemeinsame Bewegung ließ sie beide aufstöhnen.

Childes zwang sich, stillzuhalten, wollte ihr Gesicht, ihre Liebe sehen und ihr die seine zeigen. Sie küßten sich wieder, und dann wurde die Zärtlichkeit weggespült von einer alles mit sich reißenden Leidenschaft und Intensität.

Er spürte die heiße, nachgiebige Weichheit ihres Oberschenkels an dem seinen, und er beugte sich tiefer hinab, küßte ihre Brüste, spürte ihren Geschmack als bitteres Stimulans; er stützte sich auf die Ellbogen, trennte seinen Oberkörper von dem ihren, doch ihre Körper blieben vereint. Sie lag unter ihm, ein köstlicher Anblick, und in ihm war überschäumendes Glück, und sein Stoßen wurde schneller, und Amy paßte sich ihm an, ein übermütiges Miteinanderspielen, Einander-Genießen, so viel Freude, so viele Gefühle, ein wirres Durcheinander an Gefühlen . . . Und dann schmiegte er sich wieder an sie, und sein Kinn preßte sich an ihren Hals, und sie schwelgte in seiner Kraft, hielt sich an ihm fest und wurde von ihm festgehalten, und ihre Körper bewegten sich noch immer gegeneinander, ihr Keuchen erfüllte den Raum, ihr aufmunterndes Wimmern trieb ihn weiter, immer weiter, und dann wurde aus dem Wimmern ein Schreien, das in seinen Ohren widerhallte, und dann signalisierte ihr langsames, nachlassendes Seufzen ihre Befriedigung.

Nach einer Weile gingen sie auseinander. Sie küßten sich dabei. Sie lagen auf dem Rücken, spürten, wie die Erregung verklang, wie sich ihr Atem beruhigte. Childes' Brust hob und senkte sich noch immer vor Anstrengung, und über seiner feuchtgewordenen Haut lag ein leichter Glanz.

Amy erholte sich schneller und drehte sich zu ihm herum; ihre Hand legte sich sanft auf seine Hüfte. Sie betrachtete sein Profil. Sie liebte sein kantiges Kinn, den leichten Höcker auf seinem Nasenrücken. Sie streichelte mit dem Finger über seine offenen Lippen, und er knabberte behutsam daran. Sein Atem normalisierte sich.

»Soll ich einen Arzt rufen?« erkundigte sie sich schelmisch.

Er stöhnte und schob einen Arm unter ihre Schultern. Amy kuschelte sich an seine Brust.

»Weißt du«, sagte er, »manchmal siehst du wie fünfzehn aus.«

»Jetzt?«

Er nickte. »Und vor ein paar Minuten.«

»Stört es dich?«

»Im Gegenteil; weil ich es ja besser weiß. Ich kenne die Frau dahinter.«

»Die Hure in mir?«

»Nein, die *Frau.*«

Sie zwickte ihn. »Ich bin froh, daß es dir gefällt.«

»Du hast einen alten Mann sehr glücklich gemacht.«

»Vierunddreißig ist nicht gerade alt.«

»Ich habe dir elf Jahre voraus.«

»Hm. Wenn man sich das so überlegt . . . vielleicht wirklich ein bißchen alt. Möglich, daß ich meine Pläne noch mal überdenken muß.«

»Du hast Pläne geschmiedet?«

»Sagen wir mal so: ich habe Absichten.«

»Macht es dir etwas aus, mir zu verraten, was das für Absichten sind?«

»Im Moment schon. Du bist noch nicht bereit, sie zu hören.«

»Ich zweifle trotzdem schon mal daran, daß dein Vater zustimmt.«

»Warum muß er immer ins Spiel kommen?«

»Er ist ein wichtiges Element in deinem Leben; er bedeutet dir viel; seine Mißbilligung gefällt dir nicht.«

»Natürlich nicht, aber ich will mein eigenes Leben leben. Ich will meine Entscheidungen selbst treffen.«

»Und auch deine eigenen Fehler machen?«

»Das auch. Warum bist du nur so ein Pessimist? Wir beide — glaubst du, das ist ein Fehler?«

Childes stemmte sich auf einen Ellenbogen und sah ihr ins Gesicht.

»O nein, Amy, das glaube ich überhaupt nicht. Es ist nur . . . in letzter Zeit läuft es mit uns beiden so gut, daß ich manchmal richtig Angst kriege . . . Angst, daß ich dich verliere.«

Ihr Arm zog sich fester um ihn. »Du warst derjenige, der Barrieren aufgebaut hat. Barrieren, die dann erst mal wieder eingerissen werden mußten.«

»Wir haben uns beide ziemlich lange ganz schön zurückgehalten.«

»Als wir uns an der Schule kennengelernt haben, warst du noch ein verheirateter Mann. Du hast von deiner Frau und deiner Tochter getrennt gelebt, aber trotzdem. Und du warst ein ziemliches Rätsel. Aber das hat mich anfangs, glaube ich, sogar angezogen.«

»Ich habe ein Jahr gebraucht, bis ich dich endlich gefragt habe, ob du . . .«

»Falsch. Ich habe dich gefragt, weißt du nicht mehr? Die Grillparty am Strand — an diesem Sonntag? Du hast gesagt, du würdest vielleicht kommen.«

Er lächelte. »Ah, ja. Ich habe mich damals wirklich sehr zurückgehalten.«

»Das machst du immer noch.«

»Nicht, soweit es dich betrifft.«

Sie runzelte die Stirn. »Da bin ich gar nicht so sicher.

Es gibt da einen Schlupfwinkel in dir, den konnte ich nie erreichen.«

»Amy, auch wenn sich das jetzt mächtig egozentrisch anhört: Ich habe oft das Gefühl, daß es da einen Punkt in mir gibt, den ich nicht einmal *selbst* erreichen kann. Ich weiß verdammt noch mal nicht, was es ist, etwas, das ich nicht erklären kann . . . ein Wesenszug, ein Faktor, der in den Schatten dort unten versteckt ist, etwas Schlummerndes, Schlafendes. Manchmal fühlt es sich wie ein Monster an, das nur darauf wartet, plötzlich auszubrechen. Es ist ein unheimliches Gefühl, und ungemütlich. Na ja . . . und manchmal frage ich mich schon, ob ich nicht ein kleines bißchen verrückt bin.«

»In jedem Menschen gibt es Bereiche, deren er sich nicht sicher sein kann. Das macht uns so unberechenbar.«

»Nein, das hier ist anders. Das hier ist wie . . . wie . . .« Sein Körper spannte sich an, und dann erinnerte er plötzlich an einen Luftballon, aus dem die Luft herausströmte. »Ich kann's nicht erklären«, sagte er schließlich. »Wenn ich dir sage, daß es wie eine unheimliche, verborgene Macht ist, trifft es das wohl noch am besten. Vielleicht ein bißchen zu dramatisch, aber eindeutig. Es ist so unwirklich, daß es sogar nur Einbildung sein könnte. Ich spüre nur, daß es da etwas gibt, etwas, das nie erforscht worden ist. Aber vielleicht geht es uns allen so.«

Sie betrachtete ihn aufmerksam. »In mancher Hinsicht schon. Aber bei dir . . . Jon, hat dieses Gefühl etwas mit deinen Visionen zu tun?«

Er überlegte einige Augenblicke, bevor er antwortete: »Wenn es . . . passiert, dann — dann spüre ich es stärker — zugegeben.«

»Hast du dich nie näher herangewagt?«

»Wie denn? Soll ich zum Arzt gehen? Oder zum Psychiater?«

»Zu einem Parapsychologen.«

»O nein, danke, den Zirkus mache ich bestimmt nicht mit.«

»Jon, du bist eindeutig medial veranlagt — warum also nicht mit jemandem Kontakt aufnehmen, der über diese Dinge Bescheid weiß?«

»Hör auf. Wenn du wüßtest, wie viele komische Käuze mich damals angerufen haben. Dazu die vielen Briefe von sogenannten Medien. Ganz zu schweigen von denen, die einfach bei mir aufgetaucht sind: Hi, ich bin Medium, Sir, ich kann Ihnen helfen, Sir, gestatten Sie mir, daß ich Ihnen und Ihrer Familie ein bißchen auf den Nerven rumtrample, Sir, dann kriegen wir das alles wieder hin. Amy, du hast keine Ahnung, sonst würdest du so was nicht sagen.«

»Diese Art von Leuten habe nicht nicht gemeint. Ich habe an einen richtigen Parapsychologen gedacht, an jemanden, der diese Phänomene studiert.«

»Nein.«

Sie war überrascht von der Entschiedenheit in seiner Stimme.

Er lehnte sich zurück und starrte an die Decke. »Ich will nicht studiert werden, ich will nicht tiefer bohren, ich will nicht näher herangehen. Ich will, daß es in Ruhe gelassen wird, Amy. Vielleicht verschwinden diese Gefühle dann. Vielleicht sterben sie ab.«

»Warum hast du solche Angst?«

Seine Stimme war düster, und er schloß die Augen, als er antwortete. »Weil ich glaube, daß . . . Weil es da auch dieses Gefühl einer — nennen wir's — Vorahnung gibt. Ich . . . ich glaube, daß etwas Schreckliches passieren wird, wenn man diese unbekannte . . . Macht . . . in mir wirklich entdeckt, wenn man sie aufweckt.« Er öffnete die Augen, aber er sah sie nicht an. »Etwas Schreckliches und Unvorstellbares«, setzte er hinzu.

Amy starrte ihn sprachlos an.

Später bereitete Amy das Abendessen, und Childes pendelte ruhelos zwischen Wohnzimmer und Küche hin und her. Nach ihrem Gespräch war die Stimmung merkwürdig verändert gewesen, obwohl die Nähe zwischen ihnen blieb. Amy war gleichermaßen verwundert und besorgt über seine Bemerkungen, aber auch fest entschlossen, ihn nicht weiter zu drängen. Jonathan hatte seine Probleme, aber sie vertraute genug auf ihre Beziehung, um zu wissen, daß er ihr sein Herz ausschütten würde, wenn der richtige Zeitpunkt gekommen war. Im Grunde bedauerte sie, daß diese Unterhaltung überhaupt stattgefunden hatte; er war so ernst geworden, so in sich gekehrt. Beim Abendessen war sie es, die das Gespräch in Gang hielt.

Sie liebten sich noch einmal, bevor sie ging, diesmal unten, auf dem Sofa, und diesmal viel lockerer, nicht mehr so hastig; sie zögerten beide ihre Erlösung hinaus, wollten jeden Sekundenbruchteil ihrer gemeinsamen Lust auskosten. Das Band zwischen ihnen war stark geworden, und keiner von ihnen zweifelte auch nur ansatzweise an seinen Gefühlen für den anderen. Er war zärtlich und liebevoll, und irgendwann wieder so entspannt und fröhlich und übermütig wie vor dem Gespräch; die alte Stimmung war wieder da, und er liebte sie auf eine Art und Weise, die sie leise weinen ließ. Sie erzählte ihm, daß es Freudentränen waren, nichts, was mit Traurigkeit zusammenhing, und er hielt sie so fest umarmt, so nachdrücklich, daß sie fürchtete, ihre Knochen könnten brechen.

Als er Amy schließlich nach Hause fuhr, war es bereits

spät, und beide hatten sie das Gefühl, als sei ein warmer Mantel aus Euphorie über sie ausgebreitet; etwas, das ihre Seelen verband und vereinte.

Sie zögerte den Gutenachtkuß im Wagen hinaus, redete viel zuviel und wäre am liebsten bei ihm geblieben. Dann gab sie sich einen Ruck und stieg hastig aus. Er wartete, bis sie die Haustür erreichte, und sie schloß erst auf, als sie die roten Rücklichter nicht mehr sehen konnte.

Bevor Amy das Haus betrat, warf sie einen letzten Blick in die Nacht. Die Landschaft wirkte beunruhigend magisch unter dem allgegenwärtigen Licht des Vollmonds.

*Der alte Mann hörte, wie die Tür geöffnet wurde, aber er behielt die Augen fest geschlossen und gab vor zu schlafen. Schritte näherten sich, kamen in den Raum; jenes eigenartig schleppende Schlurfen, das er so zu hassen gelernt hatte, das dafür sorgte, daß er sich versteifte. Die Haltegurte der schmalen Liege kamen ihm plötzlich viel zu eng vor. Der ekelhafte Geruch bestätigte seinen Verdacht, und er verriet sich, unfähig, seine Zunge im Zaum zuhalten.*

*»Wieder gekommen, weil du mich quälen willst, eh?« krächzte er. »Kannst mich nicht in Ruhe lassen, oder? Kannst mich nicht in Frieden lassen.«*

*Er bekam keine Antwort.*

*Der alte Mann reckte den Hals. Die Glühbirne an der Decke, die von einer festen Drahtumhüllung geschützt war, brannte nur schwach und war kaum mehr als ein düsteres Nachtlicht. Dennoch konnte er die dunkle Gestalt an der Tür stehen sehen.*

*»Ha! Ich hab's gewußt. Ich hab' gewußt, daß du es bist!« rief der liegende Mann. »Was willst du diesmal, he? Hast nicht mehr schlafen können? Nein, kannst du nicht, so heißt es nämlich von dir, hast du das gewußt? Schläft nie, schleicht die ganze Nacht rum. Sie mögen dich nicht, weißt du, keiner von ihnen. Ich kann dich auch nicht ausstehen. Eigentlich könnte ich kotzen, wenn ich dich nur sehe. Aber das hast du ja immer gewußt!« Das Lachen des Alten war ein trockenes Gackern.*

*»Warum stehst du so da? Kann's nicht leiden, wenn man mich so anstarrt. Ah, das ist okay, mach die Tür zu, damit niemand was hört, ich meine — wenn du mich wieder fertigmachst. Wir wollen die anderen Irren doch nicht aufwecken, was, he? Ich hab' den Ärzten Bescheid gesagt, da kannst du Gift drauf nehmen, Ich hab' denen erzählt, was du mit mir anstellst, wenn wir allein sind.*

Die haben gesagt, daß sie mal 'n ernstes Wort mit dir reden werden.« Er kicherte. »Die wollen dich loswerden, und ziemlich bald, möchte ich meinen.«

Die Gestalt setzte sich in Bewegung; kam auf die Liege zu.

»Wette, du hast gedacht, die würden mich nicht anhören«, plapperte der Alte weiter. »Aber die wissen, daß nachts nicht alle Irren eingesperrt sind. Daß es da welche gibt, die durch die Korridore streifen, wenn andere schlafen, die, die am Tage so liebenswürdig und freundlich sind. Die jedenfalls so tun. Die, die im Kopf so verrückt sind wie die Irren, auf die sie aufpassen.«

Das Etwas beugte sich über ihn, verdeckte schwache Helligkeit. In einer Hand trug es eine Tasche.

»Hast mir was mitgebracht, ja?« sagte der alte Mann und blinzelte — ein Versuch, in der Schwärze, die über ihm hing, Gesichtszüge auszumachen. »Noch ein paar von deinen schmutzigen Tricks. Das letzte Mal hast du einen Fehler gemacht. Blaue Flecken. Die Ärzte haben sie gesehen.« Er gluckste triumphierend. »Jetzt glauben sie mir! Konnten diesmal nicht mehr sagen, ich hätte mich selbst verletzt!« Speichel sickerte aus seinen Mundwinkeln und tröpfelte über die rissige Pergamenthaut seiner Wange hinab. Er spürte das Gewicht der Tasche auf seiner dürren Brust, hörte den Metallverschluß aufschnappen. Große Hände tauchten hinein.

»Was hast du denn da?« fragte der alte Mann. »Es glänzt. Ich mag glänzende Dinge. Ich mag sie scharf. Ist das scharf? Ja, ist es, ich kann's ja sehen. Hab's den Ärzten nicht wirklich erzählt, weißt du. Hab' nur so getan. Wollte mal sehen, ob du drauf reinfällst und durchdrehst. Ich wollte denen nichts verraten, nein, nein, wollte denen wirklich nichts von dir verraten. Hab' nichts dagegen, daß du —« Die Worte kamen jetzt in keuchenden Stößen *heraus — »daß du mir weh tust. Wir . . . wir . . . haben . . . unsern . . . Spaß . . .«*

*Er drehte sich und rückte gegen die widerstandsfähigen Gurte, obwohl das sinnlos war. Er war viel zu schwach. Seltsamerweise verlieh ihm das Grauen in seinen Augen einen Ausdruck der Klarheit, der geistigen Gesundheit.*

*»Sag mir, was das ist, was hast du da in der Hand.« Seine Worte kamen jetzt schnell, wie aneinandergekettet, und seine Stimme veränderte sich, wurde schrill, beinahe ein Winseln. Seine Schultern und sein Brustkorb ruckten gegen die Lederfesseln. Und die Gestalt beugte sich zu ihm herab. Er konnte ihre Gesichtszüge sehen. »Bitte . . . bitte . . . schau mich nicht so an. Ich mag das nicht, wenn du mich so anlächelst. Nein . . . leg das nicht auf meine . . . meine Stirn. Nicht! Das . . . das tut weh. Ich weiß, wenn ich schreie, dann hört das niemand, aber ich . . . ich . . . schreie trotzdem. Ist das Blut? Es tropft in meine Augen. Bitte. Kann nichts mehr sehen . . . Bitte . . . tu das nicht . . . es tut weh . . . es schneidet . . . Ich — ich schreie . . . schreie jetzt . . . Es . . . geht . . . zu . . . tief . . . zu tief!«*

*Der Schrei war nur ein gurgelndes Würgen; einer der in der Nähe liegenden Bettstrümpfe wurden in den offenen Mund des alten Manns gestopft.*

*Die Gestalt hockte sich über die Pritsche, die geduldige Sägebewegung war regelmäßig und glatt, und Insassen wie Personal der Anstalt schliefen ungestört weiter.*

IN DIESER Nacht kam der Alptraum, aber Childes schlief nicht. Es geschah auf der Heimfahrt.

Da war ein überwältigendes Hitzegefühl, und die Atmosphäre wurde schwer, wie von unangenehmen Ausdünstungen geschwängert. Seine Hände krampften sich um das Lenkrad, und die Fingerspitzen, klamm vor Feuchtigkeit, schienen zu kribbeln. Er konzentrierte sich auf die mondhelle Straße vor sich und versuchte den Druck in seinem Kopf zu ignorieren. Der Druck wurde stärker, eine wolkenartige Substanz dehnte sich in seinem Gehirn aus, und seine Halsmuskeln verspannten sich. Seine Arme wurden bleischwer.

Die erste Vision flackerte empor und zersetzte den Druck für einen Augenblick. Er war sich nicht sicher, was er gesehen hatte; es war zu schnell vorbei gewesen, und er hatte das Lenkrad verrissen, und Unterholz und Brombeergestrüpp rissen und kratzten an den Seitenfenstern, als wollten sie zu ihm hereinbrechen. Childes fuhr langsamer, hielt aber nicht an.

Er glaubte, Hände gesehen zu haben. Große Hände. Stark.

Sein Kopf fühlte sich an, als sei er mit sich drehender und windender Zuckerwatte gefüllt, die sein Bewußtsein beiseite drängte, je mehr sie selbst zu einer grotesken Riesenhaftigkeit anwuchs. Es war nicht mehr weit bis nach Hause, und Childes zwang sich, langsam zu fahren, ohne Hast. Er hielt sich in der Straßenmitte, da er wußte, daß es so spät in der Nacht keinen nennenswerten Verkehr mehr gab. In Gedanken sah er das scharfe Instrument, das von den großen Händen geführt wurde — eine gleißende Vision, die wie der Blitz einschlug und alles andere auslöschte.

Er gab sich alle Mühe, den Wagen in der Spur zu halten, und dann war das Gesicht abrupt wieder verschwunden. Der Druck kehrte zurück, weniger stark, aber das Kribbeln durchzog seine Finger und wanderte weiter, seine Arme entlang.

Jetzt hatte er nicht mehr weit zu fahren, die Straße, die zu den Häusern hinausführte, lag vor ihm. Bedächtig nahm Childes den Fuß vom Gaspedal und bremste. Ein Schweißtropfen sickerte von seiner Stirn herab und in einen Augenwinkel. Er wischte ihn mit dem Handrücken weg. Die Bewegung kam langsam und wohlüberlegt . . . und schwerfällig. Er kurbelte am Lenkrad. Der Mini schwang herum. Die Scheinwerfer fluteten in die Nacht hinein und zeigten ihm die Reihe der kleinen Häuser. Nicht mehr weit, dachte er. Wirklich nicht mehr weit. Ihm war klar, was mit ihm geschah, und er hatte entsetzliche Angst vor den Bildern, die er sehen würde. Da war ein verzweifeltes Bedürfnis, in die Sicherheit seines Hauses zu gelangen; in der leuchtend-hellen Nacht fühlte er sich dem Bösen schrecklich ausgesetzt und verwundbar, der kalte Glanz des Mondes ließ die Umgebung erstarren, und die Bäume waren seltsam eindimensional, wie Scherenschnitte mit tiefen und scharfen Schatten.

Fast am Ziel. Noch ein paar Yards. Geradehalten!

Childes fuhr den Wagen auf den Einstellplatz vor dem Haus, schaltete den Motor aus und sackte nach vorn. Seine Hände klammerten sich am Lenkrad fest. Er atmete tief durch; der Druck auf seinen Schläfen war ungeheuerlich. Keuchend zerrte er den Schlüssel aus dem Zündschloß, drückte die Tür auf und taumelte ins Freie. Mondlicht tauchte seinen Kopf und seine Schultern in silberne Blässe. Er zitterte. Irgendwie gelang es ihm, die Haustür aufzuschließen und nach innen zu stoßen. Er stürzte, kroch auf Händen und Knien in den Flur hinein, als die Vision mit elementarer Gewalt in seinen Geist brandete.

Entsetzten verzerrte das Gesicht des alten Mannes. Ganz deutlich. Das Grauen in seinen Augen war real. Die dünnen, rissigen Lippen plapperten Worte, die Childes nicht hören konnte, und Speichel tropfte aus den Mundwinkeln, und er wehrte sich, bäumte sich auf und wurde von diesen Gurten auf dem schmalen Bett gehalten. An seinem dürren Hals strafften die Sehnen faltige, bisher schlaffe Haut, er warf den Kopf hin und her, und der übergroße Höcker seines Kehlkopfes hüpfte ständig auf und ab, als trinke er Luft. Die Pupillen waren groß vor dem gealterten, cremefarbenen Hell des Augapfels, und Childes sah eine Spiegelung darin, etwas Undefinierbares, eine Form, die größer wurde, größer, immer größer — jemand näherte sich dem alten Mann.

Childes sackte gegen die Wand. Ein Metallgegenstand wurde über die Stirn des verängstigten Mannes gelegt, und dann begann die sägende Bewegung, und Childes schrie auf, ein irres, durchdringendes Kreischen, und seine Hände flogen vor die eigenen Augen, als könne er verhindern, daß er noch mehr mitansehen mußte. Blut quoll aus der Wunde, floß zäh über den Kopf des Opfers, färbte das spärliche weiße Haar rot und blendete seine Augen gegen das namenlose Grauen.

Für einen kurzen Moment hörte die Bewegung auf, und jetzt gab es nur noch das Zittern des gebrechlichen alten Körpers, die kleine Säge des Chirurgen saß fest im Knochen. Erkennen durchströmte Childes, eine Berührung wie von zwei Seelen, und dieses Gefühl gehörte nicht ihm; es gehörte dem Unheimlichen. ER war es, der *ihn* erkannte.

Und ihn willkommen hieß.

»OVEROY?«

»Detective Inspector Overoy, ja.«

»Hier ist Jonathan Childes.«

»Childes?« Ein paar Sekunden Pause. »O ja, Jonathan Childes. Ist lange her.«

»Drei Jahre.«

»Wirklich? Ja, klar. Was kann ich für Sie tun, Mr. Childes?«

»Es ist . . . es ist kompliziert. Ich weiß nicht so recht, wie ich anfangen soll.«

Overoy stemmte einen Fuß gegen die Schreibtischkante und schob sich samt Stuhl zurück. Mit einer Hand schüttelte er sich eine Zigarette aus der Schachtel und nahm sie zwischen die Lippen. Mit einem Billigfeuerzeug zündete er sich den Glimmstengel an. Zeit genug für Childes, fand er.

»Sie erinnern sich an die Morde?« sagte Childes schließlich.

Overoy ließ den Rauch zwischen den Zähnen herausströmen. »Sie meinen die Kinder? Hören Sie, wie soll man so was vergessen? Sie waren uns damals eine große Hilfe.«

Und ich habe den Preis dafür bezahlt, dachte Childes, aber das sagte er nicht. »Ich glaube, es geht wieder los.«

»Wie bitte?«

Overoy machte ihm die Sache nicht leichter. »Ich sagte: Ich glaube, es geht wieder los. Die Gesichter. Die Vorahnungen.«

»Moment mal. Wollen Sie damit sagen, Sie haben noch mehr Leichen aufgespürt?«

»Nein. Diesmal . . . Ich meine . . . Sieht so aus, als würde ich diesmal unmittelbar Zeuge der Verbrechen selbst werden.«

Overoy nahm den Fuß vom Schreibtisch, zog sich nach

vorn und griff nach einem Füller. Wäre da irgend ein x-beliebiger Kauz am anderen Ende der Leitung gewesen, dann hätte er ihn als Wichtigtuer abgetan, aber bei Childes war das etwas ganz anderes. Er hatte seine Lektion gelernt; er wußte, daß die Äußerungen dieses Mannes ernst zu nehmen waren, obwohl er damals natürlich auch ziemlich lange äußerst hartnäckig gezögert hatte, das zu tun. »Beschreiben Sie mir genau, was Sie . . . äh . . . *gesehen* haben, Mr. Childes.«

»Zuerst will ich mit Ihnen eine kleine Abmachung treffen.« Overoy starrte den Hörer an, als hätte er Childes persönlich vor sich. »Ich höre«, sagte er.

»Ich will, daß alles, was ich Ihnen jetzt erzähle, unter uns bleibt. Keine Pannen. Keine undichten Stellen. Kein Kontakt zu den Medien. Nicht so wie beim letztenmal.«

»Hören Sie, das war nicht mein Fehler. Die Presse hat einen Riecher für alles, was ungewöhnlich ist, und so wird das auch in alle Ewigkeit bleiben. Ich habe mein Bestes getan, um Ihnen die Burschen vom Leib zu halten, aber wenn die mal Witterung aufgenommen haben, dann ist da nichts mehr zu machen, leider.«

»Ich will Ihre Garantie, Overoy. Ich gehe nicht noch einmal das Risiko ein, von allen gehetzt zu werden. Das letzte Mal hat mir gereicht, und es hat genügend Schaden angerichtet. Außerdem . . . vielleicht hat das, was ich Ihnen zu sagen habe, ja auch gar nichts zu bedeuten.«

»Ich kann Ihnen nur zusichern, daß ich mein Bestes tun . . .«

»Das ist nicht genug.«

»Was erwarten Sie von mir?«

»Eine Absicherung, jedenfalls für den Moment. Alles, was ich Ihnen sage, bleibt unter uns. Nur wenn Sie eine Bestätigung finden, läuft die Sache an. Dann können Sie meinetwegen zu Ihren Vorgesetzten marschieren oder zu den Leuten, die direkt mit den jeweiligen Fällen zu tun haben.«

»Von welchen Fällen reden Sie?«

»Vorläufig nur von einem. Möglicherweise zwei.«

»Interessiert mich. Lassen Sie hören.«

»Habe ich Ihr Wort?«

Overoy kritzelte Childes' Namen auf ein Stück Papier und unterstrich ihn zweimal. »Ich habe zwar keine Ahnung, wovon Sie reden, aber schön, Sie haben mein Wort.«

Noch immer zögerte Childes, als traue er dem Detective Inspector nicht. Overoy wartete geduldig.

»Der Junge, den man aus seinem Grab geholt hat . . . Haben Ihre Nachforschungen da schon irgend etwas erbracht?«

Overoys Augenbrauen hoben sich verblüfft. »Soweit ich weiß, keine Spur, nichts. Wissen Sie was darüber?«

»Ich habe gesehen, wie es passiert ist.«

»Sie meinen, wie früher? Sie haben geträumt?«

»Ich war nicht körperlich dabei, aber ich habe es auch nicht geträumt.«

»Tut mir leid, hab' mich falsch ausgedrückt. Sie haben in Ihrem Geist gesehen, was passiert ist?«

»Der Sarg wurde mit einer ziemlich kleinen Axt zertrümmert, der Leichnam herausgezerrt und neben dem Grab ins Gras gelegt.«

Wieder Schweigen am anderen Ende der Leitung. »Weiter«, forderte Overoy schließlich auf.

»Der Leichnam wurde mit einem Skalpell aufgeschlitzt. Die inneren Organe wurden . . . wurden herausgerissen.«

»Mr. Childes, ich behaupte nicht, daß ich Ihnen nicht glaube, aber diese . . . eh . . . Details haben sämtliche Zeitungen landesweit gebracht. Ich weiß, Sie hatten jede Menge zu tun, bis ich überzeugt war, damals, ich gebe auch zu, daß ich Sie damals nur für einen weiteren von diesen Übergeschnappten gehalten habe . . . Aber Sie haben's geschafft. Sie haben mich überzeugt. Diese Fakten, die Sie auf den Tisch gebracht haben, die waren real, die konnte man nicht beiseite wischen. Sie haben uns zu der zweiten Leiche geführt. Aber diesmal brauche ich noch ein bißchen Stoff, wenn Sie verstehen, was ich meine?«

Als Childes wieder sprach, schien jedes Gefühl aus ihm gewichen zu sein. »Eine Sache haben die Zeitungen nicht erwähnt, die jedenfalls nicht, die ich gelesen habe. Das Herz des Jungen. Es ist . . . gefressen worden.«

Der Stift, den Overoy so unruhig zwischen den Fingern gedreht hatte, bewegte sich plötzlich nicht mehr.

»Overoy? Haben Sie gehört?«

»Ja, hab' ich. Aber das Herz ist nicht wirklich gefressen worden, es war . . . aufgerissen. Die Gerichtsmedizin hat Bißspuren daran gefunden. Am Körper auch.«

»Was für eine Kreatur . . .«

»Das würden wir gern herausfinden. Was können Sie mir sonst noch sagen, Mr. Childes?«

»Darüber — nichts. Ich habe gesehen, wie es passiert ist, aber ich kann die Person nicht beschreiben, die es getan hat. Es war, als würde ich diesen Vandalismus durch die Augen desjenigen sehen, der dafür verantwortlich ist.«

Overoy räusperte sich. »Ich weiß, daß Sie sich damals, nach dieser — eh — letzten Sache auf eine von diesen Kanalinseln abgesetzt haben. Rufen Sie von dort aus an?«

»Ja.«

»Würden Sie mir Ihre Adresse und Telefonnummer geben?«

»Wollen Sie damit sagen, daß die nicht in Ihrer hübschen Akte stehen?«

»Wenn ich nicht extra nachsehen muß, helfen Sie mir Zeit zu sparen.«

Childes gab ihm die Auskunft und fragte dann: »Sie nehmen es also ernst? . . . Ich meine, das, was ich Ihnen gesagt habe?«

»Das habe ich letztes Mal auch schon getan, oder?«

»Ja, letzten Endes schon.«

»Nur eine Routinefrage, Mr. Childes, und bestimmt haben Sie ein gewisses — äh — Verständnis für die Frage . . . Will damit sagen, es gibt gute Gründe, sie zu stellen. Also. Kann ich davon ausgehen, daß Sie in dieser Nacht, in der man das Grab des Jungen geschändet hat, auf Ihrer Kanalinsel waren?«

Die Stimme wirkte plötzlich eigenartig müde. »Ja, ich war hier, und ich werde Ihnen die Namen der Zeugen geben, die das bestätigen können.«

Overoys Füller kritzelte wieder auf Papier. »Tut mir leid«, entschuldigte sich der Detective, »aber es ist besser, wenn man solche Dinge gleich am Anfang klarstellt.«

»Machen Sie weiter so, irgendwann gewöhne ich mich daran.«

»Letztes Mal waren die Umstände wirklich ein bißchen ungewöhnlich, das müssen Sie zugeben. Sind Sie sicher, daß Sie mir über unseren aktuellen Fall nicht doch noch irgendwas erzählen können?«

»Tut mir leid.«

Der Detective legte den Füller beiseite und nahm die Zigarette vom Aschenbecher. Ein paar Aschekrümel fielen auf seine Notizen. »Die ganze Sache ist schon vor ein paar Wochen passiert, deshalb überrascht es mich, daß Sie nicht früher angerufen haben.«

»Ich habe das Ganze für einen Einzelfall gehalten, eine einmalige Vision, und ich hatte nicht viel auf der Hand. Ich konnte Ihnen nichts Konkretes bieten.«

»Weshalb haben Sie Ihre Meinung geändert?«

Childes' Stimme kam stockend. »Ich . . . hatte eine neue Vision. Gestern nacht.«

Der Füller wurde wieder aufgenommen.

»Hört sich vielleicht ein bißchen wirr an, wie . . . wie ein Traum, an den man sich erinnert. Ich bin ziemlich spät nach Hause gefahren. Es passierte unterwegs. Ein Bild — da war ein Bild in meinem Kopf, ein so starkes Empfinden, daß ich fast meinen Wagen zu Schrott gefahren hätte. Ich hab's kaum bis nach Hause geschafft, und als ich dann doch endlich dort ankam, als ich im Flur war — hat es mich umgehauen. Es war ein Gefühl, als wäre mein Geist, meine Seele an einen anderen Ort gereist.«

»Sagen Sie mir, was Sie gesehen haben.« Overoy war gespannt.

»Ich befand mich in einem Zimmer — ich konnte nicht allzuviel davon sehen, aber es kam mir irgendwie öde vor, öde und kahl, und ich schaute auf einen alten Mann hinab. Er hatte Angst, fürchterliche Angst, er wollte diesem Etwas entkommen, das sich ihm näherte. Dieses Etwas — dieser Jemand —, das war ich und doch auch wieder nicht. Ich habe alles durch die Augen dieses anderen gesehen. Es war etwas Verabscheuungswürdiges an diesem . . . diesem Monstrum . . .«

»Monstrum?«

»So habe ich es empfunden. Es war krank, verkommen. Ich weiß es, denn für eine Weile *war* ich in diesem Verstand.«

»Irgend ein Hinweis auf die Identität?«

»Nein, nein, alles war wie damals, vor drei Jahren. Warten Sie — ich erinnere mich an große Hände. Ja, es hatte große und derbe Hände. Und darin trug es eine Tasche . . . Es war eine Art Operationsbesteck darin. Instrumente.«

»Operationsbesteck«, sagte Overoy, und es war nicht als Frage gemeint.

»Ich konnte nicht alles sehen, aber ich hatte das *Gefühl,* daß es genau das ist.«

»Hat der alte Mann irgend etwas gerufen, vielleicht den Namen dieser anderen Person?«

»Ich konnte nichts hören. Für mich war alles ganz still.«

»Hat der alte Mann versucht, zu entkommen?«

»Das konnte er nicht. Er hat sich aufgebäumt, wollte weg, aber er war auf diesem Bett festgebunden. Es war bizarr — er lag da auf diesem schmalen Bett, fast eine Koje, und da waren diese Gurte, ja, er war mit Gurten an das Bett gefesselt, nehme ich an. Er hat gekämpft, aber er war am Bett festgegurtet. Er konnte nicht entkommen!«

»Okay, ruhig Blut, Mr. Childes. Erzählen Sie der Reihe nach, was passiert ist.«

»Die Hände, diese Pranken, nahmen eine Säge aus der Tasche, eine kleine Säge. Und fingen an, an Kopf des alten Mannes aufzu . . .« Childes brach ab.

Overoy konnte die Qual in der folgenden Stille spüren. Er wartete mehrere Sekunden lang, bevor er fragte: »Haben Sie eine Ahnung, wo das passiert sein könnte? Irgendeinen Hinweis?«

»Tut mir leid, nein, nichts. Keine große Hilfe, was? Und eigentlich habe ich Sie angerufen, weil ich davon überzeugt bin, daß die Person, die das dem alten Mann angetan hat, daß diese Person und der Grabschänder identisch sind.«

Overoy fluchte in sich hinein. »Warum wissen Sie das so genau? Sie sagten vorhin selbst, daß Sie denjenigen, der diese Taten begangen hat, nicht gesehen haben.«

»Ja . . . ich weiß es einfach. Sie müssen mir einfach

glauben. Für ein paar Sekunden war ich im Geist dieser Bestie. Ich habe ihre Gedanken geteilt. Ich weiß, daß es dieselbe Person ist.«

»Und Sie sagen, das ist letzte Nacht geschehen?«

»Ja. Es war spät, nach elf, vielleicht sogar kurz vor Mitternacht, ich weiß es nicht genau. Ich habe heute morgen die Zeitungen durchgeblättert . . . in der Morgenausgabe stand nichts. Also habe ich mir überlegt, daß das Ganze zu spät passiert sein muß — zu spät, um gleich in die Morgenausgabe zu kommen. Aber im Radio haben sie auch nichts davon erwähnt.«

»Soweit ich weiß, hat es in den letzten vierundzwanzig Stunden überhaupt keinen solchen Fall gegeben. Ich kann in der Zentrale nachfragen, aber derartige Fälle entwickeln ein ziemliches Eigenleben. Sie sprechen sich schnell herum.« Noch einmal ersetzte die Zigarette den Füller. Der Detective inhalierte tief. »Mich würde eines interessieren«, sagte er in seine Rauchwolke hinein. »Waren das die beiden einzigen Vorfälle, die Sie in letzter Zeit gesehen haben?« Vor drei Jahren hatte er derartige Fragen nicht mit dieser Selbstverständlichkeit gestellt.

»Warum fragen Sie das?«

»Nun . . .« Der Detective dehnte das Wort wie Kaugummi; schien zu zögern, als wolle er nicht zuviel ausplaudern. Er faßte einen Entschluß. »Vor knapp einem Monat wurde eine Prostituierte ermordet, und wir meinen, daß es eine Verbindung zwischen diesem Verbrechen und der Öffnung des Kindergrabes gibt.«

»Dieselbe Person?«

»Wir haben mehr als genug Hinweise darauf. Die gleichen Verstümmelungen, der Körper aufgerissen, die Innereien herausgenommen, Einkerbungen im Fleisch, die sich als Bißspuren erwiesen haben, gewisse . . .«

»Vor einem Monat?«

Der scharfe Tonfall in Childes' Stimme ließ Overoy aufhorchen. »Ungefähr ja. Sagt Ihnen das etwas?«

»Die erste Vision . . . Ich bin hinausgeschwommen . . . Ich habe Blut gesehen, innere Organe . . .«

»Ungefähr um die Zeit?« unterbrach ihn der Detective.

»Ja, aber alles war so undeutlich. Mir war nicht klar, was ich da sehe. Sie sind sicher, daß es dieselbe Person war?«

»Sehr sicher. Wir haben Speichelanalysen von den Bißspuren miteinander verglichen, ebenso die Zahnabdrücke, die wir jeweils genommen haben. Es besteht kaum ein Zweifel. Was das Motiv angeht . . . nun, ein Wahnsinniger braucht so etwas nicht. Die Prostituierte wurde sexuell mißbraucht, und wir glauben, daß das *nach* ihrem Tod geschehen ist — einen solchen Mißbrauch hätte keine lebende Frau zugelassen, ganz gleich, wie tief sie bereits gesunken ist. Soweit das die Gerichtsmedizin sagen kann, fand keine Penetration statt — es gab keine Spermaspuren, aber man hat ihr Gegenstände in die Vagina gesteckt. Möglich, daß der Mörder von der eigenen Unfähigkeit ziemlich frustriert war. Wir wissen, daß er ungeheuer stark sein muß, weil die Prostituierte mit bloßen Händen erwürgt worden ist, und sie war kein Leichtgewicht. Ganz im Gegenteil. Sie hatte ein beachtliches Vorstrafenregister — jede Menge Gewalt, speziell gegen Männer.«

Overoy zog an seiner Zigarette. »Und da gibt es noch etwas, was die Verbindung ziemlich schlüssig herstellt. Aber ich will, daß Sie genau nachdenken: Haben Sie nicht doch noch etwas anderes gesehen, irgend etwas Ungewöhnliches. Etwas, das Sie identifizieren könnten?«

»Ich sage Ihnen doch, da war nichts.«

»Lassen Sie sich Zeit. Überlegen Sie. Bitte.« Overoy starrte auf seinen Notizblock und wartete.

Childes ließ sich Zeit. Schließlich sagte er: »Tut mir leid, da ist nichts mehr. Wenn ich mich darauf konzentriere, wird alles nur verschwommener. Worauf spielen Sie an?«

»Später. Ich sage Ihnen, was ich jetzt tun werde, Mr. Childes. Zuerst überprüfe ich diese Sache mit dem alten Mann. Mal sehen, ob da irgend etwas hereingekommen ist. Dann setze ich mich mit dem Kollegen in Verbindung, der den Prostituiertenmord und die Leichenschändung bearbeitet. Danach rufe ich Sie zurück, okay?«

»Und Sie werden das Ganze für sich behalten?«

»Vorläufig: ja. Momentan habe ich ja wirklich nicht viel zu erzählen, oder? Außerdem laufe ich hier in der Abteilung noch immer als Zielscheibe für gewisse Spaßvögel herum, weil ich mich damals mit Ihnen eingelassen habe. Sie sehen, das Ergebnis spielt nicht immer eine Rolle. Deshalb denke ich gar nicht daran, die ganze Sache wieder aufleben zu lassen. Tut mir leid, daß ich Ihnen das so offen sagen muß, aber so stehen die Dinge.«

»Das ist in Ordnung. Mir geht's genauso.«

»Ich rufe zurück, sobald ich irgendwas ausgegraben habe. Es kann eine Weile dauern.«

Overoy legte den Hörer auf und starrte minutenlang auf seinen Notizblock. Childes meinte es ernst, daran zweifelte er nicht. Ein bißchen unheimlich war er, aber das war wohl kein Wunder bei diesem siebten Sinn, den er hatte. Und außerdem war es genaugenommen ja diese Begabung, die seltsam war, nicht Childes selbst.

Der Detective drückte die Zigarette aus, betrachtete seine Finger und verzog das Gesicht. Viel zu viele Nikotinflecken. Er zündete sich eine neue Zigarette an und rieb dann mit dem Bimsstein, der auch als Briefbeschwerer diente, heftig an der fleckigen Haut herum. Childes hatte mit dem toten Jungen ins Schwarze getroffen, aber bei der

Prostituierten war ein Stichwort nötig gewesen; trotzdem war er auch dann noch ungenau geblieben. Was also sollte ein sogenannter hartgesottener, zynischer Bulle davon halten? Vielleicht gar nichts. Oder doch? Er überflog noch einmal diese Notizen. Diese grausige Sache mit dem alten Mann — wie zum Teufel paßte das in den ganzen Rahmen? Overoy legte den Bimsstein beiseite, nahm den Füller und kreiste ein Wort ein.

*Gurte*. Childes hatte gesagt, der alte Mann sei auf ein schmales Bett gegurtet gewesen. Und dieser Raum: spärlich möbliert. Wie hatte er sich ausgedrückt? Öde. Das war's. Was für ein Ort . . .?

Overoy starrte mit zusammengekniffenen Augen auf das eingekreiste Wort und spähte dann ausdruckslos auf die gegenüberliegende Wand. Durch die Milchglasscheibe konnte er in den anderen Büros Schemen herumgeistern sehen; er hörte Schreibmaschinengeklapper, Telefonläuten, Stimmen, aber er nahm es nicht bewußt wahr. Da *war* etwas, ein tragischer Unfall. Gestern nacht. Möglicherweise eine Verbindung? Unsicher, aber mehr als neugierig, nahm Overoy den Hörer wieder ab.

Der Polizist wartete am Ankunfts-Schalter, und in seiner hellblauen Uniformjacke mit den Schulterstücken und der dunklen Hose wirkte er mehr als auffällig. Seine Größe tat das Ihre dazu, und so war es kaum verwunderlich, daß ihm zwei oder drei jener Passagiere, die gerade mit dem Kurzflug SD 330 aus Gatwick angekommen waren und sich dem Zollschalter näherten, reichlich nervöse Blicke zuwarfen.

Der kleine Flughafen war überfüllt mit Sommerurlaubern und Geschäftsleuten. Draußen strahlte die Sonne vom Himmel, und auch das letzte bißchen Kaltluft war enorm aufgewärmt. In der Parkverbotszone vor dem Flughafen herrschte ein ständiges Kommen und Gehen; die unterschiedlichsten Wagen fuhren vor, spien Passagiere und deren Gepäck aus und nahmen die neu Angekommenen auf. In der Flughafenhalle waren alle Sitzgelegenheiten dicht belagert von Reisenden. Kinder flegelten gelangweilt herum, jagten sich gegenseitig oder stolperten über boshaft ausgestreckte Beine, und erschöpfte Mütter taten so, als bemerkten sie es nicht. Und natürlich gab es auch überall die Gruppen der gesund aussehenden Urlauber, lachende und scherzende Menschen, die fest entschlossen zu sein schienen, auch die letzten Minuten ihrer Ferien zu genießen.

Inspector Robillard lächelte, als er die vertraute Gestalt ausmachte, die den Ankunftskorridor entlangschritt. Auf den ersten Blick schien sich Ken Overoy mit den Jahren nicht sonderlich verändert zu haben, doch als er näherkam, wurde offensichtlich, daß sich seine sandfarbenen Haare lichteten und daß es da eine gewisse Wölbung über seiner Gürtellinie gab.

»Hallo Geoff«, begrüßte ihn Overoy, wechselte die kleine Reisetasche in die linke Hand und streckte ihm die rechte entgegen. Die beiden Zollbeamten, die an ihrem

Schalter warteten, ignorierten ihn. »Nett von dir, daß du mich abholst.«

»Kein Problem«, erwiderte Robillard. »Du siehst gut aus, Ken.«

»Sag mal, willst du mich auf den Arm nehmen? — Aber dir bekommt das Inselleben offenbar gut.«

»Sagen wir mal, das Segeln am Wochenende. Schön, dich nach einer so langen Zeit wiederzusehen.« Die beiden Polizeibeamten hatten sich bei einem kriminaltechnischen Fortbildungskurs in den Räumlichkeiten von New Scotland Yard kennengelernt; später hatten sie gemeinsam den Inspektorenlehrgang in West Yorkshire besucht. Robillard war in all den Jahren mit Overoy in Kontakt geblieben, hatte ihn immer wieder besucht, wenn er nach England gekommen war — und die Intrigengeschichten genossen, die so unvermeidlich mit den polizeilichen Aktivitäten in der Großstadt einhergingen. Das war für ihn eine andere Welt, so verschieden vom Dienst auf der Insel . . . obgleich Robillard natürlich zugeben mußte, daß sie hier auch ihr Quantum an Gemeinheiten hatten. So gesehen, war es ihm ein Vergnügen, seinem Londoner Kollegen helfen zu können.

Er führte Overoy durch die Halle und zu seinem Dienstwagen, den er draußen halb auf dem Randstein abgestellt hatte; ein weißer Ford mit dem Inselwappen auf Fahrer- und Beifahrertür, und dem obligatorischen Blaulicht auf dem Dach.

»Na, wie ist das Verbrechen hier?« erkundigte sich Overoy und warf seine Tasche auf den Rücksitz.

»Würde sagen, Tendenz steigend. Sobald die Touristensaison losgeht. Wünschte, ihr würdet eure Taschendiebe bei euch drüben behalten, wo sie hingehören.«

Overoy lachte. »Auch Bösewichter brauchen mal Tapetenwechsel.«

Robillard drehte den Zündschlüssel im Schloß und wandte sich seinem Begleiter zu, der sich auf den Beifahrersitz hatte fallenlassen und sich jetzt eine Zigarette anzündete. »Wohin zuerst?« fragte er.

Overoy blickte auf die Uhr. »Es ist kurz nach drei. Wo hält er sich um die Zeit normalerweise auf. In der Schule?«

Der Inspektor nickte. »Mal sehen. Es ist Dienstag, also wird er am La Roche-College sein.«

»Also La Roche. Ich warte, bis er herauskommt.«

»Du wirst ziemlich lange warten müssen.«

»Egal, ich habe viel Zeit. Aber vielleicht könnte mich vorher noch einem Hotel einmieten.«

»Unmöglich. Wendy würde es mir nie verzeihen, wenn ich nicht darauf bestehen würde, daß du bei uns wohnst.«

»Ich möchte euch nicht zur Last . . .«

»Tust du auch nicht. Wir freuen uns über deine Gesellschaft, Ken, und außerdem kannst du uns einen phänomenalen Einblick in das verbrecherische Treiben in der bösen Großstadt gehen. Das wird Wendy gefallen.«

Overoy spürte bereits die Entspannung; er lächelte. »Okay. Unterhalten wir uns auf dem Weg zur Schule, ja?«

Robillard fuhr bald von der verkehrsreichen Hauptstraße ab, und auf eine jener ruhigen, schattigen Landstraßen, die zur Küste führten. Die strahlenden Farben der Heckenrosen und die frische Meeresluft sorgten schnell dafür, daß Overoy völlig locker wurde. Er schnippte die halbgerauchte Zigarette aus dem Fenster und atmete tief durch.

»Was weißt du über Jonathan Childes?« fragte er dann und behielt die schmale Straße vor ihnen im Auge.

Robillard fuhr langsamer und machte einem entgegenkommenden Wagen Platz. »Nicht allzuviel, nur das, was ich dir ohnehin schon in meinem Bericht geschrieben habe. Er lebt seit fast drei Jahren allein in einem kleinen Haus, scheint das Leben ziemlich leicht zu nehmen, obwohl er gleich an drei Colleges unterrichtet. Fällt im allgemeinen nicht besonders auf. Komischerweise haben wir vor ein paar Wochen unsererseits die Met* um Auskünfte über ihn gebeten.«

Overoy betrachtete ihn neugierig. »Tatsächlich? Warum das denn?«

»Einer der *Conseiller*, zufällig auch noch Mitglied unseres Polizeikomitees, hat uns gebeten, einen Blick in Childes' Vergangenheit zu werfen. Heißt Platnauer. Er ist auch im Vorstand des La-Roche-College tätig. Vermutlich hat er deshalb nachgefragt.«

»Aber warum ausgerechnet jetzt? Childes unterrichtet doch schon seit einiger Zeit an der Schule, oder?«

»Ein paar Jahre schon. Ich gebe zu, daß mich das plötzliche Interesse an dem Burschen auch ein wenig verwundert. Was ist los mit ihm, Ken?«

»Keine Sorge, er ist sauber. Möglich, daß er uns in einer ganz bestimmten Sache helfen kann, das ist alles.«

»Wunderbar. Du verstehst es, einen alten Kollegen neugierig zu machen. Der gute *Conseiller* Platnauer hat seine Auskunft bekommen und sie seinerseits an Miss Piprelly, die Leiterin des La Roche, weitergegeben, und seitdem haben wir nichts mehr gehört. Daß Childes an polizeilichen Nachforschungen beteiligt war, ist ziemlich gut dokumentiert, aber das war auch das einzige Mal, daß er mit dem Gesetz zu tun hatte. Ich wußte, daß es damals dein Fall war. Ich habe mich darüber gewundert, daß man sich nicht mit dir persönlich in Verbindung gesetzt hat.«

* Met = Metropolitan Police (Anmerkung des Übersetzers)

»Dazu bestand keine Notwendigkeit, nehme ich an. Es ist alles aktenkundig.«

»Komm, komm, erzähl mir, was das soll.«

»Tut mir leid, Geoff, das kann ich im Moment nicht. Das Ganze könnte sich als Seifenblase herausstellen, und dann möchte ich Childes aus der Schußlinie haben. Ich hab' ihm letztes Mal nicht gerade Glück gebracht.« Overoy klopfte sich eine neue Zigarette aus der Schachtel. »Ich habe der Presse ein bißchen zuviel Rückenwind gegeben, und die Burschen haben sich auf ihn gestürzt wie die Geier auf einen blutigen Kadaver.«

»Was ist das für ein Bursche? Eine Art Hellseher?«

»Nicht ganz. Er ist medial veranlagt, soviel wissen wir. Aber er hat keine Vorahnungen, und er hört auch nicht die Geister der Toten, all das Zeug. Vor drei Jahren hat er plötzlich gewußt, wo diese Kinderleichen vergraben waren; er hat es *gesehen*. Er konnte uns genügend Hinweise auf den Mörder geben. Wir haben den Kerl aufgespürt. Leider sind wir zu spät gekommen, er hatte sich bereits selbst den Lebensfaden gekappt.«

»Aber wie . . .«

»Keine Ahnung. Ich behaupte nicht einmal, daß ich etwas von diesen Dingen verstehe. Nenn es meinetwegen Telepathie. Ich weiß nur, daß Childes kein Spinner ist. Im Grunde bringt ihn seine Begabung selbst mehr ins Schleudern als irgendwen sonst.«

Overoy sah das Mädchencollege, bevor ihn sein Kollege darauf hinwies. Das Hauptgebäude, weiß und imposant, ragte vor ihnen über den Baumwipfeln auf, als sie um eine Kurve bogen; das Sonnenlicht überzog die Wände mit einem blendenden zweiten Verputz. Sie fuhren bis ans Tor, und der Detective stieß einen leisen Pfiff aus und spähte die weite Auffahrt entlang.

»Ein ganz hübsches Ding«, kommentierte er. Hinter

dem hohen Gebäude mit seinen zahlreichen Anbauten lag das Meer in funkelndem Kobaltblau, das selbst dem Himmel die Vorherrschaft streitig machte. Das üppige Grün auf den Klippen und in den umliegenden Waldgebieten präsentierte eine angenehme Vielzahl von Grüntönen, und sah man ganz genau hin, so stellte man fest, daß die Farben von Himmel, Meer und Land ineinander übergingen. Unweit von der Stelle, an der sie parkten, erstreckten sich inmitten weiter Rasenflächen und gepflegter Blumenbeete die Tennisplätze, aber nicht einmal die künstlichen Farben auf dem nahen Parkplatz konnten die harmonische Schönheit dieses Ortes stören.

»Hier könnte mir das Lernen Spaß machen«, sinnierte Overoy halblaut und wedelte den Rauch vor seinem Gesicht beiseite.

»Erst mal wäre eine Geschlechtsumwandlung fällig«, gab Robillard zu bedenken.«

»Ich würde sogar das auf mich nehmen.«

Der Inspektor gluckste. »Soll ich dich rüberfahren?«

Overoy schüttelte den Kopf. »Ich werde auf der Bank dort drüben bei den Tennisplätzen warten. Kein Grund, Aufmerksamkeit zu erwecken.«

»Liegt bei dir. Er fährt einen schwarzen Mini.« Robillard zog einen Zettel aus seiner Brusttasche. »Das Kennzeichen ist 27292 — ich habe nachgesehen, bevor ich zum Flughafen gefahren bin. Und bevor ich dich jetzt auf fremdem Terrain aussetze, sehen wir nach, ob er überhaupt da ist.« Er fuhr an und passierte die Eisentore; von hier aus war der Parkplatz mühelos einzusehen. »Der Mini steht da«, sagte er und deutet in seine Richtung. »Also ist Childes auch da.«

Overoy drückte die Beifahrertür auf und griff nach seiner Reisetasche.

»Die kannst du dalassen, wenn du willst«, schlug

Robillard vor. »Ich muß dich später sowieso wieder abholen.«

»Brauche nur was daraus«, erwiderte der Detective, zog den Reißverschluß einer Seitentasche auf und griff hinein. Er holte einen schlichten braunen Umschlag heraus. »Nicht nötig, mich abzuholen, Geoff. Ich nehme an, Childes wird mich zu sich nach Hause einladen, damit wir reden können. Von da aus rufe ich mir ein Taxi.«

»Du kennst unsere Adresse.«

»Ja, hab' sie.« Overoy stand neben dem Wagen und blinzelte in den Sonnenschein. Dann beugte er sich noch einmal herab und in das offene Wagenfenster. »Oh, und Geoff«, sagte er, »ich wäre dir dankbar, wenn du das Ganze für dich behalten würdest. Ich habe Childes versprochen, daß es dieses Mal kein Tamtam gibt.«

»Was könnte ich schon hinausposaunen?« erwiderte Robillard lächelnd. »Bis später.«

Er setzte rückwärts durch das Haupttor zurück und winkte Overoy im Davonfahren noch einmal zu. Der Detective streckte sich und verstaute den Umschlag in der Innentasche seiner Jacke, dann schlenderte er zu der Bank hinüber. Er bedauerte, daß er keine Sonnenbrille mitgenommen hatte — und daß keine älteren Mädchen Tennis spielten.

Auf der gegenüberliegenden Seite der Tennisplätze fuhren mehrere Wagen vor, und Overoy nahm an, daß hier die Eltern der externen Schülerinnen aufmarschierten, um ihre Töchterchen auf einem gesonderten Parkplatz hinter den Schulgebäuden abzuholen. Er blickte auf die Uhr. Childes mußte jetzt bald kommen.

Der Detective hatte seine Jacke neben sich auf die Bank gelegt, die Hemdsärmel bis zu den Ellenbogen hochgekrempelt und die Krawatte gelockert. Es war ein friedliches Warten gewesen; er hatte es genossen, hier in der Sonne zu sitzen und zur Abwechslung einmal genügend Zeit zum Nachdenken zu haben. Wenn er ganz ehrlich zu sich selbst war, dann beneidete er seinen Freund Robillard auf vielerlei Art und Weise um die angenehme Atmosphäre, in der er arbeitete. Andererseits machte er sich nichts vor. Jemandem, der an das Stadtleben mit all seiner Korruption und Verwahrlosung, mit all seinen Schweinereien gewöhnt war — dem würden die Lebensbedingungen hier bestimmt bald zum Hals heraushängen, ganz gleich, wie attraktiv sie ihm auf den ersten Blick auch vorkamen. Jemand wie er mit seinen 38 Jahren genoß den schnelleren Pulsschlag der Stadt und des dortigen Polizeidienstes. Aber Josie würde es hier gefallen, dachte er und stellte sich vor, wie das ruhigere Leben seine Frau förmlich aufblühen ließe, die Strände, die Grillpartys, die frische Luft . . . und die seltenen Anrufe, die ihn spät in der Nacht herausholten, die wenigen Überstunden. Aber im Winter mußte es hier ziemlich öde sein. Da lag der Hase im Pfeffer.

Drüben, im College, war ein fernes Bimmeln zu hören, und bald darauf strömten die Mädchen aus den verschiedenen Gebäuden ins Freie; ihr Schwatzen zerstörte die bisherige Stille. Es dauerte noch einmal eine ganze Weile, bis er Childes heranschlendern sah. Er war nicht allein; ein schlankes, blondes Mädchen in einem hellen Sommerkleid begleitete ihn. Im Gehen griff sie nach oben und an ihren Hinterkopf, und im nächsten Moment war ihre bisher so strenge Frisur in etwas sehr Jugendliches verwandelt: der Pferdeschwanz hüpfte und schwang bei jedem Schritt, den sie tat. Sie kamen näher, und Overoy betrachtete sie eingehend: jung, leicht gebräunt und sehr hübsch. Er überlegte sich, ob es wohl eine Beziehung zwischen ihr und Childes gab, und die kurze Berührung ihrer Finger am Arm des Mannes bestätigte ihm, daß es wirklich so war. Overoy erhob sich, warf sich die Jacke über die Schultern und schob die freie Hand in seine Hosentasche.

Childes hatte den Parkplatz beinahe erreicht, als er den Detective bemerkte. Er blieb abrupt stehen, und das Mädchen sah ihn überrascht an. Sie registrierte seinen Blick und schaute ebenfalls herüber, gerade als Overoy losmarschierte.

»Hallo, Mr. Childes«, sagte er. »Sie erkennen mich?«

»Ihr Gesicht ist schwer zu vergessen«, antwortete Childes, und Overoy verstand die Verbitterung in seinen Worten. Er reichte Childes die Hand, und der ergriff sie widerstrebend.

»Tut mir leid, daß ich Sie so überfallen habe«, entschuldigte sich der Detective, »aber ich habe mich in dieser, äh, Angelegenheit, über die wir letzte Woche am Telefon gesprochen haben, umgehört, und ich war der Meinung, daß es doch angemessen ist, Sie persönlich aufzusuchen.« Er nickte dem Mädchen zu, und dabei fielen ihm ihre hellgrünen Augen auf. Aus der Nähe war sie mehr als nur *sehr* hübsch.

»Amy, das ist Detective Inspector Overoy«, stellte ihn Childes vor. »Er ist der Polizist, von dem ich dir erzählt habe.«

Amy schüttelte Overoys Hand, und jetzt war Argwohn in diesen hellen, grünen Augen.

»Können wir unter vier Augen miteinander reden?« fragte der Detective und wandte seine Aufmerksamkeit wieder Childes zu.

Amy sagte sofort: »Okay, ich ruf' dich dann später an, Jon«, und machte Anstalten, davonzugehen.

»Es gibt keinen Grund, weshalb . . .«

»Ist schon in Ordnung«, versicherte sie ihm. »Ich habe noch ein paar Dinge zu erledigen, also reden wir später. Wiedersehen, Inspector.« Sie zögerte, als wolle sie noch mehr sagen, überlegte es sich jedoch anders. Sie ging zu einem roten MG hinüber und blickte noch einmal mit offensichtlicher Besorgnis zu Childes zurück, bevor sie einstieg. Childes wartete, bis sie losgefahren war und das Tor passiert hatte, dann fuhr er den Detective an.

»Hätten Sie das nicht auch telefonisch erledigen können?« fauchte er, kaum imstande, seinen Zorn zu verbergen.

»Eigentlich nicht«, erwiderte Overoy trocken. »Sie werden es verstehen, wenn wir uns unterhalten haben. Können wir zu Ihnen nach Hause fahren?«

Childes zuckte mit den Schultern. »Meinetwegen. Sind Sie auf den Fall angesetzt?« fragte er, als sie gemeinsam zu seinem Wagen gingen.

»Nicht ganz. Sagen wir so: Ich habe zufällig mit einem ganz speziellen Aspekt davon zu tun, weil ich Sie kenne.«

»Dann gibt es einen Zusammenhang.«

»Möglich.«

»Es gibt diesen alten Mann, und er wurde genau so umgebracht, wie ich es Ihnen beschrieben habe?«

»Wir reden bei Ihnen zu Hause.«

Sie fuhren los, weg vom La Roche-College, und Overoy war verblüfft, wie schnell sie jene schmale Straße erreichten, die zu Childes' Haus führte; andererseits, überlegte er, ist die Insel nicht gerade riesig. Länge und Breite waren ihm unbekannt, aber es konnten nicht mehr als jeweils ein paar Meilen sein. Das Haus war kaum mehr als eine etwas zu groß geratene Hütte, und es lag am Ende einer ganzen Reihe von gleichartigen Häusern. Jetzt verstand er Childes' Ablehnung noch mehr; er war ein Eindringling — ein Eindringling in Childes' Leben und jetzt auch in sein Zuhause. Die Gebäude strahlten jenen ganz besonderen Alte-Welt-Charme aus — genau die Art, für die sich die Reichen auf dem Festland einen Arm und ein Bein ausrissen; in ihrer Sprache wohl der perfekte Zweitwohnsitz, die perfekte Landresidenz, wie auch immer.

Im Innern war es kühl, sehr zu Overoys Erleichterung, und er nahm auf dem Sofa Platz. Childes zog seine Jacke aus und hängte sie in den kleinen Flur.

»Wollen Sie etwas trinken?« erkundigte sich Childes, und jetzt klang seine Stimme nicht mehr ganz so feindselig. »Tee? Oder einen Kaffee?«

»Äh, ein Bier wäre großartig.«

»Bier also.«

Childes verschwand in der Küche und kehrte mit einem Sechserpack und zwei Gläsern zurück. Er brach eine Dose heraus und reichte sie zusammen mit dem Glas zu Overoy hinüber. Overoy genoß jetzt nach der Hitze des Tages die Kühle. Er schenkte sich ein und hob sein Glas in Childes' Richtung — eine Geste der Freundlichkeit. Childes saß ihm gegenüber in einem Sessel und erwiderte die Geste nicht.

»Was haben Sie mir zu sagen?« fragte er und schenkte sich ebenfalls ein. Die Dosen auf dem niedrigen Couchtisch zwischen ihnen schienen eine neutrale Zone zu markieren.

»Sieht so aus, als hätten Sie recht gehabt mit dem alten Mann«, sagte Overoy, und Childes beugte sich vor.

»Sie haben die Leiche gefunden?«

Der Detective trank einen großen Schluck und schüttelte dann den Kopf. »Sie haben mir gesagt, er sei auf einem Bett festgegurtet — auf einem schmalen Bett, wenn ich mich richtig erinnere — und in dem Raum selbst gebe es keine andere Möbel . . . Da hat es bei mir geklingelt.

An diesem Morgen war die Meldung hereingekommen, daß ein Teil der psychiatrischen Landesklinik abgebrannt ist.«

Childes starrte ihn an, das Glas halb an die Lippen erhoben. »Das ist es«, sagte er ruhig.

»Nun, wir können uns nicht völlig sicher sein. In dem Feuer sind 25 Leute umgekommen, Personal eingeschlossen. Ein Großteil der Patienten war älter, männlich, meist senil; einige waren ernsthafter gestört. Einer davon könnte unser Mann sein, aber die Leichen sind fast alle so schlimm zugerichtet, daß man unmöglich feststellen kann, ob eine davon vorher schon verstümmelt war.«

»Wie ist es zu dem Brand . . .«

»Das war kein Unfall. Die Experten haben einwandfrei festgestellt, daß das Feuer an zwei Stellen gleichzeitig gelegt wurde, irgendwo in den oberen Stockwerken *und* im Keller. Dort sind jeweils Benzinkanister gefunden worden. Aber wir haben keine Ahnung, wer der Brandstifter war, obwohl . . . es wird allgemein in Erwägung gezogen, daß einer der Insassen in der betreffenden Nacht frei herumspaziert ist und im Keller die Benzinkanister entdeckt hat. Die mit der Untersuchung befaßten Beamten vermuten, daß der Brandstifter ebenfalls in dem Inferno umgekommen sein könnte.«

»Wie können sie sich da nur sicher sein?«

»Können sie nicht. Aber sie haben die überlebenden Patienten und Angestellten eine ganze Woche lang verhört, und es gibt keine Verdachtsmomente, nichts, woraus man schließen könnte, daß einer von ihnen dafür verantwortlich ist. Viele Patienten sind auch total geistesgestört, und dementsprechend ist es natürlich unmöglich, hundertprozentig sicher zu sein. Andererseits könnte es genausogut ein Außenstehender gewesen sein.«

Childes lehnte sich in seinen Sessel zurück und trank

sein Bier; seine Gedanken schweiften ab, er lauschte in sich hinein. Overoy wartete. Er hatte es nicht eilig. Draußen zog das ferne Dröhnen eines Flugzeugs vorbei.

»Was geschieht jetzt?« erkundigte sich Childes nach einer Weile.

»Wenn es eine Verbindung zwischen all diesen Verbrechen gibt, dann brauchen wir jeden auch noch so winzigen Hinweis, den wir kriegen können. Im Augenblick jedenfalls treten wir auf der Stelle, und niemand zieht ernsthaft eine Querverbindung zu dem Brandanschlag, das heißt — niemand außer mir. Ist wohl besser, wenn ich Ihnen das gleich sage. Was die beiden anderen Fälle betrifft, okay, da gibt es Beweise, die auf eine Verbindung schließen lassen. Macht es Ihnen etwas aus, wenn ich rauche?«

Childes schüttelte den Kopf, und Overoy kramte seine Zigaretten aus der Innentasche seiner Jacke, zündete sich eine an und verwendete die leere Bierdose als Aschenbecher.

»Was für Beweise haben Sie?« hakte Childes nach.

»Zunächst einmal bei der Leiche der Prostituierten und des Jungen die gleiche Art der Verstümmelung. Beide trugen sie alle Merkmale einer rituellen Schändung: bestimmte innere Organe abgetrennt und entfernt, das Herz herausgerissen, Fremdgegenstände in den geöffneten Leichnamen . . . Bei der Frau Gegenstände aus dem Zimmer, in dem sie ihre Kunden empfangen hat; bei dem Jungen größtenteils Erdreich und Gras, sogar verwelkte Blumen. Die Wunden wurden jedesmal wieder zugenäht. Eindeutig die Handlungen eines Irren; allerdings mit einer ziemlich verrückten Methode.«

»Vielleicht steckt mehr als nur eine Person dahinter . . . eine Art Sekte.«

»An beiden Tatorten wurden nur Fingerabdrücke von

einer Person gefunden: am Sarg des Jungen und an den Gegenständen, die wir aus der Prostituierten herausgeholt haben. Und wer immer das auch war — er schert sich einen Teufel drum, ob er diese Fingerabdrücke hinterläßt oder nicht. Und die Klinik ist beinahe völlig abgebrannt — da gibt's keine derartigen Beweise mehr zu finden.«

»Keine Fingerabdrücke an den Benzinkanistern?«

»Das sind nur noch zusammengeschmolzene Klumpen. Erzählen Sie mir von dem alten Mann: Was haben Sie sonst noch gesehen?«

Childes sah blaß aus. »Ich fürchte, ich bin ziemlich schnell weggetreten. Die Bilder waren so intensiv, die Folterung . . . Ich konnte nicht allzuviel davon ertragen.«

»Verständlich. Aber Sie sind davon überzeugt, daß es der gleiche Täter war?«

»Absolut, aber es ist so schwer, zu erklären, weshalb. Wenn man im Geist eines anderen ist, dann gibt es keine Probleme mit dem Erkennen, es ist so leicht, als würde man ihn direkt vor sich sehen, vielleicht sogar noch leichter. Es gibt keine Tarnung.«

»Sie haben diese großen Hände erwähnt.«

»Ja, ich habe auf sie hinabgeschaut. Sie gehörten der Person, mit der ich diesen geistigen Kontakt hatte. Sie waren groß und derb, wie bei einem Arbeiter. Starke Hände.«

»Haben Sie irgendeine Art Schmuck bemerkt? Ringe, eine Kette, eine Uhr?«

»Nein, nichts dergleichen.«

Overoy hatte sein Gegenüber während der ganzen Unterhaltung taxiert, und er bemerkte die Müdigkeit in Childes' Gesicht, die Angespanntheit in seinen Bewegungen. Wenn er in den drei Jahren auf der Insel seinen Frieden gefunden hatte — jetzt war davon nichts mehr zu sehen. Overoy empfand Mitleid für Childes, aber er wußte auch, daß er keine andere Wahl hatte — er mußte ihn weiter befragen. Als der Detective weitersprach, klang seine Stimme fast beruhigend. »Erinnern Sie sich an unsere letzte Zusammenarbeit . . . daran, wie wir den Mörder schließlich aufgespürt haben?«

»Er hatte etwas am Tatort zurückgelassen, bei seinem letzten Opfer.«

»Das stimmt. Eine Art Vorwarnung. Er hat angekündigt, daß er noch ein Kind umbringen werde und daß er nichts dafür könne. Ein Psychiater sagte damals, der Mann wolle gefaßt und davor bewahrt werden, noch mehr solche Taten zu begehen, und diese Vorwarnung sei ein Art Bitte, genau das zu tun . . . ihn zu fassen. Als wir Ihnen damals den Zettel gezeigt haben, konnten Sie uns den Mörder beschreiben. Und sie konnten uns sagen, in welcher Gegend er in etwa wohnte und als was er beschäftigt war. Wir brauchten nur noch in unseren Akten nachzusehen — Abteilung Sexualdelikte, und dazu im entsprechenden Gebiet. In dem Gebiet, das zu Ihrer Beschreibung paßte.«

»Ich verstehe immer noch nicht, woher ich das alles wußte.«

»Deshalb sind Sie — im übertragenden Sinne — davor weggelaufen.«

»So viele Leute haben sich mit mir in Verbindung gesetzt . . . So viele Erklärungen, was geschehen ist . . . Sie konnten nicht verstehen, weshalb ich nicht interessiert war. Das Institut für parapsychologische Forschung wollte einen Aufsatz über mich veröffentlichen. Ein paar amerikanische Universitäten haben mich eingeladen, Vorlesungen zu halten, und Gott weiß, wie viele Leute wollten, daß ich vermißte Verwandte für sie aufspüre. Und ich hatte keine Ahnung, was da verdammt noch mal in meinem Schädel überhaupt vorging, und wenn ich ganz ehrlich bin, ich wollte es auch gar nicht wissen. Ich wollte nur meine Ruhe haben, aber das paßte diesen Leuten unglücklicherweise überhaupt nicht ins Konzept. Können Sie sich vorstellen, wie ich mich gefühlt habe?«

»Ja, wie der Elefantenmensch. Aber ich glaube, Sie lassen diese Dinge zu sehr an sich herankommen.«

»Da haben Sie vielleicht recht, aber ich war erschüttert. Ich hatte Angst. Sie haben keine Ahnung, was ich wegen dieser Laune der Natur mitansehen mußte.«

»Aber letzte Woche haben Sie trotzdem mit mir Kontakt aufgenommen — obwohl Sie genau gewußt haben, was es damals für einen Rummel gegeben hat.«

Childes öffnete eine neue Bierdose, obwohl sein Glas noch halbvoll war. Er füllte es bis zum Rand und trank. »Ich mußte es tun«, erklärte er schließlich. »Wer immer diese . . . diese Untaten begeht, er muß gestoppt werden. Ich bete darum, daß das Feuer genau das getan hat.«

»Abgesehen davon . . . Wir brauchen nicht zu warten, bis es einen weiteren Vorfall gibt. Vielleicht haben wir eine Chance, Genaueres herauszufinden.«

Childes musterte ihn argwöhnisch. »Wie?«

Der Detective stellte sein Glas auf den Couchtisch zurück und holte den braunen Umschlag aus der Innenseite seiner Jacke. »Ich habe Ihnen gesagt, daß wir Beweise dafür haben, daß die ersten beiden Morde zusammenhängen; daß an beiden Leichen rituelle Handlungen vorgenommen wurden. Diese Gegenstände.« Er hielt den Umschlag hoch und sagte: »Darin ist einer dieser Gegenstände, ein ganz besonderes Stück — und es ist identisch mit einem anderen, das momentan noch in der Gerichtsmedizin liegt. Beide wurden am Tatort gefunden, eines im Körper der Prostituierten, das andere in dem Jungen. Es hat mich einige Überredungskunst gekostet, es loszueisen, aber ich habe die Erlaubnis bekommen, es Ihnen zu zeigen.«

Childes starrte den Umschlag an; er zögerte, ihn zu berühren.

»Nehmen Sie ihn«, drängte der Detective.

Childes streckte die Hand aus; er war nervös, unsicher. Er ließ die Hand sinken. »Ich glaube nicht, daß ich das will«, gab er zu.

Overoy erhob sich und reichte ihm das Kuvert. »Das letzte Mal hat diese geistige Qual für Sie erst aufgehört, als wir den Mörder fanden.«

»Nein, als er sich umgebracht hat. Ich weiß es. Genau in diesem Moment war es vorbei.«

»Was fühlen Sie jetzt? Ist dieser Wahnsinnige im Feuer umgekommen?«

»Ich . . . ich glaube nicht.«

»Dann nehmen Sie den Umschlag. Berühren Sie das, was darin liegt.«

Zaghaft nahm Childes das braune Kuvert.

Er zuckte zusammen, als würde ihn ein leichter Stromstoß durchfahren.

Der Gegenstand war so leicht.

Er öffnete den Umschlag und tastete mit Daumen und Zeigefinger hinein. Er spürte etwas Glattes, Rundes. Etwas Kleines.

Childes holte einen geschliffenen, ovalen Stein heraus. Hielt ihn in der Handfläche. Sah das irisierende blaue Gleißen in den silberhellen Tiefen, das blaue Feuer, das aus der schimmernden Masse des Steins selbst geboren wurde.

Childes schwankte, und Overoy packte zu, um ihn an der Schulter festzuhalten — und prallte wie unter einem Schock zurück. Der Detective machte einen weiteren Schritt zurück, als er sah, wie sich dessen Haare bewegten. Es waren kleine Wellenbewegungen, als werde es von statischer Elektrizität durchflossen.

Das Kribbeln war da — schlagartig; es verkrampfte Childes' Körper, durchfuhr ihn . . . und es schien seine Nervenzellen auszudehnen. Seltsam losgelöst spürte er, daß er am ganzen Leib zitterte und daß er keine Kontrolle mehr darüber hatte. Ein frostiger Blitzschlag durchfuhr seinen Geist. Er spürte Überraschung — nicht nur seine eigene, sondern auch die von etwas anderem . . . von jemand anderem. Etwas Ekelhaftes schien in seinen Kopf hineinzukriechen. Augen starrten ihn an, aber von innen heraus. Seine Hand schloß sich so fest um den Stein, daß sich die Fingernägel in seine Handfläche gruben.

Er spürte ES . . .

*. . . ES spürte ihn . . .*

»Es war ein Mondstein«, erzählte Childes Amy. »Ein winziger Mondstein. Er war im Körper der Prostituierten zurückgelassen worden. Overoy hat mir gesagt, daß die Pathologen noch einen im Leichnam des Jungen entdeckt haben.«

Amy saß auf dem Boden zu Childes' Füßen, einen Arm über sein Knie gelegt; sie starrte ihn besorgt an. Er lehnte sich in das Sofa zurück, das Whiskyglas auf dem Schoß. Nachdem sich der Polizist ein Taxi gerufen hatte und abgeholt worden war, hatte Childes zwei Stunden lang weitergetrunken — bedauerlich nur, daß der Alkohol so wenig Wirkung zeigte. Aber vielleicht war sein Gehirn ja durch das vorhergegangene Erlebnis schon betäubt genug.

»Aber in dieser Klinik wurde keiner gefunden?« fragte Amy.

»Das Feuer hat ganze Arbeit geleistet . . . zuviel Trümmer, verstehst du? Völlig unmöglich, darunter etwas so Kleines zu finden.«

»Und doch hat dir dieser Overoy geglaubt, als du ihm gesagt hast, daß dieselbe Person dafür verantwortlich ist.«

»Er hat gelernt, daß er mir vertrauen kann, so schwierig das für ihn auch gewesen sein mag.« Childes hob sein Glas. Der Whisky schmeckte bitter, aber das Brennen half, etwas von der Kälte zu vertreiben, die er in sich fühlte. »Dieser Anblick, Amy . . . Ich habe ihn schon so oft gesehen, immer nur kurz, ein schimmerndes Weiß, als würde ich den Mond sehen . . . den Mond, der hinter den Wolken versteckt ist. Einmal tauchte dieses Bild sogar in einem meiner Alpträume auf.«

»Und du hast keine Ahnung, was es bedeutet?«

»Überhaupt keine.«

»Der Mondstein hat eine starke Reaktion deinerseits hervorgerufen.«

Sein Lächeln war freudlos. »Ich habe Overoy einen wahnsinnigen Schrecken eingejagt. Und mir selbst auch. Diese Kreatur — wer oder was es auch immer ist —, sie kennt mich. Sie war hier, in diesem Zimmer, IN meinem Kopf, Amy, sie hat wie ein krabbelnder Parasit von meinen Gedanken *gefressen*. Ich wollte Widerstand leisten, wollte meinen Geist freihalten . . . ich hab's wirklich versucht, aber es war zu stark. Es ist schon einmal passiert . . . nur nicht so überwältigend.«

»Du hast mir nichts davon gesagt.«

»Was hätte ich schon sagen sollen? Ich dachte, ich werde verrückt, ich . . . Und dann ließ es nach. Für eine Weile verschwand es, und ich fühlte mich okay und in Sicherheit. Bis heute. Heute ist es zurückgekommen. Und wie.«

»Ich begreife noch immer nicht, warum es ausgerechnet *dir* passiert, Jon. Du gibst nicht vor, ein Medium zu sein, und du bist auch keins — abgesehen von diesen wenigen Zwischenfällen. Dich interessiert nicht einmal das Thema — ganz im Gegenteil. Du meidest es, du meidest alles Übernatürliche; es ist tabu für dich.«

»Wir haben schon so oft darüber geredet, was damals passiert ist.«

»Das meine ich nicht. Ich spreche ganz allgemein von allem Okkulten, vom Übernatürlichen — all die Dinge, über die man heute doch eigentlich ganz offen spricht. Aber du schreckst immer davor zurück, immer. Wenn ich zufällig mal das Thema Spiritismus oder Geister oder Vampire ankratze, dann gehst du sofort auf Abwehr.«

»Das ist doch alles Kinderkram.«

»Siehst du — du tust es in Bausch und Bogen ab. Fast, als hättest du Angst, darüber zu reden.«

»Unsinn!«

»Wirklich? Jon, warum hast du mir noch nie etwas von deinen Eltern erzählt? Ich meine, noch nie richtig?«

»Was für eine Frage!«

»Gib mir eine Antwort darauf.«

»Sie sind beide tot, das weißt du.«

»Ja, aber warum sprichst du nie von ihnen?«

»An meine Mutter kann ich mich kaum erinnern. Sie ist gestorben, als ich noch sehr jung war.«

»Du warst sieben Jahre alt, und sie ist an Krebs gestorben. Wie wär's mit deinem Vater? Warum sprichst du nie von ihm?«

Childes' Lippen preßten sich aufeinander. »Amy, dieser Tag hat mir gereicht, wirklich — auch ohne deine Inquisitionsbemühungen. Worauf willst du hinaus? Glaubst du, ich bin der siebte Sohn eines siebten Sohnes, so eine Art Mystiker? Das ist doch lächerlich, und du weißt es.«

»Natürlich! Verflixt, ich versuche doch nur, dich dazu zu bringen, daß du dich öffnest, dich ein bißchen tiefer erforschst. Seit ich dich kenne, habe ich das Gefühl, daß du etwas zurückhältst, nicht nur vor mir, sondern — und das ist noch wichtiger — vor dir selbst!« Amy war ärgerlich, und es war seine blinde Hartnäckigkeit, die dieses Gefühl anstachelte. Sie konnte es in seinen Augen lesen, daß sie einen bloßliegenden Nerv getroffen hatte, daß sie mit ihrer Äußerung genau ins Schwarze getroffen hatte.

»Schon gut. Okay. Du bist ganz darauf versessen, also werde ich es dir erzählen. Mein Vater war ein vernünftiger, pragmatischer Mann, der 26 Jahre lang als Lohnbuchhalter für die gleiche Firma gearbeitet hat, der in seiner Freizeit als Laienprediger . . .«

»Das hast du mir schon erzählt.«

». . . als Laienprediger tätig war und schließlich als Alkoholiker gestorben ist.«

Sie zuckte zusammen, aber die Wut schwelte noch immer. »Da ist mehr. Ich weiß, daß da noch mehr ist!«

»Um Gottes willen, Amy, was willst du denn noch von mir hören?«

»Nur die Wahrheit.«

»Meine Vergangenheit hat nichts damit zu tun, was jetzt geschieht.«

»Woher willst du das wissen?«

»Er haßte alles, was mit Mystik oder dem Übernatürlichen zu tun hatte. Nach dem Tod meiner Mutter . . . hat er ihren Namen nie wieder erwähnt. Ich durfte nicht einmal ihr Grab besuchen.«

»Und er war Laienprediger?« stieß sie ungläubig hervor.

»*Er war ein Trunkenbold*. Er ist an seiner eigenen Kotze erstickt — da war ich siebzehn. Und weißt du was? Ich war erleichtert. Ich war froh, daß ich ihn los war! Wie gefällt dir das? Und was denkst du jetzt von mir?«

Sie richtete sich auf und legte ihm die Arme um die Schultern. Sie spürte, wie er sich versteifte, wie er sich freizumachen versuchte, aber sie hielt ihn fest. Allmählich schien die Spannung von ihm zu weichen.

»Du verschüttest meinen Drink«, stellte er ganz ruhig fest. Amy hielt ihn nur noch ausdrücklicher, bis er »He!« ausrief.

Sie ließ ihn los, setzte sich neben ihn und rückte ein wenig von ihm ab, so daß sie sein Gesicht betrachten konnte. »Dieses Schuldgefühl — du schleppst es schon eine ganze Weile mit dir herum, nicht wahr? — Du konntest es mir nicht sagen. Hast du denn nicht gewußt, daß das zwischen uns überhaupt nichts ändern kann?«

»Amy, ich will dir was sagen. Ich fühlte mich absolut

nicht schuldig. Traurig vielleicht, aber nicht schuldig. Mein Vater hat sich selbst umgebracht.«

»Er vermißte deine Mutter.«

»Ja, möglich. Aber er hatte auch die Pflicht, sich um seinen Sohn zu kümmern. Das hat er zwar bis zu einem gewissen Grad auch getan, aber es gibt Dinge, die ich ihm nie verzeihen könnte.«

»War er . . . brutal?«

»Nicht nach seinen Begriffen.«

»Er hat dich geschlagen.«

Ein Schatten huschte über Childes' Gesicht. »Er hat mich auf seine Art großgezogen. Lassen wir's damit bewenden, Amy, ich hab' einfach keine Kraft mehr.« Er bemerkte, daß ihre Augen feucht waren, und beugte sich vor, um sie zu küssen. Er sagte: »Du wolltest mir helfen, aber die ganze Sache hat uns eigentlich nicht viel gebracht, oder?«

»Wer weiß? Wenigstens hab' ich dich wieder ein bißchen besser kennengelernt.«

»Da hast du aber was erreicht.«

»Es hilft mir zu verstehen.«

»Was?«

»Ein bißchen von deiner Zurückhaltung. Warum du bestimmte Dinge für dich behältst. Ich glaube, damals, nachdem deine Mutter gestorben war, hat man deine Gefühle ganz schön unterdrückt. Du warst ganz allein. Genaugenommen hast du nicht mal einen Vater gehabt — weil du ihn nicht voll und ganz lieben konntest . . . Du hast ihn vorhin einen vernünftigen Mann genannt, einen Pragmatiker, seltsame Worte für den einzigen Menschen, der dir damals noch geblieben war.«

»So war er eben.«

»Und ein bißchen was hat auf dich abgefärbt.«

Er hob die Augenbrauen.

»Ist dir nie aufgefallen, wie vollkommen logisch du bist, und wie langweilig prosaisch? Kein Wunder, daß dich dein erstes parapsychologisches Erlebnis wie ein Trauma verfolgt.«

»Ich habe das Übersinnliche nie angezweifelt.«

»Aber du hast dich auch nicht gerade damit auseinandergesetzt.«

»Warum so feindselig, Amy?

Die Frage erschütterte sie.

»Oh, Jon, so sollte sich das nicht anhören. Ich möchte nur helfen . . . dich so weit zu bringen, daß du dich selbst erforscht. Es muß eine Verbindung geben zwischen dir und diesem unheimlichen Wesen, etwas, das deinen Geist anzieht.«

»Oder umgekehrt.«

»Was auch immer. Vielleicht funktioniert es wechselseitig.«

Allein diese Vorstellung machte ihm eine Gänsehaut. »Es ist kein . . . kein Mensch, Amy. Es ist eine Kreatur, eine Bestie, ein böswilliges, verdorbenes Scheusal.«

Sie nahm seine Hand. »Vergiß für ein paar Minuten alles, was ich heute abend gesagt habe und denke logisch. Dieser Mörder ist ein Mensch, Jon, jemand wie du und ich, oder wie dein Polizisten-Freund — eine *Person*, wenn auch mit einem extrem entstellten Verstand.«

»Nein. Ich habe in diesen Verstand hineingesehen. Ich war Zeuge des Horrors dort.«

»Warum kannst du dann nicht feststellen, wer er ist?«

»Er . . . es ist . . . zu stark, sein Druck zu überwältigend. Ich komme mir jedesmal vor, als würde mein eigener Verstand herausgespült oder geplündert werden, als würde dieses DING an meiner Psyche fressen oder meine Gedanken stehlen. Und ich sehe all diese grauenvolle Dinge, weil ES mir das gestattet, es will, daß ich zusehe. Diese Kreatur macht sich über mich lustig, Amy.«

Sie nahm das Glas, stellte es auf den Boden und schmiegte ihre Hände über die seinen. »Ich möchte heute nacht bei dir bleiben«, sagte sie.

Er war überrascht. »Dein Vater . . .«

Trotz ihrer ernsten Stimmung konnte Amy nicht anders — sie mußte lachen. »Großer Gott, Jon, ich bin dreiundzwanzig! Ich rufe Mutter an und lasse sie wissen, daß ich nicht nach Hause komme.« Sie machte Anstalten, aufzustehen, und er ergriff ihren Arm.

»Ich weiß nicht, ob das so eine gute Idee ist.«

»Das brauchst du auch nicht zu wissen. Ich bleibe.«

Seine Anspannung wich. »Ich hab' nicht gerade Lust, deinen Vater mit einem durchgeladenen Gewehr vor meiner Tür zu sehen. Ich glaube, heute nacht würde ich damit nicht mehr fertig werden.«

»Ich sage Mutter, sie soll die Patronen verstecken.« Sie erhob sich und berührte sein Gesicht für ein paar Sekunden, dann eilte sie hinaus. Childes lauschte ihrer gedämpften Stimme und trank den Scotch mit einem letzten Schluck aus. Er schloß die Augen und lehnte sich zurück, bis er die Sofalehne an seinem Hals spürte; er fragte sich, ob Amy wußte, wie erleichtert er war, daß er in dieser Nacht nicht allein sein würde.

Sein undeutliches Murmeln weckte sie. Sie lag in der Dunkelheit neben ihm und lauschte. Er redete im Schlaf.

». . . du kannst es nicht sein . . . Er sagt, nein . . . Er sagt . . . das . . . das gibt es nicht . . . er . . .«

Amy weckte ihn nicht. Sie versuchte, die Bedeutung dieser immer von neuem wiederholten Worte zu verstehen.

». . . du kannst nicht *sein* . . .«

Es hatte den Geist des Mannes durchwühlt, zuerst verwirrt, dann aber mehr und mehr erregt von dem zwischen ihnen bestehenden Kontakt. Wer war das? Welche Macht hatte er? Und konnte er gefährlich werden?

Es lächelte. Es genoß das Spiel.

So viele Bilder, die zwischen ihnen gewechselt wurden; so viele Bilder: manchmal von beunruhigender Deutlichkeit und Schnelligkeit, an denen es dann jedoch Gefallen fand. Es genoß die Bilder. Es hatte getastet, geforscht, sein Bewußtsein hinausgreifen lassen; es hatte diesen verängstigten Menschen aufspüren wollen. Das hatte nicht auf Anhieb funktioniert. Aber die sensorische Verbindung wurde stärker. Es hatte gewittert und gekostet. Es hatte die Panik des Menschen gespürt. Nicht einmal seine Erinnerungen hatte der Mann vor ihm verbergen können.

Die Tötungen damals, die an den kleinen Kindern, in den tiefen Bereichen seines Geistes verschlossen — es hatte sie entdeckt und voller Überraschung und — bald darauf — mit sadistischem Vergnügen betrachtet. Es war mehr als nur ein Beobachten; mehr als nur visuelles Wahrnehmen im Sinne des Wortes . . . die Morde wurden miterlebt. Genossen. Und es begriff die Verbindung dieses Mannes zu den Morden.

So viele sensorische Erinnerungen . . . Es betrachtete sie, studierte sie, kostete in vollen Zügen. Eine neue Folterung — nichts anderes. Und es spürte den Mann selbst auf, denn seine Vergangenheit war in seinen Gedanken lebendig, vieles davon so scharf umrissen. Unwichtig, daß es seine physische Erscheinung nicht wahrnehmen konnte; jene, die er kannte, waren zu sehen, dürftig nur, aber sie waren zu sehen. Der Mondstein (so rätselhaft es auch war, daß er sich nun in seinem Besitz befand) — der Mondstein war der Katalysator gewesen für das Zusammentreffen ihrer Geister; der Durchbruch kam plötzlich *und mit überwältigender Gewalt: wenn es zuvor nur zaghafte und tastende Annäherung gegeben hatte, existierte jetzt ein gespenstischer Kontakt. Und als die Kindermorde enthüllt waren, war auch die Verbindung zwischen dem Stein und der Polizei nachgewiesen, und die Begabung des Mannes zur Psychometrie begriffen. Die damaligen Morde waren der Schlüssel.*

*Berichte darüber waren leicht zu finden. Die Zeitungen hatten damals über die Grausamkeiten und deren bizarres Ende frohlockt. Die Mikrofilmaufzeichnungen der Bibliotheken lieferten die letzten Antworten, die es brauchte.*

*Eine Woche war vergangen, und jetzt wählte es die nächste Nummer auf der Liste — alle diese Nummern hatten dieselbe Vorwahl — und die oberen waren bereits mit Filzstift durchgestrichen.*

*Es grinste, als am anderen Ende eine piepsige Stimme »Hallo?« sagte.*

SIE TRATEN aus der klimatisierten Kühle des Rothschild-Gebäudes ins Freie hinaus, und die Sonne nahm sie wie die zurückgekehrten verlorenen Söhne in Empfang und legte sich in einer liebevollen Umarmung um ihre Körper. Die insgesamt zwölf Mädchen (alle im La-Roche-Sommerblau gekleidet) schwatzten unaufhörlich und genossen jede Sekunde ihrer Befreiung vom College. Sie versammelten sich vor dem modernen Büroklotz, und Childes zählte sie ab und vergewisserte sich, daß keine seiner Schülerinnen abhanden gekommen war. Er hatte das Gefühl, daß sich der Besuch im großen Computerraum der Investmentgesellschaft sehr gelohnt hatte — auch wenn die meisten seiner Schülerinnen von den hochgestochenen Erklärungen des Operators eher verwirrt worden waren (Childes hatte in sich hineingeschmunzelt, als er die unvermeidlichen glasigen Blicke der Mädchen bemerkt hatte). Dennoch hatten sie jetzt einen Schimmer davon, wie Computer das Funktionieren solcher internationaler Gesellschaften ermöglichten.

Alle waren da und noch immer korrekt angezogen, niemand fehlte. Es war ein guter Morgen gewesen. Childes warf einen Blick auf seine Armbanduhr: 11 Uhr 47.

An ihrem Versammlungsort vorbei führte die breite Hauptstraße zum Hafen hinab — und daran vorbei; die Masten der Boote bewegten sich träge; sie schienen ihm zuzuwinken.

»Wir haben noch eine Weile Zeit, bis wir zum Mittagessen zurücksein müssen«, sagte er zu den Mädchen. »Also: warum legen wir da unten, am Hafen, nicht eine Pause ein?«

Sie jauchzten vor Freude und formierten sich in einer ordentlichen Doppelreihe. Childes schlug vor, sie sollten ihr Geplapper auf ein Minimum reduzieren, dann gab er übertrieben steif den Befehl zum *Abmarsch*. Zum ersten

Mal in dieser Woche fühlte er eine Art geistiges Gleichgewicht zurückkehren: der strahlende Sonnenschein, das Plaudern der Mädchen, die alltägliche Umgebung — all das tat seine Wirkung. Das Erlebnis mit dem Mondstein hatte ein eigenartiges Gefühl der Sinnlosigkeit in ihm hinterlassen, und die darauffolgende Unterhaltung mit Amy . . . Nun, da waren Erinnerungen zutage gefördert worden, die man besser schlummern ließ. Im Verlauf der nächsten Tage waren die düsteren Bilder seiner Jugend, seiner Erziehung ganz von allein gekommen . . . die erdrückende Strenge seines Vaters . . . Keine guten Bilder. Sie hatten ihm beinahe körperliche Schmerzen bereitet, obwohl ihm klar war, daß er seinen Vater nicht mehr haßte. Er hatte längst gelernt, solche Emotionen zusammen mit gewissen anderen zu unterdrücken. Und merkwürdigerweise war es gerade sein Vater gewesen, der ihm diese Selbstbeherrschung aufgezwungen hatte. Deshalb kam er jetzt zurecht — mit einer Energie, die aus der eigenen inneren Unterdrückung entstand, und mit tatkräftiger Unterstützung der Sonne und des Alltags klappte das erst recht; so konnte er der eigenen beunruhigenden Rückschau Widerstand entgegensetzen. Nur die dunklen Stunden der Nacht waren Verbündete der Furcht.

Childes entdeckte die leere Bank mit Blick auf einen der Yachthäfen und wies die Mädchen darauf hin; sechs stürmten los und nahmen sie mit Feuereifer in Beschlag und quetschten und drängelten sich mit viel Gekicher auf dem bißchen Platz. Die anderen lehnten sich an das gegenüberliegende Geländer.

Auf der Hafenpromenade wimmelte es von Touristen und Einheimischen gleichermaßen; auf den Straßen schoben sich Autos und Busse langsam voran. An den Kais brüteten die geparkten Fahrzeuge in der Sonne. Die beiden Hafenbecken waren überfüllt mit Yachten und

Motorbooten aller Größen und Bauarten; den Fischerbooten hatte man in der Nähe der Außenbezirke gesonderte und ruhigere Liegeplätze zugewiesen. Am Ende eines der weit geschwungenen Piers erhob sich ein Leuchtturm, und auf dem Gegenstück hielt eine Festung seit uralten Zeiten Wache. Läden und Bistros waren ausnahmslos dem Meer zugewandt, leuchtende Fassaden, alt und neu nebeneinander; das Betonhafenbecken wurde von Postkartenfarben verschönt. Die Stadt selbst wuchs in malerischen Terrassenstufen zum Landesinnern empor, und hier und da durchschnitten Treppen das gleichförmige Muster, steil empor führende Schneisen und Durchgänge, die einladend kühl und geheimnisvoll schimmerten — ihr Ziel waren die schmäleren oberen Bereiche der Stadt.

»Zwei von euch haben jetzt die Chance, ihre heutige gute Tat für die Älteren zu vollbringen«, kündigte Childes den sitzenden Mädchen an, als er verspätet herankam. Sie blickten neugierig auf, und er deutete mit einem Daumen in Richtung Himmel. »Macht eurem alten Lehrer Platz.«

»Zählt Isobel als zwei, Sir?« fragte Kelly mit einem übermütigen Lächeln und zeigte demonstrativ auf ihre rundliche Klassenkameradin am anderen Ende der Bank, und natürlich erntete sie damit eine Menge Gelächter und nur einen lauten Protest.

»Ich denke, ich werde deinen Platz einnehmen, Kelly«, sagte er. »Und du kannst gleich noch eine gute Tat vollbringen.«

Sie erhob sich, ohne ein Zeichen von Ärger in ihrem Lächeln, aber wie immer mit herausfordernden Augen. »Alles, was Sie nur wollen, Sir.«

Er griff nach seiner Brieftasche. »Ihr habt nur eine Wahl: Vanille oder Erdbeer. Keine Tutti-Fruttis, keine

Super-Trooper-Schokolade mit Mandeln, keine Dreischichten Mangos, Mandarine und Passionsfrucht-Köstlichkeiten — nichts, was das Leben kompliziert, okay? Und außerdem brauchen wir noch zwei Freiwillige, die sie mit Kelly holen.«

Mit glänzenden Augen und geradezu unanständiger Hast erhob sich jetzt auch Isobel, während die anderen noch ihre Freude hinausriefen. »Ich helfe mit, Sir!« bot sie strahlend an.

»O nein!« stöhnte jemand. »Bis sie zurückkommt, ist bestimmt nichts mehr übrig!« Noch mehr Gelächter, begleitet vom mißmutigen Augenaufschlag des dicklichen Mädchens.

»Also gut«, willigte Childes ein, setzte sich auf Kellys Platz und nahm zwei Banknoten aus seiner Brieftasche. »Wie wär's, wenn du sie begleitest, Jeanette?« Er lächelte dem zierlichen Mädchen zu, das sich gegen das Geländer lümmelte und sich augenblicklich versteifte; Habachtstellung, könnte man das wohl nennen, überlegte Childes. »Ich glaube, dir kann ich die Beute anvertrauen.« Scheu nahm sie das Geld entgegen und mied seinen Blick. »Du nimmst die Bestellung auf, Einstein«, wies er Kelly an. »Mir bringst du Vanille. Und alle drei paßt ihr auf die Straße auf — Miss Piprelly würde es mir nie verzeihen, wenn ich euch nicht vollzählig zurückbringe.«

Sie machten sich auf den Weg; Kelly und Isobel tuschelten verstohlen miteinander und kicherten, während Jeanette, die hinter ihnen ging, wie immer ausgeschlossen blieb. Childes hielt die Mädchen im Auge, bis sie die stark befahrene Straße wohlbehalten überquert hatten, dann wandte er sich wieder dem Hafen zu und beobachtete, wie sich die Fähre vom Festland behäbig dem Kai am Ende des Nordpiers näherte. Weiter draußen sprenkelten weiße Segel die ruhige Meeresfläche wie winzige umgedrehte Papierkegel. Hoch über ihnen zog eine gelbe Trislander vorbei, ein zwölfsitziges Flugzeug, das regelmäßig zwischen den Inseln pendelte. Das gedämpfte Motorengeräusch gehörte ebenso zur Atmosphäre der Insel wie das Summen der Bienen; ganz im Gegensatz zum Verkehrslärm ringsum, zu den Menschenmassen und ihren Unterhaltungen, die lediglich saisonbedingte Unterbrechungen der Geruhsamkeit des verbleibenden Jahres darstellten. Dennoch rief das bloße Hinaussehen aufs Meer, auf die sanften Wellenmuster und die anmutig herabsegelnden Möwen eine beruhigende Wirkung hervor.

Childes entspannte sich vollkommen, und er freute sich, daß sich auch die Mädchen in seiner Gegenwart wohl zu fühlen schienen und den Ausflug offenkundig genausosehr genossen wie er selbst. Er begann sie über den Computerraum von Rothschild abzufragen, weil es ihn interessierte, wieviel Stoff bei ihnen hängengeblieben war, doch ihre Unterhaltung ging bald über das bloße pädagogische Frage-und-Antwortspiel hinaus. Er fand die Bemerkungen der Mädchen interessant und amüsant, und er mußte unwillkürlich daran denken, daß solche Ausflüge oft zu einer verständnisvolleren Lehrer-Schüler-Beziehung führten. Childes hatte mit seiner Kingsley-Klasse eine ähnlichen Ausflug in der Praxis vor — allerdings rechnete er da nicht mit einem so angenehmen Vormittag; die Kingsley-Jungen waren übermütig und schwerer zu bändigen — es würden gewisse disziplinarische Vorgaben nötig sein, um sie im Zaume zu halten.

Kelly, Isobel und Jeanette kamen unter dem lauten Hallo ihrer Mitschülerinnen mit den Eishörnchen zurück und verteilten schnell ihre Fracht. Jeanette kramte das Wechselgeld aus einer Tasche ihre Kleides, und Childes lächelte ihr zu.

»Ich danke dir«, sagte er.

»Ich danke *Ihnen*«, antwortete sie und erwiderte sein Lächeln. Ihre Schüchternheit war ein wenig geschmolzen.

»Hast du das, was wir heute morgen gemacht haben, verstanden?« fragte er sie.

»O ja, ich denke schon.« Sie zögerte. »Na ja . . . ziemlich viel jedenfalls.«

»Sobald man die Grundzüge versteht, ist es nur noch halb so schlimm, weißt du. Und wenn du die Grundbegriffe beherrschst, dann greift alles ineinander über. Du wirst sehen«, setzt er hinzu. Dann drehte er sich suchend zu den anderen um. »He, wer hat meins?«

»Oh, tut mir leid«, entschuldigte sich Kelly kichernd. »Ich wollte es nicht aufessen, das schwöre ich.«

Das Eis schmolz bereits, weiße Rinnsale tropften über das Hörnchen und über ihre Finger herab. Das eigene Eis hatte Kelly bereits halb vertilgt; verglichen mit dem, das sie jetzt Childes reichte, wirkte es winzig.

Er nahm sein Eis in Empfang, und sie hob die Finger an die Lippen und schleckte die weiße Klebrigkeit demonstrativ ab.

In diesem Augenblick bemerkte er den Brandgeruch. Ein eigenartiger Geruch. Wie von gebratenem Fleisch. Nur schlimmer. Viel schlimmer. Als würde *menschliches* Fleisch verbrennen.

Er starrte Kelly an, und die Hand, die sie an ihren Mund hielt, war schwarz, und die Haut, die noch an den bleichen Knochen klebte, war knorpelig und aufgeplatzt. Ihre Hand war eine verformte, verkohlte Klaue.

Er hörte Lachen rings um sich herum, und die Stimmen waren weit entfernt, obgleich es das Lachen und die Stimmen seiner Schülerinnen waren. Er spürte etwas Kaltes, Klebriges auf seinem Oberschenkel, starrte hinab, sah den weißen Fleck der geschmolzenen Eiscreme auf seiner Hose.

Als er wieder aufsah, lachte Kelly mit den anderen und leckte ihre Hand immer noch sauber. Ihre Hand war jetzt wieder völlig unversehrt.

*Die Straße war breit und ruhig, es herrschte nur spärlicher Verkehr.*

*Die freistehenden Häuser erhoben sich hinter kleinen, gepflegten Vorgärten. Zweifellos waren die rückwärtigen Gärten groß. Die ganze Wohnsiedlung signalisierte, daß hier wohlhabende, wenn auch keine reichen Leute wohnten. Der Wagen fuhr langsam vorbei. Der Fahrer suchte nach einer ganz bestimmten Hausnummer, nach einem ganz bestimmten Haus.*

*Dann wurde der Wagen sanft abgebremst; Das Etwas darin starrte zu diesem ganz bestimmten Haus hinüber.*

*Es wußte, daß ER nicht da sein würde: das kleine Mädchen mit der seltsamen Piepsstimme der ganz Kleinen hatte ihm am Telefon gesagt, daß sein Daddy nicht mehr hier wohnte, daß er auf eine Insel gezogen war. NATÜRLICH konnte sie sich an den Namen dieser Insel erinnern, hatte die Piepsstimme behauptet, immerhin war sie doch siebeneinhalb, oder?*

*Es blieb im Wagen sitzen und wartete; es beobachtete, ohne entdeckt zu werden, denn es war früher Samstagmorgen, eine Zeit, in der sich die Menschen, die in diesen Häusern lebten, von der gewohnten allwöchentlichen Hast ausruhten. Das Haus war gefunden, und das Etwas lächelte. Es würde zurückkommen, in der Nacht, und die Dunkelheit würde ihm helfen.*

*Dann sah der Beobachter das kleine Mädchen; es kam hinter dem Haus vorgerannt und verfolgte eine schwarze Katze.*

*Ein kribbelnder Schauder durchlief den massigen Körper im Wagen.*

*Die Katze sprang auf die niedrige Mauer, die den Garten begrenzte. Sie sah die schattenhafte Gestalt, die in den Wagen gekauert saß. Das Fell des Tieres sträubte sich, der Schwanz richtete sich auf, die gelben Augen funkelten.*

*Dann war die Katze mit einem Satz verschwunden: Eine panische Flucht.*

*Das Gesicht des Mädchens tauchte über der Mauer auf; neugierig spähte die Kleine herüber.*

*Die Gestalt im Wagen blickte sich kurz um. Und drückte die Wagentür auf.*

FRAN reckte sich und begrüßte den Morgen mit einem gewaltigen Gähnen. Sie kuschelte sich wieder in die Kissen und genoß die Müdigkeit, sozusagen die Nachwehen des Schlafes, und irgendwie war sie dankbar, was sie in einem glücklichen Stöhnen zum Ausdruck brachte. Sie drehte sich zur Seite, und ihre kastanienbraunen Haare ergossen sich über ihr Gesicht und überfluteten die Kissen.

Zur Abwechslung mal ein Wochenende für mich, dachte sie. Keine Verpflichtungen, kein Klientenrummel, kein Vermittlungsjob, keine Konferenzen, keine Anrufe. Keine Journalisten und auch keine Rundfunk- und Fernsehproduzenten, die davon überzeugt werden müssen, daß gewisse Leute (meine Klienten, wer sonst?) *unbedingt* präsentiert werden müssen — und keine Klienten, die solche schwer erarbeiteten Zugeständnisse aus einer persönlichen Laune heraus einfach ablehnen. Und ich muß keine zudringlichen Geschäftspartner (oder gar Klienten — nein, *besonders* Klienten) auf Distanz halten, für die jede gutaussehende geschiedene Frau sowieso nur Freiwild ist. Das ist die Chance, bei der kleinen, vernachlässigten Gabby zu sein — dem großartigsten Kind der Welt. O Gott, gib mir die Kraft, daß ich jetzt aufstehe und nach unten gehe und ihr zur Abwechslung mal ein anständiges Frühstück bereite. Aber erst — gib mir noch zehn Minuten im Bett.

Gabby war vorhin bereits zu ihr in die Federn gekrochen, hatte ihr einen Gutenmorgenkuß auf die Wange geschmatzt und sich eine warme, gemütliche Umarmung unter der Decke ergaunert. Später hatte sie ihrer leidgeprüfte Mummy eine herrliche Tasse belebenden Tee versprochen und war aus dem Schlafzimmer gehuscht. Ihr fröhliches Trällern wurde nur ab und zu durch Rufe nach Miss Puddles unterbrochen.

Fran war erleichtert; gut, daß Douglas nicht über Nacht

geblieben war — nicht, daß das auch nur vage im Bereich des Möglichen gelegen hätte, so, wie er seine Ehe schützte. Douglas Ashby war ein tadelloser Geschäftsfreund und ein glänzender, phantasievoller Liebhaber; ihr Pech war nur, daß er auch ein rücksichtsvoller Ehemann war (abgesehen von einem einzigen Seitensprung — sie selbst) und daß er nie länger von zu Hause wegblieb als unbedingt nötig. Na, vielleicht war das ganz in Ordnung so: ein ernsthaft interessierter Mann hatte sich in ihrem Leben bereits als zuviel erwiesen. Sie wußte, daß Gabby Jonathan verzweifelt vermißte, und auch Fran hatte in den letzten paar Jahren die eigene kompromißlose Haltung ihm gegenüber ab und zu bedauert — aber genug war eben genug. Sie hatten beide keine Wahl gehabt — sie hatten sich der Wahrheit stellen müssen: sie waren nicht gut füreinander.

Aber andererseits wäre es jetzt natürlich schön, einen männlichen Körper neben sich zu spüren. Sonderbar, nach jeder großartigen Liebesnacht wollte sie am nächsten Morgen noch viel mehr davon. Diesmal enthielt ihr leises Stöhnen einen Hauch von Enttäuschung. Tee, Gabby! Rette deine Mutter vor der Selbstbefleckung!

Fran stemmte sich hoch, plusterte die Kissen hinter sich auf und lehnte sich dagegen. Sie taxierte ihr Abbild im Spiegel der Frisierkommode auf der gegenüberliegenden Seite des Zimmers. Noch gut, sagte sie sich. Die Brüste fest, und die Haut straff; keine Chancen für Kneif-Angriffe. Das Haar lang und üppig, der Schimmer kam noch nicht aus der Flasche. Gnädigerweise war ihr Spiegelbild weit genug weg — die verräterischen Linien um Augen und Hals waren nicht auszumachen. Sie hob die Bettdecke an und betrachtete ihren Bauch. Hm, könnte mal wieder ein paar Übungen machen . . . alles für die Bauchmuskeln. Bevor *locker* zu *schlaff* wird. Aber was die Oberschenkel angeht: kein Problem, schlank und hübsch geformt wie eh und je. Schade, daß ein so wohlgerundeter Körper so unterbeansprucht ist. Fran ließ die Bettdecke zurückfallen.

Sie legte den Kopf in den Nacken und betrachtete die getüpfelte Tapete über sich. Muß heute was mit Gabby unternehmen, nahm sie sich vor. Ein Einkaufsbummel, die Vorräte auffüllen, dann irgendwo unterwegs Mittagessen. Das wird ihr gefallen. Heute abend vielleicht einen Film, zusammen mit Annabel — das würde Gabby erst recht Spaß machen. Muß mich mehr um Gabby kümmern, zum Teufel mit dem Job. Ihre Tochter war viel zu erwachsen für ihr Alter, für jemanden, der so jung war, trug sie viel zuviel Verantwortung. Die unschuldigen Jahre waren zu kostbar, um einfach so schnell beiseite gefegt zu werden.

Und wenn man bedachte, wie selten und kurz sie ihren Vater immer nur sah, dann war es verblüffend, wie ähnlich sie ihm wurde. Nicht nur, daß sie beide kurzsichtig waren, nein, ihre Ähnlichkeit ging über bloße körperliche Charakteristika hinaus.

Fran hörte draußen ein Auto anfahren. Das Motorengeräusch verschwand in der Ferne.

Sie schloß die Augen, aber es war nutzlos: so müde sie auch war, der Schlaf hatte sich verzogen, in ihrem Kopf wimmelte es vor Gedanken, die meisten ziemlich unwichtig. Da hatte sie endlich einmal Zeit zum Auspannen, aber ihr Gehirn wollte nicht mitmachen. Warum eigentlich nicht, verdammt? Und wo blieb Gabby mit dem vielgepriesenen Tee?

Fran warf die Bettdecke zurück, glitt aus dem Bett und pflückte das Nachthemd aus Seide von einer Stuhllehne. Sie streifte es über und marschierte zur Tür. Draußen beugte sie sich über das Treppengeländer und rief nach unten:

»Gabby, ich sterbe hier oben vor Durst. Wie geht's mit dem Tee voran?«

Es kam keine Antwort.

Sie bewegte sich leicht, und Childes verhielt sich ganz ruhig, da er sie nicht aufwecken wollte.

Die Decke war zurückgeglitten; er konnte ihre rechte Brust sehen, deren zarte Kurven verführerisch schimmerten. Er blieb standhaft.

Bei ihren Lippen klappte das nicht mehr.

Er küßte sie, und Amys Lider flatterten und öffneten sich.

Sie lächelte.

Er küßte sie noch einmal, und dieses Mal reagierte sie, ein Arm schmiegte sich um seine Schulter und hielt ihn fest. Und obwohl sich ihre Lippen schließlich trennten, blieben ihre Körper dicht aneinandergepreßt; jeder von ihnen genoß die Wärme des anderen und den Trost dieser Nähe. Er schob den Oberschenkel sanft zwischen ihre Beine, und sie spreizten sich ganz leicht, und der leichte Druck ließ Amy aufseufzen. Ihre Fingerspitzen wanderten über sein Rückgrat hinab.

Sie veränderten ihre Stellung, so daß sie Seite an Seite lagen: jeder von ihnen wollte das Gesicht des anderen sehen. Er liebkoste ihre Brustwarzen, die jetzt so aufreizend aus den kleinen, fleischigen Hügeln emporragten, und sie griff nach unten und streichelte ihn mit festen, aber zärtlichen Bewegungen. Ihr Liebesakt war langsam und gemächlich, keiner von ihnen wollte sich beeilen, ihre Ekstase war in der vorhergehenden Nacht verbraucht worden — jetzt war Zeit für Muße, Zeit für ein entspanntes Zusammengehen, eine gleichbleibende Heiterkeit.

Seine Zunge hinterließ feuchte Spuren auf ihrer Haut, und Amy gab sich alle Mühe, ihre steigende Erregung unter Kontrolle zu halten, obwohl — die außergewöhnlich sinnliche, stoßende Bewegung war gefährlich unwiderstehlich. Er spürte, wie ihr Vorsatz ins Wanken geriet und drang rasch in sie ein; es geschah so glatt und geschmeidig, daß sie bei ihm war, noch bevor sie merkte, daß er die Stellung gewechselt hatte. Ihre Schenkel umklammerten ihn, zogen ihn noch dichter heran.

Es dauerte nicht lange, bis die Spannung brach und eine ansteckende Wärme sie in Wellen durchströmte und nur ganz allmählich abflaute und an Intensität nachließ; ein atemloses Keuchen flog über ihre Lippen.

Sie blieben beieinander, bis sich ihr Atem wieder beruhigt hatte. Als sie sich schließlich trennten, empfanden sie beide selbst diese Bewegung als Lust, und sie blieben Seite an Seite liegen und lauschten dem Herzschlag des anderen.

»Hast du letzte Nacht geschlafen?« fragte ihn Amy.

»Ja, tief . . . obwohl — ich hätte es eigentlich nicht gedacht.«

»Keine Träume?«

»Keine, an die ich mich erinnern kann.«

Sie berührte sein Gesicht, und er konnte an ihren Fingerspitzen seinen und ihren Körpergeruch riechen.

»Du hast gestern so schrecklich ausgesehen«, murmelte sie.

»Ich hatte Angst, Amy. Ich habe immer noch Angst. Warum habe ich Kellys Hand so . . . so verstümmelt gesehen? Gott sei Dank haben die Mädchen vor lauter Lachen gar nicht gemerkt, was mit mir los war.« Er ergriff ihren Arm. »Was, wenn es eine Art Vorahnung war?«

»Du hast immer gesagt, du seist kein Hellseher.«

»Irgend etwas ändert sich in mir. Ich kann es regelrecht fühlen.«

»Nein, Jon, du bist verwirrt und durcheinander von dieser Sache mit dem Mondstein. Irgend jemand spielt dir einen bösen Streich nach dem andern . . . deinem Verstand. Dieser Jemand will dich absichtlich quälen. Das hast du selbst gesagt.«

»Und projiziert diese Gedanken in meinen Kopf?«

»Vielleicht.«

»Nein, nein, das ist Unsinn! So etwas gibt es nicht wirklich!«

»Du meine Güte!« explodierte sie. »Wie kannst du das sagen? Warum drückst du dich immer davor, die Realität dieser Situation zu erkennen?«

»Das hier nennst du real?«

»Es passiert doch wirklich, oder? Du mußt endlich mit dir selbst ins reine kommen, Jon. Hör auf, dir was vorzumachen, dich gegen diese Gabe zu sträuben. Was für andere unnatürlich ist, muß für dich nicht genauso unnatürlich sein. Akzeptier jeden deiner zusätzlichen Sinne, jeden einzelnen, und lerne, damit umzugehen — sie zu beherrschen! Du hast zugegeben, daß ein äußerer Einfluß in deine Gedanken eindringt — gegen deinen Willen —, also versuch endlich, deine Macht zu begreifen, damit du dich wehren kannst!«

»Das ist nicht so einfach . . .«

»Das habe ich nie behauptet. Aber eins steht wohl fest: nur du sollst bestimmen können, was du denken oder sehen möchtest.«

»Ich weiß, daß du recht hast, und ich wünschte, ich könnte das alles in den Griff bekommen, aber — es ist so viel. Kaum hab' ich einen Schock verdaut, kommt schon der nächste und haut mich wieder um. Allmählich geht das ganz schön an die Substanz. Ich muß nachdenken, Amy. Über etwas, was du kürzlich gesagt hast. Ich kriege es nicht aus dem Kopf, und ich muß noch eine Weile daran herumkauen. Eine Tür wartet darauf, aufgeschlossen zu werden. Ich brauche nur noch den Schlüssel.«

»Den können wir gemeinsam suchen.«

»Im Moment noch nicht. Ich bin sicher, daß es da

etwas gibt, das nur ich allein finden kann — hab' noch eine Weile Geduld.«

»Wenn du versprichst, daß du den Schlüssel anschließend nicht versteckst . . . vor dir nicht, und vor mir auch nicht.«

»Das Versprechen ist leicht zu halten.«

»Wir werden sehen.«

»Hast du Hunger?«

»Ein perfekter Themenwechsel.«

»Gibt es noch mehr zu sagen?«

»Viel.«

»Später. Was möchtest du zum Frühstück?«

»Wir wär's mit einem Mastodon? — Na ja, falls du damit nicht dienen kannst, wären auch Kaffee und Toast nicht schlecht.«

»Bei dem Hunger könnte ich auch was Besseres auffahren als nur Kaffee und Toast . . .«

»Das bleibt dir überlassen — aber wär's dir nicht lieber, wenn ich etwas koche?«

»Du bist mein Gast.«

»Dann hoffe ich, daß ich nicht über Gebühr geblieben bin . . . du liebe Güte, ich wohne schon *mehrere* Tage hier.«

»Keine Angst. Wie nimmt es der gute Daddy auf?«

»Mit steinernem Gesicht. Ich hab' Lust auf ein Bad, Jon.«

»Okay. Du badest, und ich koche.«

»Prüder Kerl.«

»Nach den letzten Nächten?«

»Na ja, so gesehen . . . Außerdem ist deine Wanne sowieso zu klein für zwei.«

Er stand auf und griff nach seinem Bademantel. »Gib mir ein paar Minuten Vorsprung!« rief er über die Schulter zurück und ging die Treppe hinab.

Amy schloß die Augen und runzelte die Stirn. Plötzlich wirkten ihre Züge überhaupt nicht mehr sanft.

Unten rasierte sich Childes rasch; er ließ Amys Badewasser einlaufen und wusch sich selbst am Waschbecken. Dann öffnete er den kleinen Spiegelschrank, nahm seine Kontaktlinsen heraus und setzte sich die weichen Linsen ein, bevor der Spiegel beschlug. Er eilte die Treppe wieder hinauf und zog sich verwaschene Jeans, Turnschuhe und ein graues Sweatshirt an. Amy beobachtete ihn vom Bett aus.

»Du mußt abnehmen«, bemerkte sie.

»Für welches Schlachtfest?« konterte er und hielt die Antwort nicht gerade für witzig.

»Dein Bad ist gleich soweit«, kündigte er an und fuhr sich mit den Fingerspitzen durch die dunklen, zerzausten Haare.

»Ich komme mir wie eine Mätresse vor.«

»So kommst du mir auch ab und zu vor, aber sie sind schwer zu kriegen.«

»Du bist wieder fröhlich.«

»Alte Gewohnheit.« Und er begriff, daß er damit sogar ziemlich dicht an der Wahrheit war: Unterdrückung des Unvorstellbaren, ermahnte er sich.

»Du mußt mich aus dem Bett holen. Ein Kuß ist das mindeste«, sagte Amy.

»Und wie bringe ich dich nach unten?«

»Komm her und finde es heraus!«

»Das Wasser wird überlaufen.«

»Manchmal verstehst du wirklich überhaupt keinen Spaß.«

»Und du benimmst dich überhaupt nicht wie eine Schulmeisterin.« Er warf ihr den Bademantel zu. »Essenfassen in zehn Minuten.« Aber Childes konnte dann doch nicht anders — er mußte zu ihr ans Bett treten, er mußte ihre Lippen, ihren Hals und ihre Brüste küssen, bevor er wieder in die Küche hinuntermarschierte.

Später, als ihm Amy an seinem winzigen Küchentisch gegenübersaß, staunte er wieder einmal darüber, wie sehr die triefend nassen Haare und sein Bademantel sie von der Lehrerin in ein Schulmädchen verwandelten. Sie besprachen ihre Pläne für diesen Tag.

»Ich muß nach Hause fahren und ein paar Sachen holen«, kündigte sie zwischen zwei Bissen an: sie verdrückte Eier, Speck und gegrillte Tomaten mit unverhohlener Begeisterung.

»Soll ich mitkommen?« Er schmunzelte über ihren Appetit und war längst nicht mehr überrascht, daß die Mengen, die sie vertilgte, keinerlei Auswirkungen auf ihre schlanke Figur hatten. Er biß herzhaft in seinen Toast — in diesen einen Toast, mit dem er sich begnügte.

Amy schüttelte den Kopf. »Ist vielleicht besser, wenn ich allein gehe.«

»Früher oder später werden wir das letzte Gefecht durchstehen müssen«, sagte er und meinte Paul Sebire.

»Lieber später als zu früh. Momentan hast du genug Frontlinien.«

»Allmählich gewöhne ich mich daran, dich bei mir zu haben.«

Sie hörte einen Moment lang auf zu kauen. »Das Gefühl ist . . . okay, oder?«

»Sozusagen.«

Sie verzog das Gesicht und aß weiter. »Ich meine, es ist ein gutes Gefühl, nicht wahr? Gemütlich. Aber auch aufregend.«

»Das glaube ich auch.«

»Du glaubst nur!« murmelte sie tonlos und kaute heftiger.

»Klar. Aber es gefällt mir immer besser.«

»Soll ich auf Dauer einziehen?«

Er war überrascht, aber sie schien es nicht zu bemerken.

»Wir könnten es mal versuchen«, fuhr sie fort, ohne ihn überhaupt anzusehen. »Mal sehen, wie es funktioniert.«

»Wenn du schon keine Rücksicht auf deinen Vater nehmen willst, dann überleg mal, wie es Miss Piprelly aufnehmen wird, wenn zwei ihrer Lehrkörper in Sünde zusammenleben.«

»Wenigstens sind wir Mann und Frau — das spricht für uns. Und überhaupt — die Pip braucht es ja nicht gleich zu erfahren.«

»Hier? Wenn hier jemand am einen Ende der Insel niest, dann erkälten sich doch die Leute am anderen Ende! Du machst wohl Spaß. Sie weiß längst, was zwischen uns läuft.«

»Also kein Problem.«

Er seufzte gutmütig. »Das ist ein kleiner Unterschied, und du weißt das.«

Amy legte Messer und Gabel hin. »Soll das gerade der Versuch sein, dich herauszureden?«

Er lachte. »Hört sich nach einem großartigen Vorschlag an, und . . .«

Er brach ab. Er starrte sie an, aber er sah sie nicht. Seine Augen weiteten sich.

»Jon . . .?« Sie griff über den gedeckten Tisch hinweg und berührte seine Hand.

Irgendwo in der Küche blubberte die Kaffeemaschine. Eine Fliege summte am Fensterrahmen herum. Staubteilchen schwebten in den Sonnenstrahlen. Trotzdem schien es eisig still zu sein.

»Was ist los?« fragte Amy nervös.

Childes blinzelte. Er stemmte sich hoch, hielt sich an der Tischplatte fest. »O nein . . .« stöhnte er. »Nicht das!«

Er ballte die Hände zu Fäusten; seine Knöchel traten weiß hervor. Plötzlich sackten seine Schultern nach vorne. Der Kopf hing herab.

Und zuckte wieder hoch. Amy erschrak, als sie den Schock und den Schmerz in seinen Augen sah.

»Jon!« rief sie, aber er wankte bereits los, stieß die leere Kaffeetasse vom Tisch, taumelte weiter, zur Tür.

Amy schob den Stuhl zurück und eilte hinter ihm her, in den Flur hinaus. Er stand am Telefon, versuchte mit zittrigen Fingern eine Nummer zu wählen. Es ging nicht. Er war zu aufgeregt. Er blickte sie flehend an.

Sie packte ihn bei der Schulter. »Sag mir, was du gesehen hast!« beschwor sie ihn.

»Hilf mir, Amy. Bitte, hilf mir!«

Sie war überwältigt, als sie sah, daß in seinen Augen Tränen glitzerten.

»Wen, Jon! Wen willst du anrufen?«

»Fran. Schnell! Mit Gabby . . . mit Gabby ist etwas passiert!«

Ihr Herz erbebte wie unter einem gemeinen Hieb, aber sie nahm Jon den Hörer ab und zwang sich, nicht auch noch die Nerven zu verlieren. Sie bat ihn, ihr die Nummer zu nennen, und zuerst konnte er sich lächerlicherweise nicht erinnern. Dann kamen die Ziffern in einem Schwall heraus, und er mußte sie langsamer noch einmal für sie wiederholen.

»Es klingelt«, sagte sie, als sie ihm den Hörer zurückgab und näher zu ihm herankam. Sie konnte spüren, daß er am ganzen Körper zitterte.

Am anderen Ende wurde abgehoben. Sie hörte die ferne Stimme.

»Fran . . .?«

»Bist du's, Jonathan? O Gott, bin ich froh, daß du angerufen hast!« Ihre Stimme war so furchtbar spröde, so unglücklich. Childes sackte noch mehr in sich zusammen, die Angst war fast übermächtig.

»Ist Gabby . . .?« setzte er an.

»Etwas Schreckliches ist passiert, Jon, etwas Furchtbares.«

»Fran . . .« Seine Tränen blendeten ihn jetzt.

»Gabbys Freundin, Annabel . . . Sie wird vermißt, Jon. Sie wollte zu Gabby herüberkommen, zum Spielen, aber sie ist nie hier angekommen. Die Polizei ist jetzt gerade bei Melanie und Tony, und Melanie dreht fast durch vor Angst. Niemand hat Annabel seitdem mehr gesehen. Sie hat sich einfach in Luft aufgelöst. Gabby ist ganz durcheinander und will gar nicht mehr aufhören zu weinen. Jonathan, kannst du mich hören . . .?«

Nur Amy bewahrte Childes davor, daß er einfach zusammenbrach.

AMY fuhr Childes zum Flughafen. Unterwegs betrachtete sie ihn immer wieder besorgt von der Seite. Sein Gesicht war bleich. Während der ganzen Fahrt sprach er kein einziges Wort.

Verzweiflung mischte sich in seine Erleichterung, denn er kannte das Schicksal des vermißten Mädchens; er wußte, was mit Annabel geschehen war. *Es* hatte einen Fehler begangen, davon war er überzeugt. Seine Tochter hätte das Opfer sein sollen. *Es* hatte sich das falsche Kind geholt, und das würde es inzwischen auch wissen.

Amy parkte den MG, während Childes bereits sein Ticket holte. Sie traf ihn in der Lounge Bar; gemeinsam warteten sie, bis sein Flug aufgerufen wurde, und keiner von ihnen sprach viel. Sie begleitete ihn zum Gate, einen Arm um seine Hüfte gelegt, während sein Arm auf ihren Schultern ruhte.

Bevor er den Flugsteig betrat, küßte er sie zärtlich, und sie hielt ihn ein paar Augenblicke lang fest. »Ruf mich an, wenn du Gelegenheit dazu hast, Jon«, bat sie ihn.

Er nickte; sein Gesicht war wie erstarrt, etwas Finsteres, beinahe Maskenhaftes. Dann war er unterwegs, die Reisetasche über die Schulter gehängt, und verschwand mit den anderen Passagieren nach Gatwick durch den schmalen Korridor.

Amy verließ das Terminal und setzte sich in ihren Wagen. Sie wartete, bis sie das Flugzeug in den klaren Himmel aufsteigen sah. Erst dann weinte sie.

CHILDES KLINGELTE und sah beinahe augenblicklich die Bewegung hinter den Kristallglasscheiben. Die Tür wurde geöffnet, und dann stand Fran vor ihm, eine Mischung aus Freude und Elend im Gesicht.

»Jonathan«, flüsterte sie und trat vor, als wolle sie ihn umarmen — aber sie zögerte, als sie die Gestalt hinter Childes bemerkte, und dann war der Augenblick auch schon vorüber.

»Hallo, Fran«, grüßte Childes und wandte sich halb zu seinem Begleiter um. »Du wirst dich an Detective Inspector Overoy erinnern.«

Verwirrung veränderte zunächst ihre Züge, dann Feindseligkeit.

»Ja. Wie könnte man *ihn* vergessen?« Sie warf Overoy einen Blick über Childes' Schulter hinweg zu, dann sah sie ihren Ex-Mann an. Er registrierte die tiefen Falten um ihre Mundwinkel, und er sah die Frage in ihren Augen.

»Ich erklär's dir drinnen«, versprach Childes.

Sie trat beiseite und ließ sie eintreten. Overoy wünschte ihr einen guten Abend, als er an ihr vorbeiging, entlockte ihr jedoch nur eine sehr halbherzige Erwiderung.

»Gehen wir ins Wohnzimmer«, bestimmte Fran, aber die Männer kamen nicht weit. Hastige Schritte polterten die Treppe herunter.

»*Daddy! Daddy!*« kam Gabbys aufgeregter Schrei, und dann stürmte sie auch schon den letzten Treppenabsatz herab, übersprang die letzten drei Stufen und flog in Childes' ausgestreckte Arme. Sie klammerte sich an ihm fest, drückte ihm feuchte Küsse auf die Wangen und achtete überhaupt nicht darauf, daß sich ihre Brille zur Seite verschoben hatte. Er hielt sie mit geschlossenen Augen fest.

Mit einem Schluchzen platzte es aus ihr heraus. »Daddy, man hat Annabel weggeholt!«

»Ich weiß, Gabby, ich weiß.«

»Aber warum, Daddy? Hat ein böser Mann sie geholt?«

»Wir wissen es nicht. Die Polizisten werden es herausfinden.«

»Warum will er sie nicht gehenlassen? Ihre Mummy hat so Angst und vermißt sie, und ich auch — sie ist meine beste Freundin.« Sie hatte geweint, und ihr Gesicht war mit roten Flecken überzogen; die Augen hinter den Brillengläsern wirkten aufgequollen.

Er setzte seine Tochter behutsam ab, ließ sich neben ihr auf der untersten Treppenstufe nieder und zog ein Taschentuch aus seiner Jackentasche. Zärtlich wischte er ihr die Tränen fort, dann nahm er ihre Brille und putzte sie. Während der ganzen Zeit sprach er beruhigend auf Gabby ein. Zitternd hielt sie sein Handgelenk umklammert.

Overoy sagte leise: »Ich glaube, ich sehe mal nebenan vorbei und unterhalte mich mit Mr. und Mrs. — äh . . .«

»Berridge«, half Fran aus.

»Gehen Sie ruhig«, sagte Childes und legte den Arm um Gabbys gebeugte Schultern. »Wir unterhalten uns, wenn Sie zurück sind.«

Mit einem knappen Nicken in Frans Richtung ging Overoy und zog die Haustür hinter sich zu. Fran schloß sofort ab.

»Was, zum Teufel, macht er hier?« wollte sie wissen.

»Ich habe ihn angerufen, bevor ich abgeflogen bin«, erklärte Childes. »Er hat mich in Gatwick abgeholt und hergefahren.«

»Okay, aber was hat er mit dieser Sache zu tun?«

Childes fuhr seiner Tochter über die Haare, und Gabby schaute von ihm zu ihrer Mutter; in ihrem Gesicht zeichnete sich eine neue Besorgnis ab. Childes wollte vor der Kleinen keine Diskussion.

»Gabby, hör mal zu. Du gehst jetzt nach oben, in dein Zimmer, und ich werde bald nachkommen. Mummy und ich haben noch etwas miteinander zu besprechen.«

»Ihr schreit euch nicht an, nein?«

Sie erinnerte sich noch daran.

»Nein, natürlich nicht. Wir wollen nur unter vier Augen miteinander reden.«

»Über Annabel?«

»Ja.«

»Aber sie ist meine Freundin. Ich möchte auch über sie reden.«

»Wenn ich hochkomme, kannst du mir alles sagen, was du auf dem Herzen hast.«

Sie stand auf, blieb auf der ersten Stufe noch einmal stehen. Sie legte die Arme um seinen Hals. »Versprich mir, daß du nicht lange brauchst.«

»Ich versprech's dir.«

»Ich vermisse dich, Daddy.«

»Ich dich auch, Dreikäsehoch.«

Sie ging die Treppe hinauf, sehr langsam, sehr gewichtig, und oben drehte sie sich noch einmal um und winkte, bevor sie den Flur entlang und in ihr Zimmer lief.

»Gabrielle!» rief ihr Fran hinterher. »Ich glaube, es ist Zeit, daß du dich fürs Bett fertigmachst. Das rosa Nachthemd ist in deiner obersten Schublade.«

Sie hörten einen Laut, der ein Protest hätte sein können, aber nichts weiter.

»Es war ein schlimmer Tag für sie«, bemerkte Fran, als sich Childes wieder aufrichtete.

»Sieht so aus, als wäre er auch für dich ziemlich hart gewesen«, meinte er.

»Stell dir die Hölle vor, die Tony und Melanie durchgemacht haben.« Sie blieb noch einen Moment lang auf Distanz und sah ihn unsicher an, und dann lag sie in seinen Armen, und ihr Kopf war an seiner Schulter, ihre Haare waren weich an seiner Wange. »Oh, Jon, es ist so entsetzlich!«

Er streichelte ihr über die Haare und besänftigte sie wie seine Tochter.

»Es hätte so leicht Gabby sein können«, sagte sie erstickt.

Er gab keine Antwort.

»Seltsam«, flüsterte sie nach einer Weile, »aber ich hatte heute morgen das Gefühl, daß irgend etwas nicht stimmt. Gabby war unten, wollte mir Tee machen, und ich bin aufgestanden, um nachzusehen, weshalb sie so lange braucht.« Fran stieß ein klägliches, müdes Lachen aus. »Sie hatte den Zucker verschüttet, und ich sollte das ja nicht merken. Kannst du dir vorstellen, daß sie mit einer Engelsgeduld jedes auch noch so kleine Krümelchen aufgefegt hat? — Um diese Zeit muß Annabel durch den Garten gekommen sein. Wollte sie zum Spielen abholen. Vielleicht ist sie zur Straße vorgegangen . . . niemand weiß es, niemand hat sie gesehen. Niemand, bis auf denjenigen, der sie mitgenommen hat. O Gott, wir haben Gabby und Annabel so oft davor gewarnt, hinauszugehen!«

»Wir könnten beide einen Drink gebrauchen«, schlug er vor.

»Ich hatte Angst, damit anzufangen — hab' nicht gewußt, ob ich dann noch aufhören kann. Betrunken hätte ich Melanie keine große Hilfe sein können. Aber ich nehme an, jetzt es das okay. Jetzt bist du da. Du hast immer recht gut darauf achtgegeben, daß mein Alkoholpegel nicht zu hoch steigt.«

Sie gingen ins Wohnzimmer, und sie hielten einander noch immer, als hätte sich überhaupt nichts geändert, als wären sie ein ganz normales Paar. Alles war Childes so angenehm vertraut, obwohl sich nach seinem Fortgehen mehr als genug fremde Möbelstücke angesammelt hatten — aber er hatte fünf Jahre lang in diesem Haus gelebt, und diese Zeit war schwer zu vergessen, auch wenn ihm alles wie in weite Ferne gerückt vorkam — als sei es nicht mehr Teil seiner selbst, seines Lebens.

»Du machst es dir bequem, und ich mache die Drinks«, bestimmte er. »Noch immer Gin und Tonic?«

Fran nickte. »Noch immer. Bitte einen großen.«

Sie sank auf das Sofa, schleuderte die Schuhe von den Füßen und zog die Beine an; und sie beobachtete ihn. »Jonathan, als du heute morgen angerufen hast, da hab' ich dir keine Gelegenheit gelassen, sonderlich viel zu sagen, aber . . . hinterher ist mir etwas aufgefallen. Du warst schon bestürzt, bevor ich etwas gesagt habe. Ich weiß nicht . . . es klang schon besorgt, wie du meinen Namen gesagt hast.«

»Willst du Eis?«

»Egal, Hauptsache, ich kriege den Drink. *Warst* du bestürzt, als du angerufen hast?«

Er schenkte ein und holte die Tonic-Flasche aus dem Spiegelfach. »Ich war der Meinung, Gabby sei etwas zugestoßen«, erwiderte er.

»Gabby? Aber warum — wie . . .?« Ihre Stimme versagte, und dann schloß sie die Augen. »O nein, nicht das!« murmelte sie leise.

Er brachte ihr den Gin Tonic, und sie ließ ihn nicht aus den Augen. Er reichte ihr das Glas. »Erzähl es mir«, bat sie.

Childes genehmigte sich selbst einen Scotch, kehrte wieder zum Sofa zurück und setzte sich dicht neben seine Frau. »Die Visionen kommen wieder.«

»Jon . . .«

»Heute morgen hatte ich das Gefühl, daß Gabby in

Gefahr ist. Es war überwältigend stark.« Konnte er ihr schon sagen, daß er das mit Gabby *gewußt* hatte und daß er auch wußte, daß es *irrtümlich* Annabel erwischt hatte? Dieser andere, perverse Geist — der Geist dieser Kreatur, oder was es auch immer war — hatte ihn den ganzen Tag verhöhnt, hatte ihm kurze Einblicke in die langgedehnten Greueltaten genehmigt, hatte seinen Geist heimgesucht und ihn mit zwanghaften Visionen gepeinigt. Aber erstaunlicherweise hatte es Childes nach einiger Zeit gelernt, sich gegen die Geschichte zu behaupten; er hatte seinen Verstand abgeschottet, denn ihm war klargeworden, daß das Schlimmste bereits geschehen war, daß Annabel diese Qualen nicht mehr spüren konnte. Sie hatte sie nur kurz ertragen müssen. Das zumindest mußte er Fran sagen.

»Aber es war nicht Gabby. Es war ihre Freundin . . . Annabel.« Seine Ex-Frau sagte es noch einmal, weil er nicht darauf geantwortet hatte.

Er zuckte leicht zusammen. »Ja. Irgendwie . . . hab' ich die Dinge wohl falsch in den Sinn bekommen.« Das war ganz die Art eines Feiglings, aber sie würde erst einen weiteren Schock verdauen müssen, bevor er ihr die ganze Wahrheit erzählen konnte. Langsam, sagte er sich. Es muß sein. Stück für Stück. »Fran, da gibt es noch etwas, was du wissen mußt.«

Sie trank einen großen Schluck von ihrem Gin-Tonic, wie um sich zu wappnen — ihr war nur zu gut bewußt, daß seine *Intuitionen* immer schlimm waren, nie gut. Sie wußte Bescheid, und sie sprach es für ihn aus. »Annabel ist tot, nicht wahr?«

Er vermied es, ihr in die Augen zu sehen, und er senkte den Kopf.

Frans Gesicht schien wie von riesigen Händen zerknittert zu werden. Ihre Hände zitterten und sie verschüttete etwas von ihrem Drink. Childes nahm ihr das Glas ab und stellte es auf das neben dem Sofa stehende Beistelltischchen. Er legte seinen Arm um Frans Schultern und zog sie an seine Brust.

»Es ist so scheußlich, so gemein!« stöhnte sie. »Oh, lieber Gott, was sollen wir Tony und Melanie erzählen? *Wie* können wir ihnen das überhaupt sagen?«

»Nein, Fran, nicht. Wir dürfen es ihnen nicht sagen. Das ist Sache der Polizei, wenn . . . wenn sie ihre Leiche gefunden haben.«

»Aber wie soll ich Melanie gegenübertreten, wie soll ich ihr helfen, wenn ich *das* weiß? Jon, bist du sicher, bist du absolut sicher?«

»Es ist wie früher.«

»Du hast dich nie geirrt.«

»Nein.«

Er fühlte, wie sie sich verkrampfte. »Warum hast du geglaubt, Gabby sei entführt worden?« Sie richtete sich auf, wich von ihm zurück, damit sie in sein Gesicht sehen konnte. Fran war nie ein Dummkopf gewesen.

»Ich kann's nicht beschwören. Aber ich glaube, ich war durcheinander, weil es so verdammt in eurer Nähe passiert ist.«

Sie runzelte ungläubig die Stirn und wollte noch etwas sagen, als sie die Türglocke hörten.

»Das wird Overoy sein«, meinte Childes erleichtert. »Ich mache auf.«

Das Gesicht des Detectives wirkte verschlossen. Er folgte Childes schweigend ins Wohnzimmer. »Sie nehmen es ziemlich schwer«, sagte er.

»Was haben Sie denn erwartet?« entgegnete Fran mit einer Schärfe in der Stimme, die beide Männer überraschte.

»Tut mir leid, das war wohl sehr banal«, entschuldigte

sich der Detective. Er nickte, als ihm Childes die Whiskyflasche zeigte. »Darf ich Ihnen die gleiche Frage stellen wie Annabels Eltern, Mrs. Childes? Äh — Sie heißen doch noch *Childes*, oder?«

»Childes sieht auf dem Briefkopf besser aus als mein Mädchenname, deshalb habe ich mir nie die Mühe gemacht, mich wieder umzubenennen. Und es ist auch wegen Gabrielle . . . ich meine — es ist weniger verwirrend für sie. Was Ihre erste Frage betrifft: Ihre Kollegen haben sie mir heute schon x-mal gestellt, und ich habe sie x-mal beantwortet. Die Antwort bleibt die gleiche: Nein, mir ist niemand aufgefallen, niemand, der sich verdächtig gemacht hat. Aber jetzt will ich Ihnen eine Frage stellen, Inspector, und dir auch, Jon.«

Overoy nahm das Whiskyglas von Childes entgegen, und ihre Blicke trafen sich für einen kurzen Moment.

»Setzen Sie sich, Inspector; sieht ungemütlich aus, wie Sie da rumstehen.« Fran griff nach ihrem Gin Tonic und merkte, daß ihre Hand noch immer zitterte. Aber sie war neugierig; ihr war ein schrecklicher Verdacht gekommen. Childes setzte sich wieder neben sie.

»Es kommt mir recht eigenartig vor, daß Jonathan sofort mit Ihnen Kontakt aufnimmt, weil er wieder eine seiner berüchtigten Visionen hat, und noch eigenartiger ist es, daß Sie gleich Gewehr bei Fuß stehen und ihn vom Flughafen abholen und hierherchauffieren. Ich meine, warum Sie? Er hat Sie drei Jahre lang nicht gesehen . . .«

»Ich weiß, was damals passiert ist, Mrs. Childes, ich kenne seine besondere Fähigkeit.«

»Okay, einverstanden, ich weiß, daß Sie daran glauben — aber einfach alles stehen- und liegenlassen, nur um ihn abzuholen? Ich frage mich, ob Sie heute überhaupt Dienst hatten. Schließlich ist Samstag.«

Diesmal antwortete Childes. »Eigentlich habe ich den Detective zu Hause angerufen.«

»Ach, du hattest seine Privatnummer.«

»Wir wollen dir nichts vormachen, Fran. Aber Annabels Verschwinden hat dir schon genug zugesetzt. Wir dachten — ich dachte, daß du von Katastrophenmeldungen für heute erst mal genug hast.«

Eine neue Angst glomm in ihren Augen. Sie nahm das Glas in beide Hände, führte es an die Lippen, nippte und führte es auf ihren Schoß zurück — alles ganz behutsam. Sie saß sehr gerade, und ihre Stimme klang unsicher, als sie sagte: »Ich glaube, es wird Zeit, daß ihr mir alles sagt.«

Es war spät. Childes und seine Ex-Frau saßen allein am Küchentisch. Zwischen ihnen standen die Reste einer ohne Begeisterung zubereiteten Mahlzeit; das Essen selbst hatten sie mit noch weniger Begeisterung aufgenommen. In Gabbys Zimmer war alles still.

»Ich sollte nachsehen, wie es Melanie geht.« Fran kaute auf der Unterlippe, deutliches Zeichen jener Ratlosigkeit, die während ihrer Ehe so oft Anlaß für Streitigkeiten gegeben hatte.

»Es ist schon nach zehn, Fran. Du solltest sie jetzt nicht mehr stören. Vielleicht schläft sie schon. Möglich, daß der Arzt ihr ein Beruhigungsmittel gegeben hat.«

Frans Schultern bebten. »Ich könnte sie nicht einmal trösten . . . Jetzt nicht mehr, nicht nach all dem, was du mir erzählt hast. Wie kannst du nur so sicher sein?«

Er wußte, worauf sie anspielte. »Es gibt keinen Zweifel — so sehr ich mir das auch wünsche.«

»Schon gut. Ich hab's ja selbst gesagt, vorhin. Du hast dich wirklich nie geirrt, mit . . . mit diesen Dingen.« Es lag keine Stichelei in dieser Bemerkung, nur eine grenzenlose Traurigkeit. »Aber diesmal geht noch etwas anderes vor, hab' ich recht? Diesmal läuft es nicht wie bei den Vorfällen damals.«

Er schlürfte seinen lauwarmen Kaffee, bevor er antwortete. »Ich kann es nicht erklären. Irgendwie kennt mich dieses Ungeheuer. Es kann meine Gedanken lesen. Wie und warum, ist mir ein Rätsel.«

»Vielleicht hat es zufällig deinen Code geknackt.«

Er betrachtete sie überrascht. »Ich kann dir nicht folgen.«

Fran schob ihren Teller beiseite und stützte beide Ellenbogen auf den Tisch. »Sieh mal, nimm einfach deine geliebten Computer als Analogie. Wenn du Zugang zu einem anderen System haben willst, dann brauchst zu den speziellen Code dieses Systems, andernfalls bleibt die Tür zu, nicht wahr? Hast du diesen Code — oder das Paßwort, oder was auch immer —, dann gelangst du mühelos in den Datenspeicher dieses anderen Geräts. Genaugenommen handelt es sich also um einen Dialog zwischen den beiden Computern, stimmt's? Nun, vielleicht hat dieses Wesen per Zufall deinen Zugangscode oder etwas Ähnliches aufgespürt. Oder du — unbewußt — den seinen.«

»Ich hatte keine Ahnung, daß du dich für solche Dinge interessierst.«

»Normalerweise tu' ich es auch nicht, aber nach all dem, was damals passiert ist . . . Ich war ein bißchen neugierig. Ich habe mich umgehört, nicht viel, nur genug, damit ich wenigstens ansatzweise verstehe. Eine ganze Menge ergibt für mich noch immer keinen Sinn, aber immerhin weiß ich etwas von den verschiedenen Theorien über parapsychologische Phänomene. Zugegeben, die meisten hören sich ziemlich lächerlich an, aber einige haben doch eine gewisse Logik. Es überrascht mich, daß du nie weiter nachgehakt hast.«

Plötzlich fühlte er sich unbehaglich. »Ich wollte dieser Sache nicht hinterherjagen. Ich wollte alles vergessen, was geschehen ist.«

»Seltsam.«

»Wie meinst du das?«

»Oh, spielt keine Rolle.« Sie lächelte freudlos. »Ich erinnere mich nur zu gut daran, daß du nicht einmal Gespenstergeschichten mochtest. Ich habe das immer auf deine Mikrochip-Veranlagung zurückgeführt, hab' mir gesagt, er hat in seinem technischen Verstand einfach keinen Platz für diese romantischen Sachen. Welche Ironie des Schicksals, daß ausgerechnet jemand wie du psychische Botschaften erhält . . . Wenn es nicht so entsetzlich gewesen wäre, hätte es sogar komisch sein können.«

»In diesen letzten drei Jahren hat sich einiges geändert, Fran.«

»Laß hören. Das interessiert mich, wirklich.«

»Die Computer stehen nicht mehr an erster Stelle. Sie sind nur noch ein Job, und auch das nur halbtags.«

»Dann hast du dich wirklich verändert. Sind noch andere Wunder geschehen?«

»Ein anderer Lebensstil, könnte man sagen; mehr Zeit fürs Ausspannen. Ich lebe bewußter.«

»Damals warst du ein Scheusal, ein Arbeitstier, Jon, du hast nur für deinen Beruf gelebt. Die Zeit für Gabby und mich hast du dir abgerungen.«

»Und nie genug. Ich weiß. Heute ist mir das klar.«

»Es war auch mein Fehler. Ich meine, ich hatte meine eigenen unfairen Forderungen. Aber das ist altes Territorium, sinnlos, es neu zu erkunden.«

»Du sagst es: altes Territorium.« Er stellte die Kaffeetasse auf den Tisch zurück. »Fran, ich mache mir Sorgen um euch beide — ich will nicht, daß ihr allein hier bleibt.«

»Dann meinst du es also wirklich ernst — dieses Monstrum hatte es auf Gabby abgesehen?«

»Durch sie wollte es an mich herankommen.«

»Woher weißt du, daß es dieselbe Person ist?« Ihre Stimme hob sich zornig. »Und warum nennst du diesen Menschen *es*? Mein Gott, das ist ein Ghoul, aber doch einer von der Sorte Mensch.«

»Ich kann mir dieses *Ding* einfach nicht als Mensch vorstellen. Es ist zu überwältigend *un*menschlich. Wenn sich seine Gedanken ihren Weg in meinen Verstand erzwingen, dann kann ich die Verdorbenheit fast schmecken, die Verworfenheit regelrecht *sehen.*«

»Gott, du hast dich verändert.«

Er schüttelte müde den Kopf. »Ich versuche nur, den Eindruck wiederzugeben, der in mir zurückbleibt, dieses Gefühl der um sich fressenden Boshaftigkeit, das er mir aufzwingt. Ein übles Gefühl, Fran, und furchterregend.«

»Kann ich verstehen. Jonathan, ich bezweifle diese Visionen nicht, ich glaube dir, daß du tatsächlich unter diesen furchtbaren Dingen *leidest*, aber bist du ganz sicher, daß du nicht die Kontrolle über deinen Verstand verlierst?«

Er versuchte zu lächeln. »Du hast mit deiner Meinung nie hinter dem Berg gehalten. Meinst du, ich werde verrückt?«

»Nein, das meine ich nicht. Aber könnten diese schrecklichen Erlebnisse nicht auch Halluzinationen hervorrufen? Sehen wir der Wahrheit ins Auge, Jon — Tatsache ist, daß wir über die Millionen verschiedenen Funktionen unseres Verstandes so gut wie nichts wissen . . . Also, woher sollen wir dann wissen, wie leicht oder wie kompliziert es ist, diese Funktionen durcheinanderzubringen?«

»Du mußt einfach mein Wort nehmen: Die Person — wenn du diese Kreatur so nennen willst —, die den alten Mann und die Prostituierte ermordet und den toten Jungen geschändet hat, ist dieselbe, die irrtümlich Annabel entführt hat. Sie kennt mich und will mich quälen. Deshalb müßt ihr beide — du und Gabby — beschützt werden.«

»Aber woher weiß dieser Geist, wo wir wohnen? Hat er die Adresse auch in deinen Gedanken gelesen? Die ganze Sache ist verrückt, Jonathan!«

»Ich kann meine Vergangenheit nicht vor ihm verbergen, Fran, verstehst du das denn nicht?

»Nein, tu' ich verdammt noch mal nicht!«

»Bleiben wir bei deinem Beispiel. Mein Gehirn ist der Computer, und jeder Computer verfügt über einen Datenspeicher. Du hast es selbst gesagt — sobald man den Code hat, ist der Zugang leicht. Vielleicht hat dieses Etwas herausgefunden, was damals passiert ist. Wie ich diese anderen Morde gesehen habe. Ich meine — wie das überhaupt möglich war.« Noch etwas fiel ihm ein. »Fran, hast du dich wieder ins Telefonbuch eintragen lassen?«

»Nicht unter der alten Nummer — nicht nach all diesen kauzigen Anrufen, die wir damals bekommen haben. Ich konnte mir schlecht eine Geheimnummer geben lassen, bei meinem Job . . . Deshalb habe ich eine neue Nummer beantragt. Und eintragen lassen.«

Childes lehnte sich gegen die Stuhllehne zurück. »Dann haben wir die Antwort.«

»Oh, es ist nichtmenschlich, aber es kann gewisse Telefonnummern so einfach nachschlagen!« Ihr Fuß tappte ungeduldig auf den Boden.

»Ich habe versucht, es dir zu erklären. *Es* ist ein menschliches Wesen, aber irgend etwas in ihm ist nichtmenschlich. Dieses Etwas ist intelligent, sonst hätte es die

Polizei mittlerweile gefaßt, und es ist ziemlich gerissen.«

»Nicht gerissen genug, um das richtige kleine Mädchen zu kidnappen!« fauchte sie.

»Gott sei . . .« Er gestattete sich nicht, den Satz zu beenden, und dieser Sekundenbruchteil des Schuldbewußtseins zwischen ihnen milderte die Spannung ein wenig. »Das Problem ist«, fuhr Childes leiser fort, »daß es diesen Fehler ziemlich schnell bemerken wird . . . Wahrscheinlich weiß es längst Bescheid. Möglicherweise sogar von Annabel.«

»Die Zeitungen.«

»Alle Medien.«

Ihre Augen weiteten sich. »Jon, wenn die Zeitungsleute Vergleiche anstellen . . .«

Er starrte auf die Tischplatte hinab. »Dann geht auch das alles wieder von vorne los«, brachte er ihren Satz zu Ende. »Ein ungeheurer Zufall, wenn ausgerechnet in der Nachbarschaft des Mannes wieder ein Kind gekidnappt wird, der das letzte Mal mit seinen *großartigen* paranormalen Fähigkeiten die polizeilichen Nachforschungen unterstützt hat.«

»Ich könnte das nicht noch einmal durchstehen.«

»Ein weiterer Grund, eine Weile hier auszuziehen. Overoy hat arrangiert, daß das Haus bewacht wird, das ist ein gewisser Schutz, okay, aber damit hältst du keinen einzigen Reporter fern. Unter den gegebenen Umständen haben wir noch einen Vorwand — offiziell behält die Polizei Tony und Melanie im Auge, aber das wird die Journalisten bestimmt nicht lange täuschen. Sie werden ein Freudenfest veranstalten, wenn sie die Wahrheit herausfinden.« Er rückte sehr behutsam mit seinem Vorschlag heraus. »Ich glaube, es wäre eine gute Idee, wenn ihr beide eine Weile mit zu mir kommen würdet.«

»Das geht unmöglich«, widersprach sie sofort. »Ich habe einen Job, erinnerst du dich? Und Gabby muß zur Schule.«

»Ein paar Wochen schulfrei sind für sie bestimmt kein Beinbruch, und du bist sowieso reif für einen Urlaub.«

Sie schüttelte den Kopf. »Die Agentur hat momentan Hochkonjunktur, und wir können es uns nicht leisten, Klienten abzuweisen. Außerdem . . . irgendwann müßten Gabby und ich zurückkommen. Was dann?«

»Bis dahin ist dieser Killer hoffentlich gefaßt.«

»Kannst du mir verraten, wie? Deine Idee in allen Ehren, aber sie ist undurchführbar, Jon. Obwohl — es gibt einen Kompromiß: ich könnte bei meiner Mutter wohnen. Sie liebt Gabby und würde sie mit offenen Armen aufnehmen, und sie wohnt nicht allzuweit außerhalb. Der Weg zur Arbeit wäre kein Problem, ich könnte den Wagen nehmen.«

»Warum läßt du Gabby nicht allein mit mir gehen?«

Die Antwort seiner Frau war hart und eindeutig: »Das Gericht hat mir das Sorgerecht übertragen.«

»Ich habe es nicht angefochten.«

»Das war klug von dir. Sag mal, ist dir eigentlich schon in den Sinn gekommen, daß du in dieser Situation der Gefahrenherd bist? Hast du dir eigentlich schon mal überlegt, ob dein geheimnisvoller Peiniger nicht momentan auf der Insel in deinem Haus herumschleicht und nach dir sucht.«

Während der Fahrt vom Flughafen hierher hatte er mit Overoy auch diese Möglichkeit durchgesprochen. »Gut möglich, daß du recht hast, Fran, aber wir haben keine Chance, das definitiv zu sagen — andererseits wäre damit aber bewiesen, daß es momentan nicht weiß, wo ich lebe.«

»Je tiefer er sich in deinen Verstand hineinfrißt, desto

mehr wird er über dich erfahren.« Sie beharrte darauf, Annabels Entführer nicht als es zu bezeichnen.

»Diese Kraft funktioniert anders, die Gedanken sind nicht so bestimmt. Es wird eine Vorstellung von meiner Umgebung haben — aber nicht von meinem Zuhause selbst. Erinnere dich — damals konnte ich auch nur annähernd beschreiben, in welchem Gebiet die ermordeten Kinder zu finden sein würden.«

»Du warst ziemlich genau, aber okay, ich gebe dir recht. Eine Gefahr bist du trotzdem.«

Das mußte er zugeben. »Ihr werdet rund um die Uhr bewacht werden müssen, selbst wenn ihr wirklich zu deiner Mutter zieht.«

»Sie liebt die Aufregung. Du kennst sie.«

»Ja, ich weiß. Wirst du Gabby von der Schule fernhalten?«

»Wenn du es für richtig hältst. Vielleicht finden wir eine andere, in Mutters Nähe.«

»Noch besser.«

»Okay, ich bin einverstanden.« Fran schob eine Hand durch ihre kastanienfarbenen Haare und schien sich ein wenig zu entspannen.

»Möchtest du noch Kaffee?«

»Nein. Ich kippe beinahe um vor Müdigkeit. Kann ich über Nacht bleiben?«

»Ich habe nichts anderes angenommen. Ganz gleich, was in der Vergangenheit zwischen uns vorgefallen ist — du weißt, daß du hier immer willkommen bist.« Sie griff über den Tisch zu ihm herüber und berührte seine Hand; eine etwas unbeholfene Geste. Childes drückte ihre Finger und gab sie dann wieder frei.

»Auf lange Sicht gesehen, hätten wir uns vielleicht nicht sehr glücklich gemacht, aber da war noch etwas im Gang mit uns, nicht wahr?«

Trotz seiner Müdigkeit schaffte es Childes, ihr Lächeln zu erwidern. »Es waren gute Jahre, Fran.«

»Anfangs.«

»Wir haben uns beide verändert; wir sind uns fremd geworden.«

Sie wollte etwas darauf erwidern, aber er unterbrach sie.

»Altes Territorium, Fran.«

Sie senkte den Blick. »Ich mache dir das Bett im Gästezimmer. Wenn du dort schlafen möchtest . . .« Die Worte wurden sehr bewußt im Raum stehengelassen.

Er geriet in Versuchung. Fran war genauso begehrenswert wie eh und je, und es war ein schwerer Tag gewesen, ein Tag, der ihnen beiden viel zu viele Emotionen abgerungen und ein Bedürfnis nach körperlichem Trost hinterlassen hatte. Lange Sekunden vergingen, bis er antwortete.

»Es gibt da jemanden, dem ich sehr nahe gekommen bin«, sagte er.

In Frans Frage schwang eine leichte Verstimmung mit. »Eine gewisse Lehrerkollegin?«

»Woher weißt du das?« Childes war überrascht.

»Nach ihrem letzten Besuch bei dir schwärmte Gabby ununterbrochen von der netten Lehrerin, die sie bei dir kennengelernt hatte. Es geht schon eine ganze Weile, nicht wahr? Keine Sorge, du kannst offen reden; alles, was mit Eifersucht zu tun hat, tangiert mich überhaupt nicht mehr — und soweit es dich betrifft, hätte ich auch gar kein Recht mehr dazu.«

»Sie heißt Aimée Sebire.«

»Französin?«

»Nur dem Namen nach. Ich kenne sie jetzt schon seit mehr als zwei Jahren.«

»Klingt ernst.«

Er antwortete nicht.

»Ich gerate immer nur an verheiratete Männer«, seufzte Fran. »Wahrscheinlich wähle ich einfach nicht sonderlich gut aus.«

»Du bist noch immer schön, Fran.«

»Aber widerstehlich.«

»Unter anderen Umständen könnte ich . . .«

»Schon gut, ich bringe dich absichtlich in Verlegenheit. Unabhängigkeit ist für eine Frau ganz okay, aber sie ist nicht alles, nicht in diesen Zeiten und in meinem Alter; sie wird ein bißchen zu sehr hochgejubelt. Ein warmer Körper, an den man sich ankuscheln kann, männliche Schulter, an der man einschlafen kann — so was haben wir befreiten Frauen manchmal ganz schön nötig.« Sie gab sich einen Ruck und stand auf, und jetzt bemerkte er zum ersten Mal die Schatten unter ihren Augen.

»Ich hole das Bettzeug. Ach, und übrigens: du hast mir noch gar nicht gesagt, was ihr beide — du und Inspector Overoy — gegen unsern Freund, den Menschenfresser, unternehmen wollt.« Sie war an der Küchentür stehengeblieben und wartete auf seine Antwort.

Er sah Fran lange an, und als er schließlich sprach, jagten ihr der Ton in seiner Stimme und der Inhalt seiner Worte einen frostigen Schauer über den Rücken. »Es hat lange genug in meinem Schädel gehaust und meine Gedanken in sich hineingefressen. Wir sind der Meinung, daß es jetzt an der Zeit ist, daß ich zurückschlage.«

Er erwachte und spürte, daß außer ihm noch jemand im Zimmer war. Für einen winzigen Sekundenbruchteil wußte er nicht, wo er sich befand, das Zwielicht war ihm nicht vertraut, die geduckten Schatten wirkten fremd und bedrohlich. Die Erinnerung an die Ereignisse des Tages kroch in seinen Verstand zurück. Er war zu Hause. Nein, nicht zu Hause. Er war vorübergehend bei Fran und Gabby in seinem alten Zuhause. Der Lichtschimmer kam von der Straßenlampe draußen.

Ein Schatten näherte sich dem Bett.

Childes fuhr hoch, eine abrupte und heftige Bewegung, und gleichzeitig explodierte die Angst in ihm. Er erstarrte, war wie gelähmt.

Ein Gewicht senkte sich auf das Bett herab. Dann hörte er Frans leise Stimme.

»Tu mir leid, Jon. Ich . . . ich kann nicht allein schlafen, ich schaff's nicht — nicht heute nacht. Sei nicht böse, bitte.«

Er hob die Decke an, und sie schlüpfte zu ihm — sehr nahe. Er spürte ihr Nachthemd weich an seiner Haut.

»Niemand zwingt uns, miteinander zu schlafen«, flüsterte sie. »Deshalb bin ich gekommen. Ich möchte nur, daß du mich in die Arme nimmst und eine Weile festhältst.«

Das tat er. Und dann liebten sie sich.

ER SCHRECKTE noch einmal hoch in dieser Nacht, viel später, als ihn der Schlaf bereits in einem eisernen Griff hielt.

Eine Hand berührte seine Schulter. Fran hatte es ebenfalls gehört. »Was war das?« stieß sie hervor.

»Keine Ahn. . .«

Wieder hörten sie den Laut.

»Gabby!« Sie sagten es gleichzeitig.

Gefolgt von Fran rutschte Childes aus dem Bett. Er erreichte die Tür, und der Schrecken war etwas grauenhaft Kaltes tief in ihm. Gänsehaut überzog seinen nackten Körper jäh mit winzigen Pusteln. Er brauchte viel zu lange, bis er im Flur den Lichtschalter gefunden hatte, und dann blendete ihn die Helligkeit und schmerzte in seinen Augen, und er verfluchte das Schwindelgefühl, das ihn taumeln ließ.

Sie sahen die schwarze Katze vor Gabby offener Zimmertür . . . Das Tier war mit gesträubtem Fell zurückgewichen, die einzelnen Haare standen wie Nadeln. Miss Puddles starrte in das Dunkel des Zimmers. Die Augen glühten feindselig und die Zähne waren wütend gefletscht.

Gabby schrie wieder, ein durchdringendes Kreischen. Das Fell der Katze wurde wie von einem unterirdischen Luftzug aufgeplustert und gegen den Strich gekrault.

Sie jagte die Treppe hinab.

Childes und Fran stürzten ins Zimmer ihrer Tochter. Gabby saß kerzengerade im Bett. Sie starrte in die ihr gegenüberliegende Ecke neben der Tür, und der schwache Schimmer des Nachtlichts warf dunkle Schatten auf ihr Gesicht.

Gabby beachtete sie nicht, nicht einmal, als sie sich über sie beugten, sie starrte in diese düstere Ecke. Sie sah etwas, sah irgend etwas in dieser Ecke. Etwas, das für ihre Mutter und ihren Vater unsichtbar war.

Fran nahm sie in die Arme, und erst jetzt blinzelte sie, als erwache sie aus einem Traum. Childes blickte sich noch immer besorgt um. Gabby machte sich frei und tastete auf ihrem Nachttischchen herum, fand die Brille und setzte sie hastig auf. Wieder warf sie einen Blick in die dunkle Ecke.

»Wo ist sie?« stieß sie mit einem Schluchzen heraus.

»Wer, mein Liebling, wer?« wollte Fran wissen und streichelte sie beruhigend.

»Ist sie weggegangen, Mummy? Sie hat so traurig ausgesehen.«

Childes spürte das Kribbeln im Genick. Kalter Schweiß überzog Stirn und Handflächen.

»Sag mir, wer, Gabrielle!« verlangte die Mutter. »Sag mir, wen du gesehen hat!«

»Annabel. Sie hat mich angefaßt. Und sie war so kalt, Mummy, so *eiskalt*. Und sie hat so traurig ausgesehen.«

Tief in Childes Innerstem rührte sich eine längst vergessene Erinnerung.

DAS PÄCKCHEN kam am Montagmorgen per Eilboten, und es war an JONATHAN CHILDES adressiert. Sowohl der Name als auch Frans Anschrift waren mit der Hand geschrieben — mit zierlichen, ordentlichen Großbuchstaben. Das braune Kuvert war Standardgröße, sieben mal zehn Zoll.

Darin befand sich eine schmale, vier Zoll große, quadratische Pappschachtel.

In der Schachtel zerknülltes Zellstoffpapier.

In den Zellstoff waren sechs Gegenstände eingewickelt.

Vier winzige Finger und ein Daumen.

Der letzte Gegenstand war ein glatter, weißer Mondstein.

DAS LEBEN ging weiter; das tut es immer.

Childes wurde zwei Tage lang intensiv von der Polizei befragt und kehrte dann auf die Insel zurück. Seine Ex-Frau und Tochter wußte er in Sicherheit — sie waren zu Frans Mutter gezogen, die in einem kleinen Dorf wenige Meilen außerhalb Londons wohnte. Er hatte sie bewußt nicht dorthin begleitet, weil er sich keinerlei Eindrücke von dieser Reise einprägen wollte. Diesmal war er den mit den Untersuchungen beauftragten Beamten keine Hilfe gewesen, und er nahm an, daß er es nur dem Detective Inspector (und dessen Fursprache) zu verdanken hatte, daß er überhaupt hatte abreisen dürfen. Weder der Poststempel (von einem Vorort Londons) noch die ordentliche Handschrift, mit der das makabre Päckchen adressiert worden war, lieferten nützliche Hinweise. Auf der gummierten Umschlagklappe hatten sich nicht einmal Speichelspuren finden lassen, denn es war eine von der selbstklebenden Sorte, und weder auf dem Papier noch auf der darin eingeschlagenen Schachtel konnten deutliche Fingerabdrücke sichergestellt werden. Der bei den abgetrennten Fingern sichergestellte Halbedelstein wurde den Medien vorenthalten: die Polizei wollte nicht auch noch irgendwelche Trittbrettfahrer ermuntern. Daß es eine *wahrscheinliche* Verbindung zwischen der Entführung und drei anderen, bereits in Untersuchung befindlichen Verbrechen gab, konnte nicht zurückgehalten werden, aber die Behörden lehnten jede weitere Stellungnahme zu diesem Punkt ab.

Childes profitierte von der Diskretion der Polizei und hatte das Festland bereits verlassen, bevor Außenstehende gewisse Schlüsse ziehen konnten. Sein parapsychischer Kontakt mit dem Mörder war ein wohlgehütetes Geheimnis geblieben. Die Gerichtsmedizin erläuterte in ihrem Bericht, daß die Finger von einem bereits toten

Opfer stammten. Allein darin lag so etwas wie Gnade.

Annabels Leiche wurde nicht gefunden, und Childes hatte keine Visionen von ihrem Verbleib. Er suchte sie ernsthaft mit seinen Gedanken, aber es war sinnlos.

Eine trügerische Ruhe kehrte ein. Wochen vergingen, ohne daß etwas geschah.

IM TRAUM sah er auf den dunkelhaarigen Jungen hinab und wußte, daß dieser Junge er selbst war.

Er saß aufrecht in seinem schmalen Bett, hatte die Decke an sich gerafft, und er war jung, sehr jung. Er sagte etwas, sagte es immer wieder, ein dumpfes Murmeln, wie bei einer sinnlos heruntergebeteten Litanei.

». . . du kannst es nicht . . . sein . . .«

Eine Frau stand am Fußende des Bettes, eine Elfenbeinstatue, bewegungslos im Mondlicht; wie der Träumende betrachtete auch sie den Jungen. Eine schreckliche Aura aus Kummer und Sorge umgab sie, und so, wie der schlafende Beobachter wußte, daß der Junge sein jüngeres Ich war, genauso wußte er, daß diese Frau seine Mutter war. Aber sie war tot.

». . . er . . . er sagt . . . das gibt es nicht . . . du kannst nicht sein . . .« murmelte der Junge wieder und immer wieder, und die Traurigkeit zwischen Frau und Kind, Mutter und Sohn, wurde unermeßlich.

Und dann bemerkte der Junge den anderen Beobachter, erschreckt blickt er nach oben, in die dunkelste Ecke des Zimmer. Er sah sich selbst.

Doch der Augenblick verging, und im Flur draußen waren schwere, schleppende Schritte zu hören. Die Vision seiner Mutter löste sich auf.

In der Türöffnung stand der dunkle Schemen eines Mannes, unsicher, schwankend, und der Beobachter wurde fast überwältigt von diesem ekelhaften Zorn, der in drohenden Wellen von seinem Vater ausstrahlte — von diesem schuldbewußten Zorn, der die Atmosphäre vergiftete. Childes duckte sich genau wie sein jüngeres Ich, genau wie der Junge, als der Betrunkene die Fäuste hob und ins Zimmer wankte.

»Ich hab's dir gesagt«, flüsterte der Vater. »Nie mehr! Nie mehr . . .« Die Schläge prasselten herab, und der

Junge kauerte sich unter der Bettdecke zusammen und schrie.

Childes versuchte einzugreifen, versuchte zu rufen, wollte seinen Vater ermahnen, den Jungen in Ruhe zu lassen, wollte ihm klarmachen, daß er nichts dafür konnte, daß er die Geister-Erscheinung seiner Mutter sah, daß sie zurückgekommen war, um ihn zu beruhigen, ihn wissen zu lassen, daß ihre Liebe nicht mit ihrem vom Krebs zerfressenen Körper begraben worden war, daß Liebe etwas Ewiges war und das Grab keine Falle, kein Gefängniswärter oder Scharfrichter, daß sie ihn immer lieben würde, und er wußte das alles wegen seiner speziellen Begabung, die ihn sehen ließ . . . Aber sein Vater hätte sowieso niemals zugehört, sein Zorn überlagerte alle seine anderen Sinne und Empfindungen und machte sie zunichte. Er hatte seinem Sohn eingeschärft, daß es kein Leben nach dem Tod gab und daß die Toten niemals zurückkehren konnten, um die Lebenden zu plagen, und er hatte ihm gesagt, daß seine Mutter voller Haß gestorben war und daß sie ihr langes Leiden verdient hatte, weil Gott der Herr jedem, dessen Herz vom Haß vergiftet war, solches auferlegte, und sie nicht auferstehen und von Liebe reden konnte, nicht sie, nicht ausgerechnet sie, die sie voller Abscheu gegen ihn, ihren Mann, den Vater des Jungen, gewesen sei, und er hatte ihn geschlagen und ihm immer und immer wieder eingeprägt, daß es keine solchen Dinge wie Geister oder Gespenster oder Erscheinungen gab und daß dies sogar die Kirche bestritt — es gab nichts dergleichen, überhaupt nichts, nichts . . .!

Das Schreien des Jungen wandelte sich zu einem Schluchzen, und die Schläge waren dieses Mal schlimmer als je zuvor. Er sperrte aus, was er sah, verschloß seinen Verstand und diesen siebten Sinn, er wies zurück, was geschah, was geschehen *war* — und verlor das Bewußtsein.

Und Childes, der Mann, der träumende Zeuge, wußte, daß sich der Verstand des Jungen vor dem verschlossen hatte, was geschehen *würde*.

Er erwachte mit einem erbärmlichen Wimmern, genau wie damals, vor Jahren, als er noch ein Junge gewesen war.

»Jon, bist du in Ordnung?«

Amy beugte sich über ihn, und ihre Haare streiften seine Wange. »Du hast einen Alptraum gehabt, wie damals . . . Du hast wieder diese Worte gesagt, und dann hast du jemanden angebrüllt, du hast geschrien, er solle aufhören.«

Sein Atem ging ganz flach und schnell, und seine Brust hob und senkte sich in harten, schmerzhaften Bewegungen. Amy hatte die Nachttischlampe eingeschaltet, und ihr süßes Gesicht war (obgleich er die Sorge darin sah) eine Erlösung von dem Alptraum.

»Er . . . er hat mich . . .« flüsterte er.

»Wer, Jon? Und was ist geschehen?«

Die Benommenheit wich jetzt rasch von ihm. Childes lag noch einige Sekunden lang reglos da und sammelte seine Gedanken, dann stemmte er sich hoch und lehnte sich mit dem Rücken gegen die Wand. Amy kniete neben ihm. Schatten betonten die sanften Rundungen ihres Körpers, als die Bettdecke bis zu ihrer Hüfte hinabglitt. Sie strich die dunklen Haarsträhnen beiseite, die in seine Stirn hingen.

»Was habe ich im Schlaf gesagt?« fragte er.

»Du hast nur gemurmelt, aber es hörte sich an wie: ›Es kann nicht . . .‹ nein, ›*du* kannst nicht sein‹. Du hast es immer und immer wieder gesagt, und dann hast du angefangen zu schreien.«

Obwohl es spät war, war es nicht kühl; durch das offene Fenster kam nicht der geringste Lufthauch.

»Oh, Amy, Amy, ich glaube, ich beginne zu verstehen«, sagte er, und es klang wie ein Aufstöhnen.

Sie nahm ihn in die Arme und legte den Kopf an seine Schulter. »Du machst mir solche angst«, flüsterte sie. »Sag mir, was los ist, Jon, erzähl mir, was du damit meinst. Was beginnst du zu verstehen? Behalt es nicht für dich, bitte.«

Er streichelte ihren Rücken und nahm die Wärme ihres Körpers in sich auf. Er sprach, und seine Stimme war leise, sanft, und die Worte kamen zuerst zögernd, gerade so, als würde er nur zu sich selbst sprechen.

»Als Gabby . . . als sie uns sagte, sie würde . . . sie würde Annabel sehen . . . In dieser Nacht . . . nachdem Annabel entführt worden war . . . Es war, als würde etwas in mir zu einem neuen Leben erwachen, ein Gedanke, ein Gefühl, eine Erinnerung. Etwas, das lange, lange Zeit verschüttet und verborgen war. Es ist kompliziert, und ich weiß, daß ich es nicht voll und ganz erklären kann, aber ich will es versuchen, und sei es auch nur um meiner selbst willen.«

Amy richtete sich auf, um seinen Körper zu entlasten.

»Ich glaube nicht, daß jemand seinen Vater wirklich hassen will«, fuhr er fort. »Und ich . . . ich darf nicht vergessen, daß er so viele Jahre lang Mutter *und* Vater für mich war. Möglich, daß Schuldgefühle im Spiel waren, weil ich mich so lange geweigert habe, mir gewisse Tatsachen über mich selbst einzugestehen. Ich weiß nicht, ich — ich suche nur, Amy, ich will ein paar Antworten aufspüren, eine *Grundlinie,* wenn du so willst.«

Er verstummte, als durchforschte er seine Gedanken — als versuchte er sie zu ordnen, und Amy wünschte sich nichts sehnlicher, als ihm helfen zu können, irgendwie.

»Dein Traum, Jon«, flüsterte sie. »Vielleicht solltest du damit anfangen.«

Childes preßte die Finger auf die geschlossenen Lider. »Ja«, sagte er nach einer Weile. »Der Traum. Das ist der Schlüssel. Nur, daß ich mir nicht sicher bin, ob es nur ein Traum war, Amy.« Er griff nach ihrer Hand, hielt sie fest und blickte zum Fenster hinüber. »Ich habe mich selbst gesehen, als Kind — ungefähr in Gabbys Alter, denke ich, und es war, als schaute ich auf das Kind hinab — auf *mich selbst* hinab. Ich schien über dem Zimmer zu schweben. Der Junge saß aufrecht im Bett, er hatte Angst, aber gleichzeitig konnte ich da auch ein seltsames Glücksgefühl spüren. Es war noch jemand in diesem Zimmer. Eine Gestalt, im Mondlicht; sie betrachtete den Jungen genau wie ich. Eine Frau. Ich weiß, daß es meine Mutter war.«

Childes atmete tief ein, und Amy wartete geduldig. Sein Gesicht war angespannt, und das Glitzern in seinen Augen verriet Traurigkeit und Erregung über seine Entdeckung zugleich. Amy zuckte zusammen, als er schließlich hinzufügte: »Aber meine Mutter war damals schon seit über einer Woche tot.«

»Jon . . .«

»Nein, hör zu, Amy. Gabby hat nicht nur geträumt, als sie in dieser Nacht Annabel gesehen hat. Verstehst du? Sie hat meine Gabe geerbt, sie ist medial veranlagt, ein Medium — ich hab' keine Ahnung, wie man es nennt, weil ich das Thema gemieden habe, solange ich lebe. Gabby und ich sind gleich, sie hat diese . . . Kraft oder diesen Fluch von mir geerbt. Und mein Vater — Gott steh ihm bei — mein Vater hat mir damals alle Gedanken daran buchstäblich aus dem Kopf geprügelt. Er weigerte sich, eine derartige Macht anzuerkennen, und von mir verlangte er dasselbe. Ich durfte diese Macht nicht *akzeptieren*. In meinem Traum habe ich gesehen, wie er in dieses Zimmer kam und den Jungen verprügelte — mich verprügelte —, bis er das Bewußtsein verlor. Und das war nicht das erste, und ich denke, auch nicht das letzte Mal. Er setzte alles, was in seiner Kraft stand, daran, mich so weit zu bringen, daß ich diese Fähigkeit verleugnete, dieses zusätzliche Fühlen. Er zwang mich, diese Kraft aus meinem Verstand zu löschen.«

»Aber warum denn?«

»Ich weiß es nicht! Aber ich nahm auch ein Gefühl von ihm wahr, in diesem Traum. Er war durcheinander und wütend — und Gott, ja, er hatte Angst —, aber außerdem war da auch noch . . . ein Schuldgefühl! Möglich, daß er sich für ihren Tod verantwortlich gefühlt hat, oder . . .« Er schloß die Augen wieder, konzentrierte und erinnerte sich. ». . . vielleicht war es auch nur, weil er mit ihrem Sterben nicht hat fertig werden können. Er war ein Säufer, ein Egoist, der sich vor jeder Verantwortung gedrückt hat. Ich glaube nicht, daß er ihre Leiden ertragen konnte, und wahrscheinlich konnte er ihr auch nicht über ihre Schmerzen hinweghelfen. Vielleicht hat er sie sogar schlecht behandelt und sich dann später geschämt. Mein Vater wollte die Erinnerung an sie vollkommen auslöschen, aber meine Visionen, meine *Gesichte* ließen das nicht zu. Ich habe die Barriere immer wieder eingerissen, die er um seine Gefühle herum aufgebaut hatte.«

Er unterbrach sich, um wieder zu Atem zu kommen, denn die Worte waren wie eine Flut aus ihm herausgebrochen. »Ich glaube nicht, daß ich je die ganze Wahrheit erfahren werde, Amy. Ich kann dir nur beschreiben, was ich gefühlt habe. Bewußt habe ich alles, was mit dem Übernatürlichen zu tun hatte, von mir gewiesen, eine nur allzu verständliche Reaktion für ein Kind: wenn man ihm ständig sagt, daß das und das falsch oder unnatürlich ist, dann wird es schließlich genau das verinnerlichen, aber die Kraft war nach wie vor da, in mir eingesperrt, irgendwo, aber sie war da. Kannst du dir diesen seelischen Konflikt vorstellen? Ich liebte und vermißte meine Mutter, ich wollte ihren Trost, wollte ihre Nähe — aber da war mein Vater, der mich unter Prügeln zwang, diese Nähe abzulehnen, und damit auch meine besondere Gabe der Wahrnehmung. Vermutlich hat die bewußte Seite meines Verstandes den Kampf schließlich gewonnen, aber es war kein dauerhafter Sieg.«

Amy löste ihre Hand aus der seinen und berührte sein Gesicht. »Das würde so vieles erklären«, sagte sie und lächelte. »Vielleicht sogar, warum du einen so perfekt logischen Beruf gewählt hast. Das große Wunder daran ist nur, daß du nicht voller Neurosen steckst.«

»Wer sagt, daß die nicht doch irgendwo stecken?« Voller Anspannung rutschte er im Bett hin und her. »Aber warum ausgerechnet jetzt, Amy? Warum ist dies gerade jetzt an die Oberfläche gekommen?«

»Das ist nicht einfach nur so passiert, verstehst du denn nicht? Der ganze Prozeß begann schon vor drei Jahren.«

»Die Morde an diesen Kindern?«

»War das etwa nicht der Zeitpunkt, an dem sich dein zusätzlicher Sinn zum ersten Mal wieder gemeldet hat? Aber — wer weiß, vielleicht hast du viel mehr auf diese besondere Art wahrgenommen und das Ganze jedesmal unbewußt auf reine Intuition zurückgeführt?«

Er überlegte und sagte dann langsam: »Vielleicht war erst dieser andere Geist nötig — als Auslöser sozusagen.« Gefaßter fügte er hinzu: »Vielleicht hat ganz einfach jemand meinen Code herausgefunden.«

»Was?«

»Meinen Code. Frans Idee. Sie setzte Verstand mit Computern und Zugangscodes gleich. Der Vergleich ist unwichtig, aber nach dem Prinzip könnte es funktionieren.« Unvermittelt zog er die Beine an und lehnte sich vor. »Noch ein Punkt, an den ich mich erinnere. In diesem Traum — wenn man das Ganze überhaupt so nennen kann — hat mich der Junge gesehen. Er hat mich bemerkt.«

Sie schüttelte den Kopf. »Ich versteh' nicht, was du damit meinst.«

»Er sah zu mir herauf. Ich habe zu mir selbst hinaufgesehen, Amy! Nein, das heute nacht, das war kein Traum — es war eine Erinnerung, ein Signal. Ich erinnere mich, daß der Geist meiner Mutter zu mir gekommen ist . . . sie wollte mir ihre Liebe beweisen, wollte mir sagen, daß der Tod nichts Endgültiges ist, und ich erinnere mich an dieses andere Augenpaar, das mich in dieser Nacht beobachtete . . . *Ich schwöre dir, daß ich mich an diese Nacht erinnere — an jede Einzelheit, die ich damals als Junge wahrgenommen habe.* Und diese Augen, sie gehörten jemandem, der sich um mich kümmerte, der besorgt um mich war. Verstehst du jetzt, Amy? Ich hatte damals die Kraft, mein zukünftiges Ich zu sehen! Bin ich jetzt total übergeschnappt, Amy, oder ist das die Wahrheit? Ich hatte die Kraft, mein zukünftiges Ich zu sehen, und heute nacht hatte ich die Kraft, zurückzugehen und mein *vergangenes* Ich zu sehen.«

Er fröstelte, und sie klammerte sich an ihn.

»Diese Kraft in mir ist so stark«, hauchte er. »Gott, ich kann sie spüren, so stark . . . Und — und . . .«

Das Leuchten war direkt vor ihm, ein dunstiges Schimmern, aber er wußte trotzdem, daß die Erscheinung allein in seinem Kopf war, nicht hier im Zimmer. Anfänglich klein, verdichtete sie sich immer mehr, rundete sich, nahm feste Gestalt an.

Ein Mondstein.

Nein. Er wuchs, dehnte sich aus, verzerrte sich, die

Struktur veränderte sich. Kein Mondstein. Jetzt nicht mehr.

Risse und Krater vernarbten die Oberfläche. Gebirgsketten ragten bleich empor.

Er sah den Mond selbst.

Und mit diesem Bild kam eine schreckliche Vorahnung.

JEANETTE stürmte über den runden Rasen zu den naturwissenschaftlichen Gebäuden hinüber und betete darum, daß sie von keinem Kollegiumsmitglied beim widerrechtlichen Betreten des geheiligten Bodens erwischt wurde. Sie wich der Statue der Schulgründerin aus und rannte noch schneller, und ihre dunklen Haare flatterten hinter ihr her; die Bücher für die nächste Unterrichtsstunde hielt sie fest unter einen Arm geklemmt. Zum Glück stand jetzt Computerlehre auf dem Stundenplan, und Mr. Childes wurde selten richtig böse, obwohl er ab und zu schon streng werden konnte — vor allem, wenn sich die Mädchen *allzu* sehr daneben benahmen.

Der Rasen lag hinter ihr, und sie war erleichtert. Mit Lichtgeschwindigkeit überquerte sie den Kies-Wendekreis für die Besucherautos, jagte die Stufen empor und stieß die gläsernen Eingangstüren auf. Noch eine Treppe. Der Computerraum lag im ersten Stock bei den wissenschaftlichen Labors. Jeanette war beinahe oben, als sie die Bücher verlor. Also noch einmal zurück, aufsammeln. Und weiter.

Vor dem Lehrsaal hielt sie an und versuchte sich zu fassen. Drei tiefe Atemzüge, ein schnelles Haarekämmen mit den bloßen Fingern, dann war sie bereit. Sie trat ein.

»Hallo, Jeanette«, empfing Childes sie, und sie bemerkte das leichte Stirnrunzeln nur zu gut. »Ein bißchen spät dran, was?«

»Ich weiß, Sir, tut mir auch leid«, erwiderte sich und war trotz all ihrer Bemühungen, ganz ruhig zu wirken, noch immer völlig atemlos. »Ich hab' heute morgen mein Computerprogramm auf dem Zimmer vergessen. Zwischen den anderen Unterrichtsstunden konnte ich es nicht holen.« Sie starrte ihn ängstlich an, und er lächelte.

»Geht schon in Ordnung«, antwortete er. »Mal sehen, du wirst mit Nicola und Isobel zusammenarbeiten müssen. Wenn sie am Bildschirm fertig sind, bist du an der Reihe. Hoffentlich hast du ein anständiges Programm ausgearbeitet.«

»Einen Rechtschreibtest, Sir.«

Jemand kicherte.

»Na ja, das ist ziemlich einfach, Jeanette, aber besser als nichts. Wird schon klappen«, ermunterte er sie. Dann setzte er, an die Klasse gewandt, hinzu: »Beim Computer muß jeder seinen eigenen Weg gehen, es gibt keine Abkürzungen am Anfang. Die reine Logik, mit der hier alles steht und fällt, braucht eine Weile, bis sie eingesickert ist, aber sobald sie mal drin ist, ist man voll dabei.«

Jeanette zog einen Stuhl heran, setzte sich hinter Nicola und Isobel und spähte über deren Schultern auf den Bildschirm. Sie sah, daß die beiden ein Anagramm-Spiel durchlaufen ließen.

Childes marschierte von einem Gerät zum anderen, begutachtete die Arbeit seiner Schülerinnen, gab Ratschläge und machte Anmerkungen, wie die jeweiligen Informationen in den Programmen noch mehr konkretisiert und interessanter gestaltet werden konnten.

Hinter Kelly blieb er stehen und nickte erfreut. Sie hatte eine vergleichbare Auflistung von Segelschiffen für den örtlichen Yachthafen erarbeitet — jeweils Auslaufzeit und Rückkehr — und zwar unter der Annahme, daß sie mit der Yacht oder einem Motorboot unterwegs war, und sie hatte nicht einmal die Mühe gescheut, den Hafenmeister aufzusuchen und sich detaillierte Informationen über die Verkehrsdichte und Regulierung zu beschaffen. Kelly bemerkte sein Interesse, drehte sich um und sah zu ihm auf, und natürlich lag wieder ein Lächeln auf ihrem Gesicht.

Wie üblich, dachte er, bist du nur ein kleines bißchen

zu selbstgefällig, Kelly, aber es ist nicht zu leugnen, daß du die Beste bist. Er sagte: »Eine gute Übung, Kelly. Siehst du in die Zukunft?«

»Ja, Mr. Childes, in die nahe Zukunft. Meine Yacht wird nämlich eher vor den Bahamas kreuzen.«

Er unterdrückte ein Lächeln. »Das bezweifle ich nicht.«

Sie wandte sich wieder dem Gerät zu, und er beobachtete, wie ihre Finger entschlossen und geschickt über die Tastatur huschten. Der einzige Schönheitsfehler war ein Tintenfleck an der Hand, und er fragte sich wieder, warum er diese Hand vor ein paar Wochen als verbrannte Klaue gesehen hatte. Vorahnungen waren normalerweise nicht unbedingt seine Spezialität. Aber hatte er als Junge nicht auch sein zukünftiges Ich gesehen? Er war verwirrt, und er hatte Angst, aber er war nicht mehr bereit, willfähriges Opfer dieses schrecklichen Fluchs zu sein — dieses Fluchs und dieses Monstrums, das ihn mit seinen eigenen Erinnerungen verspottet hatte. Childes hatte mittlerweile begonnen, seinerseits abzutasten, zu sondieren . . . Eine Taktik, die er mit Overoy abgesprochen hatte. Er suchte nach der verderbten Psyche seines Peinigers. Der Brand der psychiatrischen Klinik war offiziell noch immer keinem bestimmten Täter zugeschrieben worden, aber weder er noch Overoy zweifelten daran, daß dieselbe Person dafür verantwortlich war, die zuvor den alten Mann gefoltert und ermordet hatte. Er hatte sich schon oft überlegt, daß er dem Detective eigentlich dankbar sein müßte — Overoy glaubte ihm, und bestimmt hatte er hinter den Kulissen alle Hände voll zu tun gehabt, damit der Name CHILDES nicht mit Annabels Verschwinden in Verbindung gebracht wurde. Overoy machte wieder gut, was damals durch sein Verschulden geschehen war. Dieses Mal gab es keine Publicity, und doch war Childes noch immer nicht bereit, ihm voll und ganz zu vertrauen. Als sie sich vor drei Tagen das letzte Mal getroffen und unterhalten hatten, hatte ihm Overoy mitgeteilt, daß er jetzt bei allen vier Verbrechen die Nachforschungen koordinierte und dafür verantwortlich war; seine Verbindung zu Childes hatte den Ausschlag dafür gegeben. Leider gab es bislang noch keine einzige konkrete Spur. Overoy hatte ihn um weitere Informationen gebeten — aber es gab keine; fast rechtfertigend hatte Childes diese eigenartige Vision erwähnt, den Mondstein, der sich allmählich in den Mond selbst verwandelte. Was bedeutete das? Wer, zum Teufel, sollte das schon wissen? Und nein, es hatte noch immer keinen neuen Kontakt mit diesem anderen Verstand gegeben. Genaugenommen befürchtete Childes schon, die Kraft könne ihn verlassen haben — ausgerechnet jetzt, nachdem er endlich akzeptiert hatte, daß ihm diese außerirdische Fähigkeit gegeben war — ein Gespenst, das verschwand, wenn man es bewußt betrachten wollte.

Er fragte sich: ist wirklich alles vorbei? War die Kreatur nicht mehr am Leben? Hatte sie sich selbst gerichtet, wie damals der Kindermörder? Hatten deshalb die schrecklichen Visionen und Alpträume aufgehört?

»Sir. Sir!«

Kellys Stimme riß ihn aus seinen Gedanken. Er blickte hastig auf und sah, daß sie sich wieder zu ihm umgedreht hatte — diesmal bestürzt.

»Was ist los, Kelly?« fragte er und kam hinter dem Lehrerpult hervor.

»Mit dem Computer stimmt was nicht.« Sie nickte zum Bildschirm hin und hämmerte auf die Tasten ein.

»Hey!« bremste er und ging zu ihr. »Laß es nicht an dem Gerät aus. Wir gehen die Sache einfach mal ganz logisch durch.«

Er beugte sich über sie und erstarrte — die Worte blieben ihm im Hals stecken. Er klammerte sich an der Stuhllehne fest. Ein sanfter Druck stieß gegen seinen Geist.

»Warum hast du das geschrieben, Kelly?« Er zwang sich, ganz ruhig zu bleiben.

»Das war ich nicht«, erwiderte sie entrüstet. »Es war plötzlich da, und alles andere war verschwunden.«

»Du weißt, daß das unmöglich ist.«

»Ehrlich, Sir. Ich kann nichts dafür.«

»Okay, lösch das Ganze und fang neu an.«

Das Mädchen drückte die RETURN-Taste. Nichts geschah.

Childes, noch immer nicht sicher, ob sie nur ein dummes Spiel mit ihm trieb, beugte sich ungeduldig vor und drückte dieselbe Taste. Keine Reaktion.

»Kelly, hast du . . .?«

»Wie denn? Ich hab' keine Ahnung, wie man den Computer zu so was bringt.«

»Schon gut. Mach bitte Platz.«

Sie stand auf, und Childes ließ sich auf ihrem Sitz nieder; aufmerksam starrte er auf den Bildschirm, als traue er seinen Augen nicht. Seine Hand schwebte nervös über die Tastatur. Die anderen Mädchen wurden aufmerksam und blickten neugierig herüber.

»Versuchen wir's mal mit RESET«, murmelte Childes. Er sprach ganz gelassen. Er verbarg die Panik, die in ihm pulsierte. Dennoch konnte er nicht verhindern, daß sich Schweißtropfen auf seiner Stirn bildeten.

Er berührte die Taste.

Der Bildschirm war wieder leer, und Childes seufzte vor Erleichterung.

Dann erschien das einzelne Wort erneut.

»Warum macht der Computer das, Sir?« erkundigte sich Kelly; das Phänomen erstaunte und faszinierte sie gleichermaßen.

»Keine Ahnung«, gab er zurück. »Aber es dürfte nicht passieren, es müßte unmöglich sein! Ausgenommen natürlich, ein Außenstehender pfuscht dazwischen.« Extrem unwahrscheinlich, sagte er sich gleichzeitig und dachte an Frans Computer/Geist-Analogie. Unsinn, das hat damit nichts zu tun! Er drückte wieder auf RESET.

Das Wort verschwand. Und erschien wieder.

»Ich lösche dein Programm ungern«, wandte sich Childes mit erzwungener Ruhe an Kelly, und der Aufruhr in seinem Kopf verschlimmerte sich. »Aber ich fürchte, es muß sein.«

Diesmal drückte er HOME.

Der Bildschirm wurde dunkel — ein dunkles Nichts. Childes lehnte sich zurück.

Und erstarrte, als ihm das Wort wieder aus dem Schwarz entgegenleuchtete.

Fassungslos blickte er auf den Bildschirm.

Das grüne, leuchtende Wort spiegelte sich in seinen Kontaktlinsen.

Der kleine, computergeschriebene Wort lautete:

MOND

Ein paar der anderen Mädchen hatten sich um ihn versammelt; die plötzlichen Ausrufe kamen von den Mädchen, die an ihren Geräten geblieben waren. Childes hob den Stuhl zurück und ging der Reihe nach zu ihnen. So unmöglich es war — auf jedem Bildschirm glühte dasselbe Wort. Mond.

Mit einer Verzweiflung, die die Mädchen erschreckte, bückte er sich und riß sämtliche Stecker heraus und unterbrach damit die Stromzufuhr zu jedem einzelnen Computer: die Bildschirme wurden grau. Schwer atmend stand Childes da und wartete, und die Mädchen drängten sich unwillkürlich dichter zusammen, als sei er plötzlich verrückt geworden.

Vorsichtig näherte er sich schließlich Kellys Computer. Er kniete sich hin, nahm den Stecker und schob ihn in die Buchse.

Der Computerbildschirm erwachte zu neuem Leben, und diesmal erschien das Wort nicht mehr, das ihm eine solche Angst einjagte.

Er traf Amy nach dieser Unterrichtsstunde, während der es ihm kaum gelungen war, gute Miene zum bösen Spiel zu machen; aber immerhin hatte er seinen Schülerinnen erklärt, daß das Geschehene auf einen seltsamen Funktionsfehler oder einen anderen Computer zurückzuführen sei. Die Erklärung stand auf ziemlich wackeligen Beinen und war höchst unwahrscheinlich, aber die Mädchen schienen das zu akzeptieren.

Childes fuhr mit Amy von der Schule weg und war froh, daß jetzt Mittagspause war und sie Gelegenheit hatten, miteinander allein zu sein. Er hielt erst an, als er eine abgelegene Stelle auf den Klippen gefunden hatte.

Er schaltete den Motor ab und schaute aufs Meer hinaus. Erst nach ein paar Minuten, als sich sein Atem beruhigt hatte, wandte er sich Amy zu und sagte: »Es ist hier, Amy. Es ist hier auf der Insel.«

Der Tag war großartig. Nur ein paar kleine Wolken hingen am Himmel, wie Watteballchen, die an einem tiefblauen Bett festgeklebt und unfähig waren, davonzuschweben; selbst in den oberen Luftschichten regte sich kein Hauch. Die Sonne, eine strahlende Feuerkugel, triumphierte in ihrer Vorherrschaft. Auf dem Meer draußen breitete sich ein schwacher, tiefhängender Dunst aus, und die anderen Inseln verwandelten sich in verschwommene Streifen in der Ferne.

Zahllose kleine Motorboote zogen kurze, weiße Federbüsche hinter sich her; die Besatzungen der Segelyachten hofften vergeblich auf Wind, der ihre Segel hätte blähen können. In Landnähe mühten sich Windsurfer auf ihren Brettern, während die bunten Segel traurig neben ihnen ins Wasser hingen. Die Sandstrände waren überfüllt, nur die weniger zugänglichen kleinen Buchten und Meeresarme waren noch still und einsam. Sie waren Zuflucht für all jene, die ihre Ruhe so sehr schätzten, daß sie selbst mühsame Kletterpartien auf sich nahmen.

Auf einer Klippe mit Blick auf eine solche Bucht erhob sich das La Roche-Mädchen-College. Das weiße Hauptgebäude wirkte wie ein von der Sonne erhellter Leuchtturm.

Ein großartiger Samstag — der passende Rahmen für diesen Tag der offenen Tür, an dem sich Lehrpersonal, Schülerinnen und Klassenräumlichkeiten gleichermaßen zur Begutachtung bereithielten. Ein wichtiger Tag für die Schule: auf dem Programm standen die Preisverleihungen, Belohnungen und Urkunden für hervorragende Verdienste (oder auch nur für akzeptable Mitarbeit), und natürlich für allgemeine schulische Leistungen, sowie für ordentlich erledigte Studien; Ansprachen von der Direktorin, Miss Estelle Piprelly, und dem Vorstandsmitglied *Conseiller* Victor Platnauer; eine Rezitation der La

Roche-Schulsprecherin über die Ereignisse des vergangenen Schuljahres (wie immer in traditioneller Versform); des weiteren ein Geduldsspiel (oft auch Prüfstein für das Durchhaltevermögen der versammelten Gäste) und ein Geschicklichkeitstest. Kurzum: neue schulgeldzahlende Eltern sollten in Massen angelockt werden.

Ein Festtag für die Schule: mit verschiedenen Verlosungen, einer Lotterie, Spielen und einem Secondhandshop, in dem es vornehmlich Schuluniformen zu kaufen gab; mit einem Erdbeer-Sahne-Stand, einem Marmelade-, Süßigkeiten- und Kuchenstand, einem Hot-dog-Stand und einem Wein- und Orangensaftstand und mit den verschiedensten Vorführungen: Schauturnen, fröhliches Chorsingen, Square-Tanz. Und natürlich durfte das alles auf dem geheiligten Rasen genossen werden.

Ein Tag, an dem normalerweise *nichts* schiefgehen sollte.

Überall Hektik: die Eltern der Schülerinnen wimmelten herum, immer neue Wagen fuhren auf dem längst überfüllten Parkplatz und der Auffahrt vor, und aufgeregte Schulmädchen, die so taten, als wären sie *überhaupt* nicht aufgeregt, kicherten und plapperten miteinander, obwohl es da doch die Ermahnung gab, sich besonders gut zu benehmen. Childes hatte die verbindlich angesetzte Elternsprechstunde absolviert und den Lehrsaal dann verlassen. Jetzt beobachtete er das bunte Treiben mit ruheloser Aufmerksamkeit. Er versuchte, die vorüberkommenden Leute nicht allzu auffällig anzustarren und zu mustern. Dennoch wurde es mehr als einem Elternteil recht unbehaglich unter seinem Blick.

Und nach einiger Zeit hatte er selbst das Gefühl, beobachtet zu werden. Mit einem Ruck drehte er sich um und entdeckte — nur ein paar Yards entfernt und vorgeblich im Gespräch mit einer Gruppe Eltern und Lehrer — Miss Piprelly, und sie starrte ihn eindringlich an. Ihre Blicke begegneten sich, und da war ein eigenartiges Erkennen, ein *Wissen*, das früher nicht vorhanden gewesen war. Besorgnis überschattete die Züge der Schulleiterin, und Childes beobachtete, wie sie mit ihren Begleitern noch einige Worte wechselte, sich dann entschuldigte und in ihrer steifen Art auf ihn zuschritt.

Sie erwiderte die Grüße anderer Besucher, an denen sie vorbeikam, mit einem knappen Lächeln, das höflich war, eine Unterhaltung jedoch zurückwies, und dann stand sie vor ihm und sah zu ihm auf. Er blinzelte, denn er hatte die Energie, die von ihr ausstrahlte, gesehen, eine Aura der Vitalität. Es war ein außergewöhnliches Phänomen und etwas, das er in allerjüngster Zeit öfter beobachtet hatte — das Strahlen einer ruhigen, vielfarbenen Flamme, ein kurzes Auflodern, das sofort wieder verblaßte, wenn man sich darauf konzentrierte, und das ihn jedesmal verwundert und merkwürdig zurückließ. Der ungewöhnliche Effekt verschwand, als ihn Miss Piprelly ansprach und so seine Aufmerksamkeit voll und ganz beanspruchte.

»Es wäre mir lieber, Sie würden nicht so dastehen und die Leute mit solch großer Intensität inspizieren, Mr. Childes. Vielleicht könnten Sie mich ins Vertrauen ziehen, wenn irgend etwas nicht stimmt?«

Dieses unheimliche *Bewußtsein* in ihren Augen. Er bekam Einblick in die tieferen Empfindsamkeiten unter der ein wenig spröden Oberfläche und begann die Schulleiterin allmählich in einem völlig anderen Licht zu sehen. Doch ihre Beziehung hatte sich nicht verändert. Er fragte sich, ob er seine neuen Erkenntnisse den verwirrenden Entwicklungen in sich selbst zu verdanken hatte.

»Mr. Childes?« Sie wartete auf eine Antwort.

Die Versuchung, ihr alles zu erzählen, war beinahe überwältigend — aber wie sollte sie ihm glauben können? Estelle Piprelly war eine rationale, nüchterne Direktorin, tatkräftig und eifrig in ihren Bemühungen erzieherischer Bestleistung. Andererseits — was war das in ihr — was verwirrte ihn so, welche vage oder getarnte Eigenart besaß sie, die ihr Image Lügen strafte?

Sie seufzte ungeduldig. »Mr. Childes?«

»Tut mir leid, ich war meilenweit entfernt.«

»Ja, das konnte ich sehen. Wenn Sie mir bitte verzeihen wollen, daß ich so offen spreche, aber Ihnen scheint unwohl zu sein. Sie sehen bereits seit geraumer Zeit so verstört aus, eigentlich seit Ihrer Abwesenheit.«

Eine unbedeutende Krankheit, ein Sommerschnupfen, hatte er als Erklärung für seine nach Annabels Verschwinden auf dem Festland verbrachte Zeit angegeben. »Oh.« Er zuckte mit den Schultern. »Nun, das Sommersemester ist so gut wie beendet, ich werde also eine Menge Zeit zum Ausspannen haben.«

»Ich würde nicht sagen, daß Ihr Stundenplan sehr dichtgedrängt ist, Mr. Childes.«

»Eigentlich nicht.«

»*Beschäftigt* Sie etwas?«

Er war hin- und hergerissen, aber dies war weder die richtige Zeit noch der richtige Ort, um ganz offen zu ihr zu sein. Im schlimmsten Fall konnte sie ihn vom Gelände weisen.

»Nein — mich haben — äh — die Eltern interessiert. Ich habe versucht, sie ihren Sprößlingen zuzuordnen. Nur ein kleines Spiel, nichts weiter. Ist Ihnen schon einmal aufgefallen, wie ähnlich manche der Mädchen der Mutter oder ihrem Vater sind — und andere wieder: das genaue Gegenteil? Eigentlich unglaublich.«

Sie war nicht zufriedengestellt, aber sie hatte zuviel zu tun, um sich eingehender mit ihm zu befassen. »Nein, ich finde dies überhaupt nicht unglaublich. Und nun schlage ich vor, daß Sie Ihr *Spiel* vergessen und sich ein wenig mehr unter unsere Gäste mischen.« Miss Piprelly war bereits im Begriff, sich abzuwenden, hielt jedoch noch einmal inne. »Sie wissen, Mr. Childes, wenn es da irgendein Problem gibt, dann steht Ihnen meine Tür jederzeit offen.«

Er mied ihren Blick, da er sich unbehaglich fühlte; ihre Bemerkung enthielt mehr als nur eine beiläufige Einladung. Wieviel wußte sie wirklich über ihn?

»Ich werde daran denken«, versprach er und blickte ihr nach, als sie davonging.

Amy entdeckte Overoy auf Anhieb. Obwohl er sich alle Mühe gab, wie ein besorgter Vater auszusehen, der hier zu Besuch war, sah er doch nur wie ein Polizist in Zivil auf der Jagd nach Taschendieben aus — sein durchdringender Blick und seine wachsame Haltung verrieten ihn. Sie mußte lächeln: vielleicht sah er auch nur für sie so aus, weil sie wußte, wer er war und weshalb er hier war. Sie widerstand dem boshaften Impuls, zu winken und »Inspector!« zu rufen. Statt dessen wandte sie sich an die beiden dreizehnjährigen Mädchen, die ihr am Erdbeer-Sahne-Stand assistierten:

»Übernehmt ihr eine Weile. Und achtet darauf, daß ihr das richtige Wechselgeld herausgebt. Und nur *vier* Erdbeeren pro Körbchen, sonst gehen sie uns zu schnell aus, und wir sitzen ohne einen Penny Gewinn da.«

»Ja, Miss Sebire«, erwiderten sie im Duett und waren sichtlich erfreut, nunmehr in Eigenregie wirken zu können.

Amy schlenderte davon und erwiderte die Grüße der Eltern, die sie kannte. Overoy hatte sich in den Schatten eines Baumes zurückgezogen, die Hemdsärmel bis zu den Ellenbogen hochgekrempelt und die Jacke über den Arm gehängt; er nippte an seinem Wein, der hier ein wenig unkonventionell in Plastikbechern verkauft wurde.

»Sieht so aus, als sei Ihnen heiß geworden, Inspector«, sagte Amy im Näherkommen.

Er wandte sich ihr zu, für einen Moment überrascht. »Hallo, Miss Sebire. Und Sie scheinen an Ihrem Stand alle Hände voll zu tun zu haben.«

»Erdbeeren mit Sahne sind der große Renner an einem Tag wie heute. Soll ich Ihnen eine Portion bringen.«

»Sehr nett von Ihnen, aber nein, danke.«

»Es wäre eine perfekte Tarnung.«

Er lächelte über die gutmütige Stichelei. »Ich falle ziemlich auf, was?«

»Wahrscheinlich nur, weil ich Sie kenne und weiß, was Sie hier machen. Aber Ihre Leute sind wenigstens diskret.«

Er schüttelte gequält den Kopf. »Ja, ich weiß. Tut mir leid, aber so, wie die Dinge stehen, bin ich zu meinem Privatvergnügen hier. Es wäre ziemlich schwer gewesen, meine Vorgesetzten davon zu überzeugen, daß wir für diese kleine Übung hier ein getarntes Team benötigen — nicht, daß wir auf der Insel überhaupt keine rechtliche Handhabe hätten . . . Glücklicherweise ist Inspector Robillard ein alter Freund von mir, und dementsprechend bin ich auch nur für einen Wochenendbesuch und als sein Gast hier.«

»Ich glaube, ich hab' ihn gesehen — mit seiner Frau.«

»Er ist genausowenig offiziell im Dienst wie ich. Aber er hält die Augen offen.«

»Hilft er bei der Suche nach unserem Monster?«

»Ja, aber es ist schwierig, wenn man nicht weiß, wie der Betreffende aussieht.«

»Wie es aussieht. Jon weigert sich, den Killer als menschliches Wesen zu akzeptieren.«

»Das ist mir auch schon aufgefallen.« Unbehaglich kratzte sich Overoy mit einem nikotinflekigen Finger die Wange. Er war darauf bedacht, seinen Wein nicht zu verschütten. »Mr. Childes ist in mancher Hinsicht ein . . . nun, ein seltsamer Mann, Miss Sebire«, sagte er.

Amy lächelte honigsüß. »Wären Sie das nicht auch, wenn Sie das alles durchgemacht hätten, was er durchgemacht hat, Inspector?«

»Nein, ich wäre schlimmer dran: Ich hätte inzwischen den Verstand verloren.«

Ein plötzliches Stirnrunzeln ersetzte ihr Lächeln. »Sie können davon ausgehen, daß er nicht verrückt ist.«

Er hielt den Plastikbecher wie einen Schutzschild vor sich hoch. »Ich wollte damit nichts andeuten, Miss Sebire. Im Grund genommen halte ich ihn für einen bemerkenswert nüchternen Charakter. Ich meine, diese außersinnliche Wahrnehmung ist ein bißchen seltsam, das ist alles.«

»Ich dachte, Sie hätten sich inzwischen daran gewöhnt.«

»Er hat sich nicht daran gewöhnt, und ich mich auch nicht.«

»Jon fängt an, seine Gabe zu akzeptieren.«

»Ich hab' sie schon vor langer Zeit akzeptiert, aber das heißt trotzdem nicht, daß ich mich daran gewöhnt habe.«

Eine vorbeikommende Elterngruppe winkte Amy zu, und sie erwiderte den Gruß. »Glauben Sie wirklich, daß diese Person auf die Insel gekommen ist?«

Overoy nippte an seinem Wein, bevor er antwortete. »Er weiß, daß Childes hier ist, also ist es durchaus möglich. Ich fürchte, diese Angelegenheit könnte sich in eine persönliche Blutrache gegen Childes verwandelt haben.«

»Und Sie glauben wirklich, er kann Jons Gedanken einfach lesen — einfach so?«

»Und seinen Aufenthaltsort finden, meinen Sie? Oh, nein, aber das war auch gar nicht nötig. Gabrielle hat ein paar Tage, bevor ihre Freundin entführt wurde, einen ziemlich eigenartigen Anruf bekommen — sie wußte nicht mehr genau, wann, aber wir gehen davon aus, daß es der Entführer war.«

»Das hat Jon mir gegenüber nicht erwähnt.«

»Wir fanden es auch erst viel später heraus. Wir haben die Kleine noch einmal befragt, und ganz besonders danach, ob sie oder Annabel in den Tagen vor dem Verbrechen möglicherweise mit irgendwelchen Fremden gesprochen haben. Da erinnerte sie sich an den Anruf.« Sein Blick huschte über die Menge, doch in Gedanken war er bei dieser unangenehmen Entdeckung. »Gabrielle konnte uns die Stimme nicht beschreiben, deshalb hat sie sie imitiert. Allein vom Zuhören wurde mir ganz anders.« Er trank den Wein aus und sah sich nach einem Abfallkorb um. Amy nahm ihm den Becher ab.

»Bitte, erzählen Sie weiter«, sagte sie.

»Die Stimme war unheimlich, ein tiefes Knurren. Rauh, aber ohne auffälligen Akzent, nichts, woraus wir hätten Rückschlüsse ziehen können. Natürlich ist sie noch ein Kind, und überhaupt ist es gut möglich, daß der Anrufer seine Stimme absichtlich verstellt hat — also hilft uns nicht einmal das weiter. Er wollte mit ihrem Vater sprechen, und da rückte Gabby leider damit heraus, daß er nicht mehr bei ihr und ihrer Mutter wohnt, sondern auf dieser Insel hier.«

»Dann hat er es an diesem Tag bewußt . . . bewußt auf . . .«

». . . Gabby abgesehen, zumindest aber darauf, Unheil anzurichten. Wir haben Annabels Eltern gegenüber nichts von unserem Verdacht erwähnt — das wäre herzlos in diesem Stadium und sinnlos außerdem — aber wir glauben, daß er Annabel irrtümlich für Childes' Tochter hielt. Sie hatte ihrer Mutter gesagt, daß sie zu Gabby hinübergehen wolle, um mit ihr zu spielen, deshalb vermuten wir, daß sie im Garten der Childes' war, als der Entführer dort ankam.«

»Sie haben ihre Leiche noch immer nicht gefunden?«

Overoy schüttelte den Kopf. »Nicht die geringste Spur davon«, entgegnete er düster. »Aber andererseits hat der Mörder auch diesmal kein Interesse daran, daß die Leiche gefunden wird; schließlich hat er uns den Mondstein bereits präsentiert, zusammen mit den Fingern des kleinen Mädchens.«

Trotz der Hitze des Tages fror Amy. »Warum macht er so etwas?«

»Die Sache mit dem Mondstein? Oder meinen Sie die Verstümmelungen? Nun, das, was er mit den Leichen anstellt, gehört eindeutig zu einem Ritual, und der Mondstein könnte dabei eine Rolle spielen.«

»Hat Ihnen Jon von seinem Traum erzählt?«

»Wie sich der Mondstein in den Mond verwandelt hat? Ja, das hat er mir erzählt; haben Sie eine Ahnung, was es bedeuten könnte? Und warum erschien auf den Computerbildschirmen in seiner Klasse das Wort MOND? Und — war es *wirklich* da?«

Amy war verblüfft. »Worauf spielen Sie jetzt an?«

»Der Verstand ist eine ziemlich sonderbare Sache, und Childes' Verstand ist eindeutig noch ein ganzes bißchen sonderbarer als der der meisten anderen Menschen. Was, wenn er sich nur *eingebildet* hat, dieses Wort auf den Monitoren zu sehen?«

»Aber die Mädchen haben es auch gesehen.«

»Die Mädchen sind in der Pubertät, ein sensibles Alter, ziemlich empfänglich für jede Art von Suggestion. Ich spreche von einer Form der Massenhypnose . . . oder von einer kollektiven Halluzination. Solche Dinge sind nicht selten, Miss Sebire.«

»Aber die Umstände sprechen doch . . .«

Er hob eine Hand. »Es ist nur eine Vermutung — wir müssen einfach an *alles* denken. Ich wäre nicht hier, wenn ich Childes für einen Burschen halten würde, der sich das alles nur aus den Fingern saugt, und außerdem bastle ich da an einer Theorie herum, die möglicherweise etwas Licht in das ganze Dunkel bringen könnte, aber erst muß ich noch ein paar weitere Nachforschungen anstellen.«

»MOND — könnte das nicht auch ein Name sein?«

»Das war das erste, was mir dazu einfiel — deshalb habe ich überprüft, ob die ermordete Prostituierte eine Kollegin oder einen Stammkunden dieses Namens hatte. Fehlanzeige. Bisher jedenfalls. Ich habe mir die Besetzungs- und Personalliste der psychiatrischen Klinik geben lassen — auch nichts. Aber früher oder später muß da etwas auftauchen . . . das ist bei den meisten Kriminalfällen eine ganz natürliche Abfolge der Ereignisse.«

»Sehen Sie eine Möglichkeit, wie ich helfen kann?« bot Amy an.

»Ich wünschte, ich wüßte eine — wir sind auf jede Hilfe angewiesen, die wir nur kriegen können. Achten Sie auf jeden, der sich in Childes' Nähe verdächtig benimmt. Und was das betrifft, auch in Ihrer Nähe. Vergessen Sie nicht, der Mörder wollte über seine Tochter an ihn herankommen; das nächste Mal könnten Sie es sein.«

»Glauben . . . glauben Sie, daß diese Person heute hier ist?«

Er seufzte und blickte wieder in die Runde. »Schwer zu sagen. Was haben wir schon? Ein Wort auf einem Computerbildschirm. Sagt uns nicht gerade viel, oder? Aber wenn er hier ist, dann weiß er, wo Childes wohnt . . . er braucht nur ins Telefonbuch zu sehen und festzustellen, daß da nur ein einziger Childes aufgeführt ist.«

»Aber Sie lassen das Haus doch bestimmt bewachen?« fragte Amy beunruhigt.

»Ich habe hier nichts zu bestimmen, Miss Sebire.«

»Und Inspector Robillard?«

»Was kann er schon machen? Ich hatte schon mehr als genug zu tun, bis mir meine eigenen Leute wenigstens zugehört haben — also . . . Was kann Robillard seinen Vorgesetzten schon erzählen? Außerdem glaubt er langsam sowieso, daß ich den Verstand verloren habe.«

»Aber dann ist Jon so ungeschützt.«

»Vielleicht erreichen wir ja heute etwas. Childes ist ziemlich nervös. Er sorgt sich um die Sicherheit der Mädchen. Deshalb bin ich hier, und deshalb habe ich Geoff Robillard dazu überredet, ebenfalls hier zu sein und mir zu helfen. Kein großes Einsatzkommando, gebe ich zu, aber unter diesen Umständen besser als nichts. Mehr ist nicht drin. Wir haben mit dem Gedanken gespielt, die Direktorin in unser kleines Geheimnis einzuweihen, aber welchen vernünftigen Grund hätten wir ihr für unsere Anwesenheit nennen können? — Wissen Sie, ich bin mir bei dieser Sache selbst nicht ganz sicher, aber wenn hier etwas passiert, dann sind wenigstens ein paar Vorsichtsmaßnahmen getroffen. Das beruhigt.«

Amy hatte Overoy schweigend gemustert, während er sprach. »Ich glaube, Jon hat Glück, daß er einen Verbündeten wie Sie hat«, sagte sie. »Ich kann mir nicht vorstellen, daß ihn ein anderer Polizist allzu ernst nehmen würde.«

Overoy schaute verlegen an ihr vorbei. »Ich bin ihm was schuldig«, erklärte er. »Außerdem ist er ein ziemlich wichtiger Mann, eine Art Bindeglied zu unserem Killer — warum sollte ihm dieser Irre sonst einen Mondstein schicken? Offen gesagt, Miss Sebire — im Moment ist Jonathan Childes sogar alles, worauf wir zurückgreifen können.« Er spähte weiter zu den umherwimmelnden Leuten hinüber, suchte nach einem gewissen undefinierbaren Etwas, einem ganz speziellen Blick in jemandes Augen — nach irgend einer kleinen Nuance im Benehmen, die verriet, daß da jemand war, der Bescheid wußte über ganz bestimmte grauenhafte Vorgänge, nach etwas, das diesen ganz besonderen Jemand dem trainierten Auge ein wenig verdächtig machen würde. Bisher kam ihm alles völlig normal vor. Aber noch war nicht aller Tage Abend.

Amy wollte gerade weggehen, als Overoy sagte: »Hat er Ihnen von Gabbys Traum erzählt?«

Sie blieb stehen. »Sie meinen, als Gabby Annabel gesehen hat . . . nach der Entführung?«

Er nickte.

»Ja, hat er.«

»Das war nicht nur ein Traum, nicht wahr?«

»Das hat Ihnen Jon doch gesagt.«

»Er hat sich ziemlich vage ausgedrückt. Er sagte, er und Mrs. Childes hätten Gabby mitten in der Nacht in ihrem Zimmer schreien hören. Als sie zu ihr kamen, saß sie aufrecht im Bett; sie war durcheinander, und sie behauptete, von Annabel geträumt zu haben. Es ist nicht wichtig, Miss Sebire — ich bin nur neugierig. Hat Gabby die gleiche Gabe wie ihr Vater?« Er bemerkte nicht, daß ein Teil dessen, was er gerade gesagt hatte, Amy zutiefst erschütterte.

»Jon glaubt nicht, daß es ein Traum war«, erwiderte sie

zerstreut. »Vielleicht hat er Ihnen das nur gesagt, weil er sie schützen . . .«

»Vor mir?«

»Damals ist einiges schiefgelaufen. Sie konnten es nicht verhindern. Er will bestimmt vermeiden, daß Gabby dasselbe durchmachen muß wie er. Es wundert mich, daß er es Ihnen gegenüber überhaupt erwähnt hat.«

»Hat er nicht. Ich weiß es von Mrs. Childes — er hat abgewiegelt und das Ganze als eine Art Alptraum bezeichnet.«

»Dann wäre es wohl besser gewesen, wenn ich meinen Mund gehalten hätte.«

Dieses Mal fiel ihm auf, daß ihre Fröhlichkeit einen Dämpfer bekommen hatte, und irrtümlich nahm er an, sie bedauere ihre Indiskretion. »Wie gesagt, es ist nicht wichtig, also belassen wir's dabei. Aber es tut mir leid, daß er noch immer kein Vertrauen zu mir hat. Und es gefällt mir überhaupt nicht, daß es da möglicherweise etwas Wichtiges gibt, das er mir verheimlicht.«

»Ich bin sicher, daß er das nicht tut — und auch nicht tun wird, Inspector. Jon ist im Moment ein sehr ängstlicher Mensch.«

»Um ehrlich zu sein — er ist nicht der einzige: Ich habe die Fotos der Gerichtsmedizin gesehen. Ich weiß, zu was dieser Wahnsinnige imstande ist.«

»Ich glaube, ich möchte nichts mehr davon hören. Ich weiß schon viel zuviel.« Amy schaute zum Erdbeer-Sahne-Stand hinüber. »Ich muß zurück und den Mädchen helfen. Sie werden von Kunden belagert.«

»Sie werden mich und Inspector Robillard den ganzen Nachmittag herumspazieren sehen — also lassen Sie es uns wissen, wenn Ihnen etwas Verdächtiges auffällt. Ich glaube nicht, daß irgendwas passiert, solange all diese Leute da sind, aber man kann ja nie wissen. Oh, und

Miss Sebire . . .« fügte er hinzu, als sie sich abwandte — »wenn wir uns das nächste Mal wieder begegnen . . . denken Sie daran, mich nicht mit Inspector anzureden.« Er lächelte, aber sie war mit ihren Gedanken offensichtlich ganz woanders, denn sie reagierte kaum.

»Ich werde daran denken«, sagte sie nur, und dann tauchte sie im Gedränge vor dem Stand unter.

Er sah auf seine Armbanduhr: Bald waren Schauturnen und Square-Tanz an der Reihe.

Childes paßte sorgfältig auf, als Besucher und Lehrkräfte über den Hauptrasen zum hinteren Teil der Schulanlage strömten. Er fühlte sich weiterhin unbehaglich, obwohl bisher nichts passiert war, was ihm Anlaß zur Sorge hätte geben können. Er war auf niemanden getroffen, der fehl am Platz zu sein schien, auf niemanden, dessen Gegenwart ihn irgendwie hatte reagieren lassen — mit einer Gänsehaut, mit einem eisigen Kribbeln im Genick, oder mit einem Zusammenzucken . . . eine Reaktion, die er, das wußte er, instinktiv haben würde, sobald er die Person — *die Kreatur* —, die er suchte, vor sich hatte. *Die Kreatur, die ihn suchte.* Konnte es möglich sein, daß er sich geirrt hatte? War der Gedanke, daß sich dieses Etwas auf der Insel aufhielt, möglicherweise nur eine fixe Idee? Eine Annahme, die jeder Grundlage entbehrte? Nein. Das Gefühl war zu stark. Zu intensiv.

Childes folgte den Gästen, darunter auch der Inselpolizist Robillard. Overoy war bestimmt ebenfalls nicht weit.

Lebhaftes Plaudern um ihn her; lächelnde Gesichter; leuchtende Farben bewegten sich; überall summende Aktivität: alles verband sich mit der Atmosphäre des Normalen. Warum war er dann so im Zweifel? Dieses Mal hatte es keine Vorwarnung gegeben. Kein Gefühl drohender Gefahr. Nur ein innerliches Zittern, ein schleichendes Unbehagen, eine gewisse Angespanntheit. Kein Erkennen, sondern lediglich ein bedrückendes, schattenhaftes *undefinierbares* Bewußtsein. Keine Klarheit. Er spürte einen Blick auf sich ruhen und hatte plötzlich Angst, sich umzudrehen. Er zwang sich dazu.

Drei Yards entfernt stand Paul Sebire, vorgeblich im Gespräch mit Victor Platnauer — aber er starrte unverwandt auf Childes. Jetzt entschuldigte sich der Finanzier abrupt und marschierte auf ihn zu.

»Ich habe nicht vor, Ihnen hier eine Szene zu machen, Childes, aber ich denke, es ist an der Zeit, daß Sie und ich ein ernstes Gespräch führen«, sagte Sebire barsch, als er den Lehrer erreichte.

Für einen Moment vergaß Childes seine wichtigste Sorge.

»Ich bin jederzeit bereit, mit Ihnen über Amy zu sprechen«, entgegnete er mit einer Ruhe, die er nicht wirklich empfand.

»*Sie* sind derjenige, über den ich sprechen will, nicht meine Tochter!«

Sie standen einander gegenüber, und die Menschenmenge teilte sich und strömte an ihnen vorbei, wie Wasser an zwei Felsbrocken.

»Ich habe gewisse Dinge über Sie in Erfahrung gebracht«, fuhr Sebire fort. »Ziemlich besorgniserregende Dinge.«

»Ja, ich habe mir schon gedacht, daß Sie die Nachforschungen über mich forciert haben. Es muß Sie überrascht haben, daß Amy bereits über meine Vergangenheit Bescheid wußte.«

»Ob Sie ihr bereits alles gestanden haben oder nicht, das geht mich nichts an. Was mich aber etwas angeht, ist die Tatsache, daß gegen Sie ermittelt wurde.«

Childes seufzte müde. »Sie wissen, worum es damals ging. Ich brauche Ihnen nichts zu erklären.«

»Ja, ich gebe zu, daß jeder Verdacht gegen Sie fallengelassen wurde, aber eines will ich Ihnen sagen, Childes: Ich bin nicht der Meinung, daß Sie ein sehr gefestigter Mensch sind. Das haben Sie als mein Dinnergast sehr deutlich gezeigt.«

»Hören Sie, ich werde mich nicht mit Ihnen streiten. Sie können von mir denken, was Sie wollen — die Wahrheit ist, ich liebe Ihre Tochter, und es müßte selbst Ihnen ziemlich klar sein, daß sie diese Liebe erwidert.«

»Sie ist im Moment nur von Ihnen geblendet. Gott weiß, warum! Ist Ihnen klar, daß ich Aimée nicht mehr gesehen habe, seit sie zu Ihnen gezogen ist?«

»Das geht nur Amy und Sie etwas an, Mr. Sebire. Ich habe Sie bestimmt nicht von Ihnen ferngehalten.«

»Sie ist nicht bestimmt für jemanden wie Sie!« Seine Stimme hatte sich leicht erhoben, und vorübergehende Menschen blickten in ihre Richtung.

»Das hat Amy zu entscheiden.«

»Nein, das . . .«

»Machen Sie sich doch nicht lächerlich.«

»Wie können Sie es wagen . . .«

Eine weitere Person schob sich vorsichtig zwischen sie. »Paul, ich denke, wir sollten zu den anderen gehen«, sagte Victor Platnauer. »Die Vorstellung geht gleich los, und ich fürchte, ich habe meine übliche Rede zu halten.« Er stieß ein kurzes Lachen aus. »Ich werde mir dieses Jahr alle Mühe geben, dich nicht allzusehr zu langweilen. Letztes Mal hast du mir genug Prügel verabreicht. Bitte entschuldigen Sie uns jetzt, Mr. Childes. Ich habe da noch einen Punkt, den ich unbedingt mit dir besprechen möchte, Paul . . .«

Freundlich führte er den Finanzier davon, wobei er

weiterhin versöhnlich auf den Mann einsprach, offenbar sehr darum bemüht, jede Unruhe im Ablauf dieses Tages bereits im Keim zu ersticken.

Childes sah ihnen nach und bedauerte den kurzen, aber haßerfüllten Wortwechsel mit Sebire bereits. Gleichzeitig ärgerte er sich darüber, daß es zu keiner Entscheidung gekommen war. Er hatte sich nicht *so sehr* in Amy verlieben wollen — welcher Mann oder welche Frau machte sich schon freiwillig und bewußt so verwundbar? — aber es war nun einmal geschehen, und deshalb würde er alles in seiner Macht Stehende tun, um sie zu halten. Ein Streit mit ihrem Vater — noch dazu in aller Öffentlichkeit — trug wohl kaum dazu bei. Und im übrigen: die Sache mit Fran auch nicht. Er hätte nicht mit ihr schlafen müssen. Er schob diesen Gedanken beiseite, aber das schlechte Gewissen blieb.

Inzwischen waren in diesem Teil des Schulgebäudes nicht mehr viele Leute; die meisten hatten sich auf der Rückseite des Colleges versammelt. Statt ihnen dorthin zu folgen, machte Childes den weiten Umweg zu den ruhigeren Bereichen des Geländes; er wollte das nahe Unterholz und das Waldgebiet in Augenschein nehmen, und, natürlich, die Eingänge und schattigen Ecken des Gebäudes und der Anbauten selbst.

Möwen kreisten träge am Himmel, glitten dann im Sturzflug hinab und verschwanden jenseits der nahen Klippen; das Geräusch der Brandung, die sich in der Tiefe an den Felsen brach, wehte zu ihm heran, als er einige Sekunden lang stehenblieb und aufmerksam lauschte. Eine riesengroße, pelzige Hummel taumelte behäbig vor ihm über den Weg, unfähig zu fliegen — Opfer einer vorzeitigen Paarung. Die Sonne brannte unerbittlich herab und ließ die Luft über dem Boden flimmern.

Childes ging weiter und machte einen vorsichtigen

Schritt über die Hummel hinweg. Ein leises Rascheln irgendwo links brachte ihn erneut zum Stehen, bis er voller Erleichterung feststellte, daß die Büsche, aus denen das Geräusch gekommen war, ziemlich niedrig waren — ungeeignet, irgend etwas anderes zu verbergen als ein sehr kleines Tier, vielleicht einen Vogel. Er schlenderte weiter.

Das Stimmengewirr drang auf ihn ein, als er die Ecke umrundete — die allgemeine Betriebsamkeit erzeugte ein wimmelndes Panorama und stand im vollkommenen Kontrast zu der stillen Leere hinter ihm. Bänke und Stühle waren mit Blick auf das Gebäude und dessen große Terrasse in langen Reihen aufgestellt; zwischen den Sitzgelegenheiten und der Terrasse erstreckt sich eine breite Grünfläche. Dort sollten nach den Reden und Preisverleihungen die verschiedenen Aufführungen präsentiert werden. Besucher und Schülerinnen ließen sich auf den Bänken nieder und boten ein pulsierendes Gemisch unruhiger Farben vor der Rasenfläche. Hoch droben war das gelbe Inselflugzeug unterwegs, und hinter den versammelten Menschen ragten die Baumkronen üppig in den eindrucksvollen blauen Himmel empor.

Childes marschierte den Kiesweg am Rasen entlang, und als er feststellte, daß alle dem Kollegium und den Ehrengästen zugewiesenen Plätze bereits besetzt waren, wandte er sich den hinteren Sitzreihen zu. Er fand einen leeren Platz, setzte sich und wartete darauf, daß die Aufführung begann.

Auf der Terrasse saßen Miss Piprelly, die Vorstandsmitglieder und die Vertreter des Elternbeirats sowie ausgewählte Lehrer an einer langen Tafel, auf der die Trophäen — gerollte Urkunden, Tombola-Preise und ein reichlich betagtes Mikrofon — plaziert waren. Eine kurze, steinerne Treppenflucht führte zu dieser Terrasse hinauf, und das ehrwürdige, graue Steingebäude, das Klassenzimmer und Schülerräumlichkeiten beherbergte, bildete eine dunkle Kulisse; der helle Turm des neueren Gebäudes, in dem Aula und Turnhalle untergebracht waren, beherrschte das gesamte Bild.

Unter der Menge kehrte Stille ein, als sich die La Roche-Direktorin erhob und das Mikrofon zu sich heranzog, und Childes, dem die Sonne den Rücken wärmte, begann ernsthaft an seinen bösen Ahnungen zu zweifeln.

JEANETTE lag auf ihrem Bett; sie hatte Kissen und Polster unter den Kopf gesteckt, die Knie hochgezogen und den Saum ihres hellblauen Kleides darübergespannt. Ihre Füße in den weißen Strümpfen gruben sich in die Steppdecke. Eine nicht ganz fleckenlose, schwarz-weiße Pierrot-Puppe saß auf ihrem Bauch und war mit dem Rücken gegen ihre Oberschenkel gelehnt; die breite, gestärkte Halskrause umrahmte das glatte Puppengesicht mit dem traurigen Ausdruck. Unglücklich zupfte Jeanette an den Baumwollknöpfen, die die Jacke ihres kleinen Gefährten verzierten. Eigentlich hätte sie ja bei den anderen Mädchen ihrer Klasse draußen sein sollen, aber sie hatte sich davongeschlichen, da sie allein sein wollte. *Ihre* Eltern und Brüder und Schwestern waren alle gekommen, aber sie selbst hatte niemanden, und wenn sie bei den anderen gewesen wäre, dann hätte sie ihre eigenen Eltern nur noch mehr vermißt. Außerdem war sie nicht für die Tanzaufführung gewählt worden, und ganz bestimmt war auch ihre turnerische Leistung nicht gerade überragend; sie wußte, daß auf *sie* keine Belohnungen oder Urkunden warteten. Es war immer dasselbe.

Obwohl, nein, einmal hatte sie ein Verdienstabzeichen bekommen: für Stickerei, aber das war nichts Weltbewegendes gewesen. Vielleicht war es ja — so gesehen — auch ganz in Ordnung, daß ihre Eltern nicht extra aus Südafrika hierhergeflogen waren . . . nur um mit ihr in den Sitzreihen zu hocken und zuzusehen, wie ihre Freundinnen die Preise einheimsten. Ihr Vater war so was wie ein Ingenieur — sie verstand bis heute nicht *genau*, was er denn nun eigentlich machte —, und er benutzte die Insel als Sprungbrett für seine vielen Reisen in andere Teile der Welt und zu anderen Jobs, und ihre Mutter begleitete ihn oft. Diesmal würden sie achtzehn Monate lang weg sein — *achtzehn Monate*! —, aber danach würde sie wenigstens zwei Monate bei ihnen sein können. Danach. Sobald das Sommersemester vorbei war. Sie vermißte sie ganz schrecklich, doch sie war sich nicht sicher, ob sie sie auch vermißten. Sie behaupteten es zwar, aber andererseits sah es überhaupt nicht danach aus, nicht wahr? Natürlich lieben wir dich, und wir vermissen dich auch, Schatz, aber es ist einfach nicht möglich, daß wir dich um die halbe Welt herum mitschleppen. Die Schule geht vor. Du darfst deine Ausbildung nicht vernachlässigen. Natürlich wollen wir dich bei uns haben, aber das Lernen geht *wirklich* vor. Jeanette ließ den Pierrot los, und er kippte zur Seite und schlug auf dem Boden auf. Sein jammervoller Gesichtsausdruck hatte dafür gesorgt, daß ihr jetzt endgültig elend zumute war.

Für ein paar Minuten schloß sie die Augen und wandte das Gesicht der Decke zu. Den einzelnen Haarzopf, der ihrer Meinung nach genau wie der von Miss Sebire aussah, hatte sie auf dem Kissen ausgebreitet. Wenn sie hier im Zimmer erwischt wurde, dann gute Nacht; aber zum Glück waren alle Lehrer draußen vollauf damit beschäftigt, die schulgeldzahlenden Eltern ehrfürchtig durch die Schulräumlichkeiten zu schleusen. Sonst hätte sie es auch nie riskiert, hier heraufzukommen. Manchmal war sie ganz gern allein, auch wenn sie feststellen mußte, daß es dabei ein großes Problem gab: das Alleinsein machte ziemlich einsam.

Jeanette seufzte und stellte sich vor, wie Kelly zuversichtlich nach vorne stolzierte, um ihre *Beute* in Empfang zu nehmen — sie war ein As im Unterricht, beste Noten in Mathe und Physik, Sonderauszeichnungen in Computerlehre und so weiter, und so weiter, und so weiter, und Jeanette wünschte sich, sie könnte so sein wie sie. Kelly war auch *so* hübsch. Es war falsch, eifersüchtig zu sein,

Jeanette wußte das, aber manchmal, *oh, manchmal,* da wünschte sie sich wirklich, sie wäre wie ihre Klassenkameradin. Aber so würde sie nie sein können, und das mußte sie akzeptieren, und angeblich sollte ja auch jeder Mensch zumindest *eine* besondere Eigenschaft haben, etwas, das ihn so gut und interessant machte wie die anderen . . . Es war nur ein bißchen schwer, herauszufinden, welche besondere Eigenschaft *sie* hatte. Aber irgendwann würde sie zum Vorschein kommen. Vielleicht bald. Und wenn sie erst ihre Periode bekam . . . nun, vielleicht würden dann auch die Flecken verschwinden und ihre Brüste größer werden. Und dann würde sie auch nicht mehr so viel träumen — jedenfalls nicht mehr die ganze Zeit —, und bestimmt würde sie sogar noch wachsen und . . .

— Und plötzlich bewegten sich die Mobiles.

Natürlich waren an einem so strahlend schönen Tag alle Fenster der oberen Stockwerke geöffnet . . . und dementsprechend gab es auch einen Luftzug. Jeanette ärgerte sich über sich selbst. Die anderen Mädchen zogen sie oft damit auf, sie habe Angst vor dem eigenen Schatten, und manchmal mußte sie ihnen sogar recht geben. Sie mochte keine dunklen Ecken, keine unheimlichen Filme, sie *haßte* alles, was krabbelte, sie mochte das Knarren des alten Gebäudes nicht oder das Klappern der Fensterläden, wenn sie nachts wach lag, während die anderen schliefen. Und vor Schatten hatte sie wirklich eine Riesenangst, besonders vor denen unter den Betten.

Jeanette setzte sich auf, spähte aber, bevor sie die Beine aus dem Bett schwang, erst einmal darunter.

Erleichtert, daß dort kein Monster auf der Lauer lag, um sie zu packen und in die Finsternis hineinzuzerren, glitt Jeanette aus dem Bett. Ihre Füße berührten den Boden. Sie blieb noch eine kleine Weile auf der Bettkante sitzen und lauschte aufmerksam — dabei war sie sich nicht ganz sicher, wonach. Vielleicht erwartete sie, in einem der anderen Zimmer eine Bodendiele knarren zu hören oder ein rätselhaftes Kratzen, von einer winzigen Maus verursacht . . . oder das Gleiten eines abscheulichen, schleimigen Wesens, das durch die leeren Korridore kroch, oder einer riesigen, verschleierten Gestalt, die direkt hinter der Tür lauerte und nur darauf wartete, daß sie herauskam — eine Gestalt mit räudigen, krallenbewehrten Fingern — Krallen aus langen, sichelförmig gebogenen Nägeln, mit denen sie . . .

*Schluß*! Sie jagte sich mal wieder selbst Angst ein. Manchmal haßte Jeanette ihre eigene dumme Einbildungskraft dafür, daß sie solche Gespenster heraufbeschwor. Es war hellichter Tag, das Schulgebäude war voller Leute, und sie quälte sich mit unheimlichen Gedanken. Jeanette beschloß, sich dem Rest der Welt wieder anzuschließen und bückte sich nach ihren Schuhen.

In den linken Schuh schlüpfte sie hinein, ohne ihn zuvor aufzubinden; sie wackelte mit den Zehen und weitete die Ferse mit zwei Fingern — und hörte die heran kommenden Schritte. Beinahe neugierig beobachtete sie, wie sich die seidigen Härchen auf der Oberseite ihres nackten Armes versteiften und aufrichteten. Ein schauriges Kribbeln überzog ihre Haut und erreichte den scharfen Grat ihrer Wirbelsäule.

Jeanette richtete sich auf. Horchte. Schaute zur offenen Tür des Gemeinschaftszimmers hinüber.

Die Schritte waren schwer, fast schleppend. Sie kamen näher. Das Geräusch war hypnotisierend.

Jeanettes Herz schlug ungewöhnlich laut.

Die Schritte verstummten. Für einen Moment glaubte Jeanette schon, ihr Herz habe dasselbe getan.

Hörte sie wirklich dieses *Atmen* hinter der Tür?

Jeanette richtete sich langsam auf, und der Schuh rutschte von ihrem Fuß. Sie stand neben ihrem Bett, kaum fähig, zu atmen, während der Pierrot teilnahmslos zu ihr heraufstarrte, ganz mit der eigenen Traurigkeit beschäftigt.

Sie wollte nicht zur Tür gehen. Aber irgend etwas — vielleicht die Wut auf die eigenen dummen Ängste — zwang sie dazu. Sie setzte sich in Bewegung. Ihre Schritte waren lautlos, da sie in Strümpfen ging. Ihre Hände waren zu festen Fäusten geballt.

Unmittelbar vor der angelehnten Tür zögerte sie, und plötzlich hatte sie mehr Angst als je zuvor in ihrem Leben.

Hinter der Türöffnung wartete etwas.

Das Schauturnen und die Tanzvorführung waren beendet. Miss Piprelly hatte ihre übliche prägnante und bündige Rede gehalten und schließlich den Conseiller Victor Platnauer vorgestellt, dessen Rede ebenfalls wie üblich nicht ganz so nüchtern war, jedoch immerhin eine winzige Prise Humor enthielt. Dennoch fiel es Childes schwer, sich auf die Ansprache zu konzentrieren; nach wie vor suchte er die Menge ab — nach einem verräterischen Zeichen, dem geringsten Hinweis darauf, daß da jemand unter den Gästen war, der nicht dazugehörte.

Er bemerkte nichts Außergewöhnliches; schlimmer noch — er *fühlte* auch nichts, was ihm Anlaß zur Sorge hätte geben können. Alles war, wie es sein sollte: aufmerksame Zuhörer, großartiges Wetter, das nur vielleicht ein wenig *zu* warm war, begeisternde Darbietungen der Schülerinnen und angemessene Reden.

Die Preisverleihung hatte gerade begonnen, als ihm eine Bewegung auffiel. Er blinzelte, nicht sicher, ob es nicht nur eine durch das Licht bedingte Täuschung gewesen war — eine Spiegelung in einem der Fenster jenseits des Rasens. Aber irgend etwas in seinem Blickfeld war nicht mehr ganz so wie vorher — und diese Veränderung spürte er mehr, als daß er sie sah. Seine Blicke huschten zu einer ganz bestimmten Stelle an der ihm gegenüber liegenden Häuserfront empor.

An einem der oberen Fenster war ein Gesicht.

Verschwommen, zu weit entfernt, als daß er es hätte identifizieren können. Aber Childes wußte instinktiv, wessen Gesicht das war.

Sogar sein Blut war schlagartig eiskalt.

Childes war wie betäubt; er saß einfach nur da — eine bedrückende Angst hielt ihn auf dem Sitz gefangen. Sein Mund öffnete sich, als wollte er etwas sagen, wollte einen Schrei hinauswürgen, aber es war, als hätte sich eine Faust, eine frostige, stählerne Faust in seine Kehle gerammt.

Das Gesicht bewegte sich nicht, und es schien, als wäre *seine* Augen allein auf ihn gerichtet.

Dann war der bleiche Fleck verschwunden.

Childes taumelte hoch und seine Arme und Beine waren schwer, fast zu schwer, um sie zu bewegen. Aber irgendwie schaffte er es, über die Lehne zu klettern. Er blickt sich nach Overoy um. Der Schock verging, die Lähmung löste sich. Keine Spur von Overoy. Doch er durfte nicht warten. Irgend etwas stimmte nicht im Schulgebäude — etwas Furchtbares war im Gange, etwas, das das Entsetzen gleich einem Messer in ihn hineinjagte.

Er umrundete die Sitzreihen und eilte auf dem Kiesweg zum Portal. Hinter ihm erhob sich Applaus, als eine Schülerin die Treppe zur Terrasse emporging, um ihren Preis in Empfang zu nehmen. Nur ein paar Leute bemerkten den davonhastenden Childes — und einer dieser Leute war Overoy, der sich unter den Bäumen am Rande der Schulgärten herumgetrieben hatte, eine Position, die einen guten Überblick über das Geschehen garantierte. Unglücklicherweise befand er sich auf der gegenüberliegenden Seite der Rasenflächen und damit sehr weit von Childes entfernt; der Detective entschied, daß er besser daran tat, das Schulgebäude in der entgegengesetzten Richtung zu umrunden und Childes auf der Vorderseite zu treffen. Er zog seine Jacke an und rannte los.

Childes jagte durch die nächste Tür ins Innere und fröstelte unwillkürlich in der kühleren Luft. Er stürmte eine kurze Treppe hinauf und befand sich im Hauptflur, der das Gebäude der Länge nach durchschnitt. Er hatte das Gesicht an einem der Fenster des dritten Stocks gesehen — dort lagen die Zimmer der älteren Mädchen. Er rannte den Flur in Richtung Haupttreppe entlang, und seine Schritte hallten von den bis in halbe Mannshöhe getäfelten Wänden.

Er passierte Bibliothek, Lehrerzimmer und Elternwarteraum, und dann hatte er die breite Treppe erreicht. Für einen Moment hielt er an, legte den Kopf in den Nacken und spähte hinauf, als erwarte er, dort jemanden vorzufinden, der herunterblickte. Die Treppe war menschenleer.

Childes unterdrückte seine Angst und eilte hinauf.

Overoy verfluchte seine Idee. Er hatte nicht bedacht, daß der Grundriß des College nicht gerade konventionell war — mehrere Seitenflügel und Anbauten waren erst im Lauf der Jahre hinzugekommen. Deshalb fand sich der Detective jetzt durch den weißen Bau mit seinem hohen Turm, der im rechten Winkel an die ältere Sektion angegliedert worden war, von Childes abgeschnitten. Eine Umrundung kam nicht in Frage — das würde noch mehr Zeit kosten. Also mittendurch, sagte sich Overoy, fand eine Tür und stürmte weiter.

Erster Stock. Childes suchte den Korridor in beiden Richtungen ab. Leer. Aber über ihm war etwas gewesen.

Er lehnte sich übers Geländer. Laute Geräusche. Schlurfen. Er sah hoch.

»*Nein!*« rief er. »*Nein, nicht!*«

Er stürzte hinauf, nahm immer drei Stufen auf einmal, benutzte den Handlauf, um sich buchstäblich mit jedem Schritt hinaufzukatapultieren — und nicht einmal die Anstrengung konnte die jähe Blässe in seinem Gesicht vertreiben.

Zweiter Stock.

Die Geräusche waren verstummt. Er jagte die Treppe hoch. Ein strampelndes Geräusch. Füße hämmerten auf den Boden.

Dann hörte er ein Keuchen, als werde jemand gewürgt . . . oder stranguliert.

Er hatte den dritten Stock fast erreicht. Ein Schatten — ein plumper, schwerfälliger Schatten! — löste sich am Ende der Treppe in Nichts auf; jedenfalls kam es ihm in diesem Moment so vor. Aber gleichzeitig glaubte er, Schritte zu hören. Er achtete nicht darauf. Seine ganze Aufmerksamkeit war auf die kleine, um sich schlagende, strampelnde Gestalt konzentriert, die über dem Abgrund des Treppenschachts baumelte.

Als sie in seine Richtung herumpendelte, sah er, daß sich ihr Gesicht bereits zu einem fleckigen Purpur-Blau verfärbte. Die Augen quollen hervor. Sie riß und zerrte an der Schlinge um ihren Hals. Die Füße des Mädchens zuckten wild.

»Jeanette!« brüllte Childes.

Er war fast oben — aber er stolperte, versuchte den Sturz abzufangen, warf sich nach vorn und fiel. Er überschlug sich, ignorierte den stechenden Schmerz in seinem Knie und versuchte gar nicht erst, wieder auf die Füße zu kommen. Auf allen vieren kroch er ans Geländer, griff durch die Streben und packt den zappelnden Körper knapp unterhalb des Geländers — er bekam Jeanettes Arme zu fassen, umklammerte sie mit aller Kraft und hob sie an.

Er glaubte, eine Bewegung hinter sich zu spüren, aber er konzentrierte sich allein darauf, das über der Tiefe hängende Mädchen festzuhalten. Er zerrte, wollte sie in Sicherheit zurückheben, aber es ging nicht. Seine unglückliche Lage ließ das nicht zu. Er konnte nur am Boden liegenblieben, der Länge nach ausgestreckt und keuchend — und sie festhalten.

Er spürte, daß sie wegrutschte.

»Wehr dich nicht, Jeanette. Versuch nur, dich ganz still zu verhalten. Bitte — wehr dich nicht gegen mich!«

Aber sie konnte nichts dafür. Ihr Würgen verwandelte sich in ein schreckliches Röcheln. Ihre Finger krallten sich in den eigenen Hals und hinterließen blutige Striemen auf der Haut.

Childes spürte, daß er das Mädchen nicht mehr lange halten konnte.

Hastige Schritte auf der Treppe. Overoy, der zu ihnen heraufstarrte, ohne dabei langsamer zu werden. Er hetzte die Treppe herauf, und er nahm alle Geschwindigkeit und Kraft, die in ihm steckte.

Childes krallte sich an Jeanette fest. Die Beine hinter sich hatte er weit gespreizt, der Körper war flach auf dem Boden ausgestreckt, das ganze Gewicht drückte gegen die Metallstreben des Geländers. Und obwohl ihn die Anstrengung beinahe überwältigte, fiel ihm ein Gegenstand auf, der dicht am Rande des Treppenabsatzes lag.

Er war winzig, dieser Gegenstand. Und rund.

Es war ein Mondstein.

DER VERKEHR wälzte sich träge durch die größte Hafenstadt der Insel, und Childes zwang sich, mit besonderer Wachsamkeit zu fahren. Sein Nervenkostüm war hoffnungslos zerfetzt, und seine Hände fühlten sich an wie Gummi — noch immer. Neben ihm saß eine sehr nachdenkliche Amy; offensichtlich erschüttert von dem, was geschehen war, und zudem seltsam reserviert.

Er hielt an einer Ampel. Jenseits der Kreuzung war bereits der Hafen zu sehen. Touristen flanierten in der angenehmen Wärme des frühen Abend, und im Yachthafen versammelten sich die Besatzungsmitglieder der Boote an Deck, schlürften Wein und diskutierten über den unglückseligen Mangel an steifen Brisen für rasante Segeltörns. Am anderen Ende des langen, weit geschwungenen Piers legte ein Tragflächenboot an; Tagesausflügler, die von einer der anderen Inseln zurückkehrten, gingen von Bord. Hellgrün gestrichene Kräne, die zum Be- und Entladen der Frachtschiffe verwendet wurden, reihten sich in der Nähe des Hafenausgangs an den Kais, die Ausleger in eigenartigen Winkeln zueinander, als führten sie eine interessante Unterhaltung.

Er blickte zu Amy hinüber. »Alles klar?«

»Ich habe Angst, Jon.« Sie wandte ihm kurz das Gesicht zu, schaute aber schnell wieder weg.

»Das haben wir beide. Wenigstens klappt es ab jetzt mit der polizeilichen Überwachung. Sie werden sich *sehr* große Mühe geben.«

»Arme, kleine Jeanette.«

»Sie wird sich erholen. Ihr Hals ist gequetscht, und Kehlkopf und Luftröhre sind von dieser Schulkrawatte schlimm zusammengedrückt. Dieser Wahnsinnige hat sie . . .« Er unterbrach sich und atmete tief durch. »Aber sie wird wieder ganz gesund werden.«

»Ich habe die Verletzungen in ihrem Geist gemeint. Ob

sie wohl jemals über diese Tortur hinwegkommen wird?«

Die Ampel schaltete auf Grün, und Childes gab Gas; er bog nach rechts ab und fuhr an den Kais entlang.

»Sie ist noch so jung, Amy, und die Zeit heilt viele Wunden. Sie wird auch dieses Trauma heilen. Oder doch mildern.«

»Hoffentlich. Um ihretwillen.«

»Gott sei Dank war Overoy zur Stelle. Ich hätte sie nicht mehr lange festhalten können.«

»Er hat . . . niemanden sonst gesehen?«

»Nein. Aber andererseits — er hatte mit mir und Jeanette auch ganz schön viel zu tun. Die Polizei geht davon aus, daß dieses Monstrum über die Feuertreppe geflüchtet ist, und daran anschließend war es ein Kinderspiel, das Schulgelände zu verlassen. Der Wald ist so nahe. Das La Roche ist nicht gerade sicheres Terrain.«

Hinter dem Hafen schlängelte sich die Straße einen steilen Hügel empor, und bald darauf lagen die letzten Ausläufer der Stadt hinter ihnen.

»Ich wünschte, der Detective hätte ihn gesehen«, sagte Amy abrupt.

Childes warf ihr einen kurzen, fragenden Blick zu.

»Ist dir aufgefallen, wie dich manche Polizisten angesehen haben? Ich meine, während sie dich befragten . . .«

»Ja. Argwöhnisch. Ich hab' damit gerechnet. Es — es gehört dazu. Außer mir hat niemand auch nur ansatzweise etwas von diesem Irren gesehen, am allerwenigsten Jeanette selbst. Nach alldem, was wir uns bisher zusammenreimen können — vergiß nicht, sie steht noch immer unter Schock, und die Halsverletzungen machen ihr das Reden fast unmöglich —, hat sie das Zimmer verlassen, und dann wurde sie von hinten gepackt. Irgend jemand hat ihr diese Krawatte um den Hals geschlungen und zugezogen, bevor sie aufschreien konnte. Sie wehrte sich mit aller Kraft, aber es war sinnlos. Sie wurde den Gang entlanggeschleift und über das Treppengeländer geworfen, und irgendwie vollbrachte dieser unheimliche Angreifer auch noch das Kunststück, sie an der Krawatte festzuhalten und sie gleichzeitig ans Geländer zu binden. Kannst du dir die Kraft vorstellen, die dazu nötig ist? Ich weiß, Jeanette ist recht klein für ihr Alter, aber trotzdem . . . Es erfordert eine riesige Kraft, eine solche Tat durchzuführen. Hätte uns jemand anders als Overoy entdeckt — ich könnte ihm nicht mal einen Vorwurf machen, wenn er mich für denjenigen gehalten hätte, der Jeanette zu erhängen versuchte. Aber selbst dieser Jemand müßte zugeben, daß ich nicht die Statur habe, um so etwas zustande zu bringen.«

Er bog in eine der schmaleren Landstraßen an, die schließlich zu seinem Haus hinausführen würden. Hohe Hecken und alte Steinmauern schirmten die Landschaft rechts und links von ihnen ab.

»Warum ist er hierhergekommen?« Amy rutschte unbehaglich hin und her, und ihre Miene war ernst. »Und warum hat er es auf die Kinder abgesehen?«

»Um mich zu quälen«, erwiderte er grimmig. »Dieses Etwas spielt ein Spiel — und es weiß, daß es früher oder später erwischt wird. Besonders jetzt, da es auf dieser Insel festsitzt. So oder so — ich glaube nicht, daß ihm das etwas ausmacht. Nur, bis es soweit ist, will es seinen Spaß mit mir haben.«

»Bleibt die Frage nach dem, was euch miteinander *verbindet*. Warum du?« Ihre Stimme klang verzweifelt.

»Gott steh mir bei, Amy, ich weiß es nicht. Da war dieser eine *Kontakt*, diese eine Verschmelzung von Geist und Geist, und offenbar genügte das. Vielleicht stelle ich jetzt eine Herausforderung dar — jemand, dem man etwas vorspielt und den man verhöhnt.«

»Du brauchst Hilfe. Sie müssen dich unter Polizeischutz stellen.«

»Vielleicht könnte sie Overoy mittlerweile wirklich davon überzeugen, aber ich bezweifle doch, daß mehr dabei herausspringt als ein Streifenwagen, der gelegentlich an meinem Haus vorbeifährt. Ich glaube, die Inselpolizei ist bis zum Ende des Semesters viel mehr damit beschäftigt, das La Roche zu bewachen.«

Die Baumkronen bildeten ein Dach über der Straße. Im Wageninnern wurde es dunkel. Childes rieb sich mit der Hand die Schläfe, als wolle er Kopfschmerzen lindern.

»Overoy wird sicher darauf bestehen, daß du rund um die Uhr unter Polizeischutz gestellt wirst.«

Lichtflecken, die von den in Bäumen gebrochene Strahlen der Abendsonne herrührten, tupften über Amys Gesicht, als sie die Straße entlangfuhren.

»Ich bin sicher, er wird sein Bestes tun, aber Robillard hat mich im Krankenhaus bereits vorgewarnt — seine Möglichkeiten sind ziemlich beschränkt; es ist Ferienzeit, Hauptsaison, in jeder Hinsicht. Die Touristen überschwemmen das Land, und du weißt, wie die Kriminalität im Verlauf der Sommermonate ansteigt.«

Sie wurde wieder sehr schweigsam.

Childes fuhr sehr dicht an den Straßenrand heran, als ein anderer Wagen aus der entgegengesetzten Richtung heranjagte. Der Fahrer passierte und winkte zum Dank. Childes gab seinem Mini die Zügel wieder frei.

Amy brach ihr Schweigen. »Ich habe mich heute nachmittag mit Overoy unterhalten, vor den Ansprachen. Er hat sich einige Gedanken gemacht, über Gabby, und er fragt sich, ob sie vielleicht ist wie du, Jon, medial begabt.«

»Das habe ich mir auch schon überlegt. Sicher, es ist gut möglich, daß sie total überdreht war und nur *dachte*, sie würde Annabel sehen . . . obwohl sie es steif und fest immer wieder behauptete, als wir zu ihr kamen.«

»Als du gemeinsam mit Fran zu ihr gekommen bist?«

»Ja.«

»Jon, wo wart ihr beide, als Gabby geschrien hat?« Ihre Stimme war fest, und ihre Augen waren starr auf die Straße vor ihnen gerichtet, aber natürlich wußte Childes, warum sie ihm diese Frage stellte. »Diesen speziellen Punkt haben wir bisher nicht erörtert, oder? Aber soviel ich weiß, bist du gleichzeitig mit Fran in Gabbys Zimmer angekommen.«

»Amy . . .«

»Ich will es wissen.«

Er zog das Lenkrad sanft nach rechts und wich einem Ast aus, der gefährlich weit aus einer Hecke herausragte. »Ich habe in der Nacht allein im Gästezimmer geschlafen.« Leichter, soviel leichter, zu lügen. Aber er konnte es nicht — nicht Amy gegenüber. »Fran war mit den Nerven völlig am Ende. Sie ist zu mir gekommen.«

»Und du hast mit ihr geschlafen?«

»Es ist einfach passiert, Amy. Ich hab's nicht darauf angelegt. Ich wollte es nicht. Glaub mir, es ist einfach geschehen.«

»Weil sie mit den Nerven völlig am Ende war?«

»Fran brauchte Trost. Sie hat an diesem Tag eine ganze Menge durchgemacht.«

Er warf Amy einen hastigen Seitenblick zu. Sie weinte. Childes griff nach ihrer Hand. »Es hat keine Bedeutung, Amy, es war nur ein Trost, nichts weiter.«

»Und du glaubst, das bringt alles wieder ins Lot.«

»Nein, es war nicht fair . . . dir gegenüber, und es tut mir auch leid. Ich will nicht, daß du denkst, ich sei daran interessiert gewesen . . .«

»Ich weiß nicht, was ich jetzt denken soll. Irgendwie

glaube ich, daß ich verstehe . . . du warst so lange mit ihr verheiratet. Aber deshalb tut es nicht weniger weh.« Sie zog ihre Hand weg. »Ich hab' geglaubt, du liebst mich, Jon.«

»Du weißt, daß ich dich liebe.« Da war ein allmählich zunehmender Druck in seinem Kopf, ein Druck, der nichts mit seiner Unterhaltung mit Amy zu tun hatte. »Ich . . . ich konnte sie in dieser Nacht nicht einfach wegschicken.«

»Du hast einer alten Freundin einen Gefallen getan . . . war es das?«

»Es liegt ziemlich nahe an der Wahrheit.«

»Ich hoffe, Fran hat es nicht gemerkt.«

Die Straße senkte sich abwärts. Es wurde noch düsterer.

»Ich will nicht, daß alles kaputtgeht, was zwischen uns ist.«

»Wir sollen einfach weitermachen wie bisher?«

Das Kribbeln begann in seinem Genick; eisig. Ähnlich diesem Gefühl am Nachmittag, als er aufgeschaut und das Gesicht am Fenster gesehen hatte.

»Es . . . es war nicht wichtig . . .« stammelte er, und seine Finger kribbelten jetzt ebenfalls. Er spürte, wie sich seine Schulterblätter zusammenzogen.

»Ich weiß nicht, Jon. Vielleicht, wenn du's mir vorher erzählt hättest . . .«

»Wie . . . denn? Wie hätte ich das denn erklären sollen?« Eine schwere, kalte Hand hatte sich aus der Dunkelheit des Wagens hervorgetastet und lag jetzt auf seiner Schulter. Doch als er hinschaute, war da — nichts.

»Amy . . .«

Er sah die Augen, die ihn aus dem Innenspiegel heraus anstarrten. Grauenvolle, boshafte Augen. Augen voller dämonischer Freude.

Amy spürte, wie er sich verkrampfte und sah das Entsetzen in seinem Gesicht. »Jon, was ist . . .«

Sie wandte sich zur leeren Rückbank um.

Childes sah die Augen im Spiegel größer werden — das Etwas, das grinsende Etwas im Fond beugte sich nach vorn, tastete nach ihm, berührte ihn — starke, betäubende kalte Finger lagen an seinem Hals, Nägel gruben sich in seine Haut . . .

Der Wagen schleuderte nach links und streifte die Hecke.

»*Jon!*« schrie Amy.

Diese hämischen Augen. Stählerne Finger umklammerten seinen Hals. Stinkender Atem an seiner Wange. Er wollte die Hand wegzerren — und berührte nur seinen Hals.

Der Wagen brach aus, nach rechts hinüber, und schrammte an einer niederen Steinmauer entlang. Funken flogen, Metall kreischte auf Stein, und der Mini jagte weiter an der rauhen Mauerfläche entlang. Büsche und Zweige peitschten gegen die Fensterscheiben.

Amy griff ins Lenkrad, versuchte es nach links zu drücken, aber Childes' Hände umklammerten es mit einem unerbittlichen, eisernen — erstarrten — Griff. Das Reißen von Metall kreischte in ihren Ohren.

Er konnte kaum noch atmen, so beengt war seine Kehle. Sein rechter Fuß war am Gaspedal festgewachsen — er konnte dem kichernden Etwas hinter sich nicht entkommen, so sehr er sich auch bemühte. Und — wie sollte er ihm auch entkommen, wenn es doch bereits hinter ihm im Wagen hockte . . .?

Eine Kurve. Er riß das Lenkrad nach links, gerade weit genug, um den Wagen endlich von der Mauer wegzubringen — aber nicht weit genug, um die Kurve zu nehmen. Plötzlich konnte er auch seine Füße wieder bewegen. Er trat voll auf die Bremse, aber es war zu spät. Der Wagen schleuderte, die Mauer schien plötzlich zu wachsen und sich ihnen entgegenzuwerfen.

Sie prallten der Länge nach dagegen, mit einem fürchterlichen alles zertrümmernden Schlag, und Childes wurde nach vorn gegen das Lenkrad geworfen. Seine Arme kamen reflexartig hoch, fingen sein Gewicht ab, milderten den Stoß . . .

Amy jedoch hatte nichts, woran sie sich hätte festhalten können.

Sie flog nach vorn, die Windschutzscheibe explodierte um sie herum, und sie schrie und wirbelte über die kurze Motorhaube des Wagens hinaus — und schlug, sich windend und blutend, hinter der Mauer auf.

CHILDES lehnte sich vor, stützte den Kopf in beide Hände, und das dumpfe Pochen in seinem Schädel verursachte eine schreckliche Übelkeit. In seiner Brust rumorten Schmerzen, und er begriff, daß ihn dort das Lenkrad getroffen hatte . . . Quetschungen, sagte er sich. Aber trotz allem hatte er Glück gehabt. Im Gegensatz zu Amy.

Am Ende des langen Korridors schwang eine Doppeltür auf, und ein Mann in einem weißen Kittel tauchte auf. Der Arzt bemerkte Childes, der auf der gepolsterten Bank wartete, und schritt zielstrebig auf ihn zu, wurde jedoch von einer Krankenschwester angesprochen. Gleich darauf eilte die Schwester weiter und verschwand durch die Tür, die vor wenigen Sekunden den Arzt ausgespuckt hatte. Childes wollte aufstehen.

»Bleiben Sie sitzen, Mr. Childes«, rief Dr. Poulain und sagte, als er ihn erreichte: »Ich habe mir ein paar Minuten Ruhe weiß Gott verdient — das war ein Tag!« Er setzte sich und stieß einen dankbaren Seufzer aus. »Allerdings nicht nur für mich. Sie haben auch einiges erlebt, wie mir scheint.« Er musterte Childes eingehend; ein sehr professioneller Blick. »Wird Zeit, Sie mal genauer anzusehen«, meinte er.

»Sagen Sie mir, wie es ihr geht, Doktor.«

Poulain schob die Finger durch seine zerzausten, vorzeitig ergrauten Haare und blinzelte ihn hinter seiner goldgeränderten Brille hervor an. »Miss Sebire hat einige Fleischwunden davongetragen . . . Gesicht, Hals, Arme. Wir müssen davon ausgehen, daß sie eine oder zwei kleine Narben als Andenken behalten wird. Außerdem mußten wir ihr ein paar Glassplitter aus dem Auge entfernen — aber regen Sie sich nicht auf, sie haben die sklerotische Schicht nicht durchschlagen, und sie waren weit genug von Iris oder Pupille entfernt. Daher dürfte ihr

Sehvermögen nicht beeinträchtigt worden sein. Eine rein oberflächliche Verletzung, sozusagen.«

»Gott sei Dank.«

»Ja, ihm ist wirklich zu danken. Ich wünschte, die Regionalregierung würde dem Beispiel des Festlands folgen und die Gurtpflicht einführen, aber ich bin sicher, daß die Herren noch jahrelang zaudern werden.« Er schüttelte den Kopf.

»Abgesehen davon hat sich Miss Sebire das Handgelenk gebrochen und ein paar ernsthafte Quetschungen und Rippen- und Beinverletzungen zugezogen. Trotzdem würde ich sagen, das Mädchen hat unverschämtes Glück gehabt, Mr. Childes.«

Endlich konnte Childes aufatmen. Es wurde ein sehr langer Seufzer. Er stützte den Kopf wieder in die Hände. »Kann ich zu ihr?« fragte er, als er den Arzt schließlich wieder ansah.

»Ich fürchte, nein. Ich möchte, daß sie sich ausruht. Ich habe ihr ein Sedativum gegeben. Inzwischen wird sie schlafen, denke ich. Aber sie hat mich nach Ihnen gefragt, und ich sagte ihr, daß alles in Ordnung ist. Miss Sebire schien darüber sehr froh zu sein.«

Plötzlich fühlte sich Childes endgültig total erschöpft. Er sah, wie seine Hände dicht vor seinen Augen unkontrollierbar zitterten.

»Kommen Sie, ich würde Sie gern untersuchen«, drängte Dr. Poulain. »Möglicherweise sind Sie doch nicht ganz so glimpflich davongekommen, wie Sie annehmen. Da entwickelt sich gerade ein ziemlich schlimmer blauer Fleck auf Ihrer Wange, und eine Seite ihrer Unterlippe ist gewaltig geschwollen.«

Childes tastete über sein Gesicht und zuckte zusammen, als seine Finger die Prellung fanden. »Ich muß den Kopf gedreht haben, als ich gegen das Lenkrad geknallt bin«, vermutete er und berührte todesmutig die aufgeblähte Lippe.

»Atmen Sie tief ein und sagen Sie mir, ob das weh tut«, verlangte Dr. Poulain.

Childes gehorchte. »Fühlt sich steif an, es ist nichts weiter«, versicherte er, nachdem er wieder ausgeatmet hatte.

»Hm. Kein stechender Schmerz?«

»Nein.«

»Trotzdem . . .«

»Ich bin in Ordnung. Ein wenig wackelig auf den Beinen vielleicht, aber . . .«

Der Arzt lachte kurz auf. »Mehr als nur ein bißchen, würde ich sagen. Sie sind ein Nervenbündel. Heute nachmittag, als sie mit der Schülerin herkamen — wie hieß sie noch? Jeanette, ja, Jeanette . . . wollte ich Ihnen ein leichtes Beruhigungsmittel verpassen, aber Sie haben abgelehnt. Nun, dieses Mal schlage ich Ihnen etwas Stärkeres vor, etwas, das Sie einnehmen können, wenn Sie nach Hause kommen . . . Sie brauchen Schlaf.«

»Ich denke, daß das auch ohne Hilfsmittel klappt.«

»Seien Sie da nicht zu sicher.«

»Wie lange wird Amy hierbleiben müssen?«

»Das hängt ganz davon ab, wie ihr Auge morgen aussieht. Wir werden sie ein paar Tage lang zur Beobachtung hierbehalten — selbst wenn in dieser Hinsicht alles in Ordnung ist.«

»Sie sagten . . .«

»Und das habe ich auch so gemeint. Ich bin weitgehend davon überzeugt, daß ihr Auge nicht ernsthaft verletzt ist, aber natürlich müssen wir Vorsichtsmaßnahmen treffen. Nebenbei bemerkt — Sie haben mir noch immer nicht erklärt, wie es zu dem Unfall gekommen ist.« Er prallte zurück, als er bemerkte, wie sehr die Angst das Gesicht des anderen Mannes veränderte.

»Ich kann es Ihnen nicht sagen«, preßte Childes langsam heraus und mied den Blick des Arztes. »Alles ging so schnell. Ich muß einen Moment lang abgelenkt gewesen sein — vor dieser Kurve . . .« Was hätte er Poulain schon erzählen können? Daß er im Innenspiegel Augen gesehen hatte, Augen, die ihn anstarrten, die pervers bösartig waren und ihn gierig betrachteten? Daß er jemanden hinter sich im Wagen gesehen hatte, jemand, der in Wirklichkeit überhaupt nicht dagewesen war?

»Abgelenkt — wodurch?«

Childes blickte den Arzt fragend an.

»Was hat Sie abgelenkt?« beharrte Dr. Poulain.

»Ich . . . ich weiß es nicht mehr. Vielleicht haben Sie recht . . . meine Nerven . . . Ich meine, gut möglich, daß ich mir zuviel zugetraut habe.«

»Das ist jetzt bestimmt nicht anders. Heute mittag waren Sie ganz bestimmt erschüttert, aber nicht *so* schlimm. Nehmen Sie mir meine Neugier nicht übel. Mr. Childes, aber ich kenne die Familie Sebire schon seit Jahren, und Amy kenne ich, seit sie ein Kind war, deshalb geht die ganze Sache über bloßes berufliches Interesse hinaus. — Haben Sie sich gestritten?«

Childes konnte nicht antworten.

Dr. Poulain fuhr fort: »Davon abgesehen . . . Ich denke, Sie werden der Polizei diese anderen Male erklären müssen, die sich an Ihrem Hals abzeichnen. Ziemlich übel verfärbt. Sieht ganz danach aus, als seien Sie von einer Hand verursacht worden — die Druckpunkte sind deutlich zu sehen.«

Panik überschwemmte Childes. Konnte es eine solche Kraft geben? War das überhaupt möglich? Er hatte die Hand gespürt, die sich zusammenziehenden Finger; aber außer Amy war niemand mit ihm im Wagen gewesen. Er verdrängte die Panik: niemand — *nichts* — konnte einen anderen Menschen allein durch die Kraft seiner Gedanken körperlich zeichnen. Es sei denn, das Opfer war unwissentlich Mittäter und hatte sich die Verletzung selbst zugefügt.

Es blieb keine Zeit für weitere Spekulationen oder für zusätzliche Fragen seitens des Arztes, denn in diesem Augenblick schwangen die Doppeltüren am Ende des Korridors wieder auf, und Paul Sebire und seine Frau traten ein. Childes hatte sie gleich nach seiner Ankunft im Krankenhaus benachrichtigt; er hatte mit Vivienne Sebire gesprochen und ihr von dem Unfall erzählt. Paul Sebires Sorge verwandelte sich augenblicklich in Zorn, als er Childes sah, der sich mit dem Arzt von der Bank erhoben hatte.

»Wo ist meine Tochter?« fragte der Finanzier Sebire, ohne Childes auch nur eines Blickes zu würdigen.

»Sie ruht sich aus«, antwortete der Arzt und informierte ihn dann knapp über Amys Gesundheitszustand.

Sebires Gesichtsausdruck war grimmig, als Poulain endete. »Wir wollen sie sehen.«

»Ich denke, das wäre im Moment nicht sehr klug, Paul«, entgegnete der Arzt. »Sie wird mittlerweile eingeschlafen sein, und Sie sind bestimmt viel aufgeregter als nötig. Bei dieser Art von Unfall sehen die Verletzungen oft schlimmer aus, als sie sind. Ich habe Mr. Childes gerade ebenfalls den guten Rat gegeben, daß es besser ist, sie nicht zu stören.«

Purer Haß glühte in Sebires Augen, als er sich dem jüngeren Mann zuwandte. Vivienne griff rasch nach Childes' Arm. »Sind Sie wohlauf, Jonathan? Sie haben am Telefon nicht viel gesagt.«

»Mir geht es gut. Aber ich mache mir um Amy Sorgen.«

»Das wäre alles nicht passiert, wenn sie nicht so vernarrt in Sie wäre!« fauchte Sebire. »Ich habe Sie gewarnt — Sie bringen ihr nichts als Ärger.«

Seine Frau griff noch einmal ein. »Nicht jetzt, Paul. Ich glaube, Jonathan hat heute bereits genug durchgemacht. Dr. Poulain hat uns versichert, daß Amy keine dauerhaften . . .«

»Wahrscheinlich trägt sie Narben davon, die sie ein Leben lang zeichnen, Vivienne! Ist das etwa nicht dauerhaft genug?«

Poulain ergriff das Wort. »Die Vernarbung wird minimal ausfallen. Nichts, was die kosmetische Chirurgie nicht mit Leichtigkeit beheben könnte.«

Childes rieb sich das Genick — eine linkische Bewegung, denn sein ganzer Brustkorb war noch immer wie steifgefroren. »Mr. Sebire, glauben Sie mir, es tut mir leid.«

»Es tut Ihnen leid? Sie glauben wirklich, das würde genügen?«

»Es war ein Unfall, der . . .« *Jedem hätte passieren können?* Es war ein Satz, den Childes nicht vollenden konnte.

»Bleiben Sie weg von meiner Tochter! Lassen Sie sie in Ruhe! Und zwar jetzt, bevor noch mehr passiert!«

»Paul«, warnte Vivienne. Sie ergriff ihren Mann beim Handgelenk, als er auf Childes zuging.

»Bitte, Paul«, sagte auch Dr. Poulain. »Denken Sie doch an die anderen Patienten.«

»Dieser Bursche spielt uns doch etwas vor!« Aufgebracht deutete Sebire auf Childes. »Ich habe das von Anfang an gespürt. Wenn man bedenkt, was heute mittag in der Schule passiert ist . . .«

»Wie kannst du nur so etwas sagen!« protestierte seine Frau. »Er hat dem Mädchen das Leben gerettet.«

»Ach? Hat er das? Hat irgend jemand gesehen, was da wirklich vorgegangen ist? Vielleicht war es genau umgekehrt — vielleicht hat *er* versucht, sie umzubringen!«

Diese letzte Bemerkung war Childes schließlich zuviel. »Sebire, Sie sind wie üblich ein Narr!« flüsterte er.

»Bin ich das? Sie stehen wieder einmal unter Verdacht, Childes, oh, und das geht nicht nur von mir aus, da ist auch die Polizei ganz meiner Ansicht. Ich glaube nicht, daß Sie an das La Roche oder irgend eine andere Schule auf dieser Insel zurückkehren werden. Man wird Ihnen keine Gelegenheit mehr bieten, hilflosen Kindern weh zu tun!«

Childes wollte zuschlagen, wollte seine Enttäuschung, seine Verbitterung an irgend jemandem auslassen — und Sebire wäre ideal dafür —, er wollte zurückschlagen, nur irgendwie zurückschlagen . . . Aber da war nur eine große Leere in ihm. Er hatte nicht mehr die Kraft dazu. Statt dessen wandte er sich ab und ging.

Er kam nicht weit. Sebire hielt ihn am Arm fest und zerrte ihn herum. »Haben Sie verstanden, Childes? Sie sind erledigt auf dieser Insel, und deshalb gebe ich Ihnen den guten Rat — hauen Sie ab, verschwinden Sie, solange Sie das noch können.«

Childes riß seinen Arm mit einem müden Ruck los. »Geh zum Teufel!« sagte er.

Sebires Faust traf seine bereits angeschwollene Wange, und er taumelte überrascht zurück und stürzte. Da war ein Tohuwabohu aus Geräuschen und Stimmen, und dann war sein Kopf ganz plötzlich wieder ganz klar. Er hörte Schritte und laute Stimmen, und dann kam er wieder auf die Füße. Es war eine ungewöhnlich langwierige und komplizierte Prozedur. Irgend jemand stützte ihn: Er kam sich ziemlich wackelig vor, als er endlich wieder stand, aber der Mann neben ihm stützte ihn weiterhin. Er registrierte, daß dieser Mann Overoy war. Währenddessen hielt Inspector Robillard Sebire davon ab, weiter auf ihn einzuschlagen.

»Heute morgen hätte ich um nichts in der Welt Ihr Horoskop lesen wollen«, sagte Overoy dicht an seinem Ohr.

Childes schaffte es, ohne fremde Hilfe zu stehen, obwohl er stark gegen den Impuls ankämpfen mußte, sich auf die nahe Bank sinken zu lassen. Seine Arme und Beine fühlten sich an, als seien sie mit Blei ausgegossen, als hätte sich sein Blut in ein zähflüssiges Etwas verwandelt, das nur noch mühselig durch seine Adern kroch. Vivienne Sebire stand blaß neben ihrem Mann, und ihre Augen flehten um Abbitte. Sebire selbst wehrte sich noch immer gegen Robillards festen Griff, doch seine Anstrengungen wirkten jetzt seltsam lächerlich und matt: sein ganzer Zorn hatte sich mit diesem einen Schlag aufgelöst. Vielleicht verbarg sein Aufbäumen jetzt nur noch seine Scham.

»Kommen Sie, Jon«, bat Overoy und sprach Childes damit zum ersten Mal beim Vornamen an. »Sie sehen ganz danach aus, als könnten Sie jetzt einen harten Drink vertragen, und genau dazu lade ich Sie ein.«

»Mr. Childes ist noch nicht untersucht worden«, erinnerte der Arzt hastig.

»Meiner Meinung nach sieht er ganz okay aus«, erwiderte Overoy und zupfte dabei flüchtig an Childes' Ellenbogen. »Ein bißchen ramponiert vielleicht, aber das wird er überleben. Wenn es sein muß, bringe ich ihn später wieder zurück.«

»Wie Sie meinen.« Dann wandte sich Poulain an Sebire — ein leicht zu durchschauender Versuch, die Situation endgültig zu entspannen. »Wenn Sie versprechen, leise zu sein und Ihre Tochter nicht aufzuwecken, bin ich damit einverstanden, daß Sie sie sehen.«

Der Finanzier blinzelte einmal, zweimal; sein Gesicht war noch immer von einem fleckigen Rot gezeichnet.

Endlich riß er seinen Blick von Childes los. Er nickte, und Robillard ließ ihn los.

»Gehen wir«, schlug Overoy, an Childes gewandt, vor. Childes zögerte, öffnete den Mund, wollte etwas zu Amys Mutter sagen — aber er fand nicht die richtigen Worte. Er wandte sich ab und ging mit dem Detective davon.

Im Aufzug drückte Overoy den E-Knopf und sagte: »Der Beamte, der bei der Kleinen Wache hält, hat uns benachrichtigt. Sieht so aus, als würde es Ihnen im Krankenhaus gefallen.«

Childes lehnte sich mit geschlossenen Augen gegen die Kabinenwand.

»Wir haben gehört, daß Sie von der Straße abgekommen sind.«

»Das stimmt.« Mehr wollte Childes nicht dazu sagen.

Der Aufzug hielt mit einem sanften Ruck, die Türen glitten auseinander, und ein Pfleger schob eine im Rollstuhl sitzende Patientin herein. Sie war eine grauhaarige Frau, die düster auf die arthritisch entstellten Knöchel ihrer im Schoß gefalteten Hände hinabstarrte und die Männer kaum zu bemerken schien; schweigend war sie in die eigene Gebrechlichkeit vertieft. Niemand sprach, und dann öffneten sich die Türen im Erdgeschoß. Der Pfleger zog den Rollstuhl hinaus und eilte mit seiner finster dreinblickenden Patientin davon, wobei er fröhlich vor sich hinpfiff.

»Ich habe mir für dieses Wochenende einen Wagen gemietet, damit wir an einen ruhigen Ort fahren können. Wir müssen reden«, sagte Overoy und hielt die Türen fest, bevor sie sich wieder schließen konnten. »Selbst wenn Ihr Wagen noch einsatzfähig wäre —ich glaube nicht, daß Sie momentan einen guten Fahrer abgeben. He, wir sind da, Erdgeschoß.«

Childes zuckte zusammen. »Was?«

»Endstation. Alles aussteigen.«

»Tut mir leid.«

»Sind Sie sicher, daß Sie in Ordnung sind?«

»Nur müde.«

»Wie sieht Ihr Wagen aus?«

»Schlimm.«

»Totalschaden?«

»Man wird ihn wieder hinkriegen.«

»Okay, dann nehmen wir also meinen.«

»Können Sie mich nach Hause fahren?«

»Klar. Aber wir müssen uns unterhalten.«

»Das werden wir.«

Sie verließen das Krankenhaus. Overoy hatte den Mietwagen in einer für Ärzte reservierten Parkbucht abgestellt. Sie stiegen ein, und Childes war erleichtert, in den gepolsterten Beifahrersitz zurücksinken zu können. Bevor der Detective den Zündschlüssel drehte, sagte er: »Sie wissen, daß ich morgen abend zurück muß?«

Childes nickte mit geschlossenen Augen.

»Wenn Sie mir also noch etwas zu sagen haben . . .«

»Es hat dafür gesorgt, daß ich meinen Wagen zu Schrott gefahren habe.«

»Wie meinen Sie das?«

»Es hat mich angestarrt. Es war auf dem Rücksitz. Jedenfalls hab' ich's da gesehen. Nur, es war nicht *wirklich* da.«

»Nun mal langsam. Sie wollen damit sagen, daß Sie jemanden auf dem Rücksitz Ihres Wagens gesehen haben und daß Sie deshalb verunglückt sind?«

»Es war da. Es versuchte mich zu erwürgen.«

»Und Miss Sebire kann das bestätigen? Sie hat diese Person gesehen?«

»Ich weiß es nicht. Nein, wahrscheinlich nicht — das konnte sie gar nicht. Das Ganze lief in meinem Kopf ab.

*Aber ich spürte seine Hände — sie haben mich gewürgt!«*

»Das gibt es nicht!«

»Ich kann Ihnen die Würgemale zeigen. Dr. Poulain hat sie ebenfalls bemerkt.« Childes zog den Hemdkragen weg, und Overoy schaltete die Innenbeleuchtung ein.

»Können Sie sie sehen?« fragte Childes beinahe hastig.

»Nein, Jon. Keine Kratzer, keine Quetschungen.«

Childes drehte den Innenspiegel zu sich herum und reckte den Hals dem Glas entgegen. Der Detective hatte recht: seine Haut war unversehrt.

»Fahren Sie mich nach Hause«, sagte er matt. »Bringen wir die Unterhaltung hinter uns.«

*Es stand vollkommen reglos in der Schwärze des uralten und weit abgelegenen Turmes, und es genoß die Leere. Das dunkle Vergessen. Durch die Maueröffnungen wehte das Donnern der Wellen herein, die tief unten gegen die Klippen anstürmten; es hallte in den ringförmigen Mauern der Martello-Anlage wider — ein Geräusch wie von vielen Flüsterstimmen. Das Etwas im Dunkel stellte sich vor, daß dies die gedämpften Stimmen der im Meer Verlorenen waren, die in ihrem sternenlosen Gefängnis für immer trauerten. Der Gedanke amüsierte es.*

*Ein übler Geruch hing schwer in der Luft in Innern des zerfallenden Turmes — eine Mischung aus Urin, Fäkalien und Fäulnis . . . eine Schmähung all jener, die sich wenig aus Monumenten und noch weniger aus deren Geschichte machten; doch dieser Gestank störte das Etwas nicht, das sich in der trostreichen Schwärze aufhielt. Es genoß den Zerfall.*

*Irgendwo in den Tiefen der Nacht schrie ein winziges Tier, Beute eines anderen, schnelleren und tödlichen Tieres.*

*Es lächelte.*

*Die Kraft regte sich und wuchs. Der Mann war ein Teil dieses Wachsens. Doch er wußte es nicht.*

*Er würde es erfahren. Sehr bald.*

*Und für ihn würde es zu spät sein.*

ESTELLE PIPRELLY starrte suchend in die Finsternis. Der Mond war von mächtigen Wolken verhüllt, so daß unterhalb ihres Fensters kaum etwas auszumachen war. Die Rasenflächen waren schwarze Ebenen, die Bäume gigantische Schatten, und das Meer donnerte noch immer gegen die tiefen Abgründe der Klippen — trotzdem und wider besseres Wissen schien es außerhalb der Grenzen ihres Zimmers nur das Nichts zu geben. So intensiv spürte sie ihre Einsamkeit, daß das Leben selbst nur eine Illusion hätte sein können, eine aus dem eigenen Verstand geborene Phantasie.

Wie leicht so etwas geschehen konnte . . . Nun, die Einsamkeit war für sie nichts Neues, trotz der mit Arbeit überfüllten Tage und pflichterfüllter Stunden; es war diese neue, drohende Leere, die eine tiefer sitzende dunkle Vorahnung weckte — und sie war nur schwer zu ertragen. Denn die Stimmung der Nacht verkündete . . . Gefahr.

Sie wandte sich vom sanften Gespenst ihres Spiegelbildes im Fensterglas ab. Ihre Schultern waren leicht gebeugt — und diese Veränderung ihrer berühmten stockgeraden Haltung schien ihren Charakter selbst zu verändern und sie gebrechlich — verletzlich — zu machen. Ziellos schritt sie in dem Zimmer umher, das Teil ihrer Wohnung im College war; ihre Bewegungen erfolgten nur zögernd. Tiefe Linien hatten sich in ihr Gesicht eingegraben, und ihre Finger krümmten und ballten sich in den Taschen der langen, gestrickten Wolljacke, die sie trug, zu Fäusten. Ihre Lippen waren weniger fest als üblich.

Es war nicht allein die finstere Unbehaglichkeit dieser Nacht, welche die Direktorin des La Roche quälte, auch nicht die beunruhigende Stille der späten Stunde: der Tod persönlich hatte ihr heute einen spöttischen Gruß entboten. Sein unheiliges Antlitz war in den Gesichtern einiger ihrer Mädchen zu erkennen gewesen. Genau wie damals, vor so vielen Jahren, da sie als Kind das nicht verstehen, sondern nur *bewußt* wahrnehmen konnte, das nahe Ende so vieler deutscher Soldaten vorausgeahnt hatte — genau so hatte sie jetzt die Totenmasken ihrer Schülerinnen gesehen.

Die Unruhe schwächte sie, zwang sie, sich zu setzen. Auf dem Sims des unbenutzten Kamins zählte eine kuppelförmige Uhr mit in lackiertem Holz eingelassenem Zifferblatt die Sekunden, und sie hatte das Gefühl, als höre sie die Schläge eines erlöschenden Herzens. Sie zog die Strickjacke fester um sich, preßte die Wolle an ihren Hals; die Kälte kam aus ihr selbst.

Miss Piprelly, rasch gealtert und beinahe zitternd, ließ ihre Gedanken abschweifen. Sie konzentrierte sich, versuchte *hinauszugreifen.* Sie wollte wahrnehmen, obgleich sie letzten Endes doch genau wußte, daß sie nicht die Kraft dazu hatte; ihre Gabe reichte nicht aus. Sie war in keiner Weise auch nur annähernd vergleichbar mit derjenigen von Jonathan Childes. Wie befremdlich, daß er sein Potential selbst nicht einmal kannte.

Das Geheimnis dieses Mannes ängstigte sie.

Ein kühler Windhauch strich am Fenster entlang, und sie wandte sich um. Was erwartete sie? Daß der Tod selbst zu ihr hereinspähte?

Miss Piprelly sann darüber nach, wie sicher die Schule war. Wunderbar, ein Polizist bewachte in einem Wagen sitzend das Haupttor; er verließ den Wagen häufig, um das Gelände zu durchstreifen, Türen und Fenster zu überprüfen und mit der Taschenlampe in umliegendes Gestrüpp zu leuchten. Doch konnte ein einzelner Polizist tatsächlich jemanden davon abhalten, in eines dieser Gebäude mit ihren zahlreichen Türen und Fenstern einzudringen? Der unregelmäßig angelegte Gesamtkomplex der Schule erschwerte jeden Überblick und bot ein leichtes Versteck für umhergeisternde Subjekte. Gerade an diesem Nachmittag hatte sie mit Inspector Robillard gesprochen und ihm ihre Sorge ausgedrückt (und natürlich war sie nicht in der Lage gewesen, den Grund hierfür zu benennen), und er hatte ihr versichert, Schulgelände und umliegendes Gebiet würden in regelmäßigen Patrouillengängen bewacht; und dies bereits seit dem Anschlag auf Jeanettes Leben. Er verstand ihre Besorgnis vollkommen, doch andererseits vertrat er die Meinung, daß sie fehl am Platze war: Er bezweifelte, daß die Täter in das La Roche zurückkehrten — jetzt, da die Polizei aufmerksam geworden war. Die Direktorin wünschte sich, den beruhigenden Worten des Polizisten Glauben schenken zu können.

Noch einmal verweilten ihre Gedanken bei Jonathan Childes, wie schon so oft im Verlauf der zurückliegenden Tage. Widerstrebend hatte ihn Miss Piprelly gebeten, dem College fernzubleiben —und sie hatte darauf bestanden, daß er nicht suspendiert sei und auch nicht unter Verdacht stehe. Doch seine Anwesenheit im La Roche schien ihre Mädchen in Gefahr zu bringen, und ihrem Wohlergehen mußte stets ihre Sorge gelten. Sie, Victor Platnauer sowie mehrere andere Vorstandsmitglieder hatten diese Angelegenheit mit Inspector Robillard diskutiert, und es wurde einstweilen für klug erachtet, daß sich Childes von der Schule fernhielt (sie hatte ihm gegenüber nicht erwähnt, daß Victor Platnauer auf Childes' sofortige Entlassung bestanden hatte). Da es nur mehr zwei Wochen bis zu den Sommerferien waren, erschien es durchaus vernünftig, daß Childes ihrer Bitte nachkommen würde. Und er hatte sich tatsächlich kooperativ gezeigt, und dies ohne jedes Zaudern.

Als sie ihn an jenem Montagmorgen vor nur drei Tagen in ihr Arbeitszimmer gebeten hatte, war seine Anwesenheit äußerst beunruhigend gewesen. Er schien ihre Worte kaum zu hören, wenngleich er nicht unaufmerksam war. Sein Verstand rang mit einem großen inneren Aufruhr, während er sich dennoch aller rings um ihn vorgehenden Dinge sehr eindringlich bewußt war. Natürlich bekümmerte ihn nicht allein Jeanettes furchtbares Los, sondern auch die Verletzungen, die Miss Sebire bei dem Unfall erlitten hatte. Sie hatte aber auch das Gefühl, daß seine innere Abwesenheit mit dem Schock an sich wenig zu tun hatte. Dieser Mann suchte — sie hatte sein Tasten in ihrem Kopf *gefühlt* —, doch sein Suchen war wahllos, spekulativ. Er hatte die Gabe in ihr erkannt, doch er erwähnte sie mit keinem Wort. Und sie, sie hatte dann und wann ein Pulsieren rings um ihn her wahrgenommen, ein psychisches Feld, eine Aura, die sich ausdehnte und wieder zusammenzog. Diese Veränderungen seiner Fähigkeiten beunruhigten sie, doch er selbst schien sich der unsichtbaren Ausstrahlungen nicht bewußt zu sein.

Ihr Körper bäumte sich auf, als die plötzliche Ahnung der bevorstehenden schrecklichen Gewalttat wie ein rotglühendes Messer in ihr Gehirn fuhr. Der wirkliche Alptraum geschah jetzt, in diesem Moment.

Eine fremde Präsenz befand sich in der Schule.

Und bei dieser Feststellung drängten sich die Schatten im Zimmer näher heran, wurde das Ticken der Uhr lauter. Alles schien sie einschüchtern und ihre Vernunft beeinträchtigen zu wollen.

Miss Piprellys erster Impuls war, die Hauptwache der Inselpolizei zu benachrichtigen, und sie stemmte sich auch tatsächlich aus dem Sessel empor — *stemmte sich empor, weil der Druck der sie umhüllenden Schatten und das gewaltige Ticken der Uhr alle Bewegung zu ersticken trachteten* — und ging — *taumelte?* — zum Telefon. Doch ihre Hand verharrte auf dem Hörer, ohne ihn abzuheben.

Was sollte sie ihnen sagen? *Bitte kommen Sie, ich bin*

*allein und ich ängstige mich, und irgend jemand hält sich im Schulgebäude auf, jemand, der uns allen Böses will, und meine Mädchen schlafen, und ich — ich habe den Tod in ihren Gesichtern gesehen, und sie sind doch noch so jung, so ahnungslos, das ganze Leben liegt noch vor ihnen, und sie haben keine Ahnung von der drohenden Gefahr . . .!* Konnte sie das der Polizei sagen?

Hatte sie ein Geräusch gehört, würden sie fragen. Irgend etwas, das auf das Eindringen hinwies? Und dann würden sie darauf verweisen, daß der von ihnen abgestellte Beamte nichts Ungewöhnliches gemeldet hatte. Kein Grund zur Sorge, Miss Piprelly (eine alte Jungfer, die vor dem eigenen Schatten Angst bekommen hat), alles ist in bester Ordnung, unser Mann hält die Stellung, rufen Sie doch später noch einmal an, wenn Sie dann immer noch besorgt sind.

Sie konnte lügen, *vorgeben*, Geräusche vernommen zu haben. Und wenn sie dann in großer Zahl eintrafen und keinerlei Spur von einem Eindringling fanden — was dann? Gehobene Augenbrauen, herablassendes Lächeln? Spöttisches Lachen auf der Rückfahrt?

Diese Überlegung sorgte endgültig wieder dafür, daß sie sich straffte; ihr Rücken wurde gerade, ihr Gesicht war wieder in feste Linien gefaßt. Sie würde sich nicht zum Gespött der Leute machen — nicht mit ihren Vorahnungen. Miss Piprelly schritt auf die Tür zu. Sie würde höchstpersönlich nachsehen, und wenn sie auch nur den *geringsten* Hinweis darauf fand, daß irgend etwas nicht stimmte, nun, dann würde sie augenblicklich die Polizei-Hauptwache anrufen. Beim winzigsten Hinweis . . .

Für einen Augenblick geriet ihr Entschluß ins Wanken, als sie die Tür öffnete und die Angst sie gleich einer Skeletthand aus dem Dunkel berührte.

CHILDES erwachte.

Da war kein Alptraum gewesen, keine sich jagenden Dämonen, kein Horror, nichts, was ihn hätte aus dem Schlaf reißen können. Seine Augen hatten sich einfach geöffnet, und er war wach.

Er lag in der Dunkelheit und lauschte in die Nacht hinein. Nichts, was ihn gestört hätte. Nur der Wind, eine sanfte Brise, ein harmloses Raunen der Luft.

Dennoch richtete er sich auf, nackt und fröstelnd, und blieb am Bettrand sitzen — verunsichert von der kribbelnden Erwartung, die an ihm zerrte. Die Konturen des nächstgelegenen Fensters zeichneten sich als graue Flecken im Schwarz ab. Zarte Muster bewegten sich im Rahmen: ausgefranste Wolkenränder.

Childes tastete auf das Nachttischchen hinüber, fand seine Brille, setzte sie auf und ging ans Fenster.

Seine Hände umklammerten das Fensterbrett. Etwas Kaltes und Bösartiges packte seine Brust mit gierigen Klauen.

In der Ferne, über den Klippen, leuchtete das La Roche-College in hellem Rot.

Anders als damals gab es jetzt keine untergehende Sonne, die die Schulgebäude rot färbte. Dieses Mal *waren* es Flammen, und sie flatterten aus Fenstern und über die Mauern und leckten in den bewölkten Himmel hinein.

ESTELLE PIPRELLYS Schritte hallten ungewöhnlich laut im Treppenhaus und in den Korridoren wider, und je weiter sie hinabschritt, desto intensiver wurde der ungewöhnliche Geruch, der ihr entgegenwehte. Ein ungewöhnlicher Geruch allein deshalb, da er nicht zu den normalen Gerüchen der Schule gehörte — zu dem Geruch von altersgereiftem Holz, Politur und dem allgegenwärtigen, jedoch feinen Hauch vergänglicher menschlicher Körper. Dem Leben selbst.

Dies hier war kein Teil dieser allgemeinen Struktur.

Sie hielt inne, eine Hand ruhte auf dem massiven Treppengeländer. Sie lauschte in eine Stille, die eher unheilverkündend als friedlich war. Noch war dieser Geruch vage, leicht und widerlich — er erinnerte sie an ein Nebengebäude auf dem Schulgelände, in welchem Gartengerätschaften aufbewahrt wurden. Ein kleines, baufälliges Ziegelsteingebäude voller Werkzeuge, Rasenmäher, Heckenscheren und dergleichen; dort roch es stets nach Erdreich, Öl und . . . Benzin.

Jetzt, da sie die Quelle dieses Geruchs kannte, stieg ihre Beunruhigung um ein Zehnfaches, denn dies war lediglich ein Vorläufer, eine Andeutung darauf, daß ihre intuitive Furcht möglicherweise *überhaupt* nicht unbegründet war. Sie verspürte den unbändigen Wunsch, zurückzugehen, die Treppe zum obersten Stockwerk emporzueilen — dorthin, wo ihre Schützlinge schliefen — und die Mädchen zu wecken und sie von diesem unsicheren Ort wegzuführen. Doch ein anderer Impuls war stärker als dieser folgerichtige Gedanke. Eine unwiderstehliche Kraft lockte sie nach unten.

Neugier, argumentierten ihre vernunftgemäßen Gedanken. Sie hatte das Bedürfnis, ihre Verdachtsmomente zu untermauern; niemand sollte sie beschuldigen können, blinden Alarm zu schlagen. Doch da war noch eine Stimme, kaum hörbar, fast ein Wispern, tief, tief in ihrem Bewußtsein — eine Stimme, die es anders auslegte. Diese Stimme sprach von einem morbiden Zwang, dem Gespenst gegenübertreten zu wollen, welches sie beständig in den Gesichtern derer heimgesucht hatte, die zum Sterben verurteilt waren.

Sie ging weiter — hinab, in die Tiefe.

Auf der letzten Stufe, dort, wo der Flur breiter wurde und sich nach rechts und links erstreckte, blieb Miss Pipperelly noch einmal stehen und schnupperte und rümpfte die Nase über die jetzt sehr starken Dämpfe. Die Dielen waren feucht; eine rutschige Nässe überzog sie. Aus dem Treppenhaus kam fahler Lichtschein, so daß die hinteren Bereiche der Korridore in düstere Tunnel verwandelt zu sein schienen. Das große Portal mit den Doppeltüren war der Treppe genau gegenüber, knapp zehn Meter entfernt. Neben diesem Portal waren die Lichtschalter angebracht.

Zehn Meter — das war keine Entfernung. Warum also erschien ihr die Strecke so entsetzlich weit? Und warum wirkte die Schwärze hier so gefährlich?

Weil ich eine dumme alte Jungfer geworden bin, die fortan jede Nacht unter ihr Bett schauen wird, schalt sie sich — und wußte zugleich, daß dies nicht der Grund war. Die Dunkelheit *war* gefährlich, und die Entfernung bis zu den Türen *war* riesig.

Doch ihr blieb keine Alternative, als tatsächlich hinüberzugehen. Nach oben zurückzukehren, würde bedeuten, daß sie zuließ, daß dieses verschüttete Benzin in Brand gesetzt wurde. Wenn sie aber die Lichter anschaltete, würde dies den Eindringling vermutlich in die Flucht schlagen . . . hoffentlich. Zumindest würde die Helligkeit den wachhabenden Polizisten herbeirufen.

Ein brauner Schuh mit flachem Absatz berührte den

Boden. Der andere folgte. Miss Piprelly machte sich auf ihren langen Weg durch den Korridor.

Auf halber Strecke blieb sie stehen. Hatte sie etwas gehört? Etwas gefühlt? War da jemand in dieser Korridoröffnung links von ihr? Bewegte sich da ein Schatten? Miss Piprelly schritt weiter, und der dünne, schmierige Benzinfilm auf den Dielen saugte an ihren Schuhen. Sie beschleunigte ihre Schritte, je näher sie der Tür kam.

Es lauerte in der schützenden Finsternis, jemand, der ihr und ihrer Schule Böses wollte. Dieses Gefühl war so überwältigend! Es krampfte ihre Brust zusammen, so daß ihre Atemzüge zu kurzen, keuchenden Stößen wurden. Ihr Herz raste. Sie ging noch schneller und streckte die Hände aus, lange, bevor sie auch nur in der Nähe der Lichtschalter war. Die *Erscheinung* war näher. Sie kam auf sie zu, noch immer unsichtbar, doch nach ihr greifend . . . Bald würde sie sie berühren, bald würde sie sie spüren können.

*Sie mußte hinausgelangen!*

Sie mußte den Polizisten finden, ihn herbeirufen, ihn von diesem unhcimlichen Eindringling in Kenntnis setzen. Er wußte, was zu tun war, er würde verhindern, daß die Schule in Brand gesetzt wurde. Er würde sie alle retten!

Sie hatte das Portal erreicht, wäre beinahe dagegen gelaufen. Ihre Hände tasteten darüber und suchten nach den Griffen, dem Schloß, und jetzt schluchzte sie vor Erleichterung darüber, daß sie so weit gekommen war, daß sie das Portal erreicht hatte und gleich — gleich! — befreit sein würde von dieser ungeheuerlichen Bedrohung hinter sich.

Sie wußte, daß es nahe war, doch sie wollte sich nicht umdrehen, wollte nicht zurücksehen — ihr war klar, daß dieses Kribbeln an ihrem Hals allein dem kalten Atem dieses Eindringlings zu verdanken war.

Vage wunderte sie sich darüber, daß die Türen nicht verschlossen waren, und dann drehte sie den Knauf, und ein leiser furchtsamer Triumphlaut entfloh ihren Lippen. Sie zog die Türflügel nach innen. Kühle Luft wehte herein.

Und die Gestalt, ein dunkles Nichts vor dem Hintergrund der Nacht, stand *vor* ihr auf den Treppenstufen — stand *draußen,* bewegungslos und unpassierbar.

Miss Piprellys Beine versagten den Dienst, und ihre Stimme war nur mehr ein seufzendes Stöhnen, als die Gestalt die Hände nach ihr ausstreckte.

CHILDES bremste hart vor den hohen, offenstehenden Toren des La Roche-College, während er die Hände fest um das Lenkrad geklammert hielt. Der Mietwagen kam mit einem Ruck zum Stehen, und Childes schoß nach vorn und dann wieder zurück.

Seine Augen weiteten sich, als er die lange, von den Scheinwerfern des Renaults erhellte Auffahrt zu den College-Gebäuden hinaufstarrte.

Alles war dunkel und still; das Weiß des Hauptgebäudes wurde durch den wolkenverhangenen Nachthimmel zu einem schweren Grau verdunkelt. Keine Flammen loderten aus den Fenstern, keine brüllende Hitze versengte das Innere. Es gab kein Feuer.

Während der kurzen, rasenden Fahrt von seinem Zuhause zur Schule hatte er auch keine Sirenen gehört, und er war keinem einzigen anderen Fahrzeug begegnet, das es ähnlich eilig hatte wie er, zum La Roche-College zu kommen. Die Straßen waren einsam und verlassen gewesen. Warum auch nicht? Es war spät, und hier gab es kein flammendes Inferno.

Er schüttelte verwundert den Kopf. Dann sah er den Streifenwagen, der unmittelbar hinter der Einfahrt abgestellt war; Lichter und Motor waren ausgeschaltet. Childes ließ seinen Renault langsam durch das Tor rollen, als sei der Streifenwagen ein schlummerndes Ungetüm, das er nicht unbedingt stören wollte. Er hielt neben ihm. Der Wagen war leer.

*Oder?*

Warum dann der Drang, den eigenen Wagen zu verlassen und durch das Fenster ins Innere des anderen zu schauen? Und warum der ebenso starke Drang, den Mietwagen zu wenden und so schnell wie irgend möglich zu verschwinden — weg von hier, nichts wie weg von diesem abweisenden, verschwommenen Gelände und diesen alles beherrschenden massigen, sich kaum bewegenden Wolkenbergen.

*Warum wohl?* wisperte eine leise, spöttische Stimme irgendwo außerhalb seiner bewußten Wahrnehmung.

Die silbrigen Muster der Wolkenränder durchzogen den schwarzen Himmel wie erstarrte Blitze. Vom Meer wehte ein kühler Lufthauch herüber und bewegte Blätter und Zweige. Die Scheinwerfer bohrten einen Tunnel in Richtung der hohen, wuchtigen Gebäude. Childes wußte — wußte ohne jeden Zweifel —, daß er in den Streifenwagen hineinschauen und dann zur Schule hinauffahren würde, als ob es für ihn bereits festgelegt worden sei. Noch war er Herr seines Willens, und genaugenommen konnte er auch jederzeit bestimmen, wie er vorgehen wollte, aber sein Schicksal — sein ihm eigenes Schicksal — war vorherbestimmt. Er würde sich ihm stellen, aber er würde sich nicht unterwerfen. Er betete, daß er sich nicht unterwerfen würde.

Childes stieg aus, umrundete die Motorhaube des Renault und ging zu dem anderen Wagen hinüber. Er blickte durch das offene Fenster.

Der Polizist war vom Fahrersitz heruntergerutscht und seine Knie ragten hoch empor, fast bis ans Lenkrad. Für einen furchtbar komischen Moment glaubte Childes felsenfest, der Mann sei nur eingeschlafen — aber da war dieser schwarze Fleck, der sich unter seinem Kinn ausbreitete . . . dieser schwarze Fleck, der auf dem hellen Hemd wie ein Kinderlätzchen wirkte. Childes griff durch das Fenster hinein und stieß den Polizisten an, darauf bedacht, die glitschige Feuchtigkeit nicht zu berühren, die noch immer herabsickerte. Es erfolgte keine Reaktion, und er hatte das gewußt. Er zog die Tür auf, gerade weit genug, um die Innenbeleuchtung anzustellen.

Das Kinn des Uniformierten war auf die Brust hinabgesunken, so daß man die Halswunde nicht sehen konnte. Für einen Polizisten war er recht schwerfällig, und das Deckenlicht warf eine glänzende Helligkeit über seinen kahlwerdenden Kopf. Seine Augen waren nur zum Teil geschlossen, als schaue er nach unten, um das eigenartige Rot zu betrachten, das sein Hemd verklebte. Seine Hände ruhten lässig und mit entspannten Fingern neben ihm. Alles wies darauf hin, daß der Tod viel zu schnell gekommen war. Es hatte keinen Kampf gegeben. Er schien sich nur auszuruhen.

Childes drückte die Tür wieder zu. Das leise Geräusch, das dabei entstand, hätte genausogut von einem sich schließenden Sargdeckel stammen können. Er lehnte sich gegen das Wagendach, senkte den Kopf auf die Unterarme. Der Mann war ahnungslos gewesen; er hatte ganz gemütlich die Schule bewacht, mit heruntergekurbeltem Seitenfenster. Extreme Gewalt war ihm in seiner Beamtenlaufbahn auf der Insel nur selten begegnet. Vielleicht hatte er das Fenster heruntergedreht, um ganz sicher sein zu können, daß er auch bestimmt *alle* verdächtigen Geräusche hörte. Und wahrscheinlich hatte sich seine Aufmerksamkeit ganz auf den Gebäudekomplex vor ihm oder auf das umliegende Unterholz konzentriert. Die Straße hinter sich hatte er wohl nicht beachtet. Ein Messer, vielleicht ein Rasiermesser, jedenfalls aber eine scharfe Stahlklinge, war lautlos durch das Seitenfenster gestoßen worden und hatte ihm die Kehle zerfetzt. Die ganze Bewegung mochte kaum mehr als zwei, höchstens drei Sekunden gedauert haben. Hätte der Polizist aufgeschrien, so wäre nicht mehr als ein ersticktes Gurgeln zu hören gewesen — mehr hätte diese Wunde niemals zugelassen.

*Es war hier. In der Schule. Das Etwas, das er nur als Mond kannte.*

Der Gedanke setzte sich wie ein Stein in seinem Magen fest, und seine Lungenwände schienen zu gefrieren und kaum noch Luft pumpen zu können. Childes hob den Kopf und schaute die lange Auffahrt hinauf, deren Kiesoberfläche von der Helligkeit nachgezeichnet wurde. Die Gebäude wuchsen schauerlich und finster empor. Düster.

Das gequälte Stöhnen war direkt in seinem Kopf — aber dort war es nicht entstanden. Es gehörte zu jemand hinter den Türen des höchsten, grauen Gebäudes. Jemand hinter diesen massiven Mauern war zu Tode erschrocken.

*Und irgend etwas dort genoß dieses Entsetzen.*

Jetzt bemerkte Childes hinter den Fenstern im Erdgeschoß des La Roche-Hauptgebäudes ein sich rasch ausbreitendes orangefarbenes Leuchten: dieses Feuer war keine Vision — keine Vorahnung, kein Gesicht . . . Es war Wirklichkeit!

Miss Piprelly lag am Boden, unfähig, sich zu bewegen, den Kopf in einem grotesken Winkel verdreht.

Sie war bei Bewußtsein, und sie hatte schreckliche Angst. Sie begriff auf eine seltsam distanzierte Art und Weise — denn da gab es keinen Schmerz, nur eine Lähmung —, daß ihr Hals gebrochen war, gebrochen von diesen groben, starken Händen, die ihr aus der Finsternis heraus entgegengezuckt waren (kurz, bevor ihr die Beine den Dienst versagt hatten). In diesem einen grauenvollen Augenblick der Begegnung war der Direktorin klargeworden, daß sich der Eindringling beim Geräusch ihres Nahens nach draußen, vor die Tür, zurückgezogen hatte.

Miss Piprelly hatte den Angreifer nicht gesehen, sie hatte nur diesen Eindruck von Masse wahrgenommen, *eine schwarze, bedrohliche Masse,* die sich viel zu schnell bewegte, die herankam und sie packte. Abgestandener, ekelerregender Atem. Eine krächzende, knurrende Befriedigung. Die Drehbewegung — *das Knacken* — das Brechen der Halswirbelsäule . . . Ihr Kopf war zwischen zwei Handflächen (so hart und rauh wie Felsplatten) wie in einem Schraubstock gehalten und mit einem endgültigen Rucken zur Seite gerissen worden. Dann: das plumpe Davonschlurfen der rabenschwarzen Gestalt . . . schwere Schritte auf dem Parkettboden. Die Rückkehr des Monstrums. Er hatte ihr etwas über die Kleider gespritzt, über den Körper . . . eine geschmeidige Kälte, die noch immer durch ihre Haare sickerte. Estelle Piprelly schloß die Augen vor dieser Nässe.

Sie lag da, mit nutzlosen Gliedmaßen, die Stimme nur ein schwaches Stammeln. Als die Flüssigkeit über ihre Stirn in ihre Augen rann, war da ein grelles Brennen. Sie blinzelte — wenigstens konnte sie noch blinzeln —, und ihre Sicht wurde wieder klar, aber das Brennen war noch immer vorhanden, es erschwerte das Sehen.

Bald darauf konnte sie gerade noch sehen, wie sich eine schwerfällige Gestalt am Ende des Korridors bewegte, und sie schrie auf vor Angst. Aber der Laut war in ihrem Kopf eingesperrt.

Das jähe entfernte Aufflackern . . . Ein Streichholz war angezündet worden. Und fiel. Fiel langsam, so langsam, in einem ewigen Sturz durch die Finsternis. Dann berührte es den Boden. Und das Benzin explodierte in einer lodernden Flammenspur.

*Die Kreatur, von Feuer erhellt, lächelte . . . grinste . . .*

*Sie grinste sie an.*

Die Flammenspur raste den Korridor entlang, so schnell, so irrwitzig schnell, sie kam, sie jagte auf ihren benzingetränkten, reglosen Körper zu . . .

DAS FEUER tobte im Erdgeschoß und breitete sich mit gierigen Flammen aus, die sich an dem alten, zundertrockenen Holz satt fressen wollten. Dennoch rannte Childes auf die Gebäude zu, und jetzt platzten die ersten Fensterscheiben, und glühendes, rötliches Orange geiferte ins Freie. Im Herzen der Feuersbrunst barsten weitere Scheiben. Je näher er kam, desto deutlicher erkannte er, wie schnell sich das schimmernde Leuchten in den ersten Stock hinaufarbeitete. Die Rauchsensoren schlugen Alarm, doch das Heulen der Sirenen drang nur schwach über das Wüten der Flammen hinweg.

Childes wechselte von dem Kiesweg ins nachtfeuchte Gras und wäre beinahe ausgerutscht. In letzter Sekunde gelang es ihm, sein Gleichgewicht zu halten. Er fluchte und rannte noch schneller über den kreisrunden Rasen der Wendeauffahrt. Der versteinerte Gründer der Schule beobachtete das Inferno mit gleichgültigen Blicken, sein Antlitz war von einem rötlichen Glanz überzogen.

Childes hetzte die Stufen zum Haupteingang empor, obwohl er fest damit rechnete, daß die Doppeltür abgeschlossen war. Trotzdem, er mußte es versuchen, weil es der direkte Weg zur Treppe war. Er krachte gegen die Tür, seine Hände fanden die Metallklinke — und zu seiner Überraschung schwang die eine Türhälfte sofort nach innen. Ein sengender Hitzeschwall ließ ihn zur Seite und mit dem Rücken gegen die geschlossene Türhälfte taumeln.

Er riß die Arme hoch und schirmte die Augen gegen den sengenden Glanz ab. Durch seine Brillengläser starrte er in das Inferno. Die Haut auf Händen und Gesicht war im nächsten Augenblick wie verbrüht, und sein Atem schien von geschmolzenen Fingern aus seiner Kehle gerissen zu werden. Er torkelte weiter. Der Lack der Holztür warf bereits Blasen und platzte. An den unteren Rändern gloste die Tür bereits.

Das Treppenhaus war eine Flammenhölle. Und in der Nähe des Eingangs, ebenfalls in Flammen gehüllt, brodelte etwas Dunkles. Nur kurz fragte er sich, wessen Körper das wohl sein mochte.

Childes wollte fliehen, wollte heraus aus diesem Gebäude, fort von hier — er hatte Angst, Angst um das eigene Leben. Aber er war sich auch der Gefahr bewußt, die den Kindern und Erwachsenen dort oben drohte — den Internatsschülerinnen und den wenigen Kollegiumsmitgliedern, die im La Roche wohnten. Inzwischen waren sie sicher von den Alarmsirenen geweckt worden, und in ihrer Panik würde ihr erster Gedanke der leicht zugänglichen Haupttreppe gelten. Dorthin würden sie fliehen, ohne zu ahnen, daß die unteren Bereiche bereits vernichtet waren. Niemand würde in dieser Hölle an die sorgfältig einstudierten Alarmübungen denken.

Childes wirbelte herum, griff mit einer Hand in das Feuerinferno, packte die Türklinke und schrie auf vor Schmerz, als er das versengte Metall berührte. Er riß die Tür auf, taumelte hinaus und schloß sie hinter sich — die Flammen durften nicht auch noch durch hereinströmende Luft zusätzliche Nahrung finden. Die Tür krachte gegen ihr Gegenstück, das Holz hatte sich bereits verzogen. Childes stürmte los, zur Rückseite des Gebäudes — dorthin, wo der Feuerausgang war. Gleißende Helligkeit loderte hinter den Fenstern an der Längsseite des Gebäudes, und Childes duckte sich unwillkürlich, als die Glasscheiben zersprangen.

Dann bog er um die Ecke, und die Kühle trat ihm entgegen wie aus einem geöffneten Kühlraum. Der Schweiß auf seinem Gesicht verwandelte sich in kalte, flüssige Perlen. Dunkelheit umgab ihn, auf dieser Seite des Schulgebäudes gab es keinen Feuerschein — *noch nicht.* Helle Vierecke zeichneten sich auf dem Rasen ab, als oben, in

Schlafräumen und Korridoren die Lichter eingeschaltet wurden. Childes eilte an der Wand entlang, bog wieder um eine Ecke und erreichte die Feuertür. Sie stand bereits offen; in Hüfthöhe war die Glasscheibe eingeschlagen — eine Hand hatte offenbar hineingegriffen und den Verschlußriegel innen aufgedrückt.

Childes verschwendete keine Zeit mit irgendwelchen Überlegungen; es interessierte ihn im Augenblick überhaupt nicht, wer das hier getan hatte, und warum. Er drängte sich hinein und tastete nach dem Lichtschalter, von dem er wußte, daß er hier angebracht war.

Beißender Rauch wogte durch diesen Teil des Gebäudes, aber die wirbelnden Wolken waren glücklicherweise noch dünn und nebelhaft. Die Alarmsirenen, die im Innern des Gebäudes um so vieles lauter waren, schürten mit ihrem unaufhörlichen Schrillen seine Angst nur noch mehr, aber er trieb sich unbarmherzig vorwärts: die Steinstufen hinauf, immer drei auf einmal. Gleichzeitig erinnerte ihn der Aufruhr tief in seinem Innern an eine ähnliche Hetzjagd . . . Waren seither wirklich erst ein paar Tage vergangen? Doch diese Mal stand nicht nur ein Menschenleben auf dem Spiel.

Der Rauch wurde dichter, und das prasselnde Wüten des Feuers war überlaut. Dann wehten Stimmen heran — von oben. Sie wurden lauter. Noch mehr Helligkeit. Ebenfalls über ihm. Hastende Bewegungen auf der Treppe. Gott sei Dank — sie waren auf dem Weg nach unten!

Im ersten Stock hielt er an und suchte den Korridor ab, der von diesem Treppenabsatz wegführte. Das andere Ende war ein Inferno, und wogende Flammen füllten den Raum vom Boden bis zur Decke. Brüllende Hitze toste heran und überflutete ihn.

Weiter. Verrückt, anzuhalten, wenn auch nur für einen

Sekundenbruchteil. Wahnsinn, sich Zeit zu nehmen, um über die Gefahr nachzudenken.

Die Stimmen waren jetzt nahe, höchstens noch einen Treppenabsatz über ihm. Childes stürmte weiter, und der Rauch brannte in seinen Augen und ließ sie tränen. Die Luft selbst schien zu brennen — trockengebrannte Luft — obwohl das Zentrum des Feuers noch ein ganzes Stück entfernt lag. Er fragte sich, wieviel Boden das Feuer unten wohl gewonnen hatte. Über ihm tauchten die ersten taumelnden Gestalten aus den Rauchschwaden auf, und er hetzte auf sie zu.

Ein Mädchen, nicht älter als elf, stürzte in seine Arme, das Gesicht voller Tränenspuren. Der Saum seines Nachthemdes flatterte um die nackten Fußknöchel.

»Du bist in Sicherheit«, tröstete er sie und schaute zu den anderen Mädchen, die sich jetzt ebenfalls herandrängelten.

»Nicht mehr weit. Gleich seid ihr draußen.«

Er schob sie weiter, drängte sie, keine Zeit zu verlieren.

»Mr. Childes, Mr. Childes, sind Sie das?« erhob sich eine atemlose Stimme irgendwo in ihrer Mitte.

Eine Gestalt, größer als die anderen, schob sich heran. Wie die Schülerinnen trug auch sie nur ein Nachthemd, doch sie hielt zusätzlich noch einen Morgenmantel an sich gepreßt, wie zum Schutz gegen die zunehmende Hitze. Gänzlich unpassend dazu trug sie normale Wanderschuhe mit flachen Absätzen. Einen Moment lang nahm er an, dies sei die Leiterin des La Roche, aber gleich darauf erkannte er Harriet Vallois, die Geschichtslehrerin und eine der Hausaufseherinnen.

»Sind alle Mädchen aus ihren Zimmern rausgekommen?« fragte er und gab sich alle Mühe, das Lärmen der Alarmsirenen und der verängstigten Mädchen zu übertönen; einige der Mädchen husteten und preßten sich die

Hände vor den Mund, um sich vor der schlechterwerdenden Luft zu schützen.

»Die Hausmutter und Miss Todd sehen nach«, gab die Lehrerin zurück, und das Beben ihrer Lippen verriet, daß auch sie den Tränen nahe war. »Sie haben mich mit dieser Gruppe hinuntergeschickt.«

Er ergriff ihre Schulter, mehr um sie zu beruhigen, als zum Trost. »Ist Miss Piprelly bei ihnen?«

»N-ein. Ich war an ihrer Zimmertür und habe geklopft, aber es kam keine Antwort. Ich nahm an, sie sei direkt zu den Schlafräumen hinausgegangen, aber . . . da war keine Spur von ihr!«

*Das brennende Etwas unten im Korridor!*

Childes spürte ein verzweifeltes Würgen im Hals. Genausogut hätte es die Leiche des Brandstifters sein können, der ein Opfer seines mörderischen Triebes, der eigenen Falle geworden war. Er konnte nicht *wirklich* sicher sein, daß es Estelle Piprelly gewesen war, ein zischender, brodelnder Klumpen geschwärzten Fleisches . . . Er konnte nicht wirklich sicher sein, aber irgendwie war er es doch, irgendwie hatte er keine Zweifel daran. Estelle Piprelly war tot.

Harriet Vallois spähte verzweifelt die Treppe hinauf.

»Bringen Sie die Mädchen raus!« herrschte er sie an und verstärkte seinen Griff an ihrer Schulter. Der jähe Schmerz brachte sie wieder zur Besinnung.

»Bringen Sie die Kinder raus!« wiederholte er, zog sie nach vorn und drückte ihr das Mädchen in die Arme, das sich noch immer an ihm festklammerte. »Sorgen Sie dafür, daß alle zusammenbleiben. Niemand darf stehenbleiben.« Dann, dichter an ihrem Ohr: »Sie haben nicht mehr viel Zeit.«

Ihre Bestürzung wuchs. »Wollen Sie mir denn nicht helfen?« flehte sie.

O doch, mehr als alles in der Welt, liebend gern — liebend gern hätte er sie und die Mädchen fortgeführt von diesem Ort des drohenden Todes, hinaus aus diesem Gebäude, in dessen Erdgeschoß eine jämmerlich verkohlte Leiche im Hauptkorridor lag, wo allein Gott-weiß-was vielleicht noch immer die Gänge durchstreifte und wo gierige Flammen an den Eingeweiden des Bauwerks selbst fraßen.

»Sie schaffen es allein«, redete er ihr zu. »Es ist nicht mehr weit. Ich muß hoch zu den anderen und ihnen helfen.«

Er versetzte ihr einen sanften, aber nachdrücklichen Stoß und streckte die Hand nach dem nächsten Mädchen aus, um es ebenfalls zur Eile anzutreiben. Die anderen folgten rasch, und er ermahnte sie, sehr darauf zu achten, wohin sie traten. Jede sollte beim Weitergehen auf die andere vor sich achten. Er schätzte, daß mindestens dreißig Mädchen an ihm vorbeigekommen waren; nach und nach kamen weitere. Childes hatte keine Ahnung, wie viele von La Roches dreihundert Schülerinnen hier im Internat wohnten, aber er nahm an, daß es nur rund sechzig waren. Abgesehen von Estelle Piprelly waren nachts nur zwei Lehrkräfte und die Hausmutter für die Mädchen verantwortlich. Er hastete weiter nach oben, und er holte das Letzte aus sich heraus. Die Anstrengung wurde ungeheuerlich, die Luft war kaum mehr zu atmen. Je höher er kam, desto dicker wurde der träge dahinwalzende Rauch. Die rußigen Dämpfe waren jetzt wie heimtückische Kundschafter, die für ihre unheimliche Herrin, die sengende Glut, den Weg erforschten . . . Aber sie waren auch eine Warnung in letzter Minute. Hier oben war der grollende Widerhall des Feuers selbst viel lauter, und tief im Herzen des Infernos krachten Balken wie Gewehrschüsse. Und über all dem heulten die Alarmsirenen und erzeugten ihre eigene, ganz besondere Panik.

Er würgte, und vor seinen Augen tanzten Glutpunkte. Hastig zerrte er sein Taschentuch heraus und hielt es sich vor den Mund. Weitere Mädchen wankten heran, und ihre Schreie zitterten vor ihnen her.

»Geht weiter!« rief er ihnen zu, obwohl das beileibe nicht nötig gewesen wäre.

Zwei ältere Mädchen stützten eine Klassenkameradin, die apathisch ins Leere starrte. Childes spürte den schmerzhaften Impuls, die Kleine hochzunehmen und höchstpersönlich nach unten zu tragen, aber er wußte, daß es das Trio trotz aller Schwierigkeiten ins Freie hinaus schaffen würde.

Jemand taumelte gegen ihn, und er breitete die Arme aus und hinderte die Gestalt am Fallen.

»Eloise!« keuchte er, als er die andere Lehrerin erkannte, die in der Schule wohnte.

Miss Todd starrte ihn fassungslos und unsicher an, und ihr massiger Brustkorb hob und senkte sich heftig; sie bekam kaum mehr Luft.

»Wie viele sind noch oben?« brüllte er ganz nah an ihrem Gesicht.

Sie schüttelte den Kopf und wollte weg, nur weg.

*»Um Gottes willen, denken Sie nach!«*

»Lassen Sie mich los«, bettelte sie. »Wir können nichts mehr tun!«

»Wie viele!« schrie er und hielt ihre um sich schlagenden Hände fest.

»Wir haben überall nachgesehen. Wir haben alles abgesucht. Manche waren so verängstigt, daß sie sich in den Waschräumen eingeschlossen haben. Andere waren an den Fenstern und haben hinausgeschrien . . .«

»Haben Sie alle rausgeholt?«

*»Oh, lassen Sie mich gehen, lassen Sie mich gehen!«*

Er hielt sie eisern fest. »Ob Sie alle rausgeholt haben, verdammt!«

Noch mehr Mädchen drängelten vorbei, tappten blindlings hinab, die Hände auf dem Treppengeländer — ein Verbindungssteg zum Leben. Ihre Gesichter waren tränenüberströmt. Ihre Schultern bebten. Ihre Schreie waren in ein erbärmliches Wimmern übergegangen. Die Lehrerin riß sich von Childes los und schloß sich ihnen an, und sie nahm ein Mädchen in die Arme, spendete ihm Trost, trotz der eigenen, verzweifelten Angst.

Dann drehte sie sich um und rief: »Ein paar Mädchen sind in die andere Richtung gelaufen. Zur Haupttreppen. Die Hausmutter ist bei ihnen.« Und jetzt eilte sie endgültig davon, und die hinter ihr kommenden Mädchen schoben sie weiter.

Childes verlor keine Zeit mehr.

Mit dem Taschentuch vor dem Mund jagte er die restlichen Stufen hoch. Niemand begegnete ihm mehr. Wahrscheinlich hatte er sich längst verzählt, aber er hoffte, daß die meisten Internatsschülerinnen mittlerweile auf dem Weg nach unten waren.

Im obersten Stock waren die Rauchschwaden nahezu undurchdringlich. Er sah nur Schemen und düsteres Feuerleuchten. Seine Augen schwammen in Tränen, und seine Kehle war schmerzhaft trocken. Voller Bestürzung stellte er fest, daß die Flammen auch schon hier oben wüteten. Das Leuchten am Ende des Korridors, in den er jetzt einbog, wurde stärker. Wirbelnder Qualm milderte die zuckenden Lichtschemen, aber er zweifelte nicht mehr daran, daß das Inferno an der anderen Treppe seinen Ursprung hatte.

Er rannte geduckt und mied den hoch treibenden Qualm, hetzte den Korridor entlang und schaute im Vorbeilaufen in die Schlafräume der Mädchen.

Ein Hustenanfall schüttelte ihn; etwas Schreckliches schien seine Brust zu umklammern und ihn in die Knie zwingen zu wollen. Weiter. Nicht stehenbleiben. Er taumelte. Dann sah er rechts einen der Waschräume — und hier war die Luft besser. Er wankte an eines der Becken und drehte den Hahn auf. Er nahm seine Brille ab und spritzte sich das Wasser ins Gesicht. Dann tränkte er ein Handtuch damit, wickelte es wie einen Schal um den Hals und zog den durchnäßten Stoff über Kinn und Nase hoch.

Weiter. Er sah in den Toiletten- und in den Duschkabinen nach, dann war er wieder draußen, im Korridor und das Handtuch diente jetzt als Maske gegen die Dämpfe. Die Stimme des Feuers war zu einem tiefen Brüllen geworden, und die Hitze war erstickend und allmächtig. Er näherte sich dem zentralen Treppenhaus. Gerade wollte er in einen weiteren Schlafraum hineinstürmen, als ein anderes Geräusch seine Aufmerksamkeit anzog — ein schwaches Geräusch, überlagert vom Chaos der Alarmsirenen und des brennenden splitternden Holzes, und doch deutlich zu erkennen. Das Schreien schien aus dem Feuer selbst zu kommen.

Er zog das Handtuch über den Kopf und bis zu den Augen übers Gesicht und eilte weiter. Die Wand, an der er sich in fliegender Hast entlangtastete, war Stütze und Führung in einem.

Funken wirbelten die Treppen herauf, prasselten wie vulkanische Trümmerstücke durch die Luft, und sich windende Flammen leckten wie alles verzehrende Zungen an Wänden und Balken und wogten in glühend weißen Kugeln zur Decke. Der Treppenabsatz stand noch nicht in Flammen, aber der Bodenbelag begann bereits zu schwelen — Rauch stieg auf, wurde mehr und mehr zu trübem Qualm.

Childes stieß gegen das Geländer der Empore und prallte zurück, als er das sich abschälende Holz berührte.

Die Mädchen waren schräg gegenüber, auf dem nächsttieferen Treppenabsatz zusammengedrängt, und die Treppe vor ihnen stand in hellen Flammen. Ebenso die Treppe hinter ihnen. Sie waren dem Inferno entgegengelaufen. Als sie das endlich begriffen hatten und wieder zurückgestürmt waren, hatten sie feststellen müssen, daß ihnen der Rückzug abgeschnitten war. Eine Feuerwand hielt sie auf.

Mehrere Mädchen waren bewußtlos. Die anderen kauerten zusammen und hielten sich umklammert. Sie schützten das Gesicht vor der nahenden Hitze. Es waren sechs oder sieben (sie waren so dicht gedrängt, daß es unmöglich war, sie zu zählen), und die Hausmutter war bei ihnen. Sie hatte den Rücken dem Feuer zugewandt und die Arme ausgebreitet, als könne sie ihre Schützlinge so retten.

Childes war bereits wieder unterwegs. Zur Treppe. Er kam nur ein paar Stufen weit, dann trieb ihn die Hitze wieder zurück. Eine lodernde, undurchdringliche Wand blockierte das breite Treppenhaus. Möglich, daß er durch die Flammen hinabkam, dorthin, wo die Mädchen kauerten, aber was würde ihm das schon nützen? *Was würde es den Mädchen nützen?* Er eilte zur Empore zurück.

»Hausmutter!« rief er. »Mrs. Bates! Hier bin ich!«

Er sah, wie sie den Kopf hob, und er schrie wieder.

Ihr Gesicht wandte sich in seine Richtung sie sah ihn. Childes glaubte einen jähen Hoffnungsschimmer in ihren Augen zu erkennen, aber die wabernde Hitze verzerrte alles.

Die Hausmutter trat an den Rand des Treppenabsatzes vor. »Sind — sind Sie das, Mr. Childes? Oh, Gott sei

Dank! Bitte, helfen Sie uns, Mr. Childes! Bitte, bringen Sie uns weg von hier!«

Mehrere der nur mit Nachthemden bekleideten Mädchen starrten jetzt ebenfalls zu ihm herauf, aber sie rührten sich nicht von der Stelle. Sie blieben, wo sie waren.

Ihnen helfen, ja! Aber wie? *Aber wie*? Er konnte nicht zu ihnen hinunter, und sie gelangten nicht zu ihm herauf.

Die Hausmutter stand vorgebeugt, würgend, dem Ersticken nahe. Die Luft brodelte vor Hitze. Sie stolperte zurück, weg vom Inferno. Eine plötzliche Explosion gelbweißer Helligkeit sorgte dafür, daß auch Childes zurückwich. Flammen schossen zur Decke hinauf und fraßen sich in die Dachsparren. Ebenso schnell verschwanden sie wieder im Treppenhaus und wurden wieder Teil der brodelnden Masse tief unten. Doch die Dachsparren waren nicht unversehrt geblieben. Sie brannten jetzt ebenfalls. Es blieb nur noch sehr wenig Zeit.

Wenn er eine Leiter gehabt hätte . . . Er hätte sie schräg zwischen Empore und Treppenabsatz aufstellen können. Aber er hatte nicht die Zeit, noch einmal nach unten zu laufen und eine zu holen. Ein Strick also. Sie konnte sich die Schlinge unter den Armen festklemmen, und er konnte sie hochziehen, eine nach der anderen. Aber wie viele würde er retten können, bis ihn seine Kräfte verließen? Und wo, zum Teufel, sollte er hier oben einen Strick auftreiben?

*»Helfen Sie uns!«* kam der Schrei wieder. Auch die Mädchen begannen jetzt, nach ihm zu rufen.

»Bleibt von der Treppe weg!« rief er zurück, als er sah, daß sich einige von ihnen ebenfalls nach vorn wagten und sich um die Hausmutter scharten. Childes erkannte Kelly in der Gruppe, ihr Gesicht rußverschmiert; Tränenspuren verliefen durch den Schmutz auf ihren Wangen. Sie streckte ihm eine flehende Hand entgegen, ein verwundbares, weinendes Kind, und die Erinnerung an ihre verkohlte und verknorpelte Hand traf ihn wie ein Schock und fror alle seine Bewegungen ein.

Er stöhnte, schwankte, und das Handtuch, das mittlerweile fast trocken war, fiel schlaff auf seine Schultern zurück. Dichte Rauchschwaden und erstickende Dämpfe wogten und wirbelten und tanzten rings um ihn her, Feuerquasten drängten aus dem Parkettboden hervor. Das Kreischen brachte ihn wieder zu sich, und im gleichen Augenblick wurde splitterndes Krachen laut. Er spähte erneut über das Geländer.

Ein Teil der Treppen war in sich zusammengefallen und hatte direkt vor dem Absatz, auf dem die Gruppe Schutz suchte, eine tiefe Schlucht entstehen lassen. Die Mädchen und die Hausmutter hatten sich wieder in die Ecke zurückgezogen und kauerten sich zusammen; die Mädchen, die außen standen, schlugen mit gekrümmten Fingern um sich, als könnten sie die schreckliche, alles vernichtende Hitze auf diese Art und Weise zurückschieben. Andere Mädchen waren einfach über ihren Gefährtinnen zusammengesunken.

»Ich hole etwas, das ich zu euch hinunterlassen kann!« brülle er. »Bin gleich wieder da!« Er wußte nicht, ob sie es überhaupt hörten. Und war mittlerweile nicht alles umsonst? Eine nutzlose Geste? Konnte er sie wirklich der Reihe nach über dieses Inferno hinweghieven? Childes verdrängte alle Zweifel aus seinen Gedanken.

Er spürte die sengende Hitze des Bodens durch die Schuhsohlen hindurch, als er davonhastete. Rauchschwaden krochen jetzt überall. Er spürte den zunehmenden Druck um sich herum, die Atmosphäre selbst schien brennbar geworden zu sein und stand kurz davor, in einem einzigen, riesigen, weißglühenden Feuerball zu explodieren. Er sog Luft in sich hinein, die kaum mehr

Sauerstoff enthielt, und bekam einen Erstickungsanfall. Seine Lungen fühlten sich wie trockengesengt an.

Childes gab nicht auf. Auf Händen und Knien und mit zuckendem Brustkorb kroch er jetzt. Der Boden war heiß, glühend heiß. Behutsam setzte er die Hände auf und machte winzige Kriechschritte — dann fand er eine offenstehende Tür. Er warf sich über die Schwelle, warf die Tür hinter sich zu, rollte auf den Rücken herum und blieb sekundenlang keuchend liegen. Ein minimaler Aufschub. In dem Schlafraum war der Qualm nicht ganz so verheerend dicht, obwohl die Bettreihen nur durch einen sich stetig verändernden Nebelschleier zu erkennen waren. Childes stemmte sich auf die Knie, griff nach dem nächsten Bett und zerrte das Laken zu sich herab.

Noch immer zusammengekrümmt, knotete er zwei Laken zusammen, eilte dann zum nächsten Bett und riß ein weiteres Laken herab. Er wollte die Hoffnungslosigkeit seiner Bemühungen nicht akzeptieren.

Er konnte kaum mehr richtig sehen, alles verschwamm. Aber er knotete die Bettlaken zusammen. In seiner Brust wüteten Schmerzen, als würden ihm immer neue Messerklingen in den Leib gejagt werden, immer wieder. Und dann hörte er das leise Schluchzen.

Er wirbelte herum. Nur das Grollen und Rumoren des Feuers war zu hören. Er bückte sich tief hinab, sah unter die Betten — nichts. Keine zusammengekrümmten Gestalten. Er verknotete die Laken vollends und stolperte zur geschlossenen Tür zurück.

Wieder das Schluchzen.

Er fuhr herum, so heftig, daß sein Rücken gegen die Tür krachte, und suchte den Raum ab. Seine Blicke tasteten über zerwühlte Bettwäsche, durcheinanderliegende Puppen, huschten an wild kreisenden Mobiles und angesengten Postern vorbei. Seine Brillengläser waren mit

Ruß und Schweiß verschmiert. Er wischte sie mit einem Lakenende sauber und horchte noch immer. Das Schluchzen kam sanft, ganz leise, war nun aber deutlich von anderen Geräuschen zu unterscheiden. Sein Blick blieb an einem Wandschrank an der gegenüberliegenden Wand haften.

Keine Zeit. Er hatte keine Zeit mehr zum Suchen. Er mußte zu den Kindern auf dem Treppenabsatz zurück.

Dennoch ließ er die Laken fallen und durchquerte den Schlafraum.

Er zerrte die Schranktüren auf, und die beiden verzweifelten, in Tränen aufgelösten Mädchen, die da in der Finsternis zwischen Hockey- und Tennisschlägern hockten, ordentlich aufgehängte Regenmäntel über Kopf und Schultern drapiert, schrien und prallten vor ihm zurück.

Childes wollte sie behutsam herausziehen, aber das Mädchen, dessen Schulter er berührte, zuckte zusammen und schrie nur noch lauter und drängte sich tiefer in den Schrank hinein. Er nahm ihren Arm und zog sie von ihrer Gefährtin fort, während er mit der anderen freien Hand ihr Gesicht dem seinen zudrehte. Er hatte gerade noch Zeit, festzustellen, daß es eines der jüngeren Mädchen war — da gingen die Lichter aus.

Er sah sie nicht mehr. Sie kroch weg von ihm. Schreie durchdrangen das Toben des Feuers. Childes ließ sich auf die Knie fallen und tastete ins Dunkel hinein, fand ihre zitternden Körper und nahm sie in die Arme.

»Habt keine Angst«, sagte er so beruhigend wie möglich und war sich doch der Zweifel in seiner Stimme bewußt. »Das Feuer hat unten die Sicherungskästen erreicht, deshalb ist das Licht ausgegangen.« Noch immer sträubten sie sich. »Kommt schon, ihr kennt mich. Ich bin Childes. Ich bringe euch raus, okay?« Er zog sie mit sich, und sie weinten. »Alle eure Freundinnen warten schon draußen auf euch. Sie werden inzwischen ganz schön Angst um euch haben, meint ihr nicht auch?« *Die anderen — auf dem Treppenabsatz! — Oh, Gott, er mußte zu ihnen zurück, bevor es zu spät war!* »Kommt, wir gehen jetzt nach unten, dann könnt ihr euren Freundinnen erzählen, wie aufregend das hier war. Wenn wir uns ein bißchen beeilen, sind wir in Rekordzeit draußen.«

Das ängstliche Stimmchen mühte sich ab, gegen das Schluchzen anzukommen. »Die . . . die Treppen . . . sie brennen alle.«

Er streichelte über ihre Haare und zog sie näher zu sich heran. »Wir nehmen das andere Treppenhaus. Weißt du noch? Die Feuerübung? Wir sind über die Steinstufen hinuntergelaufen. Sie führen ins Freie. Sie können nicht brennen, deshalb braucht man überhaupt keine Angst zu haben. Und ihr kennt mich doch, oder? Mr. Childes. Ich wette, ihr wart schon mal in meiner Computerklasse und habt euch umgeschaut, nicht wahr?«

Wie in einer stummen, gegenseitigen Übereinkunft warfen sie sich jetzt in seine Arme, und er hielt die kleinen, bebenden Körper fest an sich gedrückt und spürte ihre Tränen an seinem Hals und auf seiner Brust. Ohne ein weiteres Wort hob er die beiden hoch und kehrte zu den kurzen Bettreihen zurück. Für einige wenige Sekundenbruchteile behinderte ihn ihr gemeinsames Gesicht kaum. Einmal, zweimal, stolperte er. Aber er ging weiter auf die rotglühende Linie zu, von der er wußte, daß sie die Unterkante der Tür war.

Dann mischte sich ein weiteres Geräusch in das allgemeine Tosen, ein fernes Geräusch, außerhalb des Schulgeländes. Doch es wurde lauter. Immer lauter. Nahende Sirenen.

Die beiden Schülerinnen, eine im Pyjama, die andere in einem knöchellangen Nachthemd, vergruben ihre

Gesichter an seinem Hals, an seiner Brust. Hustenanfälle schüttelten sie.

»Ihr dürft nicht zu tief einatmen«, warnte er sie und schluckte schmerzhaft — ein bizarrer Versuch, sich und seiner ausgetrockneten Kehle Erleichterung zu verschaffen. Das Handtuch war ihm von den Schultern gerutscht. Er hatte es verloren. Keine Zeit, danach zu suchen.

Sie erreichten die Tür.

Childes setzte die Mädchen ab und tastete über den Boden. Die Bettlaken. Er durfte die Bettlaken nicht vergessen. Da! Seine Finger schlossen sich um den Stoff, und er zog ihn zu sich heran. Die verängstigten Mädchen schmiegten sich dicht an ihn.

Er zwang sich, ganz ruhig zu sprechen, tat jede Spur von Panik ab. »Ich kenne euch beide, ganz sicher, aber ich kann mich um nichts in der Welt an Eure Namen erinnern. Wie wär's, wenn ihr sie mir sagt, eh?«

»Sandy«, sagte ein zittriges Stimmchen direkt an seinem Ohr.

»Ein hübscher Name. Und du?« fragte er und zog das andere Kind an sich. »Willst du mir deinen Namen nicht auch sagen?«

»R-rachel«, stotterte sie.

»Braves Mädchen. Jetzt hört mal zu, Sandy und Rachel. Ich werde jetzt diese Tür aufmachen und rausgehen, und ich möchte, daß ihr hier auf mich wartet.« Ihre Finger gruben sich in seine Arme.

»Ich verspreche euch, daß alles gut wird. Ich werde nur ein paar Minuten weg sein.«

*»Bitte, lassen Sie uns nicht allein!«*

Er wußte nicht, wer diesen Aufschrei getan hatte. »Ich muß den anderen helfen. Ein paar von den größeren Mädchen. Sie sind ganz in der Nähe. Aber sie sind in Schwierigkeiten. Ich muß sie holen.« Er löste ihre Arme von seinem Hals, und er haßte sich für das, was er machte, aber er hatte keine andere Wahl. Sie klammerten sich an ihm fest. *Nein!* Er stand auf, warf sich die Laken über die Schulter und tastete nach dem Türknauf. Er war heiß. War es die Wärme seiner eigenen Hand — oder wirklich das Metall? Er riß die Tür auf.

Hitze fauchte herein, und seine Haut zog sich schmerzhaft zusammen; er blinzelte in den brennend heißen Glanz hinaus.

Die Augen mit beiden Händen abgeschirmt, starrte er in den Korridor hinaus und war bestürzt, wie weit sich das Feuer ausgebreitet hatte.

Das furchtbare, splitternde Brüllen erhob sich in dem Moment, in dem er den Schlafraum verließ. Kein Kreischen und keine Hilferufe begleiteten dieses Geräusch (zumindest hörte er nichts), aber er kannte seinen Ursprung, er *wußte genau,* was geschehen war.

Trotzdem. Er mußte sich vergewissern. Er mußte sicher sein. Wenn auch nur die geringste Chance bestand —

*»Bleibt hier!«* herrschte er die beiden Zehnjährigen an, die sich an ihm festklammerten. Und dann war er wieder unterwegs, dann rannte er tief vornübergebeugt durch Flammen und Hitze, und er spürte ganz deutlich, wie sich seine Haut abschälte — und ignorierte es, weil er gleichzeitig wußte, daß das nur eine Sinnestäuschung war. Sie schälte sich nicht wirklich ab, sie zog sich nur fest um seine Knochen zusammen, sie platzte nicht auf, es war nur ein *Gefühl!* Er prallte im Laufen gegen die Wand, stieß wieder ab, zog die zusammengebundenen Laken hinter sich her.

Dann war Childes auf der Empore; ein weiter Bereich über der Haupttreppe bestand nur noch aus Flammen; es gab keinen Parkettboden mehr. Über ihm fegten seltsam wogende Feuerwellen über die Decke.

Das Geländer der Balustrade ließ sich nicht mehr berühren: Holz und Metallstreben, alles war nur noch ein brennendes Knäuel inmitten eines größeren Feuers. Durch gelegentlich auftauchende Lücken in dem Flammenvorhang konnte er Teile der Treppe sehen.

Nur — da war keine Treppe mehr. Da waren nur noch brennende Holzstummel, die aus der Wand ragten. Es gab auch keinen Treppenabsatz mehr. Das vulkanische Höllenfeuer hatte alles verschlungen.

Childes machte sich auf den Rückweg zum Schlafraum; er war wie betäubt, und Leere machte sich in ihm breit. Jedes Empfinden, sogar seine Tränen, alles war buchstäblich aus ihm herausgebrannt worden. Beißende Rauchwirbel nahmen ihm die Sicht. Die drei zusammengeknoteten Bettlaken lagen weit hinter ihm im Korridor, dort, wo er sie hatte fallengelassen — sie gingen in Flammen auf. Er taumelte, einen Arm gegen die Wand gestützt, aber er blieb nicht stehen, denn er wußte, daß das sein sicherer Tod war. Dann sah er, daß die beiden Mädchen nicht mehr da waren. Er ging schneller. Er betete darum, daß sie auf ihn gehört hatten und nicht in die entgegengesetzte Richtung davongelaufen waren, weg von dem nahenden Feuer. Wenn sie sich in dem dichter werdenden Rauch verirrten . . .

Die Tür stand noch immer offen, und er stieß sie vollends auf. Sie krachte gegen ein dahinter gestelltes Nachtschränkchen. Childes Schatten ragte dunkel vor dem gelbroten Hintergrund der lodernden Flammen empor, und Sandy und Rachel starrten ihm mit panischen Augen entgegen. Sie hatten sich auf einem der Betten zusammengekauert.

»Kommt«, sagte er, und sie erschauderten unter der Leblosigkeit seiner Stimme. »Ich bringe euch hinaus.«

Sie eilten zu ihm, und er hob sie hoch. Diesmal waren sie schwer, aber sie würden es schaffen. Er würde diese beiden hinausbringen, koste es, was es wolle. Childes trat rückwärts aus dem Raum, und dann begann der lange Weg durch das Inferno — den scheinbar endlosen Korridor entlang, weg vom Zentrum der Flammenhölle; rings um sie her brodelte es: Wände, Decke, Parkettboden, alles war in dichten Qualm gehüllt. Erste Flammen züngelten überall. Die letzte große Explosion in ein einziges gigantisches Feuerchaos stand unmittelbar bevor. Er konnte sich kaum mehr aufrecht halten. Und dann war da eine ständig anwachsende Taubheit in seinem Kopf, und ein Würgen in seinem Hals. Flammen brachen dicht an der Wand aus dem Boden hervor und zwangen ihn, sich der gegenüberliegenden Wand zuzuwenden. Seitlich gehend schob er sich an dem neuen Feuerherd vorbei. Die Mädchen verhielten sich mucksmäuschenstill. Ihre Arme waren fest um seinen Hals geschlungen, und sie rührten sich nicht; sie hatten schreckliche Angst, aber sie vertrauten ihm. Vielleicht hatten sie ihr schlimmstes Entsetzen aber auch schon im Schrank aus sich herausgeweint.

Für eine Weile waren sie in düsterem Halbdunkel unterwegs, und der Rauch verschluckte selbst die zuckende Helligkeit der Flammen hinter ihnen. Doch bald darauf kam vor ihnen ein anderer milder Schimmer in Sicht: ein unheimliches Leuchtfeuer, bedrohlich und mörderisch. Childes hatte gehofft, daß die Feuertreppe weit genug entfernt war; er hatte gehofft, daß die Flammen nicht so schnell bis hierher vordringen konnten . . .

Blindlings tastete er sich weiter, jetzt mit dem Rücken gegen die Wand gedrückt. Ein lächerliches Vorwärtsschieben, eine Flucht im Schneckentempo. Aber schließlich erreichten sie die Empore über der Treppe. Childes brach in die Knie. Diesmal raubte ihm der Hustenanfall beinahe das Bewußtsein. Er kauerte sich zusammen, und Sandy und Rachel warteten an seiner Seite darauf, daß es ihm besserging. Auch sie mußten husten und würgen.

Er nahm sich nicht die Zeit, sich zu erholen. Atemlos und mit tränenden Augen zerrte er sich am Metallgeländer der Treppe hoch und schaute in die Tiefe. Das Treppenhaus war ein gigantischer Kamin, in dem dichte Rauchschwaden von unten heraufwirbelten und wie trübes Wasser in den Korridor hinausspülten, den sie gerade hinter sich gelassen hatten. Trotz der vor Hitze kochenden Schwaden sah er Flammen aus den unteren Korridoren schlagen.

Sie hatten noch eine Chance — wenn sie nicht auf dem Weg nach unten erstickten.

Er kniete sich auf den Boden und nahm die beiden Mädchen fest in die Arme, so daß ihre Gesichter dicht an seinem Gesicht waren. »Alles wird gut«, versprach er mit einer Stimme, die vor Anstrengung spröde war. »Wir marschieren jetzt die Treppe hinab. Ein paar Minuten noch, dann haben wir's geschafft. Die Stufen sind aus Beton, also können sie kein Feuer fangen. Aber wir müssen uns von den Korridoren fernhalten.« Er kramte sein Taschentuch heraus. »Rachel, du hältst dir das hier vor Mund und Nase.«

Gehorsam nahm sie das Taschentuch und preßte es sich aufs Gesicht.

»Sandy, was dich betrifft, fürchte ich, müssen wir dein Nachthemd ruinieren.« Er riß einen langen Streifen heraus, schlang ihn um ihren Hals und zog ihn über das Gesicht. Die perfekte Maske. Er richtete sich wieder auf. »Okay, es geht los«, kündigte er an.

Childes nahm sie bei den Händen und führte sie den ersten Treppenabsatz hinab. Sie gingen immer dicht an der Wand entlang, in sicherer Entfernung von den emporbrodelnden Dämpfen.

Je tiefer sie kamen, desto größer wurde die Hitze.

Sandy und Rachel wurden unwillkürlich langsamer. Doch Childes zog sie mit sich. Der zweite Stock. Weiter. Nicht anhalten. Weiter. Auf einem Treppenabsatz zwischen zweitem und erstem Stock brandete Feuer herauf. Er nahm die Mädchen in die Arme und schützte sie mit dem eigenen Körper. Rachels Knie gaben nach. Sie taumelte gegen die Wand, und in dem Höllenleuchten sah er, daß sie es aus eigener Kraft nicht schaffen würde. Er riß seine Jacke herunter, hängte sie ihr über den Kopf und hob sie hoch. Sie sank gegen ihn, nur noch halb bei Bewußtsein. Vielleicht war es besser so. Er nahm wieder Sandys Hand, und sie setzten ihren Abstieg fort. Er schirmte sie vor den hochschlagenden Flammen ab, so gut er konnte.

»Nicht mehr weit«, sagte er laut, um sie zu ermutigen.

Sie erwiderte nichts; ihre Reaktion bestand darin, daß sie sich jetzt mit beiden Händen an seinem Arm festhielt. Für einen kurzen Augenblick schwamm Gabbys Gesicht vor seinen Augen, Gabbys Gesicht hinter der großen Brille, und fast hätte er ihren Namen gerufen. Jetzt war er es, der taumelte, und er rutschte an der Wand entlang hinab und kam schließlich auf den Stufen zu sitzen. Rachel, die ganz von seiner Jacke bedeckt war, hielt er in den Schoß geschmiegt. Er war blind gegen alles, was um ihn her vorging. Aber da war Sandy, sie zerrte an seinem Arm und drängte ihn, wieder aufzustehen. Sie ließ nicht zu, daß er sich ausruhte.

Er starrte in ihr rußverschmiertes Gesicht, und flackernde Schatten huschten über ihre Züge, und sie wiederholte seine Worte: »Nicht mehr weit!«

Nicht mehr weit, sagte er sich nun auch. Nicht mehr weit. Gleich haben wir's geschafft. Der letzte Treppenabsatz. Doch seine Kraft ließ jetzt schnell nach, und dieses

Mal gab es keine Reserven mehr; seine Kraft versiegte mit dem Husten, der ihn jetzt unaufhörlich schüttelte, ein trockener, ekelhaft würgender Husten, denn seine Lungen waren bis zum Bersten mit Rauch und nichts als Rauch gefüllt. Keine atembare Luft mehr . . . nur noch diese erstickenden Dämpfe. Und er konnte nicht mehr sehen, wohin er den Fuß setzte, er war geblendet von Tränen und Rauch und grellen Feuerschemen, und seine Lider waren angeschwollen und so wund, daß es selbst schmerzte, sie zu schließen . . .

. . . und Sandy zog ihn weiter, hinab, immer hinab, und dann war auch sie nicht mehr imstande, weiterzugehen, ihre Beine knickten ein, sie rutschte an der Wand entlang . . . und er hielt trotzdem nicht an, er schleifte sie über die Steinstufen hinab, immer weiter hinab . . .

. . . und in seinem Kopf kreiste es, sein Verstand war voller Bilder. Er sah Mondsteine und Gabbys Gesicht zerfetzte, verstümmelte Leichen und durchdringende, boshafte Augen, gierige und höhnische Augen, die ihn direkt aus den Flammen heraus anstarrten, und da war Amy, ein blutendes und sich windendes Bündel, und da war der Mond, der glitzernd weiße und glatte Mond, und er leuchtete durch die wirbelnden Rauchschichten, und aus seiner unteren Wölbung sickerte dunkles Blut . . .

. . . und er wurde ohnmächtig, noch während er mit schwerfälligen Schritten weiter wankte. Er verlor Sandys Hand und bemerkte es nicht. Seine Hand berührte warmen Beton, und er trug plötzlich nur noch sein eigenes Gewicht, so daß er sich ganz sanft auf den Stufen niederlassen konnte. Er krümmte sich zusammen, suchte Schutz vor dieser erstickenden Hitze — und war ihr Opfer, obwohl der Ausgang so nahe war, nur noch ein Treppenabsatz, nur noch ein —

Ein winziger Teil seiner schwindenden Sinne flackerte

noch einmal auf, wurde aufmerksam auf etwas, das dort unten vor sich ging. Er lag der Länge nach auf den Treppenstufen und mühte sich nun auf den Ellenbogen.

Stimmen. Er hörte Stimmen. Rufen. Dunkle Silhouetten geisterten vor den Flammen her, die aus einem Korridor im Erdgeschoß wogten. Gestalten auf der Treppe. Gestalten, die auf ihn zukamen . . .

MONDSTEIN.
(Kalium-Aluminium-Silikat KA 1 $Si_3O_8$)
Dichte: 2,57
Härte: 6
Brechungs-Indices: 1,519—1,562 (niedrig)
Mondstein, Eisspat, Mineral, klare, meist farblose Abart des Orthoklases; zeigt unter Röntgenbestrahlung ein schwaches, jedoch charakteristisches Fluoreszieren. Stücke mit bläulichem Lichtglimmen. Dem silbrigen Farbenspiel des Mondes nicht unähnlich — daher der Name. Mineralogen auch als Adular (nach den Adula-Alpen) bekannt, oder, populär, als Fisch- oder Wolfsauge, ceylonischer oder Wasseropal. Schmuckstein. Fundorte in Sri Lanka, Madagaskar und Burma.

Overoy drückte den Zigarettenstummel aus und rieb sich mit der anderen Hand über die schmerzenden Augen. Er saß am Eßtisch; die Lampe war tief über die Rauchglasplatte heruntergezogen, so daß das Zimmer in Schatten getaucht war. Der eigentliche Wohnbereich lag am andern Ende der quadratischen Diele; zwei kleine Räume waren zu einem großen gemacht worden, ein Umbau, den er selbst vorgenommen hatte, als er und Josie vor neun Jahren hier eingezogen waren — in ferner Vergangenheit. Damals hatte er noch genügend Energie für Beruf und häusliche Unternehmungen gehabt. Nur die einzelne Lampe beleuchtete diesen Raum, der Fernseher war längst vom Dienst suspendiert, die Vorhänge schlossen die graue Sommernacht aus.

Nichts. Er starrte auf seine Notizen hinab und sprach das Wort laut aus.

»Nichts.«

Der winzige Edelstein war nichts weiter als eine verschrobene Visitenkarte. Aber Visitenkarten enthielten Hinweise.

Warum also ein Mondstein?

Ein Hinweis auf den Mond?

Mit einer Hand breitete er seine Notizen in einem weiten Halbkreis vor sich aus, wie ein Spieler, der soeben ein Full House präsentiert.

Amy Sebire hatte darauf getippt, daß Mond ein Name sei. Aber in Childes' Kopf war der Mond als Symbol aufgetaucht.

Ein Symbol für einen Namen?

Overoy griff nach einer Zigarettenpackung, stellte fest, daß sie leer war, und schleuderte sie achtlos weg. Sie blieb am Tischrand liegen. Er stand auf, winkelte die Arme an und reckte sich nach hinten. Er umrundete den Tisch. Schließlich setzte er sich wieder und schob beide

Hände über Gesicht, Stirn, Kopf, bis ins Genick. Dort verschränkte er die Finger ineinander.

Wie kommt Childes mit der ganzen Sache zurecht? fragte er sich. Gegen alle Vorschriften hatte ihm Overoy ein Beweisstück von einem der Tatorte überlassen. Childes hatte ihn darum gebeten. Warum also nicht? Für die Polizei war der Stein nutzlos. Für den Mörder hatte er eine große Bedeutung. Die Überprüfung Dutzender von Juwelieren in und um London hatte bisher nichts ergeben, obwohl der Edelstein an sich ein ungewöhnlicher Verkaufsartikel war. Die Person, die sie suchten, kaufte demnach nie zweimal am gleichen Ort.

Müde betrachtete er den Bücherstapel, der auf dem dunklen Glas angehäuft war. Die meisten Bücher waren unbrauchbar. Die Informationen, die er brauchte, hatte er aus einigen wenigen herausgefiltert. Diese Informationen hatten ausnahmslos mit dem Mond zu tun, oder mit dem mystischen Aspekt des Mondes.

Du bist mondsüchtig! hatte Josie geschimpft, bevor sie zu Bett gegangen war und ihn in der Dunkelheit zurückgelassen hatte.

Ich nicht, Josie, dachte er jetzt. Und es ist eine andere Art von Sucht. Wahnsinn. Der Wahnsinn eines anderen.

Jeder Polizist konnte bestätigen, daß bei Vollmond die Verbrechensrate unerklärlich anstieg; normalerweise auch die Gewalttaten. Selbst die Psychiater waren davon überzeugt, daß der Vollmond das Irre in gewissen Menschen herauslockte. Overoy hatte eine seiner Notizen unterstrichen: *Wenn der Mond einen erwiesenen Einfluß auf die Wassermassen der Erde hat, warum dann nicht auch auf das Gehirn, auf diesen halbflüssigen Brei in unserem Kopf?* Es war immerhin ein beachtenswerter Gedanke.

Und *zweimal* Neumond in einem einzigen Monat war

schlicht und ergreifend katastrophal — jedenfalls für diejenigen, die an solche Dinge glaubten. Im Mai *war* zweimal Neumond gewesen — und im Mai hatten auch die Mondstein-Verbrechen angefangen. Auch diesen Punkt hatte er in seinen Notizen unterstrichen.

Ein ebenfalls weit verbreiteter Glaube war, daß sich die bösartige Aura des Mondes (bei diesem Gedanken lächelte er trotz seiner Müdigkeit und dachte an den alten Mann im Mond und an seine wunderliche Art) hier auf der Erde in denen manifestierte, die über okkulte Kräfte verfügten. Interessant, aber nichts, das man vor den Commissioner brachte.

Er nahm einen roten Filzstift und kreiste das mit Großbuchstaben geschriebene Wort VERSTÜMMELUNGEN ein, dann zog er — davon ausgehend — einen Strich zu einem anderen groß geschriebenen Wort: RITUAL. Daneben schrieb er jetzt: OPFER?? Obwohl, OPFERGABE war vielleicht treffender. Eine Opfergabe für wen oder was? Für den Mond? Nein, es mußte eine schlüssigere Argumentation geben, wenn auch nur schlüssig im Sinne dieses Psychopathen. Also für einen Mondgott? Allerdings war dieser Bereich der Anbetung eindeutig eine Domäne der Göttinnen; also, machen wir mal Mondgöttin daraus. Oh, Junge, wenn mich jetzt die blauen Jungs sehen könnten.

Also gut. Es gibt ein paar Mondgöttinnen, die hier in Frage kommen. Gehen wir die Liste noch mal durch.

DIANA
ARTEMIS
SELENE

Dann drei, die ein und dieselbe Person sind:

AGRIOPE — GRIECHISCH
SHEOL — HEBRÄISCH . HEKATE
NEPHYS — ÄGYPTISCH

*Hekate.* Warum klingelte es bei ihm bei diesem Namen — wenn auch nur sehr leise? Als er im Verlauf seiner Nachforschungen auf diesen Namen gestoßen war, hatte ihn das zu einem weiteren Exkurs über Mondanbetung und entsprechende Gottheiten und Göttinnen veranlaßt. (Sie schien die populärste von allen zu sein, aber warum sollte das etwas zu bedeuten haben? Sehen wir sie uns mal näher an.)

*Hekate.* Göttin des Todes. Nekromantische Rituale, die ihr geweiht waren. Tochter der Asteria und des Giganten Perses. Beschützerin und Lehrmeisterin von Zauberinnen (sollte er das wirklich alles ernst nehmen?).

*Hekate.* Schlüsselbewahrerin der Hölle, Entsenderin von Phantomen aus der Unterwelt. Des Nachts pflegte sie den Hades zu verlassen und — von Hunden und den Seelen der Toten begleitet — die Welt der Menschen zu durchstreifen. Ihre Haare waren ein wimmelndes Schlangengezücht, und ihre Stimme klang wie jene eines heulenden Hundes. Beliebteste nächtliche Zuflucht war ein See namens Armarantiam Phasis, der *Mordsee* (reizende Lady).

*Hekate.* Wie der Mond war sie launenhaft und von unbeständigem Charakter. Manchmal wohlwollend und mütterlich, indem sie sich als Hebamme, Amme oder Patin betätigte und über Ernten und Herden wachte. Dann wieder trat die andere Seite ihrer Natur, die dunkle Seite hervor. Mehr und mehr wurde sie zu einer höllischen Gottheit, zur Schlangengöttin mit den drei Köpfen

— dem eines Hundes, eines Pferdes und eines Löwen (der gute alte Edgar Allen läßt grüßen!). Zum Teufel, er konnte kaum glauben, daß er das alles niedergeschrieben hatte. Na, wenigstens war er klug genug gewesen, diese Nachforschungen zu Hause zu betreiben.

Overoy griff nach der halbvollen Kaffeetasse, die hinter dem Bücherregal bereitstand. Der Kaffee war lauwarm und schmeckte scheußlich. Angewidert verzog Overoy das Gesicht, stellte die Tasse ab und lehnte sich in den Sessel zurück. Und was brachte ihm das alles? War es nicht Zeitverschwendung? Gab es da wirklich etwas Wichtiges? Sie hatten es mit jemandem zu tun, dessen Verstand krank und vollkommen gestört war, mit jemandem, der die Toten schändete, der ermordete Opfer verstümmelte. Mit jemandem, der einen Mondstein als Visitenkarte am Tatort zurückließ und dem jede Art von Psycho-Folter mächtigen Spaß bereitete. Kein angenehmer Zeitgenosse. Aber ein Mondsüchtiger? Jemand der den Mond anbetete? Oder, genauer gesagt, die Mondgöttin?

Nein, das ergab keinen Sinn.

Aber das Wild, hinter dem sie her waren, war in jedem Fall wahnsinnig.

Warum war ihm Hekate im Sinn geblieben? Was erschien ihm an diesem Namen so *vertraut*? Etwas, das er irgendwo schon einmal gesehen hatte . . .?

Er stöhnte. Sinnlos, er war zu müde, er konnte nicht mehr klar denken. In seinem Schädel rumorte es. Alles ging drunter und drüber. Er bekam nichts zu fassen. Bett. Drüber schlafen. Mit Josie reden — na ja, war vielleicht nicht ganz der geeignete Zeitpunkt. Morgen. Er würde morgen mit ihr reden, das half immer. Sie konnte seine Gedanken sortieren. Vielleicht hatte er ja auch alles ganz falsch aufgezäumt. Mondgöttinnen, Mondanbeter,

Mondsteine. Medien. Das Leben der Normalen war einfacher.

Overoy erhob sich, vergrub die Hände in die Hosentaschen und warf einen letzten Blick auf seine Notizen.

Schließlich zuckte er mit den Schultern, schaltete das Licht aus und ging ins Schlafzimmer hinauf . . .

. . . und erwachte im Morgengrauen, und sah die Antwort wie ein schwaches, durch Nebelschwaden schimmerndes Neonzeichen. Nicht viel, keine großartige Sache, aber ein Hoffnungsschimmer.

Alle Benommenheit war augenblicklich verschwunden, und er stieg aus dem Bett.

»MIT WEM spreche ich?«

»Hallo, Daddy!«

»Hallo, Dreikäsehoch.«

»Daddy, ich hab' eine neue Schule angefangen.«

»Ja, ich weiß, Mummy hat es mir gerade gesagt. Hast du schon ein paar Freundinnen gefunden?«

»N-na ja, eine. Eigentlich zwei, aber mit Lucy weiß ich noch nicht so recht. Muß ich an dieser Schule bleiben, Daddy? Ich will lieber wieder an meine richtige. Sie fehlt mir.«

»Nur ein Weilchen, Gabby, nur bis die Sommerferien anfangen.«

»Können wir dann nach Hause, in unser richtiges Haus zurück?«

»Gefällt es dir bei deiner Nanny nicht?«

»Na ja, schon, aber bei uns zu Hause gefällt's mir besser. Meine Omi verwöhnt mich richtig, sie glaubt, ich bin noch ein Baby.«

»Sie merkt nicht, daß du jetzt schon ein großes Mädchen bist?«

»Nein. Aber das ist nicht ihre Schuld, sie meint es nur gut.«

Er schmunzelte in sich hinein. »Mach das Beste draus, Kindchen, alt bist du später noch lange genug.«

»Das sagen alle Erwas.« *Erwas* war ihre höchstpersönliche Wortschöpfung für Erwachsene. »Besuchst du mich bald mal, Daddy? Ich hab' ein paar Bilder für dich fertig, ich hab' sie mit Fingerfarben gemacht. Nanny ist ein bißchen böse, wegen den Wänden, aber sie hat mich nicht gehauen, das macht sie nie. *Kommst* du mich besuchen, Daddy?«

Childes zögerte. »Ich glaube, das geht nicht, Gabby. Aber du weißt, daß ich es gerne möchte, nicht wahr?«

»Hast du so viel zu tun an diesen Schulen? Ich hab' meinen Freundinnen gesagt, daß du Lehrer bist, aber Lucy glaubt das nicht. Sie sagt, Lehrer unterrichten keine Videospiele. Ich hab's ihr erklären wollen, aber du weißt ja, wie dickköpfig Kinder sein können. Wenn Ferien sind, kann ich dich dann besuchen kommen?«

Da gab es so viele Unwägbarkeiten, so viele Unsicherheitsfaktoren — aber er sagte ja, auf jeden Fall.

»Aber diesmal will ich nicht mehr Boot fahren, Daddy«, betonte sie nach ihrer anfänglichen Freude, und ihre Stimme wurde plötzlich leise.

»Nein, du kommst mit dem Flugzeug.«

»Ich hab' gemeint — ich will nicht mit dem Boot fahren wie letztes Mal.«

»Als wir mit dem kleinen Motorboot um die Insel gefahren sind — zu den Sandstränden? Aber ich dachte immer, das hätte dir gefallen?«

»Ich mag kein Wasser mehr.«

Mehr wollte sie ihm nicht sagen.

»Aber warum denn, Gabby? Das war doch sonst immer ganz anders.«

Eine Weile Stille. Dann: »Kann Mummy auch mitkommen?«

»Ja, natürlich, wenn sie möchte. Vielleicht läßt sie dich für einen Monat oder so dableiben.« Vergiß diese düsteren Ungewißheiten, sagte er sich. Laß dich von deinem Versprechen auf die andere Seite des Stimmungsbarometers rüberziehen. Betrachte das Ganze als Waffe gegen . . . gegen alles, was möglicherweise geschieht.

»Wirklich, meinst du wirklich? Ich darf länger als zwei Wochen bei dir bleiben?«

»Es liegt ganz bei deiner Mutter.«

»Fragst du sie — jetzt gleich? *Bitte!*«

»Nein, Gabby, nicht gleich. Ich . . . Zuerst muß ich noch etwas anderes klären. Es ist wichtig. Ich muß etwas ganz sicher wissen.«

»Aber du vergißt nicht, daß du's versprochen hast?«

»Ich vergesse es nicht.«

»Okay, Daddy, Miss Puddles ist da, sie will dir auch Hallo sagen.«

»Richte ihr ein schönes *Miau* von mir aus.«

»Sie sagt auch *Miau.* Ich meine, sie sagt es nicht richtig, aber ich sehe, daß sie's denkt. Nanny hat ihr einen Korb gekauft, aber sie schläft lieber auf dem Kühlschrank.«

»Deine Omi?«

»Dummer! Nein. Willst du noch mal mit Mummy reden? Nachher liest sie mir im Bett noch eine Geschichte vor.«

Nein, er wollte nicht mit ihr reden — er wollte sie etwas fragen: Warum hat Gabby plötzlich Angst vor Wasser? Kleine Kinder entwickelten oft von heute auf morgen irrationale Ängste, die sie dann für eine Weile beunruhigten und schließlich genauso schnell wieder verschwanden, wie sie gekommen waren. Doch Childes war beunruhigt von dem, was ihm Gabby gesagt hatte. Vielleicht hatte sie im Fernsehen einen schlechten Film gesehen, oder eines der anderen Kinder hatte ihr eine Geschichte vom Ertrinken erzählt . . . Egal. Er war für eine Zeitlang auch nicht gerade scharf auf Wasser gewesen.

»Okay«, sagte er endlich. »Hol deine Mummy. Hör zu, wir telefonieren bald wieder, einverstanden?«

»Ja. Hab' dich lieb, Daddy.«

Für einen flüchtigen, grauenvollen Moment hatte Childes das Gefühl, er würde sie dies nie wieder sagen hören.

Das Gefühl verschwand wie eine kalte Brise, die in einer Baumkrone raschelte.

»Ich hab' dich auch lieb, Gabby.«

Sie schmatzte sechs schnelle Küßchen durchs Telefon, und er gab ihr einen großen Kuß zurück.

Unmittelbar bevor Gabby den Hörer neben den Apparat legte, sagte sie noch: »Oh, Daddy, sag Annabel, sie fehlt mir, und erzähl ihr von meiner neuen Schule.«

Er hörte den harten Schlag und dann Gabby selbst, wie sie davonlief, um ihre Mutter zu holen.

»Gabby . . .«

Sie war weg.

Er hatte sich nicht verhört. Aber wahrscheinlich hatte Gabby Amy gemeint. Sag *Amy*, sie fehlt mir . . . Ihre kleine Freundin Annabel war tot, und Gabby wußte das inzwischen, Fran hatte ihr erklärt, daß Annabel nicht mehr zurückkommen würde.

»Ich bin's wieder, Jon.« Frans Stimme hörte sich (wie üblich) hektisch an; sie war in Eile, natürlich.

Childes schüttelte den Kopf — wie, um alle störenden Gedanken zu vertreiben . . . oder war es eine Geste des Schauderns? »Fran, ist mit Gabby alles okay? Benimmt sie sich . . . normal?«

»Kaum. Der Umzug hat sie durcheinandergebracht, und zwar mehr, als sie zugibt. Und dann die neue Schule . . . So was ist immer ein bißchen traumatisch.« Ihr Tonfall veränderte sich. »Ich kriege immer ein ganz unheimliches Gefühl, wenn du anfängst, nach Gabby zu fragen.«

»Keine Vorahnungen, Fran. Ehrlich nicht. Hat sie dir gegenüber Annabel erwähnt?«

»Öfter. Aber sie ist nicht mehr so traurig, wie man eigentlich annehmen müßte. Warum fragst du?«

»Ich habe den Eindruck, daß sie davon überzeugt ist, daß ihre Freundin noch lebt.«

Fran antwortete nicht gleich. Schließlich sagte sie: »Gabby hat in letzter Zeit viel geträumt. Keine speziellen Träume, keine Alpträume, nichts dergleichen . . . Und sie redet im Schlaf.«

»Erwähnt sie Annabels Namen?«

»Anfangs hat sie das getan, ein- oder zweimal. In letzter Zeit nicht mehr. Ich glaube, sie hat akzeptiert, daß sie sie nicht mehr wiedersieht.«

»Warum hat sie plötzlich vor Wasser Angst?«

»Wie bitte?«

»Sieht so aus, als würde sie Boote und Wasser nicht mehr gerade lieben.«

»Das ist mir ganz neu. Wenn es Feuer wäre — okay, das könnte ich verstehen, nach dem, was du erlebt hast. Aber Wasser? Das kann ich mir nicht vorstellen.«

»Du hast ihr von dem Brand im La Roche erzählt?«

»Klar. Ihr Daddy ist ein Held. Sie hat das Recht, das zu erfahren.«

»Ein Held wohl kaum.«

»Bescheiden ist er auch noch.«

»Ein paar Leute hier interessieren sich brennend dafür, wie ich es angestellt habe, so schnell an Ort und Stelle zu sein — lange, bevor die Feuerwehr alarmiert wurde.«

»Aber die Polizei verdächtigt dich doch hoffentlich nicht?«

»So stark würde ich es nicht formulieren . . . Sagen wir mal: Bisher hat mir noch niemand auf die Schultern geklopft.«

»Oh, Jon, das kann ich einfach nicht glauben. Sie können nicht so dumm sein! Du bist halbtot da herausgekommen. Und du hast die beiden Kinder gere . . .«

»Sieben andere habe ich sterben lassen.«

»Du hast *versucht,* sie zu retten, du hast alles Menschenmögliche getan. Das hast du mir gesagt, Jon.«

»Das alles geschah meinetwegen . . .«

»Hör auf, dich wie ein blutiger Märtyrer aufzuführen, Jon, sei vernünftig. Nur weil dich ein Psychopath für seine ganz persönliche verrückte Blutrache auswählt, heißt das noch lange nicht, daß du für alles verantwortlich bist, was da passiert. Du hattest keinen Einfluß auf das, was geschieht. Komm, sag mir, was diese Provinz-Sherlock-Holmes vorhaben.«

»Du mußt es auch von ihrem Standpunkt aus sehen.«

»Den Teufel werd' ich.«

»Sie wollten wissen, warum ich zur Schule hinüber gefahren bin, *bevor* das Feuer ausbrach.«

»Hmmm. Keine einfache Sache. Schwer zu erklären. Was hast du ihnen erzählt?«

»Ich hab's dir doch schon gesagt, Fran . . . Aber okay, machen wir einen Schnelldurchlauf . . . Apropos. Sie hatten es ziemlich eilig mit dem Verhör. Schnellfeuerfragen. Es ging schon im Krankenhaus los, noch während sie Sauerstoff in mich hineingepumpt haben.«

»Diese undankbaren . . .«

»Die Schule ist ausgebrannt, Menschen sind gestorben, einer ihrer Kollegen wurde ermordet . . . Was erwartest du denn? Und es war das zweite Mal, daß ich vor allen andern am Schauplatz des Verbrechens war.«

»Sie verdächtigen dich also der Brandstiftung und des Mordes, o großartig! Jon, das ist furchtbar. Warum, zum Teufel, kommst du nicht zurück, jetzt gleich. Nimm die Nachtmaschine, oder die erste morgen früh. Warum gibst du dich mit alldem ab?«

»Ich glaube nicht, daß ihnen das gefallen würde.«

»Sie können dich doch nicht daran hindern?«

»Vielleicht doch. Ich will nicht weg von hier, Fran. Noch nicht.« Sie war verärgert — nein, mehr noch; sie wirkte erzürnt.

*»Warum?«*

»Weil *es* hier ist. Und solange das so ist, seid ihr beide sicher, du und Gabby, verstehst du das denn nicht?«

Sie verstand es. Und sie sagte es ihm. Leise.

Childes durchquerte das Wohnzimmer und ging zu seinem Spezial-Bücherregal, auf dem die Privatbar untergebracht war. Er entschied sich für die Whiskyflasche, drehte den Verschluß ab und hielt inne. Das hilft nicht, sagte er sich. Nicht heute abend.

Er stellte die Flasche zurück.

Der Raum lag in tiefen Schatten; das Licht der Tischlampe reichte nicht aus, um ihn zu erhellen. Die Vorhänge waren noch zurückgezogen, und hinter den Fenstern brütete schwer die Nacht. Er sah, daß der Himmel mit einem unheimlichen, metallischen Dunkelblau überzogen war. Childes schloß die Vorhänge an der Frontseite des Hauses und ging dann der Reihe nach von einem Fenster zum andern. Draußen glich der bleiche und leicht verschwommene Mond einer Hostie, flach und fein und dünn wie Seide. Childes zog die Vorhänge endgültig zu und sperrte die Nacht aus.

Die Hände tief in den Taschen seiner Cordjeans, wanderte er durch das Haus und schließlich in die Küche, zum Frühstückstisch in der Mitte des Raumes; seine Bewegungen waren langsam, er schlenderte beinahe. Doch es war nichts Lässiges in seiner Haltung.

Ein Stoppelbart verdunkelte die Haut an Kinn und Wangen, und als er auf den Tisch hinabstarrte, war sein Blick von einer Intensität, die auf seltsame Art müde und erwachsen zugleich wirkte. In seinen Augen glomm eine unerschütterliche Entschlossenheit.

Er kehrte ins Wohnzimmer zurück und setzte sich in

eine Ecke des Sofas. Mit auf den Knien abgestützten Ellenbogen betrachtete er den runden Gegenstand auf der Tischplatte vor sich.

Die Lichtreflexe der Lampe flößten der durchscheinenden Kälte des Mondsteins so etwas wie Wärme ein — flüssiges Blau schimmerte in den Tiefen, veränderlich, Blau-Indigo . . . eine winterliche Farbenvielfalt.

Er starrte in die Tiefen des Mondsteins hinab, wie ein altmodischer Hellseher, der eine Kristallkugel befragte, und wie von den zarten Schatten fasziniert. In Wahrheit aber schaute er durch dieses Innere hindurch. Vielleicht suchte er den innersten Teil seines eigenen Ichs. Aber er suchte auch noch etwas anderes . . . Er tastete nach einem Bindeglied, nach einem Kontakt, nach einem *Zugangscode.*

Alles, was er fand, waren Namen. Und unirdische Gesichter. Kelly, Patricia, Adele, Caroline, Isobel, Sarah-Jane. Und Kathryn Bates, die Hausmutter. Alle tot. Asche. Estelle Piprelly. Asche.

Annabel. Tot.

Aber Jeanette lebte. Amy, geliebte Amy. Lebte. Und Gabby. Lebte.

Seltsamerweise waren sie nicht so deutlich zu erkennen wie die anderen; die Gedanken an sie waren oberflächlich, irgendwie unwichtig. Sie gehörten nicht zu dieser neuen Empfindung.

Seine Gedanken verweilten bei den Toten.

Auch bei denen, die er nicht gekannt hatte.

Die Prostituierte. Der Junge, der im Grab geschändet worden war. Der alte Mann mit seinem aufgesägten Schädel. Und andere in dieser Klinik. Er wollte ihre Gesichter nicht sehen, genausowenig, wie er ihre Stimmen hören wollte, denn er suchte etwas anderes — jemand anderen . . . Aber die Bilder waren da, und dieses eigenartige

Flüstern pulsierte in ihm, pochte in seinem Verstand . . . pochte — und das Pochen schwoll an und wieder ab . . . wurde lauter und wieder leise . . . dehnte sich aus . . . zog sich zusammen . . . ein sich aufblähender und wieder zusammenziehender immaterieller Ballon . . . eine nebelhafte weiße Kugel . . . ein Mond —

Childes keuchte, und seine Hand flog an die Stirn. Da war ein jäher, scharfer Schmerz, der durch den dumpfen Druck schnitt, den er schon den ganzen Tag mit sich herumschleppte. Er sank gegen die Sofalehne zurück.

Beinahe. Da war beinahe eine geistige Berührung gewesen . . .

»Vivienne?«

»Ja?«

»Hier ist Jonathan Childes. Tut mir leid, daß ich Sie so spät noch belästige . . .«

Die Stille am andern Ende der Leitung dauerte recht lange. »Augenblick. Ich mache nur die Tür zu«, sagte Vivienne schließlich. Childes nahm an, daß hinter dieser Tür Paul Sebîre die Ohren spitzte. »Wie geht's Ihnen, Jonathan? Haben Sie sich von diesem schrecklichen Erlebnis erholt?«

»Ich bin in Ordnung«, gab er zurück. Zumindest körperlich, fügte er im stillen hinzu.

»Amy ist sehr stolz auf das, was Sie getan haben. Ich auch.«

»Ich wünschte . . .«

»Ich weiß. Sie denken an diese anderen Kinder. Aber Sie haben getan, was in Ihrer Macht stand, und das wissen Sie. Ich hoffe nur, daß man den Irren bald fängt, der das getan hat. Nun, ich glaube nicht, daß Sie angerufen haben, um mit mir darüber zu plaudern. Amy ist in ihrem Zimmer; sie ruht sich aus, aber ich kann das Gespräch zu ihr durchstellen. Ich weiß, daß sie noch nicht schläft, weil ich gerade noch bei ihr war, und wir haben sogar über Sie gesprochen. Sie wird sich freuen, daß Sie anrufen.«

»Sind Sie sicher, daß das in Ordnung geht?«

Vivienne lachte leise. »Ganz sicher. Nur . . . ich werde mich nach oben schleichen und es ihr sagen müssen. Du liebe Güte, wenn ich hochrufen würde . . .«

»Ihr Vater?«

»Ihr Vater. Er ist nicht so schlimm, wie Sie vielleicht meinen, Jonathan, er verbreitet nur gern diesen Eindruck. Irgendwann wird er schon zur Vernunft kommen, Sie werden sehen. Ich lege jetzt den Hörer neben den Apparat und gehe ganz schnell zu Amy hinauf.«

Er wartete, und sein Kopf schmerzte noch immer — dasselbe dumpfe Pochen wie vorher. Ein Klicken, dann war Amy am Apparat.

»Jon . . .? Stimmt was nicht?«

»Alles okay, Amy. Ich wollte nur deine Stimme hören, das ist alles. Ich hatte ganz plötzlich das Bedürfnis danach.«

»Ich bin froh, daß du angerufen hast.«

»Wie fühlst du dich?«

»Genauso wie heute mittag, als du mich gefragt hast. Schläfrig. Aber das kommt von diesen Pillen, die ich einnehmen muß. Kein Problem. Vorhin war der Doktor noch einmal da, und er sagt, die Schnitte seien nicht halb so schlimm, wie er zuerst gedacht habe. *Werden hübsch verheilen* — Zitat Ende. Morgen darf ich schon aufstehen und wieder an die frische Luft, und rate mal, wohin ich will.«

»Nein, Amy, nicht hierher. Es ist noch zu früh.«

»Ich *weiß*, wo ich sein möchte, Jon, und bei wem ich

sein möchte. Jede Diskussion ist zwecklos. Ich hatte in den letzten Tagen genügend Zeit zum Nachdenken, und ich glaube, daß sich meine Eifersucht auf dich und Fran ziemlich in Grenzen halten wird . . . Es ist nicht einfach, gebe ich zu. Aber ich schaffe es schon.«

»Amy, du mußt wegbleiben von mir.«

»Sag mir, warum.«

»Du kennst den Grund.«

»Du meinst, du bist eine Gefahr für mich.«

»Ich bin momentan für jeden eine Gefahr. Ich habe sogar Angst, Gabby anzurufen . . . das Risiko ist so groß. Ich habe Angst, auch nur an sie zu *denken.* Immerhin *könnte* es ja sein, daß dieses Ungeheuer durch mich herausfindet, wo sie sich aufhält.«

»Die Polizei wird ihn bald schnappen. Er kommt nicht mehr von der Insel herunter.«

»Ich glaube nicht, daß sich dieses Monstrum daraus noch etwas macht.«

Ein scharfer, sondierender Schmerz. Childes sog hastig den Atem ein.

»Jon?«

»Ich lasse dich jetzt schlafen, Amy.«

»Ich hab' genug geschlafen. Ich würde lieber reden.«

»Morgen.«

Sehr vage.

»Geht da etwas vor, das du vor mir verheimlichst?« erkundigte sie sich beinahe vorsichtig.

»Nein«, beruhigte er sie, aber das war eine Lüge. »Schätze, ich hab's nur satt, auf dem Abstellgleis zu stehen, während ringsum ein Gemetzel im Gange ist.«

»Du kannst nichts tun. Es liegt jetzt an der Polizei, die Sache zu einem Ende zu führen.«

»Schon möglich.«

Sein Ton gefiel ihr wieder überhaupt nicht. Trotz aller

Ernsthaftigkeit war da Zorn, eine verhaltene, aber innerlich schwelende Wut; sie hatte es in dem Augenblick gespürt, in dem sie nach dem Hörer gegriffen hatte — sogar noch bevor Childes etwas gesagt hatte, als strahle seine zornige Energie durch die Leitung bis zu ihr. Aber das war unmöglich, und Amy wußte das; andererseits — warum war ihr so unbehaglich zumute, und warum war sie so geschwächt von dieser — eingebildeten? — Kraft . . .?

»Schlaf jetzt, Amy«, sagte er. »Ruh dich aus.«

Und sie fühlte sich plötzlich so müde, fast, als hätte er ihr einen Befehl erteilt, dem sich ihr Körper unmöglich widersetzen konnte. Sie war *unglaublich* müde.

»Jon . . .«

»Morgen, Amy.«

Seine Stimme klang hohl, der letzte Hauch eines Echos. Der Hörer in ihrer Hand war bleischwer.

»Also gut, morgen«, sagte sie gedehnt, und ihre Lider waren lächerlich schwer. *Was ist das, Hypnose per Telefon?* »Jon . . .« wollte sie protestieren, aber irgendwie hatte sie nicht einmal mehr die Kraft, diesen Satz zu vollenden.

»Ich liebe dich mehr, als du ahnst, Amy.«

»Aber das weiß ich doch . . .«

Es knackte, die Leitung war tot. Das jähe, tiefe Gefühl des Verlusts weckte ihre Lebensgeister beinahe wieder. Aber er hatte ihr gesagt, sie solle ausruhen, schlafen . . .

Der Hörer entglitt ihren Fingern.

Childes legte auf und fragte sich, ob wirklich die Pillen an Amys Müdigkeit schuld waren. Nun, vermutlich enthielten sie neben dem eigentlichen schmerzstillenden Mittel zusätzlich auch ein Sedativum. Er ging ins Bad. Er wollte sein Gesicht unters Wasser halten, weil auch er sich müde fühlte. Und doch war er sich jeder Einzelheit ringsum überdeutlich bewußt. Er ließ kaltes Wasser ins Waschbecken laufen, beugte sich hinab, tauchte die Hände hinein, bespritzte sich das Gesicht und hielt anschließend die nassen Finger gegen seine geschlossenen Lider. Schließlich richtete er sich auf und betrachtete sein Spiegelbild. Er starrte sich in die Augen und bemerkte die blutunterlaufene Korona rings um die weichen Kontaktlinsen.

Und wenn Spiegelbilder Auren wiedergeben könnten, so hätte er auch die kurzen, züngelnden, weißen bis violetten Strahlen ätherischer Energie gesehen, die seinen Körper umhüllten.

Childes rieb Gesicht und Hände trocken und kehrte dann in das schwach beleuchtete Wohnzimmer zurück. Wieder setzte er sich auf das Sofa, und wieder verzichtete er auf den doppelten Whisky. Er wollte, daß seine Sinne ganz klar waren; er wollte nicht riskieren, daß sie getrübt wurden. Der Mondstein leuchtete heller, das bläuliche Flackern darin versiegte.

Wieder brandeten Schmerzen in seinem Kopf, diesmal winzige, immer neue Messerstiche. Aber er würde nicht aufhören. Nur das plötzliche Bedürfnis, mit Amy zu sprechen, hatte den langen, sehr langen Prozeß unterbrochen — und davor das dringende Bedürfnis, Gabbys Stimme zu hören . . . Jetzt konnte es nichts mehr geben, was ihn noch störte, denn Amy und Gabby waren in Sicherheit, fern von allem Bösen. Er konnte sich konzentrieren. Aber es tat weh; Gott, und wie es weh tat. Er schloß die Augen — und sah den Stein noch immer.

Er öffnete die Lider erst wieder, als er das Flüstern hörte.

Childes blickte sich um. Das Flüstern verstummte. Er

war ganz allein in dem Zimmer. Erneut schloß er die Augen.

Und hörte es wieder — jetzt ein dumpfes Raunen.

Er gestattete seinen Gedanken, mit dem Raunen davonzutreiben, und dann ging alles so schnell (so schnell nach diesen langen Stunden des geistigen Hinausgreifens, des Suchens, des Tastens), als stürzte er in eine Schneeverwehung. Das gleitende Tiefersinken war weich und angenehm, der Aufschlag ganz ohne jeden Ruck . . . er versank in gepolstertem Erdreich.

Flüstern. Raunen.

Stimmen.

Manche erkannte er wieder. Manche gehörten Mädchen aus dem La Roche-College — Mädchen, die in dem feurigen Mahlstrom ums Leben gekommen waren, verbrannt und verkohlt und verklumpt zu einer einzigen fleischigen Masse . . . und schließlich zu Asche geworden, zu einem einzigen pulverisierten Etwas.

Andere.

Eine junge, piepsige Stimme. Wie Gabbys Stimme — aber es war nicht Gabbys Stimme.

Andere.

Selbst im Tod wahnsinnig.

Er konnte ihre Präsenz beinahe *fühlen.*

Stimmen, die ihn warnten.

Stimmen, die ihn willkommen hießen.

Sie kreisten in seinem Kopf, und sein Kopf kreiste mit ihnen. Und der Mondschein, der jetzt der Mond selbst war, pochte und pulsierte, wurde groß, alles umhüllend . . . bedrohlich . . .

Und dieses Mal tauchte er tief in den bösartigen und kranken anderen Geist hinab . . .

WENN DEM Police Constable Donnelly nicht alles Leben heilig gewesen wäre — selbst das von Kaninchen, die, von Scheinwerfern geblendet und gelähmt, spät nachts mitten auf der Straße hockten —, dann hätte er den Wagen höchstwahrscheinlich nicht aus den Augen verloren.

Wie auch immer — aus dem Dunkel seines Streifenwagens heraus hatte er beobachtet, wie dieser Childes sein Haus verließ; das war kein Problem, im hellen Mondlicht war der Lehrer ziemlich deutlich zu sehen. Er war in seinen gemieteten Renault gestiegen und davongefahren, in die in Schatten getauchten Straßen. Das hatte Donnelly erst einmal per Funk an die Hauptwache durchgegeben (schließlich sollten sie wissen, daß die Zielperson unterwegs war), und dann hatte er sich an die Verfolgung gemacht; natürlich hielt er einen sicheren, aber vernünftigen Abstand zwischen sich und seiner Zielperson.

Das Kaninchen (oder war es ein Hase? — Wie es hieß, hatten gerade Hasen eine ganz besondere Beziehung zum Vollmond; er sollte sie buchstäblich verrückt machen), das Hasen-Kaninchen also war mitten in der Kurve aufgetaucht, wie hingezaubert, und Donnelly hatte gerade noch rechtzeitig bremsen können — na ja, genaugenommen war er ein wenig nach links hinüber ausgeschert und dem dummen Tier ausgewichen (der Streifenwagen war dabei ganz schön an der Hecke entlanggerauscht).

Das Kaninchen (oder der Hase — er kannte sich mit dem Unterschied wirklich nicht aus) war geduckt sitzen geblieben — mitten auf der Straße, betäubt und zitternd, und die schwarzen, glänzenden Augen glotzten ihn mit entrückter Ausdruckslosigkeit an, und so war dem aufgebrachten Polizisten wirklich nichts anderes übriggeblieben, als auszusteigen und das dumme Wesen wegzuscheuchen.

Nur, als der PC Donnelly daraufhin seine Fahrt schließlich fortsetzte, waren die roten Rücklichter des Renault nirgends mehr zu sehen.

Es war, als sei der Wagen samt Fahrer und allem drum und dran von der mondbeschienenen, fahlen Landschaft verschluckt worden.

DER KLANG der Türglocke schreckte Amy aus ihrem Schlaf hoch; gleich darauf hörte sie die Stimmen, und jetzt war sie schlagartig hellwach. Eine dieser Stimmen gehörte unverwechselbar ihrem Vater, und sie klang verärgert. Sie schlug die Bettdecke zurück und tastete sich durch das milde Dunkel zur Schlafzimmertür. Sie hinkte nur noch leicht, und sie war dankbar dafür, daß alles so gut ausgegangen war. Vorsichtig zog sie die Tür gerade weit genug auf, um alles hören zu können.

Die Stimmen waren noch immer sehr gedämpft — doch ihr Vater beschwerte sich offensichtlich über die späte Störung. Amy meinte die beiden anderen Stimmen zu kennen. Sie huschte hinaus und gesellte sich zu ihrer Mutter, die im Morgenmantel auf dem obersten Treppenabsatz stand und über die Balustrade auf die drei Männer hinabsah, die unten im Flur in einer Gruppe beieinander standen. Einer dieser Männer war Paul Sebire; er war noch vollständig angezogen, wahrscheinlich hatte er wieder lange gearbeitet. Die beiden anderen Männer erkannte Amy jetzt als Inspector Robillard und Overoy. Sie wunderte sich darüber, daß Overoy wieder auf der Insel war. Sie stand neben ihrer Mutter und lauschte.

»Das ist lächerlich, Robillard«, fauchte Paul Sebire gerade. »Woher in aller Welt sollen ausgerechnet wir wissen, wo er steckt? Offen gesagt, ich würde es vorziehen, wenn ich diesen Burschen nie wieder unter die Augen bekäme.«

Overoy antwortete: »Wir müssen wissen, ob er sich bei Miss Sebire gemeldet hat.«

»Gut möglich, daß er meine Tochter in den vergangenen Tagen gelegentlich angerufen hat, aber ich bin sicher, daß Aimée keine Ahnung hat, wo er sich heute nacht herumtreibt.«

Amy wechselte mit ihrer Mutter einen Blick.

»Hol deinen Morgenmantel und komm nach unten«, sagte Vivienne leise zu ihrer Tochter und setzte sich bereits in Bewegung.

»Inspector«, sagte sie im Hinabgehen. »Jonathan hat vorhin tatsächlich angerufen und mit unserer Tochter gesprochen.«

»Ah«, sagte Overoy und wartete, bis sie unten ankam. »Könnte ich dann wohl kurz mit Miss Sebire reden? Es ist dringend.«

»Hören Sie«, warf Paul Sebire ein, »meine Tochter schläft, und ich will nicht, daß man sie stört. Sie hat sich von diesem Unfall noch immer nicht erholt.«

»Schon gut«, bremste Amy.

Sebire drehte sich um und sah seine Tochter die Treppe herabkommen. Amy beachtete ihn kaum — tatsächlich hatte sie auch nur das Nötigste mit ihm gesprochen, seit sie erfahren hatte, daß Childes im Krankenhaus von ihm geschlagen worden war.

Overoy bedachte Amys Kopfverband und den Gips an ihrem linken Arm mit einem Stirnrunzeln, sagte aber nichts. Sie ging mit einer unbeholfenen Steifheit und hinkte ein wenig. Schnittwunden überzogen Gesicht und Hände und beeinträchtigten die glatte, sanft gebräunte Haut, die er von ihren früheren Begegnungen in so guter Erinnerung hatte — Gott sei Dank verheilten diese Wunden bereits, und er hoffte aufrichtig, daß ihr keine dauerhaften Narben blieben.

»Tut mir leid, daß wir Sie um diese Zeit noch stören müssen. Miss Sebire«, entschuldigte sich Robillard, dem das Unbehagen deutlich anzusehen war, »aber wir sagten es Ihrem Vater bereits — die Sache ist ziemlich wichtig.«

»Geht schon in Ordnung, Inspector«, erwiderte Amy. »Wenn es Jon betrifft, dann bin ich nur zu gern bereit zu helfen. Stimmt irgend etwas nicht?«

»Du solltest dich ausruhen!« sagte Paul Sebire. Es war eher eine Feststellung als ein Tadel.

»Unsinn. Du weißt, was der Doktor gesagt hat. Morgen darf ich schon wieder aufstehen und sogar aus dem Haus.«

Overoy ergriff das Wort: »Ich habe von Ihrem Unfall gehört, tut mir leid. Jon hat mir von Ihren Verletzungen erzählt. Ihr Auge . . .«

Obwohl Amy endlich den Grund ihres Besuchs erfahren wollte, brachte sie doch den Funken eines Lächelns zustande. »Keine ernsthafte Schädigung. Meine Sehkraft wird nicht beeinträchtigt sein. Den Verband trage ich eigentlich nur, damit es keine Infektion gibt . . . und natürlich soll ich das Auge noch schonen. Aber jetzt *müssen* Sie mir sagen, was los ist. Bitte.«

Vivienne trat zu ihrer Tochter, legte ihr den Arm um die Hüfte und zog sie sanft an sich.

»Mr. Childes hat vorhin sein Haus verlassen. Seither fehlt jede Spur von ihm«, informierte sie Inspector Robillard. Über seine Schulter hinweg konnte Amy durch die Haustür und ins Freie hinaussehen; dort, in der Auffahrt, waren mehrere Streifenwagen abgestellt. Ihre Kehle zog sich zusammen. Robillard fuhr fort: »Einer unserer Kollegen, der — äh — auf Wache war, hat ihn auf der Landstraße aus den Augen verloren, fürchte ich . . .«

Sie schüttelte den Kopf. Sie verstand nichts, überhaupt nichts.

»Wir dachten uns, Jonathan könnte Sie angerufen und informiert haben, wohin er fährt«, sagte Overoy und kratzte sich mit einem nikotinfleckigen Finger die Schläfe.

Amy schaute von ihm zu Robillard und wieder zu ihn. »Ja. Ja, er hat angerufen, aber er hat nicht gesagt, daß er noch wegwollte. Wenn überhaupt, dann . . . Nun, er hörte sich ziemlich müde an. Aber warum wollen Sie das denn wissen? Er steht doch wohl nicht unter Verdacht?«

»Er stand nie unter Verdacht, nicht, soweit es mich betrifft, Miss Sebire«, erwiderte Overoy und bedachte seinen Kollegen mit leichter, aber offensichtlicher Unzufriedenheit. »Nein, ich habe die letzte Maschine hierher genommen, weil ich unbedingt mit ihm reden muß. Und ich hoffe, daß ich der Inselpolizei dabei helfen kann, eine Verhaftung vorzunehmen.«

Er legte eine Pause ein und atmete tief durch — sein Blick wanderte in die Runde. »Wir haben die Person identifiziert, die für diesen ganzen Wahnsinn verantwortlich ist. Jemand, den wir schon einmal überprüft haben und von dem wir wissen, daß er sich noch auf der Insel aufhält. Jemand, der Jonathan Childes möglicherweise vor uns finden könnte.«

PLÖTZLICH war da nur noch Angst, und Childes blieb minutenlang in dem Renault sitzen.

*Es* hatte ihn hierher gelockt, *es* hatte das Abbild eines großen, mondbeschienenen Sees (dessen Oberfläche völlig unbewegt war) in seine Gedanken projiziert. Aber auf der ganzen Insel existierte kein See dieser Größe. Und doch gab es eine derart riesige Wasserfläche — ein Tal, das vor langer Zeit überflutet worden war, und mit ihm alle Bäume und verlassenen Häuser; ein gigantisches Staubecken, das von einem großen, quer durch das Tal gebauten Betondamm begrenzt wurde. Mehrere Flüsse mündeten in dieses Becken und wurden so daran gehindert, das Meer zu erreichen.

Eine Stimme — nein, weniger als das: ein Gedanke — hatte ihn mit einem Versprechen hierher geführt — hierher *gelockt.*

Wer immer diesen Gedanken formuliert hatte — er hatte keine Gestalt, keine Substanz. Und wenn sich Childes noch so angestrengt konzentrierte — die Peripherie seines Bewußtseins verlagerte sich jedesmal nach innen, auf eine festgelegte Gedankenschiene . . . und da war nur ein weichgerändertes Strahlen, irgendwo hinter seinen Augen, ein Etwas, das die Form des Mondes hatte, riesengroß und schimmernd. Diese Vision sperrte alle anderen Bilder und Gedanken aus.

*Es* wollte, daß er hierherkam, und Childes hatte keinen Widerstand geleistet.

Was das Versprechen, der Köder war?

Ein Ende der Mordserie. Ein Ende der Qual. Vielleicht sogar die Antwort auf das Geheimnis, das tief in Childes verborgen lag.

Der Gedanke daran zwang ihn, die Wagentür zu öffnen, so wie er ihn gezwungen hatte, über die einsamen Landstraßen hierher zu fahren. Unterwegs war er davon überzeugt gewesen, daß ihm ein Wagen folgte — vermutlich ein Streifenwagen, denn er nahm an, daß er mittlerweile Tag und Nacht beschattet wurde — die Lichter des Fahrzeugs waren jedoch bald verschwunden. Wahrscheinlich war der andere Fahrer irgendwo abgebogen. Vielleicht litt er, Childes, mittlerweile aber auch an Verfolgungswahn; zu verdenken wäre es ihm jedenfalls nicht.

Die Nacht war für diese Jahreszeit viel zu kalt; frostige Luft wehte vom Meer landeinwärts und bannte die Hitze des Tages. Sweater und Cordhose konnten nicht verhindern, daß ihm ein unangenehmer Schauer über den Rücken kroch. Er schlug den Jackenkragen hoch und schloß die Aufschläge am Hals. Der Vollmond stand hell und klar am Nachthimmel; es gab keine Wolken, die ihn hätten verschleiern können. Die fahle Helligkeit überzog die Landschaft mit einem bleichen Schimmer und verwandelte sie in etwas eigenartig Flaches, während die Schatten tief und bedrohlich dunkel waren. Der Himmel selbst war von dieser ungeheuren Hängelampe so erhellt, daß die Millionen Sterne nur außerhalb der weitreichenden Aura des Mondes zu sehen waren. Childes näherte sich dem Staudamm, und in diesen Sekunden schien es, als wäre die gesamte Landschaft unter dem unheimlichen Glanz erstarrt.

Seine Sinne waren hellwach und angespannt, seine Blicke suchten die Gegend unablässig ab. Er war sich nur zu gut darüber im klaren, wie perfekt jemand, der sich reglos verhielt, mit dieser Umgebung verschmelzen konnte — es war so dunkel an manchen Stellen. Woanders ragten bizarre Gebilde empor. Hier konnte ein einzelner Busch ein geduckt lauerndes Tier sein, da ein Baumstumpf mit weit von sich gestrecktem Wurzelwerk ein am Boden sitzender Mensch. Die Baumgruppe links von ihm mochte eine lauernde Gestalt verbergen, und das Unterholz vor ihm konnte einer geduldig abwartenden Bestie Unterschlupf bieten.

Er lauschte in sich hinein: war er enttäuscht, daß er nicht verfolgt worden war? Hätte er sich wohler in seiner Haut gefühlt, wenn es da einen Streifenwagen gegeben hätte? Möglich. Und vielleicht wäre es wirklich klüger gewesen, Robillard anzurufen, bevor er das Haus verließ. Aber andererseits — wie hätte er dem Inspector, der, gelinde ausgedrückt, mehr als nur skeptisch war, klarmachen sollen, daß sein Verstand an diesem Abend endlich mit jenem anderen Verstand verschmolzen war? Und daß die Verschmelzung vollständig und daß *er* in der Offensive war — er forschte und wühlte im Geist des anderen, und hatte dieses Andere, dieses Etwas, überrascht. Und dann hatte es ihn absorbiert.

*Es hatte ihn absorbiert!*

Den stummen, qualvollen geistigen Kampf zu erklären, der daraufhin folgte — das war unmöglich; diese Horrorvisionen, mit denen ihn das Wesen verhöhnte . . . Bilder des Grauens . . . vor ihm ausgebreitet wie der Rohschnitt eines Films . . . Bilder vom Tod, und nur vom Tod, und mit jedem einzelnen Bild Gefühle und Gerüche — und Schmerzen und Angst . . . eine unbarmherzige Wiedergabe der tatsächlichen Ereignisse, eine neue, bizarre Dimension der Cinematographie. 4-D. Alles in wahlloser Reihenfolge. Ein Chaos.

Der schwache Protest des alten Mannes gegen das Sägeblatt, das sich in seine Stirn hineinfraß . . .

Jeanettes unendliche Panik, als sie über die Treppe baumelte, an einer Krawatte aufgehängt, von einer Krawatte gewürgt . . . In dieser Zeit war sie tausend Tode gestorben, was bedeutete es da schon, daß sie letzten Endes gerettet worden war?

Die Prostituierte . . . zerfetzte Eingeweide — damals, damals, als alles angefangen hatte, als Childes noch nicht gewußt hatte, daß dies die erste Vision einer ganzen Flut makaber Visionen war — die Rückkehr des alten Alptraums.

Kellys verkohlte Klauenhand.

Die Schule, hell erleuchtet von Flammen, die es in Wirklichkeit noch gar nicht gab.

Der tote Junge, geschändet und aufgerissen, seine verwesenden Organe rings um das Grab herum im Gras ausgebreitet.

Annabel. Die arme, kleine Annabel, irrtümlich für Gabby gehalten; und das Päckchen mit den abgetrennten Fingern.

Und dann wurde er zum ersten Mal Zeuge von Estelle Piprellys entsetzlichem Tod; er sah, wie sie hilflos am Boden lag, den Hals gebrochen, sah, wie die Feuerspur auf sie zuraste . . .

Und diesen makabren Durchlauf sollte er einem pragmatischen, wenn nicht gar dogmatischen Gesetzeshüter erklären? Erklären, woher er wußte, daß es hier auf ihn wartete, nur hier, und daß die Vision eines gigantischen, mondhellen, silbrigen Sees in seinem Kopf entstanden war gleich einer schnell auflaufenden Flut und daß es hier war, wo sich alles auflösen würde? Solche Dinge konnten nicht erklärt oder logisch begreifbar gemacht werden; man konnte sie nur gefühlsmäßig erfassen oder einfach Vertrauen haben und daran glauben. Nur wenige hatten dieses Vertrauen. Er selbst hatte es den größten Teil seines Lebens nicht gehabt.

Inzwischen hatte er den nachlässig angelegten Parkplatz abseits der schmalen Straße überquert. Für einen Augenblick versuchte er dem Lauf der Straße mit den Blicken zu folgen: wie sie sich um den Stausee herumschlängelte und schließlich in das Tal unterhalb der Dammauer hinabführte. Doch die Schatten verschluckten die Straße. Childes stieg die breiten Steinstufen zur Staumauer hinauf und blieb stehen. Er starrte den weiten, schmalen Steg entlang, der zu beiden Seiten von dicken, hüfthohen Brustwehren gesäumt wurde. Der mittlere Bereich der Mauer war erhöht; darunter, von seinem Standort aus unsichtbar, verliefen die Überlaufröhren — Sicherheitsvorkehrungen für den Fall, daß lange Regenfälle den Stausee gefährlich anschwellen ließen. Stämmige Betonpfeiler verstärkten die Brüstungen in regel mäßigen Abständen, und dort, wo Touristen ihren Stausee-Besuch verewigt hatten, milderten verrückte Graffiti die Monotonie der Betonmauern. In den weit auseinanderliegenden parallelen Fugen im Belag des Steges wucherten Grasbüschel, die nun als dunkle Flecken in der Nacht erschienen. Hinter dem erhöhten Mittelteil ragte der Wasserturm empor — achteckig und Teil der Dammkonstruktion. Aus diesem Reservoir bediente sich die Pumpstation am Fuße der riesigen Staumauer

Childes ging los. Ein Windhauch zerzauste seine Haare. Hier draußen, auf dem Damm, fühlte er sich wie eine wandelnde Zielscheibe, und deshalb behielt er den Weg vor sich sehr aufmerksam im Auge. Das Mondlicht veränderte alles. Es durchtränkte das Normale und machte es zu etwas Künstlichem, Unnatürlichem, Farblosem. Der See tief unten hätte leicht aus geriffeltem Aluminiumblech bestehen können, so glatt und fest erschien seine Oberfläche, und doch war das gigantische Wasservolumen unter dieser lichtabweisenden Haut unheilverkündend nah. Ein Sturz dort hinunter bedeutete, hinabgesogen zu werden in eine lichtlose Unterwelt, zerschmettert zu werden, nicht, zu ertrinken.

Er zählte die schmalen Stufen, als er zur Brückenkonstruktion über den Überlaufbögen hinaufstieg. In der Mitte angekommen, wartete er, einsam und ängstlich — und doch entschlossen.

Von diesem hohen Standort aus konnte er das Meer hören und sogar die dünne, weißliche Gischt, die sich Welle um Welle an der fernen Küste brach, ausmachen. So klar war die Luft in dieser Nacht. Schneidige Kälte streichelte sein Gesicht, als er über die Mauerbrüstung auf der ungestauten Seite hinwegblickte. Tief unten, am Fuß der Staumauer, krümmte sich der Damm nach außen: ein Auffangbecken (ebenfalls aus Beton) schloß sich nahtlos an; von dort ausgehend verlief eine unterirdische Leitung zum Meer. Dorthin wurden die überschüssigen Wassermengen abgepumpt. Der helle Bau der Pumpstation lag nicht weit vom Auffangbecken entfernt, und dahinter gab es noch einmal eine glänzende, wie betoniert aussehende Fläche: das Schlammbecken der Kläranlage. Weiter draußen im Tal glommen vereinzelte Lichter, hell erleuchtete Fenster von Häusern, deren Bewohner um diese Zeit noch wach waren. Childes beneidete sie um ihre Ahnungslosigkeit.

Ein Tier schwang sich dunkel durch sein Blickfeld, zu sprunghaft für einen Vogel; also eine Fledermaus, die im Einklang mit der Nacht umherschwebte und abrupt wieder in den behütenden Schatten verschwand. Das leise Schlagen ihrer Flügel war dem unregelmäßigen Flattern eines ängstlichen Herzens sehr ähnlich gewesen.

Childes blieb stehen. Sein Gesicht war eine bleiche, konturenlose Maske unter dem hellen Glanz des Mondlichts. Und nun kehrten die Visionen zurück, brachen in seine Gedanken ein, bestürmten ihn mit neuer Intensität. Nicht zum ersten Mal wunderte er sich über die Boshaftigkeit, die den anderen Geist beherrschte. Für Childes waren die letzten Tage erfüllt gewesen mit äußerster geistiger Konzentration, und allein seine zunehmende Annahme dieser seiner einzigartigen Macht hatte ihm die Kraft für dieses Unternehmen verliehen. Er setzte dem, was er unterbewußt längst kannte, bewußt aber so viele Jahre von sich gewiesen hatte, keinen Widerstand mehr entgegen, und dieses persönliche Anerkennen stachelte seine Sinne an und gab seiner rätselhaften Fähigkeit zusätzliche Kraft.

Er hatte sich an andere Male erinnert, wo er die knappen Schlaglichter seines Bewußtseins stets als Zufall abgetan hatte. O ja, er hatte diese parapsychologischen Ströme unterdrückt — selbst die Erinnerungen an Vorfälle, die eindeutig davon gekennzeichnet waren, hatte er bis jetzt immer wieder zurückgedrängt.

Er hatte sich an seine Kindheit erinnert, und an einen Freund aus jenen Kindertagen . . . und an das jähe Wissen, daß dieser Freund sterben würde; überfahren von einem Mann, der Fahrerflucht begehen würde. Wochen später war der Unfall tatsächlich passiert. Ein Onkel, den er nur selten zu sehen bekommen hatte: Er wußte plötzlich, daß er krank war, daß sein Herz bald stehenbleiben würde, einfach so. Nur wenige Monate später war dieser Onkel an einer Koronarsklerose gestorben. *Und er hatte den Tod seiner Mutter vorhergesehen, lange bevor der Krebs ihren Körper zerfressen hatte.*

Sein Vater hatte ihn für diese Enthüllung unbarmherzig geschlagen, genauso wie er ihn nach dem Tod seiner Mutter geschlagen hatte, immer wieder, voller Verbitterung, voller Zorn und voller Schuldgefühle. Und er hatte ihn geschlagen, als der Geist seiner Mutter zu ihm, dem Jungen, gekommen war . . . Oh, Childes erinnerte sich genau. Sein Vater hatte ihn für den Tod seiner Mutter verantwortlich gemacht — war davon überzeugt gewesen, daß er ihren Tod *verursacht* hatte, ihr schreckliches Ende *in Gang gesetzt* hatte durch seine Vorhersehung. Und dafür hatte er ihn bestraft, immer wieder, so schlimm, daß er ihm das Nasenbein und drei Rippen brach . . . Und danach hatte er ihn durch Drohungen und durch Appelle an seine Loyalität gezwungen, den Fahrern des Krankenwagens und den behandelnden Ärzten zu bestätigen, der Verlust seiner Mutter habe ihn so bekümmert, daß er zu Hause die Treppe hinuntergefallen sei.

Doch am allerschlimmsten: In den fiebernden Tagen nach dem Tod seiner Mutter hatte der Junge gelernt, die Gründe seines Vaters für seine grausamen Prügelstrafen zu *akzeptieren;* er hatte gelernt, selbst zu *glauben,* daß er durch seine Vorahnung am Tod seiner Mutter schuldig war . . . Diese Vorahnungen waren wie ein böser Fluch. Und mit dieser Erkenntnis war auch der Glaube daran entstanden, daß er für den Unfall seines Freundes ebenso verantwortlich war und daß er die Krankheit im Herzen seines Onkels entfacht hatte.

Diese Schuld war größer gewesen als alle Schmerzen, die ihm sein Vater zugefügt hatte, größer als der Schmerz der gebrochenen Knochen und der Quetschungen und Blutergüsse; dieser Schmerz hatte alles überwogen. Und als das Fieber, Ergebnis unüberwindbarer Schuldgefühle und übermächtiger Reue, endlich gesunken war, hatte sein Verstand eine Schutzmauer errichtet. Er hatte seine psychischen Fähigkeiten zusammen mit dem Schuldbewußtsein dahinter verborgen, denn die psychische Macht und das Schuldbewußtsein waren eins, sie gingen Hand in Hand.

Die Kindermorde vor drei Jahren hatten die Barriere in Childes' Geist gelockert, hatten auf rätselhafte Weise den Prozeß des Ahnens wieder in Gang gesetzt.

Jetzt war dieser neue Mörder durch die geistige Mauer gebrochen und hatte ein vages Tröpfeln in einen unbeständigen Strom verwandelt.

Mehr noch: Sein eigenes Unterbewußtsein hatte ihn, den Erwachsenen Childes, ermutigt, in seine Vergangenheit hinabzutauchen, hatte ihn dorthin zurückgeschickt und zum Zeugen am Elend seiner Kindheit gemacht; ein lange unterdrückter — und sorgsam gehüteter — Teil seiner selbst sehnte sich nach Antworten. Und die Kraft des Jungen war so stark, daß er seinerseits Zeuge wurde, wie sein älteres Ich zu ihm zurückkehrte. Er selbst war die Erscheinung gewesen, die der Junge über sich, in einer Zimmerecke, gesehen hatte.

Diese eine Antwort forderte neue Fragen heraus und brachte neue Rätsel; möglich, daß sie niemals enthüllt wurden, möglich, daß es Geheimnisse waren wie das Leben und der Geist selbst.

Alle diese Gedanken durchströmten ihn, als er dort oben auf dem Staudamm wartete, und diese Gedanken riefen eine quälende und doch wachsame Heiterkeit hervor, als stehe er auf einer Art sensorischen Schwelle. Er legte den Kopf in den Nacken und starrte nach oben, und das gletscherhelle Strahlen des Mondes war außergewöhnlich stark und mächtig und beherrschte den gesamten Nachthimmel mit einem eigenartigen Fluten und einer ungeheuerlichen Intensität. Die Anspannung kam mit erschütternder Plötzlichkeit.

Childes spürte, daß er nicht mehr allein war.

Er blickte in die Richtung zurück, aus der er gekommen war.

Alles blieb ruhig.

Er spähte nach vorn, zum anderen Ende des Dammes, dorthin, wo dunkle Baumschatten und dichtes Unterholz emporwuchsen und den Blick auf die gewundene Straße versperrten.

Irgend etwas dort bewegte sich.

*Es hatte ihn aus der alles umhüllenden Finsternis heraus beobachtet und sein gottloses Lächeln gelächelt.*

*Ah. Endlich war er da.*

*Das war gut. Die Zeit war reif. Jetzt, unter dem Vollmond, würde es geschehen. Das war angemessen.*

*Es setzte sich in Bewegung, entfernte sich von den Bäumen, ging auf den Damm zu.*

WENN ANGST Grenzen kannte, dann mußte er jetzt ziemlich nahe daran sein. Die Beine versagten ihm den Dienst, und er mußte sich gegen die Brüstung lehnen, um überhaupt weiterhin stehen zu können. In seiner Brust herrschte plötzlich eine starre Enge; eine Enge, die mit wild umherwirbelnden Federn gefüllt war. Sie konnten nicht entfliehen. Es war hoffnungslos. Und selbst seine Arme waren nutzlos, denn die Muskeln schienen nicht mehr zu funktionieren.

Es war auf dem Damm, eine schwarze, behäbige Gestalt im Licht des Mondes, eine Gestalt, die sich näherte . . . der breite, gedrungene Körper schaukelte leicht von einer Seite zur anderen, mit ungeschickten, trudelnden Bewegungen, denen es an jedweder Geschmeidigkeit mangelte.

Und dann konnte Childes das Kichern in seinem Geist *hören.* Ein spöttisches Lachen, das Eissplitter in seinen Adern entstehen ließ, das ihn bannte.

Childes spürte ein Tonnengewicht auf seinen Schultern. Schwer stützte er sich auf die Brüstung. *O mein Gott . . . Sein Geist ist in meinem. Stärker als je zuvor!*

Bald darauf konnte er die vom Mond nachgezeichneten Konturen des Geschöpfs erkennen: gigantische, abgeschrägte Schultern, gelocktes, verfilztes Haar; die Form einer Nase, eines Kinns. Stirn- und Wangenflächen. Ein dunkler Spalt, der ein breiter grinsender Mund war.

Es kam näher, passierte den Wasserturm. Für kurze Zeit war der untere Teil des plumpen Körpers jenseits der Stufen des erhöhten Bereichs außer Sicht. Für ein paar Sekunden sah Childes nur diesen Kopf und diese Schultern.

Die Augen lagen noch im Schatten, wie dunkle Löcher, so tief und voller Bedrohung wie der See im Abgrund.

Es stieg die Stufen herauf, und sein Körper wuchs wie

aus einem Grab empor, das breite Gesicht von einem Grinsen verzerrt, die Augen unsichtbar. Alles von strähnigen Haaren umrahmt. Es kam näher, es wankte und schaukelte bei jedem Schritt, doch es kam näher, immer näher, und seine Gedanken eilten ihm voraus, griffen nach ihm. Und da war noch etwas anderes an dieser nahezu formlosen Masse, die auf ihn zuschlurfte (bei Gott, es war ein Torkeln, kein normales Gehen) — etwas Störendes, etwas, das langsam — nur ganz langsam — offenbar wurde, je näher es kam . . . Und dann, kaum drei Yards entfernt, blieb das Etwas stehen.

Erst jetzt, als Childes das breite, vom Mondlicht erhellte Gesicht und die stechenden Augen, klein und dunkel, richtig sehen konnte, brach die Erkenntnis über ihn herein, die Gewißheit — denn wenn es . . . wenn sie . . . sprach, verriet die Stimme nichts von ihrem Geschlecht, diese tiefe und krächzende Stimme.

»Ich . . . habe . . . das . . . Spiel . . . genossen«, sagte sie und betonte Wort für Wort.

Ihr dumpfes, glucksendes Lachen war so unangenehm wie ihre Stimme; und traf ihn wie Schläge. Childes klammerte sich an der Brüstung fest.

Die Frau schlurfte noch einen Yard näher, und er bemerkte ihre Knöchel, unterhalb des langen, weiten und schweren Rocks, geschwollene Knöchel, die aufgebläht über die geschnürten Schuhe hinwegquollen; es war, als sei ihr Fleisch geschmolzen.

Ein zeltgroßer Anorak bedeckte ihren Oberkörper.

Childes zwang sich, aufrecht zu stehen. In seinem Kopf rumorten wirre Gedanken; Übelkeit verengte seine Kehle. *Er konnte die Frau riechen. Er konnte ihren Wahnsinn riechen.* Krampfhaft schluckte er und bemühte sich verzweifelt, seine versiegende Kraft zu sammeln.

Alles, was ihm zu sagen einfiel, war:

»Warum?«

Das Wort war nichts weiter als ein krächzender Laut, aber sie verstand es. Er spürte, er *fühlte* den Wechsel ihrer Emotionen. Die Belustigung war verschwunden.

»Für sie«, entgegnete sie mit diesem leisen, geschlechtslosen Krächzen und hob das Gesicht dem Mond entgegen. »Für meine Herrin.«

Ihr Mund klaffte weit auf, und er sah krumme, morsche Zähne. Sie atmete tief ein (selbst das hierbei entstehende Geräusch war rauh und krächzend), als wolle sie das Mondlicht selbst inhalieren, und als sie den Kopf wieder senkte, spiegelte sich der Mond für einen flüchtigen, zermürbenden Sekundenbruchteil in diesen dunklen, grausamen Augen, und es war, als komme das Leuchten von innen, als sei der Mond in ihr und fülle ihren Körper aus — als seien die Augen nur Fenster. Es war nur Einbildung, sagte er sich, doch die Vision dauerte an.

»Sag mir . . . sag mir, wer du bist«, verlangte Childes keuchend; er war sich seines *eigenen* Verstandes nicht mehr sicher.

Die unförmige Frau betrachtete ihn lange, bevor sie wieder sprach: und jetzt war das Glühen in ihren Augen verschwunden — und von einem neuen Glanz ersetzt. »Weißt du das denn nicht?« sagte sie gemächlich — jedoch nicht mehr so langsam wie zuvor. »Hast du denn gar nichts von mir in Erfahrung gebracht? Ich habe so viel von dir bekommen, mein Liebling.«

Seine Kraft kehrte zurück; er mußte sich nicht mehr ganz so schwer gegen die Brüstung lehnen. »Ich weiß nicht, was du damit meinst«, brachte er heraus und gab sich Mühe, gelassen zu wirken; aber das unkontrollierbare Zittern in seinen Beinen blieb. *Sie ist nur eine Frau,* sagte er sich. *Kein es. Nur eine Frau!* — Aber eine Psychopathin, flüsterte eine leise, glucksende Stimme in diese

Gedanken hinein. Eine unglaublich starke Psychopathin, höhnte sie. Und sie weiß, daß du dir vor Angst am liebsten in die Hosen scheißen würdest, mein Liebling!

»Ich habe das Mädchen weggeholt.« Die Frau kicherte. In einer direkten Reaktion auf Childes' Stimmung hatte sich ihre Stimme erneut verändert. Es schien, als seien seine Sinne integraler Bestandteil der ihren.

»Nicht *dein* Kind . . .« sagte sie hinterhältig. »— leider. Ah, wie die liebe Kleine gezappelt hat, wie sie sich gewunden hat.«

Zorn rührte sich in ihm wie eine winzige Flamme, entzündet in der Finsternis seiner Angst. Die Flamme wuchs, drängte einen Teil der Dunkelheit zurück.

»Du . . . hast . . . Annabel . . . umgebracht«, stellte er tonlos fest.

»Und die anderen.« Ihre Stimme war ein dunkles Knurren — ein gutmütiges Knurren. »Vergiß die anderen nicht. Auch diese Mädchen waren für meine Herrin bestimmt.«

Ein Windhauch fegte über den Damm, stärker als zuvor, und kälter. Childes zerrte an seinem hochgeschlagenen Jackenkragen. Der Wind trug den Salzgeruch des Meeres mit sich.

»Du hast sie ermordet«, sagte er.

»Das Feuer hat sie ermordet, Liebling. Sie und die Frau, die mich aufhalten wollte. Das Feuer hat auch die armen Irren in der Klinik ermordet. Oh, wie es mir *dort* gefiel!« Ihre mächtige Körpermasse schob sich näher und näher, und dann beugte sie den Kopf verschwörerisch vor, und das silbrige Licht umgab die verfilzten Haarsträhnen wie einen Heiligenschein. Ihre Augen hatten sich wieder zu schwarzen Schächten verdunkelt. »Oh, wie es mir dort gefiel«, wiederholte sie mit einem Flüstern. »Meine Zuflucht. Niemand glaubte diesen Wahnsinnigen, ihrem wimmernden Geschwätz. Kein Mensch, der seine Sinne beieinander hatte, *konnte* ihnen glauben, denn was habe ich alles mit ihnen angestellt, wenn ich sie allein erwischte! Und wer sollte die Verrückten schon ernst nehmen? Solchen Spaß hat es gemacht, es war ein solcher Genuß! Zu schade nur, daß ich damit aufhören mußte, aber du warst mir auf der Spur, nicht wahr, mein Liebling? Und du hättest mich verraten. Das hat meine Herrin sehr böse gemacht.«

Jetzt ruhte nur noch Childes' linke Hand auf dem Betonsims. »Ich verstehe noch immer nicht. Welche Herrin?«

Sie schielte ihn an — wenigstens war er der Meinung, daß es sich dabei um eine groteske Abart des Schielens handelte. »Weißt du das wirklich nicht? Hast du ihre göttliche Kraft in dir nicht gespürt? Die Macht der Mondgöttin, die mit dem Zyklus des Mondes zu- und abnimmt. Spürst du ihre Kraft nicht in unserem Verstand? Du hast die Gabe auch, mein Liebling, begreifst du das denn nicht?«

»Die Vision . . .?«

Sie wurde ungeduldig, und ihre Verärgerung durchtränkte seine Sinne. »Ganz gleich, wie du es nennst, es spielt keine Rolle, nichts davon spielt eine Rolle. Wenn wir diese Gabe teilen, wenn unser Geist eins ist — *wie jetzt!* —, dann ist ihre Kraft so mächtig . . . so herrlich . . . mächtig.« Allein der Gedanke daran raubte ihr den Atem. Ihr Körper schwankte stärker, ihr Gesicht war wieder nach oben gewandt.

Der Gestank ihres Wahnsinns war ekelerregend.

Sie erstarrte, und ihr Gesicht wandte sich wieder ihm zu. »Weißt du nicht mehr, was wir mit deinen Geräten gemacht haben? Unser kleines Spiel?«

»Die Computer?« Er schüttelte bestürzt den Kopf. »Du

hast das Wort MOND auf dem Bildschirm erscheinen lassen.«

Sie lachte, und es schwang ein drohender Klang darin mit. »Du hast das Wort in ihren *Gedanken* entstehen lassen. Es war nicht auf dem Bildschirm, mein hübscher Dummkopf! Wir haben es zusammen gemacht, du und ich, wir haben die lieben Kleinen genau das sehen lassen, was wir sie sehen lassen wollten! Und du hast das gesehen, was *ich* wollte.«

Illusion. Alles Illusion. Vielleicht ergab es so mehr Sinn — zu wissen, daß nichts real war.

»Aber warum?« flehte er. »Warum, um Gottes willen, mußten sie sterben?«

»Nicht um Gottes, sondern um unserer Göttin willen mußten sie sterben. Opferlämmer, mein Liebling. Und wegen ihrer spirituellen Energie, so schwach sie bei den meisten auch war. Aber bei der Frau war sie beachtlich — ich meine, bei der, der ich den Hals gebrochen habe.«

»Miss Piprelly?«

Diese riesigen, schrägen Schultern hoben sich gleichmütig. »Namen. Wenn sie so hieß — gut. Du weißt, welche Energie ich meine, nicht wahr? Du weißt es. Ich glaube, du würdest es parapsychische Kraft nennen, oder ähnlich phantasievoll. Die Energie, die hier drinnen ist.«

Ein stummelartiger Finger tippte an ihre Schläfe, und Childes fröstelte, als er sah, wie groß ihre Hände waren. Starke Hände; dick geschwollen, wie ihr ganzer Körper.

»Aber die Energie der Frau ist nichts im Vergleich zu deiner, mein Liebling. Oh, deine ist etwas Besonderes. Ich war in dir, ich habe in dir gesucht, ich habe deine Seele berührt. Eine solche Kraft, und so lange unterdrückt! Aber jetzt gehört sie mir, mir allein!«

Sie grinste und schob sich noch näher heran.

»Die anderen«, sagte Childes hastig, denn er mußte Zeit gewinnen. Sein Zorn mußte wachsen, mußte in ihm hämmern, mußte ihm Kraft geben. »Warum hast du sie verstümmelt?«

»Durch ihr inneres Fleisch habe ich ihre Seelen gekostet. So geht es, verstehst du, mein Liebling? Ich habe sie geleert und wieder gefüllt, aber nicht mit ihren alten Organen — o nein, ihre alten Organe durften sie nicht mehr bekommen, sonst hätten sie ja ihre Seelen zurückverlangen können — sie hätten es versucht, bestimmt. Und ihre Seelen gehörten unserer Göttin. Deshalb habe ich ihnen den Stein gelassen, *ihre* körperliche Gegenwart hier auf Erden. Du hast ihren irdischen Geist bemerkt, diesen Geist, der im Mondstein manifestiert ist, nicht wahr? Du hast in diesem winzigen blauen Funken gesehen, du weißt Bescheid über ihr Wesen? Oh, das war mein Geschenk an die Unglücklichen, die für sie sterben mußten.«

Verrückt. Sie war wahnsinnig. Und sie war ihm jetzt sehr nahe.

Die Angst umklammerte ihn eiskalt, und sie bannte ihn an Ort und Stelle. Die Frau streckte eine Hand aus, die Handfläche nach oben gewandt; das Mondlicht fiel auf die fleischigen Wülste. »Ich hab' auch einen für dich«, flüsterte sie und lächelte in stiller Vorfreude dessen, was ihr Angebot beinhaltete.

Ein winziger runder Stein lag auf der ausgestreckten Handfläche. Vielleicht war es der zersetzte und zersetzende Geist der Frau, der jetzt auf Childes einwirkte, der ihn überwältigte und ihm nun eine neue Illusion eingab — denn sie war dazu wirklich imstande; trotz ihres Wahnsinns besaß sie eine unglaubliche psychische Kraft. Aber da *war* ein Schimmer in dem Edelstein, ein bläuliches Phosphorglühen, und das Licht des Mondes verstärkte es noch. In diesem Schimmern sah er den Tod der Unglücklichen, sah er —

Mit einem gurgelnden Schrei der Angst und des Zorns warf sich Childes nach vorn und schlug die Hand weg, und der Mondstein wirbelt empor und flog durch die Luft und erlosch gleich einer winzigen Sternschnuppe, als er in einem weiten Bogen in das Nichts über dem Tal jenseits des Staudamms hinabfiel.

Die wahnsinnige Frau, die diese unheimliche Kraft besaß, stand stumm vor ihm, doch immer mit ausgestreckter Hand. Das Gesicht mit den im Schatten liegenden Augen zeigte keine Regung. Auch Childes war wie erstarrt, die Unwirklichkeit der Situation war niemals deutlicher zu spüren gewesen als jetzt; die Luft zwischen ihnen war gefährlich aufgeladen, ein heimtückischer, schleichender wechselseitiger Strom, eine Aura um sie und um ihn. Die Härchen auf seinen Armen richteten sich auf; die Zeit lief plötzlich anders — langsam, so langsam.

Gedanken sprudelten in seinen Verstand und ließen ihn zurücktaumeln.

Amy. Sie lag hinter dieser niedrigen Steinmauer, sie wand sich vor Schmerzen, ihr Gesicht war ein Nadelkissen, gespickt mit Glasscherben, ihr Hals war unnatürlich verdreht; sie war gegen diesen Baum geschmettert worden, ihr Mund klaffte weit offen. Blut quoll heraus.

*»Nein!«* rief er.

Die Vision war verschwunden.

Und der schattige Spalt auf dem Gesicht der Frau verzog sich zu einem Grinsen.

Childes senkte den Kopf, preßte die Hände gegen seine Stirn — neue Bilder kamen.

Jeanette. Sie hing über dem Abgrund des Treppenhauses. Sie pendelte über dem Nichts. Die Schlinge grub sich tief in ihren Hals, ihre Haut war mit hektischen Flecken übersät und schwoll dort, wo die Schlinge saß, gewaltig an. Die Zunge, dick und aufgebläht, stieß langsam zwischen ihren Lippen hervor. Wurde größer. Und länger. Immer länger. Sie war ein aus ihrem Mund kriechender purpurner Wurm, der sich jetzt über ihr Kinn herunterschlängelte und zitternd über ihren Hals tastete, der so fest zugedrückt wurde. Ihre Augen wölbten sich vor und quollen aus den Höhlen. Dann platzten sie heraus. Zuerst das linke, dann das rechte. Eine klare, gelbliche Flüssigkeit sickerte an Jeanettes Beinen entlang nach unten, durchtränkte die weißen Strümpfe und tröpfelte in einem ununterbrochenen Strom ins Treppenhaus hinab.

*»Das ist nicht real!«* schrie er.

Gabby, Gabby, wie sie ganz still dalag. Der kleine, bleiche Körper entkleidet und reglos, so reglos und still wie der Tod. Ihr Bauch aufgeschnitten. Klebrige, schweißnasse Organe brachen aus der Wunde hervor, pulsierten, pochten, wanden sich wie schleimige Parasiten. Ihr Mund öffnete sich, und diese glitschigen Dinge, die ihr Dasein, ihr Leben waren, quollen noch immer aus ihr heraus. Ihre Finger fehlten. Ihre Füße waren nur noch Stümpfe. Die Zehen fehlten auch. Sie schrie. Sie rief nach ihm, rief nach ihrem *DADDDYYYYYY! DADDDDYYYYYY! DADDDYYYYYY!*

*»Illusion!«* kreischte er.

Und das Etwas, das ihm auf dem Staudamm gegenüberstand, lachte nur, ein tiefes, gutturales Gurgeln, das so böse war wie sein gestörter Geist.

Eine unsichtbare Faust schlug zu, und Childes riß den Kopf zur Seite. Der Schlag traf dennoch, und seine Wange brannte wie Feuer. Hitze wühlte sich in ihn hinein. Die Frau hatte sich nicht bewegt. Ihr Kichern verspottete ihn. Eiskalte, rostige Finger rammten in seinen Unterkörper, umklammerten seine Hoden und drückten zu, und der Schmerz ließ ihn in die Knie gehen.

»Illusion, mein Liebling?« wehte ihre Stimme heran.

Er kreischte und röchelte und hielt seine Hoden mit beiden Händen, und da verwandelte sich die unsichtbare Hand in pures Feuer und stieß in seinen Anus hinein, durchdrang ihn von unten nach oben, versengte seinen Darm, krallte sich an seinen Eingeweiden fest und zerschmolz und zerquetschte sie in ihrem flammenden Griff.

»ILLUSIONEN?« fragte sie noch einmal.

Und obwohl die Schmerzen ungeheuerlich waren, obwohl noch immer eine weiße, sengende Fackel in ihm wütete und er nur noch ein zuckendes Bündel war — obwohl er kaum mehr richtig bei Bewußtsein war, begriff er doch, daß es nicht real war, nichts von alldem war real-real war nur dieser fremde Geist, diese fremde Kontrolle von außen —

... Und als er das erkannte, hörten die Schmerzen augenblicklich auf.

Er wälzte sich herum, schwach und völlig erschöpft, versuchte sich aufzurichten und sackte doch nur erbärmlich gegen die Brüstungsmauer. Er starrte zu der dunkel über ihm aufragenden Gestalt empor. Sie hatte sich nicht bewegt.

»Illusionen«, bekräftigte er atemlos.

Ihre Wut begrub ihn unter sich, ein gigantischer Sturmwind, eine Flutwelle des Grauens. Ihre Wut schleuderte ihn zurück. Irgend etwas kratzte über seine Pupillen. Tränen schossen in seine Augen. Er riß die Hände hoch, zupfte die geschrumpften Kontaktlinsen aus seinen Augen und ließ das Plastik fallen. Er schrie, und er rollte noch immer herum und herum, und er wollte auf die Füße kommen, wollte hochkommen und wirbelt doch nur wie ein welkes Blatt davon und blinzelte die Tränen weg, immer wieder.

Ein unglaublicher Druck lastete wie ein gigantisches Ungeheuer auf ihm, aber Childes widerstand. Er krallte sich an der Brüstung fest, zerrte sich hoch, hoch. *Nicht real,* hämmerte er sich immer wieder ein. *Nicht real, nicht real!* Und dann schlug er zurück — ein erster zaghafter Versuch, dieser Monstrosität zu begegnen. Er schlug zurück. Nicht mit den Fäusten. Mit dem Geist. Er rammte den Schlag in ihren Geist hinein —

— und war verblüfft, sie zurückprallen zu sehen.

Aber sie konterte. Childes fühlte sich herumgewirbelt; sein Rücken schrammte über die Mauerkante. Doch dieses Mal zeigte der geistige Schlag nicht mehr so viel Wirkung. Er war schwächer als vorhin.

Und Childes hörte Stimmen, fern und hohl, gerade so, als seien sie überhaupt nicht existent. Sie waren in seinem Kopf. Sie waren so unwirklich wie die brutalen Bilder, die sie ihm sandte. Childes wehrte sich. Schlug wieder zu, schlug zu und spürte, daß sie zurücktorkelte. Es war unmöglich — er *wußte,* daß es unmöglich war, aber er fügte ihr Schmerzen zu.

Die Stimmen wurden lauter, aber sie waren noch immer in ihm, und es waren nicht die Stimmen der Nacht.

Sie hörte sie auch. Für einen Sekundenbruchteil. Vielleicht. Er konnte sich nicht vergewissern. Sie ließ ihm keine Zeit, sich zu erholen. Erbarmungslos krallten sich irreale Finger in sein Gesicht, schartige Fingernägel gruben sich tief in seine Haut, zerrten sie nach unten . . . Er fühlte ihre Präsenz, einen monströsen Druck — aber da waren keine Schmerzen mehr. Ein seltsames Vibrieren durchströmte seinen Körper, erfüllte Adern und Nerven, und die Stimmen waren jetzt ganz nahe und: in seinem Kopf und doch nicht nur dort.

*»Nie mehr!«* röchelte sie. »Für dich ist das Spiel aus, kleiner Liebling!«

Und sie wankte vor, und ihre Hände waren wie die riesigen Krallen eines Kranichs und packten zu.

Der Zorn half. Childes schlug zu; und diesmal zielte er mit geballter Faust auf das breite, fleischige Mondgesicht. Er traf die klumpige Nase, aber die Frau schüttelte nur unwillig den Kopf. Blut verschmierte die Oberlippe.

Eine große Hand schlug die seine mühelos beiseite, und dann war die Frau über ihm und preßte ihn mit ihrem massigen Gewicht gegen die niedrige Mauer. Ihr Atem rasselte tief in ihrer Kehle. Eine rauhe Hand griff unter sein Kinn, hob es an und stieß die Kiefer zurück, so daß er schon glaubte, sein Hals sei gebrochen. Doch er gab nicht auf. Seine Finger umklammerten das dicke Handgelenk, rissen und zerrten daran, aber sie war stark, viel zu stark. Er schlug wieder zu, wieder in ihr Gesicht, und sie — sie schüttelte die Schläge nur ab. Sein Rücken streckte sich, wurde über die Mauer gedrückt, und dann konnte Childes die tiefe Leere hinter sich fühlen.

Er wurde hochgeschoben. Seine Füße fanden keinen Halt mehr. Er winkelte sie an, riß sie hoch, rammte sie in den fetten Leib vor sich.

Keine Reaktion.

Etwas in seinem Geist gefror.

Er würde sterben.

Seltsamerweise registrierte er die kühle Nachtluft, die über sein Gesicht streichelte. Und er registrierte den Abgrund hinter sich. Seine halbblinden Augen starrten zum Vollmond hinauf, der teilnahmslos zusah. Die bleiche Scheibe mit den dunstigen Rändern füllte seine Augen aus und überzog sein nach oben gedrücktes Gesicht mit einem makellosen Strahlen. Und Childes roch den fauligen Atem der Frau, der von Anstrengung sprach, und roch ihren Körpergeruch von Verdorbenheit und Schweiß und Fäkalien. So geschärft waren seine Sinne jetzt, daß sich seine Gedanken mit den ihren mischten, er tauchte in sie hinab, kannte sie plötzlich, wie er sich kannte, und berührte ihren Wahnsinn, dieses Lodern, das dort gehütet wurde, und zuckte zurück, als sich dieses grauenvolle Ego verkrampfte und nach ihm schnappte. Sein Geist löste sich von dem ihren, zog sich zurück, und jetzt wußte er, daß sie die kreischenden Stimmen ebenfalls hörte, denn diese Stimmen waren auch in ihren Gedanken.

Er verlor das Gleichgewicht. Er kippte endgültig zurück, schwang weit hinaus in den Abgrund über dem Tal — doch sie hielt ihn fest, um diesen grauenvollen Moment vor dem Sturz noch zu verlängern.

Doch sie kam nicht dazu, ihren Triumph auszukosten. Irgend etwas an ihr war verändert. Abgelenkt. Sie suchte nach den Stimmen. Sie blickte sich um, spähte zum Dammende hinüber, und das Mondlicht zeichnete die Betonkonstruktion mit weichen Farben nach.

Childes richtete sich auf, zerrte sich wieder hoch; ihre Aufmerksamkeit war noch immer abgelenkt. Er drehte den Kopf, folgte ihrem Blick. Und sah die Nebelgestalten, die auf sie zutrieben.

SIE KAMEN aus der Nacht — Rauchschwaden, nebelhaft und vage, hauchdünne Bewegungen in der Luft, zierliche, ätherische Gestalten, ohne wirkliche Form und Substanz.

Ihre Stimmen waren es, die in Childes' Bewußtsein klagten.

Zuerst waren sie alle wie ein einziges Wesen, eine einzige zarte Wolkenbank, die sich langsam auf dem Damm entlangbewegte. Aber dann trennten sie sich, lösten sich auf in individuelle plasmische Muster, und jetzt wurden sie mehr und mehr zu unterschiedlichen Wesenheiten. Gestalten entwickelten sich. Konkrete Formen entstanden.

Der Griff der Frau an seinem Hals lockerte sich. Sie richtete sich auf, und Bestürzung überschüttete ihr aufgedunsenes Gesicht. Da war mehr als nur unbehagliche Überraschung — Childes wußte es, wußte es aus ihrem Geist. Da war ein innerliches Erzittern, ein Aufflackern von Angst. Er entwand sich ihrem Griff, ließ sich auf den Betonsteg des Dammes fallen, rollte herum, und seine Armmuskeln zitterten vor Anstrengung. Er fluchte, wollte sich aufrichten — und schaffte es doch nur, sich gegen die Brüstungsmauer zu lehnen.

Sie hatte das alles kaum bemerkt, so gebannt waren ihre schattigen Augen auf die herangleitenden Gespenster gerichtet. Ihre Stirn war in tiefe Furchen gelegt, die großen, mörderischen Hände waren geballt und vor die Brust hochgerissen, als habe sie Childes dort noch immer in ihrem Griff. Mit einem tapsenden Schritt wankte sie zurück, und der fette Körper straffte sich vor den Nebelgebilden. Nur ihr Gesicht war in ihre Richtung gedreht.

Die Phantome kamen näher.

Childes war so schwach, so unendlich schwach . . . als

bezogen diese Gespenster aus ihm heraus ihre Kraft. Aber dann sackte auch die Psychopathin in sich zusammen, da sie auch an ihrem Geist sogen, genauso, wie sie sich von dem seinen nährten.

Er verstand plötzlich, was sie gemeint hatte, vorhin, als sie von ihrer gemeinsamen *Macht* gesprochen hatte und wie stark und wie *wunderschön* sie sei! Aber hatte sie wirklich gewußt, wie gewaltig diese Gabe wirklich sein konnte? Denn ganz allmählich war zu erkennen, was diese langsam kreisenden Erscheinungen waren. Childes' Zähne schlugen wie im Fieber aufeinander; sein Körper wurde von elektrischen Wogen geschüttelt, und er kauerte sich an der Brüstung zusammen.

Die — *Es* — die Kreatur — die Mörderin — stand jetzt wie ein untersetzter Monolith in der Mitte des Dammsteges; seltsam flaches, bleiches Leuchten fiel auf sie herab und markierte die Ankunft der Phantomgeschöpfe. Die Formen verfestigten sich jetzt endgültig, waren plötzlich weniger immateriell, weniger durchsichtig.

Die erste Gestalt, die deutlich zu erkennen war, war schmächtig und jung; ein sehr kleiner Junge. Ein sehr blasser Junge. Ein Junge, in dessen Körper kein Blut mehr zirkulierte, in dessen Augen kein Leben mehr war und der in seiner Nacktheit zitterte. Ein kleiner Junge, dessen Körper ausgeweidet worden war. Sein Mund öffnete sich, und es war Erdreich hineingestopft, und dazwischen krabbelten winzige bleiche Maden — Maden, die normalerweise nur in Gräbern lebten. Die morschen Lippen bewegten sich, und obgleich kein Laut zu hören war, waren seine Worte doch zu *verstehen.*

*»Gib's 'rück«*, flüsterte der Junge, und dieses Flüstern war in Childes' Geist und im Geist der Frau; verzerrte Worte, schlecht geformt und abgeschliffen von großer Anstrengung.

»Gib's 'rück!«

Und noch einmal:

*»Will's 'rück 'bn!«*

Seine Skeletthand streckte sich aus und forderte das Herz zurück, das ihm gestohlen worden war.

Die Frau wankte, und dieses Mal war sie es, die an der Brüstung Halt suchte.

Eine weitere Gestalt wehte heran und kam hinter dem Jungen hervor; eine weibliche Gestalt, wie Childes erkannte. Lippenstift war über ihr ganzes Gesicht verschmiert, wie von einer gewalttätigen Hand. Das Mascara ihrer Wimperntusche war zu breiten, rußigen Strömen zerlaufen, die ihr Gesicht endgültig zur bemalten Fratze eines verrückten Clowns machten — ein wahnsinniges Make-up, mit dem man kleine Kinder erschreckte. Wie der Junge, war auch sie nackt, und auch ihr Rumpf war vom Brustbein bis zu den Schamhaaren aufgeschlitzt. Ihre Brüste waren blutige Wunden. Grobes Flickwerk platzte auf, und die kreuzförmige Wunde spie die in sie hineingestopften Gegenstände aus — erheiternd komische Objekte, aber niemand lachte, niemand fand diese Objekte komisch: eine Haarbürste, einen Wecker, einen Handspiegel . . . sogar ein kleines Transistorradio. In den verschmierten Augen glomm ein dämonischer Haß, Haß auf die Frau, die ihren Körper so mißbraucht und dafür nicht einmal bezahlt hatte. Und diese Frau, dieses Etwas in seinem zeltgroßen Anorak, hob jetzt eine ihrer dicken, häßlichen Hände . . . als könne sie das Phantom so abwehren.

Es war nicht nötig. Noch nicht. Ein alter Mann drängte sich jetzt zwischen die grotesk geschminkte Prostituierte und den zitternden Jungen, ein alter Mann, auf dessen faltigem Gesicht ein lüsternes, lächerliches Grinsen entstand.

Ein Pyjama schlotterte an seinem ausgemergelten Körper, und das Licht des Mondes spiegelte sich in seinen Augen und verlieh ihnen neues Leben — ein reflektierter Glanz voller Wahnsinn. Getrocknetes, verkrustetes Blut verdunkelte stellenweise sein bleiches Gesicht, und sein Schädel endete wenige Zentimeter über den Augenbrauen *wie abgeschnitten.* Er kicherte unkontrolliert, kicherte und kicherte: die kalte Luft schien mit seinem freigelegten Hirn die lustigsten Dinge anzustellen.

Die Frau kreischte los: ein Schrei, so wahnsinnig wie das Gekicher des alten Mannes, und Childes kroch zurück, fort von ihr, und er weigerte sich, zu glauben, was da vor sich ging — und er wußte doch, daß es wirklich geschah.

Nun kreischte die Frau: *»Es ist nicht real!«*

Und die Phantomgeschöpfe drängten sich heran, umringten sie, zupften und zerrten an ihren Kleidern, krallten sich an ihrem Gesicht und in ihren Haaren fest. Der Junge stelle sich auf die Zehenspitzen und griff hinauf — hinauf, zu ihren Augen . . .

Sie stieß ihn von sich, aber er kam zurück, und er lachte über dieses Spiel. Sie wurde auf die Knie gezerrt — vielleicht hatten diesmal auch ihre Beine den Dienst versagt — und sie schlug wie von Sinnen um sich und kreischte unablässig: *»Nicht real — ihr seid nicht real!«*

Schweigend scharten sie sich um sie und schauten auf sie hinab, auf diesen ungeschlachten, zusammengekauerten Körper. Der alte Mann kicherte, die Prostituierte hielt sich mit beiden Händen den Bauch, und der Junge flehte noch immer um die Rückgabe seines Herzens.

»Illusion«, flüsterte Childes, und die Frau, das *Sie-Etwas* — Es — schrie ihn an.

*»Schick sie weg! Schick sie weg!«*

Und für einen Augenblick, während er zwischen Realität und Illusion schwankte, schien es, als würden ihre Gestalten verblassen, als würden sie wieder zu substanzlosen Nebelgebilden werden — nichts weiter als Gedankenprojektionen.

Bis sich eine ganz winzige Gestalt durch die schwankenden Erscheinungen drängte und vor der auf Händen und Knien kauernden fetten Frau stehenblieb.

Das Mädchen trug nur ein dünnes, grünes Baumwollkleid; keine Strümpfe und keine Schuhe, keine Windjacke und kein Mantel schützten es vor der Kälte der Nacht. Auf der einen Seite waren seine Haare zu einem Zopf geflochten und mit einem Band zusammengehalten; auf der anderen Seite war das Band weggerissen worden. Die Haare fielen locker und strähnig bis auf seine Schulter herab. Die Wangen glänzten wie feuchter Marmor, und eine winzige Hand versuchte, Tränen wegzuwischen. Aber diese Hand hatte keine Finger mehr. Sie endete in fünf blutverkrusteten Stummeln.

»Annabel«, hauchte Childes.

»Ich will jetzt nach Hause«, sagte sie zu der zitternden Frau, und ihre Stimme war leise und piepsig und erinnerte Childes an Gabbys Stimme.

Die Frau hob den Kopf und stieß ein Heulen aus; einen langgezogenen, winselnden Angstschrei, der von der Wasserfläche tief unten noch verstärkt wurde, der anschwoll und zu einem hohlen und klagenden Kreisen wurde.

Der Junge rammte seine Hand vor, und dieses Mal erreichte sie ihr Ziel. Sie tauchte fast bis zu dem dünnen Handgelenk in das Auge der Frau hinein — jedenfalls *glaubte* Childes, das zu sehen. *Unmöglich,* beharrte er trotzdem. *Nur ein Alptraum.* Aber dann wurden die Skelettfinger zurückgezogen, und eine dunkle Flüssigkeit spritzte auf. Die Finger hielten etwas Rundes und Glänzendes.

Die Frau richtete sich auf und preßte eine Hand auf das immer noch sprudelnde Loch in ihrem Gesicht, verzweifelt bemüht, den Blutstrom einzudämmen. Sie kreischte und jammerte und schrie und bettelte. *»Laßt mich in Ruhe! Laßt mich in Ruhe!«*

Aber sie wollten sie *nicht* in Ruhe lassen. Sie drängten wieder heran und umringten sie und krallten und klammerten sich an ihr fest.

Sie riß sich los, schlug um sich, schmetterte den alten Mann zu Boden. Er beugte sich unbeeindruckt vor, noch immer grinsend, noch immer mit diesem albernen Kichern, und hob sein verlorengegangenes Gehirn auf und stopfte es mit einer Selbstverständlichkeit wieder in seinen Schädel zurück, als setzte er sich einen Hut auf.

Childes frage sich, ob er selbst nun den Verstand verloren hatte.

Die Frau wich zurück, stolperte über Childes' ausgestreckte Beine, griff nach der Brüstung, um ihr Gleichgewicht zu bewahren, wankte weiter, fort, nur fort von diesem Damm. Sie eilte auf den Wasserturm zu, und wollte daran vorbeilaufen, auf die Felsen zu, dorthin, wo Bäume und Unterholz Sicherheit versprachen, dorthin, wo sie sich versteckt gehalten hatte. Die Geschöpfe folgten ihr, huschende Wesen im Mondlicht, mit ausgestreckten Armen und lichtlosen Augen, die starr auf sie gerichtet waren. Die Phantome waren langsam, so langsam, aber sie folgten ihr unerbittlich. Ein Zeitlupenrennen. Eine mächtige Prozession an Childes vorbei, gerade so, als sei *er* das Gespenst, unbemerkt, nicht wahrgenommen.

Nur die kleine Gestalt — Annabel — hielt an und verweilte bei ihm.

Childes beobachtete, wie die Frau rückwärts gehend stolperte und davonhastete, und er verachtete sie für all die Grausamkeiten, die ihr perverser und doch außergewöhnlicher Verstand erdacht und verwirklicht hatte. Und doch konnte er keine Genugtuung über diese furchtbare Vergeltung empfinden. Noch immer sickerte die tintenschwarze Substanz aus ihrer Augenhöhle und über die darauf gepreßten Finger, aber sie achtete jetzt nicht mehr darauf, sie wich weiter zurück, immer weiter. Und dann wirbelte sie erstaunlich behende herum, wandte den nachrückenden Gespenstern den Rücken zu und stürmte los. Alptraumhaftes Entsetzen zwang ihre dicken Beine mit den überquellenden Knöcheln in einen torkelnden Laufschritt.

Bald darauf stoppte sie abrupt. Und wich erneut zurück. Wankte fort von den Stufen, die sie vorhin so siegessicher emporgestiegen war — ein Ghoul, der sein feuchtkaltes Grab verließ.

Sie kehrte um und lief ihren Verfolgern direkt in die Arme.

Childes sah, was sie aufgehalten hatte; weitere Gestalten erschienen jetzt auf den Stufen. Zuerst waren nur Köpfe und Schultern zu sehen, dann der Brustkorb, die Hüften — sie alle trugen nicht die Nachtgewänder, in denen sie von den Flammen verschlungen worden waren, sondern ihre Schuluniformen, und die La Roche-Farben verwandelten sich im Mondlicht zu einer einzigen Farbe, makellos und von den Flammen unversehrt, obwohl ihre Körper verkohlt und mumienhaft geschrumpft waren, obwohl ihre Haare fehlten und die Schädel dunkel und zerfleischt waren, mit lippenlosen, freiliegenden Zahnreihen, die sie zu einem schrecklichen Grinsen aufeinandergebissen hatten. Und dann deutete Kelly mit ihrer verbrannten Hand auf die schwerfällige Frauengestalt, und ihre Gefährtinnen kicherten, als hätte ihnen Kelly einen gewagten Witz zugeflüstert . . .

. . . und Miss Piprelly führte sie alle an, ihr verkohlter Schädel saß direkt auf den Schultern, und es war ein unsicherer Halt, als würde er gleich kippen, und ihre seltsam schräggestellen Augen leuchteten bleich aus geschwärzten Knochen und verkohlter Haut hervor — Augen, die gefüllt waren mit unendlicher Trauer, Augen voller Tränen . . .

Und die Hausmutter folgte ihnen allen, sie behütete ihre Mädchen, sie vergewisserte sich immer wieder, daß keines davongeirrt, keines abhanden gekommen war und daß sie alle tadellos gekleidet waren und sich nicht weh taten, sie hütete sie, obwohl sie sehr genau wußte, daß dieses zerschmolzene, verklumpte Gewebe keinen Schmerz mehr empfinden konnte — o nein, es gab keinen Schmerz mehr, für die Mädchen nicht, und für sie selbst auch nicht . . .

Vor Childes' Augen verschwamm alles, und doch war in seinem Kopf alles kristallklar. Selbst dann noch, als ihm die Tränen kamen, selbst dann noch, als die Mädchen wieder so wurden, wie sie im Leben gewesen waren — jung und hübsch, ihre Haut rosig und straff und voller Vitalität; sie formierten sich zu ihrer Doppelreihe, und die Direktorin bedeutete ihnen forsch, ihr zu folgen, und die stets wachsame Hausmutter eilte hinterher; Miss Piprellys Kopf war wieder aufrecht, wie eh und je, ihre ganze Haltung (diese berühmte Ladestock-Haltung) signalisierte Stolz, und Kelly plapperte, wie immer, viel zuviel und viel zu keß; ihre noch immer ausgestreckte Hand war glatt und schlank, nur ihre Augen — ihre Augen waren tot. Der Wandel dauerte nur Sekunden an. Sie hatten die Stufen hinter sich gebracht und die Frau erreicht. Und jetzt waren sie wieder verkohlte und entstellte Leichen.

Die Schreie der Frau wurden durchdringend schrill.

Die schwebenden Geschöpfe umringten sie und klammerten sich wieder an ihr fest, langsam und zielstrebig. Sie rissen und zerrten und kratzten und wühlten und schlugen; hageldichte Schläge, die keine Wirkung hätten zeigen dürfen und die dennoch blutende Wunden rissen. Ein massiger Arm ragte empor und versuchte das Gesicht zu schützen; die andere Hand bedeckte weiterhin die Augenhöhle. Childes bemerkte die Gestalt im Hintergrund, noch undeutlicher, verschwommener als die anderen. Ein Beobachter wie er selbst, die Gestalt eines uniformierten Mannes, dessen Hals in einen bluttriefenden Spalt verwandelt worden war, ein Spalt, der irgendwie zu dem schmalen Lächeln auf dem bleichen Gesicht paßte. Und Childes wußte, daß das der Polizist war, den er in seinem Streifenwagen liegend vor dem La Roche gefunden hatte. Hinter ihm bewegten sich noch mehr Schemen, immer mehr, aber sie hatten noch keine feste Gestalt angenommen, möglich, daß sie nichts weiter waren als Nebelschwaden, die von der See herangeweht worden waren. Aber da war ein Lachen und Stöhnen und Klagen — und es kam von diesen Nebelschemen.

Noch immer an der Mauer ausgestreckt, noch immer zum Beobachter verurteilt, entsetzt und unfähig, sich zu bewegen, sogar unfähig, zu schreien, sah Childes zu. Die schweigsame Annabel stand ganz in seiner Nähe.

In diesem Moment tauchte die Frau aus dem Gewimmel der Geister auf, zerrte einige besonders hartnäckige Gegner von sich, taumelte weg, prallte gegen die Betonmauer — und die riesigen, schrägen Schultern neigten sich nach außen, weg von den bereits wieder heranzuckenden Phantomhänden, weg von den Rächern aus dem Totenreich. Sie drehte sich, riß das Gesicht hin und her und versuchte verzweifelt, es weiterhin zu schützen. Ein Blutstrom rann zwischen ihren Fingern hindurch, tropfte gegen die massive Mauer des Staudamms und sickerte abwärts. Ein dunkles Leck in dieser weiten Betonfläche.

Was dann geschah, passierte so aberwitzig schnell, daß das Auge den einzelnen Bewegungen kaum mehr folgen konnte. Plötzlich war der Zeitlupenablauf aufgehoben, und Childes begriff selbst nicht, zweifelte an dem, was er sah (oder gesehen hatte), denn sein Gehirn bestand noch immer darauf, daß nichts von all dem Wirklichkeit war, daß dies alles überhaupt nicht stattfand (oder stattgefunden hatte).

Vielleicht hatte sie versucht, auf die Brüstung zu klettern; vielleicht wollte sie ihnen so wenigstens für Sekunden entkommen.

In ihren scheußlichen Schmerzen und ihrer Verrücktheit mochte sie sogar beschlossen haben, zu springen.

Vielleicht hatten die wimmelnden Geschöpfe ringsum auch ihre großen Elefantenbeine angehoben und hochgerissen.

Wie auch immer — Childes sah die unförmige Körpermasse nur noch über der Brüstung verschwinden — und hörte den Schrei durch die Nacht gellen.

Er schloß die Augen, sperrte den Wahnsinn aus, zog sich in die Leere zurück, die zu seiner großen Verwunderung überhaupt keinen Trost brachte: Alles war noch genauso wie zuvor . . . dieser ungeheuerliche Druck, dieses Tasten und Pulsieren des wahnsinnigen anderen Geistes war nicht verschwunden!

»O Gott!« stöhnte er und öffnete die Augen wieder.

Die Phantome waren weniger deutlich zu sehen, waren nur noch Dunst und Nebel; sie fanden sich auf dem Steg zusammen, unbestimmbar und vage, als würden sie zu einer unirdischen Melodie tanzen. Undeutlich war sich Childes anderer Geräusche in der Ferne bewußt, und da waren auch Lichter. Annabel bewegte sich noch immer nicht. Sie war da und blieb bei ihm, traurig und klein, und ihr Gesichtchen war ein verblassendes Bild quälender Einsamkeit.

Childes atmete in einem Seufzen aus; er hatte die Luft so lange angehalten, daß sie sich in seinen Lungen zu einem abgestandenen Etwas gewandelt hatte. Er krümmte sich zusammen, winkelte die Beine an, senkte den Kopf auf die Knie und ließ die Arme herabhängen. Seine Hände ruhten mit nach oben gekrümmten Fingern auf dem Beton. Es war vorbei, und die Erschöpfung packte ihn, und er fragte sich, ob er jemals die wahre und wesentliche Natur dieser Frau begreifen würde, dieser Frau, die für ihn so lange nur eine abwegige, quälende Abstraktion gewesen war — ein *Es:* verrückt, gewiß, und auch ein Ungeheuer; aber gleichzeitig mit einer solch fremdartigen Kraft ausgestattet, mit einer solch gewaltigen Kraft, die wahrhaft dämonisch war. Er betete darum, daß diese Kraft für immer gebannt war.

Und er fühlte, wie das kalte heimtückische Kribbeln zurückkehrte. Wie sich seine Haut wieder straffte. Wie sich die Härchen auf seinen Armen wieder aufrichteten.

Childes' Kopf ruckte hoch. Er starrte in die wogenden Nebel, dorthin, wo die Frau verschwunden war. Sein Mund klappte auf, seine Augen weiteten sich schmerzhaft, und das Zittern war wieder da.

Trotz seiner Kurzsichtigkeit konnte er sie sehen . . .

. . . diese große Hand mit den Stummelfingern, die sich über die Brüstung krümmten, die sich festkrallten wie eine fleischige Klammer. Die sie festhielten und vor dem Sturz in die Tiefe bewahrten.

»Nein«, murmelte er. Ein tonloses Flüstern. »O nein!«

War da tatsächlich ein bettelndes Aufflackern in Annabels sonst so glanzlosen Augen?

Childes drehte sich, stützte sich auf die Knie, tastete mit einer zitternden Hand nach oben, zum Mauersims, und zerrte sich vollends hoch. Seine Beine weigerten sich, sein Gewicht zu tragen. Aber dann kehrten seine Kräfte zurück, wie Blut, das schmerzhaft in ein eingeschlafenes Körperglied zurückströmte.

Sekundenlang lehnte er sich schwer gegen die Mauer, dann setzte er sich in Bewegung und stolperte auf die Hand zu, die sich an der Mauer festklammerte. Die Nebelschwaden wurden wieder dichter, einzelne Gestalten bildeten sich von neuem. Childes tappte weiter. Auf unsicheren Füßen setzte er Schritt vor Schritt, er war noch immer betäubt von all dem, was hier geschehen war. Er kam näher. Da war die Hand, ganz deutlich zu sehen. Die Nebelgeister huschten auseinander.

Sie beobachteten ihn, entrückt und gleichmütig. Der grinsende alte Mann, dessen Schädel dem Himmel offen war. Der nackte Junge, der etwas Weißes und Blutiges in seiner zierlichen Hand hielt, etwas, das er immer wieder in die tiefe Wunde in seinem Leib zu schieben versuchte, als wolle er damit sein verlorenes Herz ersetzen. Die grotesk geschminkte Frau, deren Brüste fehlten und deren Bauch sich in kleinen Höckern wölbte, als sie die aufgeschnittenen Hautlappen zusammenraffte. Die Schülerinnen und die Hausmutter, grausige, verkohlte Gestalten, deren Knochen matt durch klaffende Fleischwunden schimmerten. Der Uniformierte mit seinem doppelten knappen Lächeln, eins oberhalb und eins unterhalb seines Kinns. Estelle Piprelly, für einen winzigen Moment wieder so, wie er sie gekannt hatte: aufrecht und streng und gerecht; sie sah ihm in die Augen, und er spürte den Aufruhr ihrer Gefühle.

Sie alle beobachteten ihn. Sie alle warteten.

Er erreichte die Stelle, an der sich die Hand über die

Mauer wölbte, und die Finger schienen zu vibrieren unter der gewaltigen Kraftanstrengung, die es kostete, das volle Gewicht der Frau zu halten. Er sah das fleischige Handgelenk, und er sah den Ärmel des Anoraks jenseits des Ellenbogens in der Tiefe verschwinden. Childes lehnte sich über die Brüstung.

Ihr rundes Gesicht war direkt unter ihm, vom Mond grausam hell ausgeleuchtet; eine geschmeidige, dunkle Flüssigkeit überzog Kiefer und Wangen wie ein Schattengewächs. Ein Auge und eine tiefe, schwarze, triefende Augenhöhle erwiderten seinen Blick; ihr anderer Arm hing nutzlos und schlaff an ihrer Seite.

»Hilf . . . mir . . .« sagte sie mit ihrer dunklen, krächzenden Stimme, und da war kein Bitten in ihrem Tonfall.

Als er in ihr breites Gesicht hinabschaute, auf ihr silbernes, in einem wilden Gewirr ausgebreitetes Haar, da spürte er ihren Wahnsinn wieder, da spürte er die schleichende Krankheit, die über ihren frevelhaften und verdorbenen Geist hinausging, über diesen Geist, der zur Rechtfertigung des Bösen, das sie selbst verübte, eine mythische Mondgöttin anbetete. Die Krankheit entsprang einer grausamen und verwucherten Seele, einem Geist, der in sich selbst böse und dämonisch war. Er fühlte und *sah* ihr entstelltes Wesen nicht in dem Auge, das haßerfüllt zu ihm heraufstarrte, sondern in diesem anderen, tiefen, dunklen, blutigen Loch, das ihn mit derselben Boshaftigkeit betrachtete! Und die Worte *Hilf . . . mir . . .* waren so voller Hohn, so lebendig vor Spott. Childes fühlte und sah diese Dinge, weil sie in ihm war und er in ihr, und sie erfüllte ihn mit ihren Bildern, monströsen und ekelhaften Bildern, abstoßend und widerwärtig. Sie genoß das Spiel noch immer. Ihr Spiel. Ihre Folter.

Der zeitlose Moment war vorbei. Childes' Hände

schlossen sich über ihrer dicken Stummelhand, und jetzt erschauderte ihr Geist unter einer neuen Empfindung.

Angst. Es war Angst. Sie stach zu, stach hinein in diese quälenden Gedanken. Er zerrte den ersten Finger nach oben.

Ein ängstliches Stöhnen, als er den zweiten losstemmte.

Ein verzweifeltes, wütendes Kreischen, als er schließlich die beiden letzten Finger losriß — und sie hinabstürzte, hinab, *hinab,* in diese scheinbar endlose Tiefe. Ihr Körper prallte immer wieder von der nach außen gewölbten Staumauer ab.

Dann hörte Childes den klatschenden Schlag, das Knirschen, diesen letzten Laut, mit dem sie auf dem Betonbecken tief unten auftraf. Er rutschte an der Mauer entlang zu Boden. Und noch bevor er richtig saß, überkam ihn die Erleichterung — überwältigende Erleichterung. Der schwarze, rumorende Druck und dieser wirre, kochende Zorn waren verschwunden. Er war frei. Er war endlich wieder frei. Für Tränen war er viel zu benommen. Für jede Art von Freude viel zu müde. Er konnte nur dasitzen und in die wogenden Nebel starren, die sich jetzt ganz allmählich auflösten.

Obwohl . . . einer blieb.

Annabel beugte sich vor und berührte mit ihren kleinen, kalten Fingern (die vorher nicht dagewesen waren) sein Gesicht. Helligkeit flammte auf und schimmerte mühelos durch sie hindurch. Die Helligkeit kam von anderen Ende des Dammes. Annabel wurde mehr und mehr zu verwehendem Dunst. Dann war sie verschwunden.

»Illusion«, sagte Childes leise zu sich selbst.

DIE HELLIGKEIT stammte von Scheinwerfern und Stablampen. Menschen tauchten auf dem Dammsteg auf. Childes starrte in den grellen Glanz und hob schließlich eine Hand und schirmte die Augen ab. Er hörte Wagentüren schlagen und Stimmen, und er sah Silhouetten vor der Helligkeit. Neue Schemen. Seltsamerweise war er neugierig darauf, zu erfahren, wie sie ihn gefunden hatten; aber er war nicht überrascht. In dieser Nacht konnte ihn nichts mehr überraschen.

Childes wollte herunter von dem Damm; er wollte fort von diesem Ort, obgleich sich die illusionären Nebel längst aufgelöst hatten, obgleich es da keine Hand mehr gab, die sich grotesk an den Brüstungssims klammerte. In dieser Nacht war zuviel geschehen, er brauchte Ruhe und Frieden. Sein Kopf war leicht — der Druck war verschwunden, und er würde niemals zurückkehren (zumindest nicht dieser Druck!), und obgleich Childes verwirrt war und verwundert, waren seine Sinne von einer stillen Euphorie angestachelt. Er brauchte Zeit zum Nachdenken. Er akzeptierte seine sensorischen Fähigkeiten. Er würde damit leben können, denn er bezweifelte nicht, daß sie kontrolliert und zurückhaltend und bewußt eingesetzt werden konnten; das hatte *sie* ihm bewiesen, obwohl ihre Absichten durch und durch schlecht gewesen waren und obwohl sie eine ganz andere Art von Kontrolle im Sinn gehabt hatte. Unbeholfen richtete er sich auf und sah über die Brüstung hinweg — er sah nicht ins Tal hinab, sondern weit hinaus über das Staubecken, dorthin, wo das Mondlicht jetzt nicht mehr düster, sondern mit einer strahlenden Reinheit auf der ruhigen Wasserfläche schimmerte. Er atmete die frische Nachtluft ein und kostete den leichten Salzgeschmack des Meeres, der von einer Brise landeinwärts getragen worden war. Die Luft reinigte und befreite sein innerstes Ich von allen noch versteckten Schatten. Er drehte sich um und ging den Lichtern entgegen.

Overoy war als erster bei ihm; Robillard und zwei weitere Beamte folgten dicht hinter ihm.

»Jon«, sagte Overoy. »Sind Sie in Ordnung? Wir haben alles gesehen. Wir wissen, was passiert ist.« Er griff Childes' Arm und stützte ihn.

Childes blinzelte in die Lichter.

»Dreht die Lampen weg«, befahl Overoy.

Die beiden Beamten, die Robillard folgten, schwenkten ihre Stablampen herum, so daß die Lichtstrahlen auf den Dammsteg hinaustasteten. Robillard gab den Kollegen in den Streifenwagen ein Zeichen, und die Scheinwerfer erloschen. Die Erleichterung kam sofort. Es war, als habe sich eine wohlwollende Wolke vor die blendend helle Sonne geschoben.

»Sie haben es gesehen?« brachte Childes endlich heraus.

»Nicht deutlich«, schränkte Robillard ein. »Nebel ist aufgekommen. Aus dem Stausee. Unsere Sicht war nicht gerade gut.«

Nebel? Childes schwieg.

Overoy übernahm; er sprach hastig, als sei er darauf bedacht, Robillard zuvorzukommen. »Ich habe gesehen, daß Sie versucht haben, sie zu retten, Jon.« Er sah Childes direkt in die Augen, und obwohl sein Blick merkwürdig ausdruckslos wirkte, schloß er doch jede Meinungsverschiedenheit aus. Childes war ihm dankbar. Robillard nicht so sehr. Er starrte seinen Kollegen skeptisch an, enthielt sich aber jeden Kommentars.

Overoy fuhr ungerührt fort: »Ich nehme an, sie wollte Sie umbringen. Ich meine, bevor sie über die Brüstung fiel . . . Pech, daß sie so verdammt schwer war. Unmöglich, sie festzuhalten.« Jetzt waren seine Worte sorgfältig gewählt; eine Feststellung, die im Gedächtnis haften bleiben sollte.

»Sie wissen, daß es eine Frau war?« sagte Childes ganz ruhig.

Overoy nickte. »Wir haben ihre Wohnung aufgespürt. Drüben auf dem Festland. Ich habe heute abend ein paarmal versucht, Sie anzurufen, aber die Leitung war jedesmal belegt. Pures Glück, daß ich noch die letzte Maschine erwischt habe.«

Die beiden Polizisten leuchteten in die Tiefe hinab; die Lichtkegel fanden die zerschmetterte Gestalt und tasteten darüber hinweg.

»Was wir in der Wohnung fanden, war nicht sehr angenehm . . .« Er druckste herum, zuckte die Schultern. »Na ja, genaugenommen war es sogar ziemlich grausig. Aber damit war wenigstens schlüssig bewiesen, daß sie die Mörderin war, hinter der wir her waren.« Jetzt war Overoy grimmig. »Der Leichnam des Mädchens — Annabels Leichnam — war unter dem Parkettboden versteckt. Wahnsinn. Der Verwesungsgestank hätte die Frau innerhalb kürzester Zeit verraten. Es war nur eine Frage der Zeit, bis sich die anderen Mieter beschwert hätten. Aber vielleicht war ihr das gleichgültig. Vielleicht wußte sie zu diesem Zeitpunkt schon, daß das Spiel aus war — und daß sich hier, auf der Insel, alles entscheiden würde. Sie war ein Psychopath, durch und durch, und das ist eine Ironie in sich.«

Childes blickte den Detective fragend an.

»So bin ich eigentlich auf sie gekommen«, erklärte Overoy. »Ihr Name stand auf dieser Personalliste, die ich mir von der psychiatrischen Klinik besorgt hatte. Sie war dort als Krankenschwester angestellt, und offensichtlich war sie mindestens so verrückt wie ihre Schützlinge. Gott, Sie hätten diesen Müll in ihrer Wohnung sehen müssen: okkultes Zeug, Bücher über Mythologie, Embleme, Symbole. O ja, und natürlich eine kleine Sammlung Mondsteine; muß einiges gekostet haben. Wenn all diese Steine für weitere Opfer *reserviert* waren, dann . . .« Overoy zuckte mit den Schultern.

»Sie sagte, sie würde den . . .«

». . . den Mond anbeten?« fiel Overoy ein. »Ja, tat sie. Eine ganz spezielle Mondgöttin. Steht alles in diesen Büchern, in ihren Aufzeichnungen. Irres Zeug, total wirr!«

Andere Gestalten tauchten auf dem Damm auf und näherten sich.

Robillard ergriff das Wort: »Als uns Inspector Overoy den Namen der Frau nannte, konnten wir leicht feststellen, daß sie mit einer Fähre hier angekommen war. Na ja, sie hielt sich schon ein paar Wochen hier auf. Anschließend war es kein Problem mehr, ihre Unterkunft zu finden. Sie ist in einem Gästehaus im Landesinneren abgestiegen, weit genug entfernt von der Küste und allen Touristikzentren. Sie ließ sich den ganzen Tag über nicht sehen. Wir haben ihr Zimmer durchsucht. Offenbar hatten Sie heute nacht Glück, Mr. Childes: Sie hat ihr *Handwerkszeug* auf ihrem Zimmer zurückgelassen. Wir fanden eine kleine, schwarze Tasche mit chirurgischen Instrumenten. Sie war sich offenbar ziemlich sicher, Sie mit bloßen Händen erledigen zu können.«

»Stark genug war sie«, bemerkte Overoy. »Das haben wir von ihren Arbeitgebern erfahren. Sie war auf gewalttätige Patienten spezialisiert, sozusagen. Sie konnte sie mühelos halten. Die Ärzte und die anderen Krankenschwestern waren froh, daß sie das für sie erledigte.«

»Und keiner von ihnen wurde mißtrauisch, als sie nach dem Brand einfach verschwunden ist?«

»Sie ist nicht verschwunden. Sie wurde sogar verhört.

Sie stand auf unserer Liste. Die Überlebenden des Brandes, erinnern Sie sich? Nachdem sich die ganze Aufregung gelegt hatte, nahm sie ganz normal Urlaub. Sie war verrückt, aber nicht dumm.«

Er würde das alles später verstehen. Viel später. Im Augenblick hatte nichts von all dem, was sie ihm erzählten, sonderlich große Bedeutung für ihn. Er war bereits abgelenkt, als er die andere Stimme hörte, diese Stimme, die so vertraut und so willkommen war.

»Jon.« Amys Stimme.

Er sah an den beiden Detectives vorbei, und da war sie, nur ein paar Yards entfernt, und Paul Sebire war bei ihr und stütze sie. Besorgnis überschattete Sebires Gesicht. Er starrte ihn an.

Childes ging auf sie zu, ging auf Amy zu, und sie hob die Hände, und der Gips an ihrem verletzten Arm leuchtete bleich im Mondlicht. Childes nahm sie fest in die Arme, und in diesem Augenblick wußte er endgültig, daß er sie liebte, daß er sie wirklich und wahrhaftig liebte wie sonst nichts auf der Welt, und beim Anblick ihres bandagierten Gesichts hätte er am liebsten losgeheult. Sie zuckte leicht zusammen, und er lockerte seine Umarmung erschrocken. Er wollte ihr keine Schmerzen zufügen.

»Schon gut, Jon.« Sie lachte, und Tränen glitzerten auf ihren Wangen. »Alles klar. Ich hatte solche Angst um dich.«

Er hielt sie fest und sah über ihre Schulter hinweg Paul Sebire. Das Gesicht des älteren Mannes war tief gefurcht. Er sagte kein Wort. Er drehte sich nur um und ging zu den unterhalb des Staudamms geparkten Wagen zurück.

Childes streichelte über Amys Haare und küßte ihr die Tränen von den Wangen. »Woher wußtest du, wo ihr mich findet?« fragte er.

Amy lächelte und erwiderte seine Küsse. Sie spürte die

Veränderung, die mit ihm vorgegangen war, sie spürte, daß die finstere Aura, die ihn so lange umgeben hatte, verschwunden war, und es schien ihr, als würden seine Gedanken diese Veränderung auch auf sie übertragen.

»Gabby hat es uns gesagt«, erzählte sie.

»Gabby?«

Overoy war zu ihnen gekommen, und er war es, der jetzt sagte: »Wir haben nach Ihnen gesucht. Jon. Der Beamte, der Sie im Auge behalten sollte, hat Sie verloren. Blieb Miss Sebire. Sie war unsere letzte Hoffnung. Aber sie wußte auch nicht, wo Sie waren . . .«

»Aber dann fiel mir ein, daß du mir gesagt hast, du hättest mit Gabby telefoniert«, unterbrach Amy. »Es war nur so eine Idee, aber ich dachte, möglicherweise hast du Fran gegenüber erwähnt, was du heute nacht vorhast. Inspector Overoy hielt es für einen Versuch wert . . . Na ja, wie auch immer, wir haben Fran bei ihrer Mutter angerufen. Sie hatte gerade ziemliche Probleme mit Gabby.«

»Ihre Tochter war völlig außer sich . . . Hysterisch. Sie . . . hat geträumt . . . ein schrecklicher Alptraum . . .« Overoy atmete tief durch. »Sie hat geträumt, sie sei an einem riesigen See, und da war eine Monsterfrau, die Sie in die Tiefe ziehen wollte. Ihre Frau sagte uns, Gabby sei völlig außer sich.«

»Deshalb wußten Sie, daß Sie mich hier finden?« fragte Childes ungläubig.

»Nun, mittlerweile bin ich ja an *Ihre* Vorahnungen gewöhnt . . . warum sollte ich also Ihre Tochter weniger ernst nehmen?«

*Gabby auch?* Childes war wie betäubt. Er erinnerte sich daran, wie sie ihn gebeten hatte, er solle Annabel sagen, daß sie ihr fehlte.

Amy unterbrach seine schockierten Gedanken. »Es gibt keine *riesigen* Seen auf der Insel. Nur die Talsperre.«

»Wir hatten nichts zu verlieren«, meinte Overoy mit einem jungenhaften Grinsen.

»Im Gegenteil; er konnte mich sofort überzeugen«, kommentierte Robillard. »Aber, zum Teufel! Nichts an dieser verdammten Sache ergab für mich einen Sinn, also — warum sollte es mir da noch etwas ausmachen, mitten in der Nacht durch die Gegend zu rasen?« Er schüttelte über sich selbst erstaunt den Kopf. »Zufall, daß sie recht hatten. Ich bedauere nur, daß wir nicht früher da waren. Muß eine ziemliche Quälerei für Sie gewesen sein.« Er nickte, aber der Mond stand groß und bleich über ihm, so daß Childes sein Gesicht nur als dunkle Fläche sah. Er wandte sich Overoy zu.

»Wer war sie?« fragte er den Detective. »Ich meine . . . wie hat sie geheißen?«

»Wie wir herausfanden, lebte sie schon seit Jahren unter falschem Namen. Sie nannte sich Heckatty.« Aus irgend einem Grund lag eine gewisse Befriedigung in Overoys Stimme.

Heckatty. Für Childes hatte dieser Name keine Bedeutung. Und eigentlich hatte er auch nichts anderes erwartet. Er war sich nicht einmal ganz sicher, ob das, was er in dieser Nacht erlebt hatte, tatsächlich geschehen war. Waren die Geister der Toten wirklich zurückgekommen, um diese Kreatur heimzusuchen, deren Name so gewöhnlich, so bedeutungslos war? Oder war all das nur auf die Verschmelzung ihrer Psychen zurückzuführen, auf diesen ungeheuerlichen psychischen Kontakt mit der Wahnsinnigen —bizarre Einbildung, im wesentlichen nichts anderes als Visionen und Fragmente gewaltsam zersplitterten Geistes?

»Illusionen«, murmelte er wieder vor sich hin, und Amy schaute fragend zu ihm auf.

»O mein Gott!« stöhnte in diesem Augenblick einer der

beiden Polizisten, die auf den Dammsteg hinausgeschlendert waren.

Sie wandte sich um; die Polizisten hatten die Mitte des Steges erreicht, jenen erhöhten brückenähnlichen Bereich über den Überlaufröhren, und leuchteten mit ihren Stablampen auf etwas hinab, das zwischen ihnen lag. Einer der beiden Beamten holte etwas aus seiner Jacke und bedeckte damit, was immer dort lag. Erst jetzt hob er es auf und kehrte um; behutsam trug er den Gegenstand in beiden Händen. Sein Kollege folgte.

Das Mondlicht war noch immer hell und kräftig; es leuchtete ihre Gesichter aus, machte sie zu farblosen, bleichen Masken — aber im Gesicht dieses einen Beamten konzentrierte sich die Blässe ganz besonders, als sei sie Ursache eines schlimmen körperlichen Gebrechens. Childes zweifelte plötzlich nicht daran, daß der Mann wirklich totenbleich war.

Dann hatten die Beamten die Gruppe erreicht.

»Ich glaube nicht, daß Sie das sehen möchten, Miss«, sagte der erschütterte Mann zu Amy und bedeckte den Gegenstand, den er so sorgsam in dem kleinen Plastikbeutel trug.

Eine seltsame Neugier ergriff die Männer. Overoy und Robillard rückten näher und starrten auf den Gegenstand hinab.

»Oh . . .« murmelte Robillard.

In Childes begann eine Saite zu schwingen. Er entfernte sich ebenfalls von Amy. Der Polizist hielt seine Stablampe so, daß sie die zusammengelegten, zu einer Mulde geformten Hände seines Kollegen ausleuchtete. Overoy hatte sich abgewandt, das Gesicht voller Ekel verzogen.

»Das muß ein ziemlicher Kampf gewesen sein«, sagte er mitfühlend zu Childes, der noch immer auf das hinabstarrte, was die Beamten gefunden hatten.

Das blutbefleckte Auge war lächerlich groß — viel zu groß, als daß es tatsächlich *echter* Bestandteil eines menschlichen Gesichts sein konnte. Aber . . . Childes starrte noch immer auf den Plastikbeutel herab. Die Hände des Polizisten bewegten sich leicht. Mondlicht brach sich in der Pupille des Auges. Für einen Sekundenbruchteil — nur für einen *flüchtigen* Sekundenbruchteil — war da ein Reflex, ein Glitzern, etwas, das wie ein winziges bißchen Lebenskraft aussah. Childes kannte dieses Glitzern und Glühen. Es war das blaue Glühen aus den Tiefen eines Mondsteins.

Childes fröstelte, als er sich abwandte, und dann atmete er noch einmal tief durch und vertrieb damit das Dunkle in sich.

Er legte den Arm um Amy und zog sie zärtlich an sich. Gemeinsam verließen sie diesen heimgesuchten silberhellen See.

UND CHILDES fragte sich, was ihm diese neu akzeptierte Kraft in Zukunft bringen würde . . .

ENDE